C**HRISTOPHE** V**ASSE**

Christophe Vasse est ingénieur en aéronautique et se consacre à l'écriture depuis plusieurs années. Il est notamment l'auteur du roman *Celle qui ne pleurait jamais*, publié en 2017 aux éditions Les Nouveaux Auteurs et couronné du Prix du Polar *Femme Actuelle*, et de *La Porte de Bosch*, paru en 2019 chez le même éditeur. Christophe Vasse vit en région toulousaine.

LA PORTE DE BOSCH

CHRISTOPHE VASSE

LA PORTE DE BOSCH

NOUVEAUX**2**
AUTEURS

L'éditeur de cet ouvrage s'engage dans une démarche
de certification FSC® qui contribue à la préservation
des forêts pour les générations futures.

Pour en savoir plus :
www.editis.com/engagement-rse/

© 2019, Les Nouveaux Auteurs
ISBN : 978-2-266-31806-8
Dépôt légal : juillet 2021

And I looked, and behold a pale horse
And his name, that sat on him, was Death
And Hell followed with him

Johnny Cash, *The Man Comes Around*
(d'après l'Apocalypse de saint Jean)

Prologue

Sheng détacha son regard de ses notes et pressa deux doigts contre ses paupières. Il commençait à réaliser qu'il avait besoin d'un peu de sommeil. Il avait pour habitude de ne jamais s'endormir avant minuit, mais le matin suivant, le réveil le tirait irrémédiablement du lit aux environs de six heures. Il luttait alors toute la journée contre la fatigue. Les week-ends lui permettaient certes de rattraper quelques heures de sommeil, mais il prolongeait alors ses soirées jusqu'à deux, voire trois heures du matin en sachant qu'il n'aurait pas à se lever tôt le lendemain. Le bénéfice des grasses matinées était ainsi rapidement consommé.

Il devait se reposer. Il perdait en efficacité.

Sheng vivait seul dans son grand appartement de soixante mètres carrés en banlieue de Pékin. L'unique fonction de ce trois pièces était de lui permettre de poursuivre ses travaux de recherche au calme ; il aimait le confort et l'espace. Il reprit son stylo en main, mais la fatigue avait usé sa concentration. Il regarda rêveusement ses doigts tourner et retourner le petit tube de plastique.

Sa famille s'était installée à New York trois générations auparavant. Son père avait travaillé dur pour décrocher un poste de professeur à Yale où il avait rencontré sa future femme, professeure elle aussi. Sheng était fils unique. Très jeune, il avait montré de prodigieuses capacités intellectuelles, à la plus grande fierté de ses parents qui prirent soin de cultiver ses dons. Ils enseignaient à leurs étudiants la journée et poursuivaient leur professorat le soir auprès de leur fils. En l'absence des parents, c'étaient les grands-parents qui continuaient la formation du jeune prodige. Son isolement prit naissance dans cet univers protégé.

Sheng finit par entrer à l'école où ses capacités ne se démentirent jamais. Il était un enfant à part, renfermé, effacé, dont le visage ne s'illuminait jamais d'un sourire. Il grandit encore, sauta des classes et son chemin le mena logiquement vers une école de surdoués. Ses parents étaient aux anges. Il était à présent parmi « les siens », dans un univers aux contours bien nets, rassurants, censé parfaire le développement de ces cerveaux précoces. Mais même parmi ses semblables, Sheng était au-dessus du lot. L'isolement, encore.

C'est le jour de ses quinze ans. Sheng a depuis longtemps pris conscience de sa différence. Il a aussi pris conscience de la distance que ses parents ont involontairement mise entre eux et lui. Ils sont ses maîtres à penser, il est leur étudiant le plus brillant – leur relation s'arrête là. Sheng a choisi ce jour pour essayer de briser cette glace de quinze ans d'épaisseur. Il a l'espoir qu'il n'est pas trop tard. Il a longtemps vécu sans amour et sans vraiment pouvoir expliquer ce grand vide qui n'a eu de cesse de croître avec le temps. Mais ce vide lui a un jour donné le vertige. Ce jour-là, il a enfin pu mettre un nom sur sa souffrance. L'indifférence est pire que tout. Sheng prend son courage à deux mains. Il est temps d'exprimer cette douloureuse blessure à ses parents.

— Papa... Maman...
Il cherche ses mots, la gorge nouée.
— J'ai quelque chose de très important à vous dire...
— Sheng, c'est pour toi.
Ses parents lui tendent un paquet enveloppé dans du papier rouge.

Le regard de Sheng se porte tour à tour sur son cadeau et sur ses parents. Il hésite un instant, ouvre à demi la bouche, se ravise. Sans un mot, il déchire le papier et ouvre le carton qui y était enveloppé.

— C'est une encyclopédie scientifique électronique, la plus complète qui existe sur le marché. Il y a des milliers d'entrées, et tu as des explications détaillées, des schémas, des photos, des vidéos pour chaque mot...

Ses parents sont surexcités et ont déjà allumé la console. Sheng sent les larmes lui monter aux yeux. Il se tait. Il ne leur dira rien aujourd'hui.

Ni les jours d'après.

À dix-sept ans, il quitta le cocon familial pour poursuivre des études supérieures. Étrangement, séparé de sa famille, il sembla revivre. Sa solitude l'avait suivi, mais cette fidèle compagne ne l'accablait plus. À présent, il y puisait sa force. Sheng était un étudiant brillant, hors du commun même. Les cours de biologie, la spécialité qu'il avait choisie, furent une simple formalité. Il apprit, apprit encore, et termina major de sa promotion. Il n'eut nul besoin de frapper à la porte des employeurs, les propositions se bousculèrent. Universités, instituts de recherche publics, laboratoires privés, il eut l'embarras du choix. Arriva alors une proposition d'embauche du ministère de la Défense américain. Les États-Unis avaient besoin de ses services. Le but était avoué : la course aux armements bactériologiques faisait rage et les réseaux terroristes y étaient très actifs. La nation devait étudier la menace virale avec sérieux et voulait pour cela recruter l'élite des scientifiques. Les avancées humanistes que Sheng attendait de la science étaient bien loin, mais les moyens dont le ministère disposait donnaient le vertige. C'était une occasion unique de donner vie aux projets qu'il avait passé tant de temps à élaborer dans sa tête et sur d'épars morceaux de papier. Il accepta le poste.

Les projets de recherche auxquels il participa et dont il prit rapidement la responsabilité faisaient en fait bien plus que prévenir la menace : ils étaient le terreau dans lequel germait une stratégie américaine clairement offensive. Qu'importe, Sheng était passionné par son travail. La reconnaissance vint vite et balaya ses derniers scrupules. Elle fut un merveilleux expédient à l'amour que ses parents ne lui avaient jamais exprimé. Il devint un expert dans son domaine, mais il ne cessa jamais d'apprendre pour continuer de progresser. Il travaillait dans l'ombre, en équipe, mais ses dons le plaçaient loin devant ses collaborateurs. Loin devant, seul.

Sa solitude l'indifférait, bien au contraire, il ne voulait plus se départir de cette muse qui acérait sa vivacité d'esprit. Seule la reconnaissance de ses pairs comptait. Mais Sheng et son équipe n'étaient pas les seuls à s'être jetés dans la mêlée. La course aux armes biologiques était toujours plus effrénée, les laboratoires privés ne cessaient d'en accélérer le rythme et les liens obscurs que certains d'entre eux semblaient entretenir avec de dangereux groupes extrémistes inquiétèrent bientôt les États-Unis. Mais les agences de renseignements américaines ne portèrent pas leur regard suffisamment loin et se trompèrent de cible. Ce fut en effet chez leur allié le plus proche que la menace se précisa. Dans le domaine, le laboratoire Weiqi était le plus actif sur le territoire chinois et c'est sur lui que se portèrent les soupçons les plus lourds.

Les États-Unis commencèrent à suivre de près les occupations de la firme. Un épais voile de mystère recouvrait ses activités, mais les allégations sur ses liens avec la secte Dúwŭ étaient persistantes. L'évocation d'extraordinaires avancées scientifiques n'était pas là pour rassurer. Mais l'étroite surveillance se montra stérile. Alors, quelqu'un dans un obscur bureau du ministère de la Défense américain eut une idée de génie. Le savoir de Sheng était un trésor inestimable, ses compétences très certainement internationalement connues et reconnues car l'espionnage était ardemment pratiqué par tous les pays. Beaucoup rêvaient de l'avoir à leur service. Ses supérieurs le convoquèrent et lui exposèrent la stratégie des dirigeants américains. L'idée était risquée, aussi bien pour Sheng que pour ses employeurs qui pouvaient perdre un scientifique du plus haut niveau de façon irrémédiable. Il était au centre d'un colossal enjeu et tous les regards se portaient sur lui. Jamais il

15

n'avait été le centre d'autant d'attention. Il accepta le pari.

Deux mois plus tard, le scandale éclata. Sheng était accusé d'avoir transmis des informations extrêmement sensibles à un réseau terroriste visant les plus hauts intérêts de la nation américaine. Aucune preuve ne put être apportée contre lui, mais il fut poussé à quitter le pays. Il se réfugia en Chine, où il ne trouva pas de mots assez violents pour ses anciens employeurs. Par ses discours très durs dénonçant « la folie paranoïaque de l'Empire américain », il entra en guerre ouverte contre les États-Unis et le fit savoir haut et fort. Ce fut le début d'un long et périlleux travail d'intoxication qui attira à lui les foudres des Américains, mais aussi celles du gouvernement chinois qui s'inquiéta de ces prises de position trop féroces.

Mais la lente campagne de désinformation atteignit enfin son but. Le laboratoire Weiqi finit par ouvrir un œil et un beau jour il reçut un coup de téléphone. Sheng gagna lentement la confiance de sa proie et se fit embaucher par la puissante entreprise. Le poisson était ferré.

C'était il y a un peu moins d'un an.

Aujourd'hui, il touchait au but. Ce n'était plus maintenant qu'une question de jours.

Première partie

Esquisse

Rebecca – Kelsingstraat, Pays-Bas, J-16

La cliente leva un sourcil.

— J'ai entière confiance en mes associés. J'ai du mal à vous croire…

Rebecca posa un doigt sur l'une des cartes disposées sur la table.

— Au centre, vous avez le Pendu : cette carte peut indiquer une erreur d'appréciation de votre part, vos associés ne sont peut-être pas si dignes de la confiance que vous placez en eux. À gauche, la Lune : il peut s'agir d'une déception, ou bien d'une maladie – compte tenu des autres cartes, je penche plutôt pour la déception, la tromperie. À droite, le Mât. Cette carte va avec celle du Pendu : elle est signe d'une inconscience, en l'occurrence de la confiance que vous accordez peut-être à tort à vos associés. En haut, la Mort indique un grand bouleversement. Cette carte n'est pas mauvaise en elle-même, mais le tirage n'est pas favorable. Enfin, en bas, la Maison Dieu : elle est également signe d'inconscience, de bouleversement, plutôt dans le sens d'une… catastrophe.

Un silence suivit. Le murmure de la ville était tout juste perceptible à travers les murs épais de la vieille bâtisse. Un voile sombre s'était posé sur le visage de la cliente.

— Voulez-vous faire un nouveau tirage ? proposa Rebecca. Essayez de formuler plus précisément votre question. Vous n'avez pas croisé les jambes, au moins ?

— Eh bien, maintenant que vous le dites, je ne suis plus tout à fait sûre, lui répondit-elle, un soupçon d'espoir dans la voix.

Une demi-heure plus tard, la vieille dame venue chercher la vérité dans les cartes de Rebecca repartit troublée. Ses clients attendaient d'elle les réponses qu'ils espéraient de tout leur cœur obtenir. Rebecca devait systématiquement leur rappeler que cela ne fonctionnait pas ainsi. Les cartes n'annonçaient généralement pas la rencontre de l'âme sœur ou une rentrée miraculeuse d'argent. Elle était bien placée pour savoir que la vie réservait parfois de mauvaises surprises, cette maison en était le parfait exemple. Mais elle n'aurait voulu la quitter pour rien au monde. Son histoire était tragique, mais son âme, intacte, était devenue une partie d'elle-même. Elle y vivait seule et elle était bien décidée à ne rien changer à cet état de fait. La solitude lui convenait parfaitement. Des aventures, elle en avait eu, mais elle commençait à croire qu'elle n'était pas faite pour la vie de couple. Longtemps, elle avait pensé que sa grande taille et son regard hostile dissuaderaient les hommes, à tort, les prétendants étaient nombreux. Bien sûr, son mètre quatre-vingts impressionnait au premier abord (d'autant que sa ligne fine et élancée semblait allonger sa silhouette de quelques centimètres encore), mais son visage n'était à nul autre pareil. Ovale presque parfait, harmonie de courbes rondes et délicates encadrées de longs cheveux blonds qui bouclaient en arabesques rebelles le long du cou et des tempes, on le remarquait entre cent, on n'en détachait plus les yeux jusqu'à ce qu'il se dérobe à la vue, puis on retrouvait son souffle, on se demandait si on avait rêvé et si c'était le cas on aurait voulu ne jamais se réveiller. On gardait l'image d'un regard sombre, deux perles d'un noir menaçant, déplacées dans ce visage à la blancheur si fragile, mais même cela n'enlevait rien à la fascination.

Les prétendants étaient nombreux, oui, mais souvent éconduits. Elle était aujourd'hui bien décidée à vivre sa vie comme elle l'entendait et pour l'instant elle évitait les mauvaises rencontres. Plutôt seule que mal accompagnée, avait-elle l'habitude de répondre aux curieux. Pas tout à fait seule, en fait. Elle hébergeait deux chartreux caractériels, Zao et Wouki, dont l'âge avancé avait mis fin aux incessantes luttes auxquelles ils se livraient autrefois.

Elle disposait de trois quarts d'heure de battement avant sa prochaine cliente. Elle se dirigea vers la cuisine, aussitôt suivie par Zao, et mit de l'eau à chauffer.

Le métier de cartomancienne (car il s'agissait bien d'un métier, nonobstant l'incrédulité qu'elle lisait systématiquement dans les yeux de tous ceux qui lui posaient la question de sa profession) lui apportait toutes les satisfactions qu'elle n'avait pu trouver dans les postes à responsabilité qu'elle avait occupés dans les premières années de sa vie professionnelle.

Elle avait adoré son métier de manager et s'en était sortie chaque fois tout à fait honorablement – elle respectait ses équipes et les défendait du mieux qu'elle pouvait, elles lui donnaient en retour le maximum d'elles-mêmes. Elle prenait son travail très à cœur, elle était fonceuse, mais réfléchie, à l'écoute, généreuse et prévenante, trop même aux yeux de certains. Proche des hommes et des femmes qu'elle dirigeait, elle n'avait malheureusement jamais eu la reconnaissance de ses pairs, encore moins celle de ses supérieurs. Pire, on lui avait marché dessus. Elle s'était profondément investie pour voir de jeunes cadres gonflés d'ambition lui faire ravaler ses beaux discours sur l'esprit d'équipe et le respect de la personne. Elle en avait eu assez. Elle avait fait une croix sur sa carrière quelques années auparavant et avait tout repris de zéro.

Grâce à l'enseignement de sa grand-mère, elle s'était aguerrie à l'occulte (elle n'aimait pas ce terme, qui renvoyait trop souvent à de parfaits illuminés) et consciente de l'étendue de ses dons avait décidé de les mettre au service des autres, suivant ainsi la voie de son aïeule. Ses amis avaient été surpris par cette brutale reconversion, mais sa famille n'était plus là pour s'en offusquer.

Zao se mit à émettre de petits toussotements évoquant le râle d'un vieux tacot à l'agonie. Rebecca le saisit sous les pattes avant et le maintint dans les airs à bout de bras. Le pauvre matou, à peine remis de sa quinte de toux, semblait se demander pourquoi ses pattes ne touchaient plus le sol.

— Boule de poils ? se moqua-t-elle.

Le téléphone sonna à l'entrée. Rebecca abandonna Zao près de sa gamelle, interrompit le frémissement de la bouilloire du bout des doigts et quitta la cuisine.

— Allô ?

— Bonsoir, madame. Otto Van Helsing. Suis-je bien chez Rebecca Decker ?

— C'est moi.

— Enchanté, madame Decker. Frederik Brueghel m'a donné votre nom.

Frederik Brueghel, le maire, était un bon client à deux titres : il payait ses consultations rubis sur l'ongle et sa situation lui permettait d'opérer un bouche à oreille efficace sur ses talents. Elle faisait le moins de publicité possible autour de sa profession, d'abord parce qu'elle avait pu dès le début s'appuyer sur son réseau pour attirer à elle une clientèle ayant les moyens de se payer plusieurs séances par mois, ensuite parce qu'elle avait peur que les vecteurs de communication habituels lui amènent toutes sortes de détraqués. Elle avait eu son lot, mais sa discrétion avait limité les dégâts. Il n'était pas question que l'histoire se répétât...

— M. le maire vous fait une publicité incroyable, savez-vous ? reprit son interlocuteur.

Rebecca sourit.

— À ce qu'on me dit, en effet.

— Il m'a informé que vous aviez quelque talent et que vous aviez affaire à certaines choses un peu... particulières.

Le sourire de Rebecca s'élargit. Il y avait décidément des mots qu'il était difficile de prononcer.

— Tout dépend de ce que vous entendez par « particulières », répliqua-t-elle avec malice.

— Eh bien, des choses hors du commun, que l'on ne peut pas expliquer... facilement.

— Je ne suis que cartomancienne. J'essaie de trouver dans les cartes des réponses aux questions qui me sont posées, c'est tout.

— Mais avez-vous déjà aidé des personnes à… se débarrasser…

Son interlocuteur semblait avoir quelques difficultés à exprimer son idée.

— De mauvaises choses ? risqua-t-il.

— Vous voulez dire, à travers les cartes ?

— Non… Plutôt à travers des… rituels. Un peu comme… des exorcismes.

— Les exorcismes sont le privilège du clergé. Généralement, je m'en tiens aux cartes. Dites-moi ce qui vous préoccupe, exactement.

— Je préférerais plutôt prendre rendez-vous pour vous expliquer les choses en détail. Est-ce envisageable ?

— Vous avez une minute, s'il vous plaît ? demanda-t-elle aussitôt.

— Je vous en prie.

Rebecca posa le combiné et passa au salon. Elle revint un instant plus tard munie d'un tarot de Marseille et de son agenda. Elle posa le jeu sur le bureau, face cachée, puis le coupa, simple précaution avant de se lancer dans l'inconnu. La carte du Jugement. Rien d'exceptionnel, juste l'indication d'un événement hors du commun, anormal, vraisemblablement celui sur lequel son interlocuteur cherchait des explications.

Rebecca reprit le combiné.

— Je peux vous proposer jeudi, à seize heures.

— Vous n'êtes pas disponible avant cette date ?

Jeudi, dans deux jours donc. Ce monsieur était visiblement pressé.

— Je suis désolée, je ne peux pas me libérer avant jeudi.

— Très bien, disons donc jeudi, à seize heures.

— J'habite Kelsingstraat, au numéro huit. Vous voyez à peu près où ça se trouve ?

— C'est que... Pour ce que j'ai à vous montrer, je pensais plutôt vous recevoir.

De petits voyants passèrent au rouge dans l'esprit de Rebecca.

— Je n'ai pas pour habitude de me rendre chez mes clients, dit-elle assez sèchement.

— Je comprends, oui, mais il me serait difficile de vous expliquer les choses hors d'ici. De chez moi, je veux dire.

Rebecca attendit la suite, qui ne vint pas. L'homme ne voulait visiblement pas en dire plus. Elle réfléchit. Elle pouvait toujours, comme elle l'avait déjà fait par le passé, se rendre chez son client discrètement accompagnée de son ami Peter. Enfin, aussi discrètement que le permettaient son mètre quatre-vingt-huit et ses cent quinze kilos. Peter était un garçon adorable, mais il ne se laissait pas marcher sur les pieds. Il avait déjà fait le planton dans la voiture de Rebecca pendant ses consultations à domicile, passant son temps à lire des mangas ou à écouter de la musique. Les quelques enveloppes de graines de tournesol qu'elle retrouvait sur le plancher de son véhicule, nourriture de base du régime alimentaire de Peter, étaient la très faible contrepartie de ses services.

— Écoutez, voici ce que je vous propose, poursuivit Otto Van Helsing à qui l'hésitation de Rebecca n'avait pas échappé. Appelez Frederik et donnez-lui mon nom, je pense qu'il saura dissiper vos craintes.

Ce monsieur plein de ressources était à l'évidence bien décidé à la recevoir. Sa proposition était somme toute judicieuse et ce serait l'occasion de se rappeler au bon souvenir du politicien. Elle décida de jouer cartes sur table.

— Eh bien, pour être tout à fait honnête, je préfère effectivement lui téléphoner avant de vous confirmer notre rendez-vous.

— Parfait, parfait, se réjouit Otto Van Helsing, visiblement très confiant quant à la suite des événements. Je vous laisse mon numéro de téléphone.

Rebecca resta songeuse après avoir raccroché. Les quelques mots prononcés par ce nouveau client l'avaient intriguée : une chose à lui montrer, qu'il ne pouvait à l'évidence pas sortir de chez lui. Elle aimait le mystère, et cet Otto Van Helsing avait piqué sa curiosité.

Zao et Wouki se frottèrent à ses jambes. Elle se dirigea vers la cuisine pour nourrir les deux félins avant d'appeler le maire dont elle espérait quelques révélations. La pitance des deux matous servie, elle se versa un peu d'eau chaude et huma la douce odeur de cannelle qui s'échappait de sa tasse en songeant à ce M. Van Helsing, en qui elle pressentait un bien curieux personnage.

*

— Otto Van Helsing est un curieux personnage, déclara le maire.

— Que veux-tu dire ?

26

À raison d'une séance de cartomancie par semaine depuis deux ans, Rebecca pouvait se permettre de le tutoyer. C'était une chance qu'elle fût parvenue à l'avoir au téléphone le jour même. Frederik Brueghel était un homme très occupé et ne s'embarrassait pas de civilités lorsqu'il s'agissait d'éviter les importuns.

— Otto Van Helsing a d'abord été militaire, une vocation familiale, semble-t-il, puisque son père et son grand-père l'étaient avant lui. D'après ce que j'en sais, c'était un officier assez sévère, mais droit dans ses bottes et son nom était connu dans tout le pays. Sauf du côté de Kelsingstraat, apparemment.

— Gna gna gna… Et sinon ?

Le maire rit de bon cœur et poursuivit sa présentation.

— Il a fait son chemin et a quitté l'armée avec le grade de colonel. Il lui a alors pris l'idée de racheter une société de métallurgie qu'il a, ma foi, rudement bien fait prospérer – Van Helsing s'y connaissait aussi en affaires. Il a pris sa retraite il y a quelques années et il vit aujourd'hui dans le manoir de la famille, à Wittemer End.

Wittemer End, elle voyait à peu près où ça se trouvait. L'endroit était un peu isolé, pas de chance. Elle allait peut-être avoir besoin des services de Peter, finalement.

— Ça ne me dit pas ce qu'il a de curieux, ce M. Van Helsing.

— Eh bien, il ne sort pas souvent de chez lui et passe son temps dans sa bibliothèque le nez dans ses bouquins. C'est sa femme de ménage qui raconte les petites habitudes du vieux monsieur en ville. Tu sais ? Gretel, ajouta malicieusement le maire.

Gretel, elle savait, oui. Bette Midler, en plus rustique.

— Qu'y a-t-il de si étrange à passer son temps le nez dans les bouquins ? insista Rebecca.

— C'est surtout que quand je dis que le vieux bonhomme ne sort pas souvent de chez lui, je pèse mes mots. Un véritable ermite, ou un ours en hibernation qui a eu une grosse panne de réveil, si tu préfères.

— Et ses habitudes se résument à la lecture ?

— Va savoir... Imagine le vieux bonhomme, le nez dans ses bouquins, et Gretel qui s'agite autour de lui dans son tablier sexy et qui l'enivre de son parfum antibactérien au citron. Ça te réveillerait un mort, non ?

— Je ne suis pas sûre de vouloir m'imaginer la scène... Plus sérieusement ?

— Disons que ça l'occupe une très grande partie de son temps.

— Marié ? Des enfants ?

— Il a été marié, mais sa femme est morte il y a quelques années, emportée par un cancer. Pas d'enfants.

— Quoi d'autre ?

— Pas grand-chose. Comme je t'ai dit, le personnage est mystérieux. Je l'ai bien connu lorsqu'il était encore en activité, il en voulait et il menait rondement ses affaires. Avec ça, il était apprécié de tous ses employés. Un patron modèle, quoi.

— Il en faut bien quelques-uns, plaisanta Rebecca.

— J'ai été patron, tu sais.

— Oui, je sais, et je n'aurais pas aimé être ta subordonnée.

— Je vais faire comme si je n'avais rien entendu. À l'époque, c'était déjà un rat de bibliothèque. Polars, romans historiques, documents, biographies, poésie, tout lui passait entre les mains. Il a tiré de ses bouquins une culture extraordinaire, mais il a un penchant plus particulier pour l'occulte et il en parle volontiers.

Il sembla à Rebecca avoir perçu une pointe de sarcasme dans ces tout derniers mots.

— Culture et occulte sont deux mots qui ne font pas bon ménage, ironisa Rebecca.

— Ce n'est pas ce que je dis. Il aborde le sujet un peu trop souvent à mon goût, voilà tout. Tu sais bien qu'on ne serait pas en train de se parler si je n'avais pas une certaine ouverture d'esprit.

Un point pour lui.

— Ça explique donc en partie son coup de fil, conclut-elle. Mais dis-moi, comment ce monsieur est-il arrivé jusqu'à moi ?

— Il est membre de mon association.

— Les vieux lubriques anonymes ?

— Ah, ah. Non, pas celle-là, l'autre, Les ailes anciennes. Ça lui arrive de passer au club, quand il veut bien sortir de son antre. Une fois dans l'année, pour ainsi dire.

— Il s'intéresse aux avions ?

— Il s'intéresse à tout. J'ai dû lui parler de toi, je crois que c'était à l'occasion d'une conversation sur la voyance.

— Quel rapport avec les avions ?

— C'est bien pour ça que je t'ai dit qu'il parlait d'occulte un peu trop souvent à mon goût.

— Je vois. Bon, *a priori*, je n'ai donc pas affaire à un dangereux pervers sexuel ?

— Non, pas vraiment, ou alors, c'est que tu le veux bien.

— Sans façon, tu connais ma devise.

— Plutôt seule que mal accompagnée, oui, je sais. Et tu sais ce que j'en pense.

— Que c'est un beau gâchis ?

— Tout à fait. Tu vas finir vieille et aigrie, Rebecca !

— Vieille, j'espère bien le devenir. Pour l'aigreur, je compte sur toi pour ne pas accélérer le processus.

Le rire du maire vibra dans le téléphone.

— OK, OK, j'arrête de t'embêter avec ça. Pourquoi ce soudain intérêt pour Van Helsing ? Un nouveau client ?

— Peut-être. Tu sais bien, je prends toujours mes précautions. On se voit toujours la semaine prochaine ?

— Rien de changé, oui. Pas possible cette semaine, mon planning est complètement surchargé.

— Pas de problème. Merci pour les renseignements, Frederik. À bientôt.

— Avec plaisir. Prends soin de toi, Rebecca.

Pas de révélation fracassante, donc. Et aucune menace à l'horizon. Elle croisa les bras et porta ses longs doigts fins à ses lèvres. Ça ne coûtait rien de voir si Peter pouvait lui servir de garde du corps ce jeudi. Elle avait toute confiance dans les paroles du maire, mais la prudence restait de mise. Peter avait toujours répondu présent. À se demander quand il bossait.

Rebecca – Pays-Bas, J-15

S'il y avait bien une chose dont Rebecca avait horreur, c'étaient les courses. Même au mieux de sa forme et de son humeur, elle sentait l'énervement la gagner au bout du troisième voyage au rayon fruits et légumes ou après la énième collision avec un chariot négligemment abandonné en plein milieu d'une allée. Elle devait reconnaître qu'elle faisait preuve d'un certain manque d'organisation et qu'elle avait une inexplicable tendance à oublier l'emplacement des produits, mais il n'y avait rien à faire, son aversion pour les courses était viscérale. En temps normal, c'était un supplice, à l'approche des fêtes, cela devenait un véritable calvaire. Sa liste de courses n'était heureusement pas bien longue et elle n'avait pas dû s'embarrasser du maudit engin à roulettes. Elle parcourait les rayons au pas de course à la recherche de tout le nécessaire pour nourrir son garde du corps ce soir. Elle savait que Peter ne refuserait pas son invitation. Elle connaissait aussi son appétit légendaire. Elle s'apprêtait à mettre le point final à ses achats quand une voix familière l'interpella. Elle n'eut

31

pas besoin de se retourner – cette voix-là, elle était capable de la reconnaître entre mille.

— Mademoiselle Decker ! Quel plaisir de vous voir.

Rebecca, retenant de justesse un soupir intempestif, se força à afficher un sourire amical.

— Madame Steen… Comment allez-vous ?

— Mon fils vient de trouver un emploi à Shanghai, vous savez, répondit jovialement la sexagénaire qui semblait considérer cette information comme la réponse la mieux appropriée à la question de Rebecca.

— C'est formidable ! Il doit être ravi.

Rebecca espéra ne pas avoir trop forcé son enthousiasme.

— Un changement complet de situation, un long voyage pour un proche parent, vous m'aviez tout dit ! Il s'était bien gardé de m'en parler ! Il dit qu'on aurait pu lui porter la poisse, comme si je passais mon temps à réciter des incantations et à égorger des poulets !

Et son interlocutrice partit d'un énorme rire à faire trembler les rayonnages. Rebecca n'avait jamais su comment manœuvrer Mme Steen. Elle admirait les personnes qui avaient ce don de mettre habilement fin à une conversation qui s'annonçait comme un long et pénible monologue, chose qu'elle n'avait jamais su faire. Et même si cela avait été le cas, elle doutait que cela s'avérât d'une quelconque efficacité avec sa cliente. Mme Steen était une charmante vieille dame en forme de cube, avec un curieux visage poupin qui lui donnait vingt ans de moins. Elle était d'une inébranlable bonne humeur, mais aussi d'une volubilité égale.

— Enfin, la Chine, ce n'est pas la porte à côté, mais j'ai toujours rêvé de voir la Grande Muraille.

Rebecca réprima un sourire à l'image de Mme Steen en touriste bariolée ahanant péniblement sur les pentes escarpées de la tortueuse construction.

— Fiona !

Mme Steen se retourna.

— Célia ! Comment vas-tu ? demanda-t-elle à la nouvelle venue, une imposante femme aussi grande que Rebecca et presque aussi large que son amie Fiona.

Le rayon surgelés était à présent interdit à la circulation. Rebecca profita immédiatement de l'aubaine.

— Je ne vous retarde pas plus longtemps, madame Steen, s'empressa-t-elle de dire.

Mais le moulin à paroles était déjà reparti de plus belle.

— Célia, il faut que je te présente Rebecca Decker.

— Depuis le temps que Fiona me parle de vous, enchaîna la dénommée Célia.

— Je suis sincèrement désolée, mais il faut vraiment que j'y aille, insista Rebecca. Je dois voir une cliente dans...

Elle consulta sa montre et prit un air affolé.

— Une demi-heure ! C'est un miracle si elle n'arrive pas avant moi. Bonne journée, mesdames.

Et elle s'éloigna prestement sans laisser à Mme Steen le temps de la prendre au piège d'une nouvelle tirade.

Pas mécontente de son mensonge improvisé, Rebecca regagna sa voiture et se débarrassa de ses commissions sur le siège passager. Elle mit le contact et vit le voyant d'essence s'allumer. Elle démarra et se dirigea vers la station-service.

Le pistolet bien calé dans la trappe à essence, Rebecca finalisait le menu du dîner dans sa tête. Peter n'était pas une fine bouche, mais Rebecca avait énormément appris auprès de sa grand-mère, qui lui avait avant toute chose transmis le plaisir de cuisiner. Elle était donc décidée à faire les choses au mieux. Il n'y avait peut-être qu'un seul plat qu'elle n'arriverait jamais à réussir aussi bien que sa professeure, celui dont celle-ci avait fait sa spécialité : les Krenteweggen. Pour le reste, elle n'avait pas à rougir de ses talents et quand elle mettait en pratique les enseignements de sa grand-mère, elle avait le sentiment de l'avoir encore auprès d'elle.

Le pistolet claqua dans sa main. Elle sortit de sa rêverie et posa les yeux sur le cadran de la pompe. Elle fronça les sourcils. L'affichage ne fonctionnait pas correctement. L'écran indiquait :

« 50.UL »

Elle s'approcha, raccrocha le pistolet, cogna à plusieurs reprises son doigt contre le verre, sans succès. Étrange… Elle levait le bras pour renouveler l'opération quand les vertiges la saisirent. La violence de l'étourdissement l'obligea à agripper la pompe à deux mains.

Elle ferma les yeux.

Une piste de danse. Une musique assourdissante.

Hooves knock hard on a black scorched ground
– boom boom –

Les enceintes font vibrer l'air au point qu'on peut presque le voir frissonner au-dessus de la piste ; les spots s'allument et s'éteignent au rythme de la musique,

*transformant le champ de vision en un défilement inin-
terrompu d'images stroboscopiques qui mettent son cerveau au supplice.*

> You kneel wretchedly before our looming sound
> — boom boom —

*Il a du mal à se diriger. Il se retrouve aveugle toutes
les deux secondes et bute en permanence sur les danseurs.*

> Summoned by your dying desire to devour
> — boom boom —

*— Jeremy !
Jeremy tend le cou et aperçoit Vicky dans un flash,
à quelques mètres de là. Il a tout juste le temps de lui
lancer un sourire.*

> We've come to take our due in this last grim hour
> — boom boom —

*Il tente tant bien que mal de garder Vicky dans son
champ de vision.*

> — boom boom —

*Il écarte un couple de danseurs du revers de la main,
regarde de nouveau droit devant lui. Elle a disparu.*

> — boom —

Nouveau flash.

– boom –

Un homme portant une capuche se tient devant lui.

– boom –

Il croise son regard.

– boom –

Ses pupilles sont si dilatées qu'il n'y a plus d'iris. Deux puits sombres et brillants comme de l'obsidienne.

– boom –

Qui le regardent avec intensité.

– boom –

Et hostilité.

– boom –

La scène se colore de rouge. Il n'y a soudain plus un bruit. La piste, écarlate, a disparu sous une mince couche liquide que rident de petites vagues animées par un souffle silencieux.

Elle se redressa dans un tressaillement et mit une main devant sa bouche en réalisant qu'elle avait poussé un cri au moment où ses yeux s'étaient rouverts. Elle sursauta une nouvelle fois au son d'une rafale de basses déversée par une voiture qui sortait du parking toutes vitres ouvertes.

Sur l'écran, les chiffres avaient retrouvé leur aspect normal.

Subitement prise de panique, elle jeta des coups d'œil inquiets autour d'elle. Son regard croisa celui du conducteur du véhicule stationné derrière le sien, qui l'observait avec une expression de franche inquiétude sur le visage. Elle se réfugia prestement derrière le volant, mit le contact et rejoignit la sortie en vitesse.

Peter – Wittemer End, Pays-Bas, J-14

— Quand est-ce que tu bosses, Peter ? Je ne m'en plains pas, ajouta-t-elle aussitôt, je me pose juste la question.

Ils roulaient vers Wittemer End depuis une vingtaine de minutes. Peter regardait droit devant lui, les bras croisés sur son immense poitrail.

— Ne t'inquiète pas pour ça, je fais ma part de boulot.

— Je n'en doute pas une seule seconde. Je te remercie d'être venu, Peter. Vraiment.

— Pas de problème, petite sœur, je ne tiens pas à te voir tomber entre les mains d'un vieux pervers, répondit le colosse.

« Petite sœur »... Elle était de sept ans son aînée. Elle savait que pour lui, c'était bien plus qu'un simple sobriquet. Quand elle l'avait connu, il venait à peine de se débarrasser de ses couches-culottes et elle faisait le double de sa taille. À présent, il la dépassait de presque dix centimètres et elle n'était pas parmi les plus petites.

— Ça se passe bien, au journal ? demanda-t-elle.

— On a pas mal de travail, en ce moment. On aurait d'ailleurs bien besoin de renfort. Ça te dit pas, un peu de pige ?

— C'est pas mon truc, les jeux vidéo. Toute cette violence, cette débauche de sang, je trouve ça dégueulasse.

— Mais arrête, y a pas que ça, je teste aussi des jeux de sport, des jeux de stratégie, des jeux d'aventure. Pour certains, t'aurais pas assez de deux cerveaux pour avancer. Tu devrais essayer, ça te détendrait.

— Se prendre la tête pour résoudre une énigme juste pour gagner le droit d'en avoir une encore plus corsée derrière, tu parles de détente.

— C'est quoi, se détendre, pour toi ?

— Mais j'en sais rien moi, dit-elle sur un ton impatient. Certainement pas ça.

Peter ricana et reporta son attention sur les bois qui défilaient le long de la route.

— Merde, j'aimerais bien savoir comment tu te détends, toi. Je ne te vois jamais que le nez dans tes cartes.

— Tu exagères, je n'y passe pas mes journées.

— Ce n'est pas l'impression que ça donne. Enfin quoi, tu parles sans arrêt des petits problèmes de Mme Truc qui aimerait ramener le bonheur dans son couple, ou de Melle Machin qui souhaiterait tant s'entendre mieux avec ses parents. Tu devrais prendre un peu plus de temps pour toi.

— Eh, Jiminy, t'as fini avec tes sermons ?

— Ouais, ben justement, t'aurais peut-être besoin d'un Jiminy Cricket. Il te dirait de t'occuper de toi avant de t'occuper des autres et de peut-être t'inquiéter de ces…

Il chercha ses mots en agitant les doigts en l'air.

— Ces trucs que tu vois, compléta-t-il avec une grimace.

Rebecca braqua un regard mauvais vers son passager.

— Eh, mais t'as décidé d'être chiant, aujourd'hui.

Peter sentit le terrain devenir glissant, il lui fallait calmer le jeu.

— Non, ce que je veux dire…, commença-t-il posément.

— Fous-moi la paix avec ça, OK ?

— Oh… doucement petite sœur, je suis juste un peu inquiet. Ça se multiplie ces derniers temps et…

— Arrête.

Peter leva les mains en l'air comme pour se protéger de la colère de son amie et se mura dans le silence. Une minute passa sans qu'ils échangent le moindre mot.

— Excuse-moi, lâcha finalement Rebecca. C'est vrai que c'est de plus en plus souvent ces derniers temps et ça me rend… nerveuse.

— Ça va…

— Excuse-moi, Peter, insista Rebecca sur un ton plus doux.

— C'est bon, n'en parlons plus.

Rebecca se mordit la lèvre. Pourquoi fallait-il qu'elle s'emportât si facilement ? Cette façon de se comporter, c'était presque maladif, elle le savait en plus, mais elle n'avait jusque-là jamais été capable d'améliorer les choses. Autant avait-elle toujours su faire preuve d'empathie dans sa vie professionnelle, autant ne supportait-elle pas la critique en privé et montait-elle sur ses grands chevaux à la moindre remarque. On ne lui en avait fait que trop souvent le reproche.

Mais merde, il n'a pas à me faire la morale non plus...

Rebecca avait aussi ceci de remarquable : ses remords fondaient comme neige au soleil.

— On va où, à ce propos ? demanda Peter au bout d'un moment.

— Ben, il est temps que tu poses la question, on est presque arrivés. Wittemer End, je vais voir un certain M. Otto Van Helsing, dans un grand manoir lugubre.

Elle prononça ce dernier mot d'une voix qu'elle s'efforça de rendre la plus effrayante possible.

— Van Helsing ? Alors ça, c'est pas mal.

— Tu le connais ? s'étonna Rebecca.

— Ce Van Helsing-là, non. Mais je connais le Van Helsing qui tue Dracula dans le roman de Bram Stoker. Tu devrais connaître ce genre de choses.

— Les vampires me consultent rarement, rétorqua Rebecca en encaissant la pique. On n'a pas les mêmes horaires.

— À propos de consulter, je vais aux États-Unis dans pas longtemps voir un fabricant de processeurs. Il faut absolument que tu me tires les cartes. Ils viennent de sortir un petit joujou, mais alors, une vraie merveille de technologie. J'aimerais savoir s'ils vont me faire cadeau d'un de ces petits bijoux.

— Non, mais c'est pas vrai... Il n'y a rien d'autre que tu veuilles savoir ? Si ton voyage va bien se passer ? Si tu vas revenir en un seul morceau ?

— Même en plusieurs morceaux, je m'en fous. Du moment que j'arrive à monter ce processeur sur mon PC à mon retour.

Rebecca secoua la tête. Son regard fut attiré par des petites taches claires aux pieds de Peter.

— Pourrais-tu éviter de faire disparaître le plancher de ma voiture sous les graines de tournesol, s'il te plaît ?

Peter s'arrêta en plein épluchage et fixa Rebecca. Il attendit qu'elle soit concentrée sur sa conduite pour gober la petite graine qu'il serrait entre ses lèvres avec un bruit de succion volontairement exagéré.

— T'es dégueu, lui lança Rebecca sans quitter la route des yeux.

La voiture entrait à ce moment dans Wittemer End, quartier ancien aux rues étroites le long desquelles étaient bâties de riches maisons bourgeoises. Sobres, mais élégants arrangements de briques colorées, façades crépies parées de porches classieux enchâssés dans de solides encadrements de pierre, fenêtres rehaussées d'arcs en accolade ou de floraisons de pierre semblables à d'éternelles pergolas. Les maisons les plus cossues étaient flanquées d'encorbellements ou d'oriels, ou s'étiraient en clochetons aux formes anguleuses qui projetaient leur ombre sur les toits d'ardoise. Le ticket d'entrée ne devait pas être à la portée de toutes les bourses.

— Il m'a dit de prendre toujours tout droit. Le manoir se trouve aux limites de la ville, on ne peut pas le rater, à ce qu'il paraît.

Après plusieurs centaines de mètres, les habitations devinrent plus clairsemées ; çà et là n'apparaissaient plus que des pavillons récents qui faisaient peine à voir après la splendeur du vieux quartier. Puis les arbres se resserrèrent le long de la chaussée, les voitures se raréfièrent. Ils poursuivirent leur route au milieu d'une dense forêt de résineux. Peter brisa le silence :

— Aux limites de la ville ? Il a une étrange conception des distances, ton bonhomme.

Il eut à peine achevé sa phrase qu'une trouée laissa enfin entrevoir le manoir sur la gauche. Peter siffla entre ses dents.

— Celui-là, tu lui fais payer le prix fort, fit-il avec un clin d'œil.

Otto – Wittemer End, Pays-Bas, J-14

Peter fit un petit geste de la main en direction de Rebecca. Elle agita la sienne en retour et se tourna vers le manoir. Elle avait garé son véhicule à quelque distance de la grille de la propriété, Peter posté en gros chien de garde sur la banquette arrière. Chaudement emmitouflé dans sa parka, il avait du mal à trouver une position confortable dans cette voiture peu adaptée à ses dimensions. Il avait dans sa poche un petit capteur qui vibrerait en réponse à la pression que Rebecca, en cas de problème, appliquerait au dispositif discret fixé à sa ceinture. Elle devait simplement prendre le soin de laisser la grille de l'entrée entrouverte.

Malgré son épais manteau de laine, Rebecca frissonnait. L'air était immobile, comme saisi par le froid vif de la fin de l'automne. Elle regarda au loin. Il n'y avait pas âme qui vive. La route poursuivait sa course entre de hauts sapins, sans le moindre fléchissement, et se perdait à la limite du champ de vision. Arrivée à la grille, elle porta un instant son regard sur la perspective offerte par l'allée encadrée par les hêtres et les épicéas et sur le manoir à son extrémité. Elle poussa le bouton de l'interphone et la grille s'ouvrit sans que le dispositif eût émis le moindre son.

Deux bonnes minutes de marche l'amenèrent sur l'esplanade gravillonnée qui accueillait les visiteurs devant la porte du manoir. La bâtisse était posée sur une terrasse à laquelle menait un large escalier sculpté. Ses pierres claires brillaient sous l'effet de la lumière blafarde qui enveloppait le paysage. La curiosité entraîna Rebecca de côté pour essayer d'embrasser la demeure du regard. Il y avait vraisemblablement de quoi loger tout un régiment. Les deux principaux corps d'habitation formaient un « L » couvert de tuiles grises et flanqué d'un système compliqué de terrasses qui semblaient communiquer les unes avec les autres. Une tour carrée dominait l'ensemble, qui devait offrir une belle perspective sur la ville.

— Madame Decker, je suppose.

Rebecca se retourna avec un sursaut de surprise. C'était à croire qu'Otto Van Helsing s'était approché en flottant à quelques millimètres des gravillons, elle n'avait pas entendu le moindre bruit jusqu'à ce qu'il fût juste derrière son dos. Il semblait d'ailleurs très amusé par sa discrète apparition. La voix qu'elle avait entendue au téléphone ne l'avait pas préparée à se trouver face à un homme à l'allure si imposante, aussi grand que Rebecca, avec une carrure demeurée massive malgré un embonpoint naissant. Il portait une courte barbe argentée et une moustache en contraste très sombre, c'était à peu près là l'ensemble de son système pileux. Le visage était taillé au couteau, avec des mâchoires qui tendaient la peau en arêtes vives et d'étroits yeux sombres surmontés d'épais sourcils. Le personnage dégageait un indéniable charisme.

— Mademoiselle Decker, précisa Rebecca.

— Ah ! Toutes mes excuses. Je commençais à croire que vous vous étiez perdue.

— J'admirais votre demeure, monsieur.

— Je vous en ferais bien faire le tour s'il ne faisait pas ce froid de loup. Une autre fois, peut-être. Mettons-nous au chaud, vous voulez bien, proposa-t-il en tendant un bras en direction de l'entrée principale. Votre ami ne se joint pas à nous ?

Rebecca resta interloquée un court instant. Comment ce vieux renard avait-il repéré la présence de Peter ?

— Euh… Non, il préfère m'attendre dans la voiture. C'est un ami qui me rend visite, j'ai profité de mon trajet à Wittemer End pour le prendre à la gare, c'était sur mon chemin. Cela m'évite de faire des allers et retours. Il… a de la lecture.

Elle n'était pas convaincue par son mensonge, mais elle n'avait jamais été très douée pour l'improvisation.

— Comme vous voudrez. Il pourra toujours sonner si on tarde trop.

Le propriétaire des lieux précéda Rebecca dans l'escalier de pierre, puis il poussa la lourde porte d'entrée et enjoignit à son invitée de s'avancer.

— Par ici.

Ils longèrent un vestibule au parquet sombre et aux murs couverts de lambris qui, à mi-hauteur, laissaient la place à un tissu vert pâle sur lequel étaient accrochés des dessins au crayon et des photos en noir et blanc de la bâtisse à différentes époques. L'éclairage était faible – une vague clarté émanant d'appliques en forme de chandelle – et toutes les portes étaient fermées, mais malgré cette relative obscurité, le large corridor était une belle entrée en matière qui présupposait les charmes de la demeure.

Otto ouvrit une porte sur la droite et s'esquiva pour laisser le passage à Rebecca. Le contraste de lumière la prit de court. Un jardin d'hiver, et de belles dimensions encore. Les plantes vertes alignées le long des baies vitrées étaient resplendissantes, Van Helsing avait visiblement la main verte. Un divan ancien était disposé à l'abri d'un ficus, un livre ouvert abandonné sur sa tapisserie fauve. Le murmure d'une fontaine, invisible aux yeux de Rebecca, donnait à la scène une atmosphère assez irréelle.

— Asseyez-vous, je vous en prie.

Une petite table ronde avait à l'évidence été préparée à son intention. Une nappe blanche y avait été tendue, et Otto, en homme prévoyant, y avait placé une cafetière et une théière, ainsi que deux tasses et une assiette de petits gâteaux. Le raffinement presque désuet de l'accueil amusa Rebecca.

— Avez-vous trouvé facilement ?

— Sans problème, oui. On ne peut effectivement pas passer à côté de votre manoir.

— C'est qu'il n'est pas encore suffisamment retiré, alors, dit-il avec amusement.

Il enchaîna à brûle-pourpoint :

— Vous ne correspondez pas à l'idée que je me faisais d'une cartomancienne.

— Et quelle idée en aviez-vous ?

Otto leva la tête et contempla une nouvelle fois le visage qu'il avait devant lui, excessivement pâle, aux contours très doux. Il était subjugué par ces yeux d'un noir profond, deux petits cercles de ténèbres insondables.

— Je ne sais pas. J'en avais une image plus… extravagante, moins… plaisante…

Rebecca, surprise, ne put réprimer un sourire.

— Thé ? Café ? proposa son hôte.

— Un peu de café, merci.

Otto remplit les tasses.

— Les gens ont souvent des idées préconçues sur les cartomanciennes, fit remarquer Rebecca.

— C'est-à-dire ?

— Eh bien… Au mieux, ils nous voient comme un genre de… magiciennes, au pire, comme la plus belle espèce d'escrocs.

— Que faut-il en penser, en ce cas ?

— Je ne crois pas en l'existence des magiciennes. Quant aux escrocs, j'imagine qu'il y en a dans bon nombre de professions plus… respectables.

Otto esquissa un sourire entendu.

— Vous avez bien raison. Comment devient-on cartomancienne ?

— J'ai appris auprès de ma grand-mère.

— Comment cela se manifeste-t-il ? Je veux dire, avez-vous des… visions ?

Le visage de Rebecca s'assombrit. Elle hésita un instant.

— Je lis dans les cartes, pas dans une boule de cristal.

Réalisant, un peu tard, qu'elle s'était peut-être montrée un peu brusque, elle se força à sourire et poursuivit sur un ton plus amical.

— Mais si vous aimez le folklore, je peux à la demande mettre au point de petits effets spéciaux.

Otto lui tendit l'assiette de petits gâteaux puis en cala un dans sa bouche. Une pluie de petites miettes s'abattit sur son pull, sans qu'il y prêtât la moindre attention. Il enchaîna entre deux mastications.

— Comment avez-vous su que vous aviez un don ?

Elle hésita une nouvelle fois. Elle avait l'impression de passer un entretien d'embauche. Ses clients n'étaient habituellement pas aussi curieux. Mais elle décida de répondre, celui-ci semblait sincèrement intéressé par le sujet.

— J'ai commencé à sentir des... choses vers sept ans.

— Quelles sortes de choses ?

— La douleur des gens qui ont mal, les angoisses des gens qui ont peur...

— C'est toujours négatif ?

— Très souvent, oui.

— Et là, à cet instant, que ressentez-vous ?

Elle haussa un sourcil.

— Rien de précis.

Otto s'enfonça dans son fauteuil et enchaîna avec une nouvelle question.

— Je me suis toujours demandé quelle part de psychologie intervenait dans ce genre d'exercice, dit-il pensivement.

— Je ne suis pas psychologue et ne prétends pas l'être.

— Non, bien sûr, mais j'imagine que vous posez des questions, vous faites parler votre... sujet.

— Comme vous le faites en ce moment même...

Otto sourit.

— J'aime étudier la personnalité des gens. On m'a souvent dit que j'avais un certain talent pour cerner les caractères.

— Oh… Et quelle idée avez-vous bien pu vous faire du mien depuis le début de cette conversation ?

Elle commençait à se prendre à ce petit jeu des questions-réponses. Otto, semblant affiner son analyse, la fixa un court instant avant de répondre.

— Vous semblez quelqu'un de très pragmatique, vous êtes déterminée, volontaire et… très douce à la fois, ajouta-t-il avec un sourire.

— Vous étiez bien parti, mais je crains que vous ne vous fourvoyiez sur ma douceur. Quoi d'autre ?

— Vous êtes forte, vous excellez dans ce que vous faites.

— C'est Frederik qui vous a dit cela ?

— M. le maire m'a en effet dit beaucoup de bien sur vous, mais même sans cela, je n'aurais pour autant pas douté de vos talents.

— Merci. J'ai eu un très bon professeur.

— Certainement. Mais cela ne fait pas tout. On n'apprend pas à un âne à devenir un cheval de course.

Otto reprit un biscuit, mastiqua un moment.

— Je serais tenté de dire qu'une certaine prudence complète le portrait, dit-il soudain.

— Je vous demande pardon ?

— Je sens en vous quelqu'un de méfiant. Vous êtes en permanence sur vos gardes, comme si vous redoutiez qu'il puisse à tout instant vous arriver… le pire.

Rebecca se rembrunit.

— Je ne vous suis plus.

— Vous n'êtes pas d'un naturel optimiste, n'est-ce pas ?

— Non, mais je pense avoir de bonnes raisons de ne pas l'être.

Elle regretta aussitôt cette remarque quelque peu sèche et préféra rompre le fil de la conversation.

— Vous ne vous sentez pas seul, dans cet immense manoir ?

— Je suis au calme pour lire, répondit Otto sans paraître s'offusquer du soupçon d'agressivité dans l'attitude de son invitée. Peu de visiteurs, et cela me convient parfaitement. Et quand il s'en présente qui ne sont pas désirés, j'en suis vite averti par mes chiens.

Rebecca pensa aussitôt à Peter et au portail laissé ouvert.

— Ils sont couchés tranquillement dans la bibliothèque, précisa Otto qui semblait avoir lu dans ses pensées. Au chaud.

— J'espère que vous ne les lâcherez pas sur moi si mes prédictions ne sont pas à votre goût.

— Quel gâchis ce serait !

Otto afficha un large sourire.

Rebecca décida d'en venir au but de sa visite.

— Vous m'avez parlé au téléphone d'une chose que vous souhaitiez me montrer.

— Oui, c'est vrai, sembla-t-il brusquement se souvenir. Connaissez-vous Jérôme Bosch ?

La question la prit de court.

— Eh bien… J'ai en tête quelques-uns de ses tableaux, oui, mais de là à dire que je connais bien le personnage et son œuvre…

— Vous n'êtes pas la seule, je vous rassure. Personne ne sait véritablement qui il était en fait. On sait peu de choses sur lui et finalement encore moins sur son œuvre. Moins d'une trentaine de tableaux est parvenue jusqu'à nous et encore, les historiens se battent encore aujourd'hui pour la paternité de certains d'entre eux. Vous aimez ce qu'il fait ?

— C'est… particulier.

— Particulier, oui, c'est le moins que l'on puisse dire. Je trouve pour ma part ce peintre totalement fascinant. Son imagination était prodigieuse, il faudrait passer plusieurs heures devant certains de ses tableaux pour en capter le moindre détail, et je ne parle même pas d'en saisir tout le sens. Vous connaissez *Le Jardin des délices* ?

— Vaguement. Je suis tombée dessus à l'occasion d'un reportage à la télé ou dans un magazine, je ne sais plus.

— C'est son œuvre la plus connue – personnellement ce n'est pas celle que je préfère, mais elle donne une bonne idée du foisonnement de l'imagination de l'artiste. J'ai un faible particulier pour le triptyque de *La Tentation de saint Antoine* – moins coloré, peut-être moins riche, mais à mon sens bien plus recherché. Partout, le désordre et la désolation, et au milieu du chaos, le visage étonnamment serein du saint et ce regard qu'il nous adresse, l'air de dire : « Tout cela n'a aucune prise sur moi et il vous appartient de même de ne jamais vous écarter du droit chemin, sinon voyez ce à quoi vous vous exposez. »

— Je suis désolée, mais j'ai bien peur que mes connaissances sur le sujet soient assez limitées…

— Vous n'avez pas à l'être, je m'intéresse à Bosch depuis un long moment, j'ai eu tout le loisir de me pencher sur ses œuvres. Mais revenons-en à ce qui vous amène ici.

Disant cela, il se leva et adressa un geste de la main à Rebecca.

— Si vous voulez bien.

Ils repassèrent dans le vestibule. Arrivé à son extrémité, Otto ouvrit une porte à double battant et se tourna vers sa visiteuse.

— Je vous en prie.

Rebecca et Otto – Wittemer End, Pays-Bas, J-14

La pièce était époustouflante. Rebecca avait visité de très belles bibliothèques, elle se souvenait entre autres de celle du château de Chantilly, en France, et celle dans laquelle elle venait de mettre le pied pouvait facilement soutenir la comparaison. Tout en longueur, à vue d'œil une bonne quarantaine de mètres, ses murs presque entièrement occultés par les livres, alignés en rangs serrés formant un patchwork de tons rouges, bruns, verts ou bleus, les plus inaccessibles flirtant avec les boiseries du plafond, à cinq mètres de hauteur. Les rayonnages de chêne étaient séparés les uns des autres par des sortes de niches qui dissimulaient des tableaux enserrés dans des cadres dorés – des portraits pour la plupart. Certaines d'entre elles étaient occupées par des bureaux lustrés de frais, formant comme de petits refuges de lecture abrités des regards. Au centre de la pièce alternaient de lourdes tables de bois encadrées par des fauteuils tapissés et des vitrines dont le contenu se dérobait pour l'instant à la vue de Rebecca. De subtiles senteurs flottaient dans l'air – bois, cire et ce parfum si particulier de vieux papier qu'elle se plaisait à capter entre les pages des livres. La lumière qui se déversait par les deux vitraux situés à l'extrémité de la bibliothèque colorait la scène de toutes les nuances de l'automne. L'effet était saisissant.

Ils longèrent les rayonnages sur quelques mètres, accompagnés des gémissements grinçants que le plancher laissait échapper sous leurs pas. Les vitrines, étincelantes de propreté, abritaient des cartes anciennes exposant les contours de pays exotiques et des livres enluminés que Rebecca soupçonnait fort d'être des incunables. Otto s'arrêta à hauteur d'un petit espace entre deux rayonnages.

— Voici ce que je souhaitais vous montrer, dit-il en tendant une main vers le mur.

C'était un tableau dont le style évoquait tout à fait celui de Jérôme Bosch, large d'un demi-mètre environ, plus haut d'une vingtaine de centimètres. Le tiers gauche évoquait une scène claire, très colorée, un beau décor paisible dans lequel poussait une végétation luxuriante et paissaient des animaux fantastiques. Ce paradis terrestre était traversé par une rivière qui se perdait au sein de collines verdoyantes adossées à de hauts à-pics formant comme une muraille infranchissable à l'arrière du tableau. Seule présence humaine au milieu de ce paysage : un homme vêtu d'une sorte de bure dont la capuche était relevée et masquait complètement le visage. Il tendait une pomme à une créature bicéphale qui observait le fruit avec circonspection. En y regardant de plus près, Rebecca remarqua une langue fourchue, comme celle d'un serpent, qui dépassait de la capuche à hauteur de la bouche de l'homme. *Une étrange allégorie du jardin d'Éden*, songea-t-elle.

Au premier plan, un couple était invité par un personnage au regard fourbe à passer le pas d'une porte entrouverte sur la scène de droite. Si le jeune homme était assez quelconque, la beauté de sa compagne sautait aux yeux. Elle paraissait très jeune, ses cheveux étaient blonds, son visage très pâle, elle portait une longue robe blanche de laquelle dépassaient deux petits pieds pareils à ceux d'une enfant. L'artiste lui avait donné les traits de l'innocence, mais il y avait aussi comme de la peur sur son visage, elle semblait craindre de franchir cette porte dont elle ne savait pas où elle menait.

Elle a bien raison d'avoir peur, se dit Rebecca.

La scène peinte dans l'autre partie du tableau n'avait plus rien à voir avec la première. Les couleurs s'estompaient, comme envahies par les ombres, le sol était pelé, la végétation avait laissé place à des pierres sombres semblables à des morceaux de charbon calcinés et à des arbres décharnés. En contrepoint de la délicate rivière qui coulait doucement de l'autre côté du passage, un sentier sillonnait la morne plaine vers le fond du tableau. Il partait du pas de la porte, passait à travers une forêt famélique hantée de personnages mi-hommes mi-bêtes – un homme bedonnant avec cornes et sabots, un autre avec une tête de poisson d'où saillaient de gros yeux vitreux et d'autres monstruosités à l'aspect encore plus hostile – et poursuivait sa route vers des gibets plantés au sommet de collines noires. Deux condamnés étaient en chemin, montés sur une échelle calée sur les épaules de deux créatures humanoïdes. L'une était trapue, avec de grandes oreilles de souris et une épaisse queue hérissée, l'autre était affublée de ce qui semblait être une tête d'araignée. Leurs deux « passagers » s'arrachaient les cheveux à la lointaine vision de leur funeste sort. Eux non plus n'avaient pas été épargnés par l'artiste, l'un d'eux exhibait un long museau semblable à celui d'un tapir, l'autre, hirsute, n'avait même pas de nez, juste une hideuse cavité obscure comme la fosse nasale d'un crâne. Dans le coin supérieur droit du tableau, des maisons et des tours en flammes couronnaient les collines. Au-dessus des flammes et de la fumée, des machines fantastiques, aux aspects de bêtes mécanisées, que le peintre avait dotées d'engrenages et gréées de voiles brunes parcheminées, survolaient les événements avec indifférence. Comme pour louer cette sinistre scène, une farandole composée d'hommes et de femmes nus jouait quelques notes de musique échappées d'instruments composites sous la direction d'un personnage au crâne lisse, entièrement vêtu d'orange, sorte de moine bouddhiste dont la présence en ces lieux semblait assez incongrue.

Rebecca éprouvait un inexplicable malaise à la vue de ce tableau.

— C'est un Bosch ? demanda-t-elle à Otto.

— Mon père et mon grand-père avant lui en étaient convaincus, le style, l'iconographie, la symbolique, tout ramène à Bosch, mais cela ne constitue évidemment pas une preuve absolue. Il n'y a par ailleurs aucune mention de ce tableau dans quelque livre que ce soit.

— Il y a de fortes chances que ce soit un faux, alors.

— Même si c'était le cas, on en trouverait trace quelque part. L'exécution est magistrale.

— Vous ne l'avez pas fait expertiser ?

— Non, et je ne veux pas le faire.

— Pourquoi ?

— J'aime ce tableau, et peu m'importe qu'il soit un original ou une simple copie. L'important est ce qu'il représente à mes yeux. Mais ce n'est pas là l'essentiel.

Il la laissa à sa contemplation et se dirigea vers un bureau massif. Il revint un instant après avec ce qui sembla être à Rebecca un cliché de grand format.

— C'est une photo du tableau que j'ai fait agrandir il y a quelques années, dit-il en lui tendant le carré de papier glacé.

Rebecca observa le cliché puis leva les yeux vers le tableau. Elle ne voyait pas où Otto voulait en venir.

— Vous n'y voyez pas une légère différence ?

Elle observa plus attentivement la reproduction. Elle lui semblait être une parfaite copie du tableau, mais les détails étaient si nombreux que l'un d'entre eux pouvait très bien lui échapper. Otto pointa silencieusement le doigt sur la partie inférieure droite du cliché. Un petit animal observait la scène, spectateur curieux des violents tourments qui secouaient le paysage, une créature quadrupède de la taille d'un tout petit chien dont la tête aurait été remplacée par celle d'un varan. Rebecca plissa les yeux en direction du tableau. Aucune trace de la créature. Elle revint à la photo.

— Ce n'est pas le même tableau.

— J'ai pris ce cliché moi-même et je peux vous certifier que ce personnage était bien là où vous l'y voyez il y a quelques jours encore.

— Je ne comprends pas.

Le visage d'Otto marqua pour la première fois de l'hésitation. Un long moment passa avant qu'il ne se décidât à reprendre la parole.

— Cette créature est ici, dans la bibliothèque.

Rebecca dévisagea son hôte. Elle était si stupéfaite par ce qu'elle venait d'entendre qu'aucun mot ne put franchir ses lèvres durant plusieurs secondes. Une succession de réflexions profitèrent de ce laps de temps pour s'engouffrer dans son esprit, qui l'amenèrent à s'interroger sur la santé mentale du vieil homme. Elle choisit de rester diplomate.

— J'ai peur de ne pas avoir bien saisi, fit-elle sur un ton très calme.

— Cette créature s'est introduite dans mon manoir. Je l'ai vue.

Elle se redressa et prit le parti de sourire.

— Vous êtes en train de me dire que cette… chose a quitté le tableau pour… se matérialiser ici, dans la bibliothèque.

— C'est tout à fait ce que j'essaie de vous faire comprendre.

Otto avait l'air très sérieux. Le sourire de Rebecca se figea.

— Je sais, ça vous paraît complètement fou, mais je l'ai vue de mes propres yeux, dans cette pièce, et je pense que vous pourrez également vous rendre compte de la chose assez facilement.

Le regard de Rebecca dériva doucement vers les rangées de livres. Elle ne se sentait tout à coup plus très rassurée. Un claquement sec se fit entendre au fond de la pièce, suggérant un feu de bois.

— Comment ?

— Suivez-moi, commanda Otto.

Il commença à s'avancer avec précaution le long d'un côté de la bibliothèque, les yeux rivés sur les rayonnages qui masquaient pratiquement toute la hauteur du mur opposé. Il s'arrêta à quelque distance d'une étagère garnie d'épaisses reliures de toutes les couleurs – un ensemble d'encyclopédies, vraisemblablement. Il appuya ses mains sur ses hanches, l'air dépité.

— Mince, alors…

Il désigna un espace libre entre deux séries d'ouvrages.

— Elle n'a jamais bougé d'ici.

Rebecca sourit discrètement, se retourna vers les rayonnages auxquels elle tournait le dos et laissa son regard planer distraitement sur les livres. Spinoza, Kant, Freud… De la philosophie. Elle jeta un bref coup d'œil à Otto qui poursuivait son examen à distance du « repaire de la bête » et secoua doucement la tête. Il n'avait peut-être plus toute sa tête, mais le personnage lui était plutôt sympathique… Elle aperçut une cheminée un peu plus loin, qu'une haute bibliothèque abandonnée au centre de la pièce, comme bannie des rayonnages muraux, avait masquée jusqu'à présent. De grosses bûches s'y consommaient doucement. Deux puissants rottweilers, qui avaient dû se coucher près de la chaleur de l'âtre, se tenaient maintenant sur leurs quatre pattes en fixant Rebecca. Elle resta immobile un instant, pas très rassurée, mais ne les voyant pas entreprendre le moindre mouvement dans sa direction, elle reprit sa marche et poursuivit son inspection. Des livres d'histoire – de nombreux titres évoquaient des civilisations anciennes – encore des encyclopédies, de magnifiques ouvrages dont certains devaient peser plusieurs kilos. Les chiens gémirent dans son dos et se réfugièrent au fond de la pièce. L'effarouchement de ces bêtes à l'allure si féroce avait quelque chose de presque comique. Elle se retourna en direction d'Otto qui continuait à avancer de son côté, mais il semblait l'avoir complètement oubliée. Elle l'entendit se parler à lui-même.

— Où t'es-tu caché, petit malin ?

La voix d'Otto était teintée d'affection. Rebecca trouvait la créature plutôt répugnante.

Ronsard, Rimbaud, Valéry… La poésie, à présent. Elle se raidit brusquement. Elle le sentait, maintenant. Il y avait bien dans cette pièce quelque chose, ou quelqu'un, qui n'aurait pas dû s'y trouver. Elle distingua une forme obscure, un peu plus loin, dans un espace sombre aménagé au milieu des ouvrages. Elle croyait avoir perçu un mouvement. Elle repensa à la créature de la photo, une bulle d'angoisse se forma dans son estomac et remonta dans sa gorge. Elle déglutit difficilement. Ses jambes s'étaient subitement transformées en coton. Elle avança malgré tout.

Non. Juste une petite statuette africaine. Elle distingua un mouvement en haut à droite et une affreuse petite créature porta brusquement sa tête en avant en poussant un cri agressif. Rebecca, les cordes vocales comme paralysées par la peur, eut un mouvement de recul qui la propulsa contre un bureau qu'elle parvint à déplacer de plusieurs centimètres. Le raclement des quatre pieds contre le parquet se répercuta rageusement entre les murs de la bibliothèque et les chiens se mirent à aboyer. La créature, qui avait dû juger l'ennemi à distance respectueuse, avait regagné l'ombre des pro-fondes étagères. Rebecca abandonna lentement les lieux sans quitter des yeux l'endroit de l'apparition. Otto s'était avancé à sa rencontre.

— Vous allez bien ? s'inquiéta-t-il en voyant son visage défait.

— Qu'est-ce que c'était, bon sang ?

— Je vous l'ai dit, la créature de la photo.

Il semblait surpris par sa question.

— Ce n'est pas possible.

— Dites-moi ce que c'était, alors.

Rebecca posa un regard incrédule sur les rayonnages.

— Ce n'est pas possible, répéta-t-elle simplement.

— Je me suis fait la même réflexion la première fois.

— Et vous la laissez là ? Vous n'avez pas essayé de… de l'attraper, de… je ne sais pas, moi, de prévenir les autorités ?

— Surtout pas ! C'est vous que j'ai fait venir, je veux d'abord savoir ce qu'elle fait ici.

— Et vous voulez que je tire les cartes pour essayer de le savoir ? Mais elles ne vous le diront probablement pas, et à supposer qu'elles le disent, que se passera-t-il après ? Vous ne pensez tout de même pas que je vais faire disparaître cette créature d'un simple claquement de doigts ?

— Mais n'avez-vous jamais fait un peu… d'exorcisme ? risqua Otto.

Rebecca ouvrit grand les yeux et manqua de s'étrangler.

— Vous plaisantez ? Vous savez ce que c'est qu'un exorcisme ?

Elle enchaîna aussitôt en laissant échapper un petit rire nerveux.

— Non, je n'ai jamais rien fait de tel. Même si je suis rompue à la magie blanche, ce domaine-là, je ne m'y hasarde pas. Il y a des choses que l'on ne parvient pas toujours à maîtriser.

— Il y a forcément quelque chose à faire, insista Otto.

— Bien sûr ! Vous débarrasser de cette... chose d'une manière ou d'une autre. Et si vous voulez vraiment d'un exorcisme, il faudra tenter votre chance auprès d'un prêtre, ce n'est certainement pas à moi qu'il faut vous adresser. Je suis désolée.

Elle secoua la tête puis se dirigea vers le vestibule. Otto lui emboîta aussitôt le pas.

— Je vous en prie, interrogez vos cartes, au moins.

Le ton de sa voix était implorant. Elle s'arrêta.

— Vous rendez-vous bien compte de ce qui se passe si cette créature est réellement... ce que vous pensez qu'elle est ?

— Eh bien, non, justement, objecta-t-il.

Rebecca émit un petit rire. L'ingénuité de son client était désarmante.

— Que voulez-vous demander aux cartes, exactement ? finit-elle par lui concéder.

— Je vous l'ai dit, je veux savoir pourquoi cette créature est ici.

Elle laissa échapper un profond soupir.

— J'ai laissé mes cartes dans mon sac.

Otto devança Rebecca, qui jeta un dernier coup d'œil vers le refuge de la créature. Ils regagnèrent le jardin d'hiver, suivis de près par les rottweilers.

— Il faudrait débarrasser la table, je ne peux pas tirer les cartes sur une nappe blanche.

— Bien sûr.

Otto quitta la pièce, laissant Rebecca seule avec les chiens. Hors de la bibliothèque, ils semblaient à présent plus calmes. L'un d'eux l'observait, l'air pataud. Il n'avait effectivement pas l'air bien méchant. Essayant d'effacer de sa mémoire l'indiscutable consistance de l'apparition de la bibliothèque, elle commença à mettre un peu d'ordre sur la table. Otto revint avec un plateau que Rebecca l'aida à charger, puis qu'il posa sur le divan. Il ôta rapidement la nappe et s'assit. Elle sortit un tapis de velours de son sac, l'étala sur la petite table. Le clapotis de la fontaine allégeait le lourd silence qui régnait dans la pièce.

Rebecca exhiba un étui décoré, en retira un paquet de cartes qu'elle posa sur la table et coupa.

La carte du Mât.

— Les cartes ne veulent pas parler, annonça-t-elle.

— Comment ça ?

— Avant toute chose, je coupe les cartes pour savoir si je vais pouvoir les tirer. Cette carte, le Mât, signifie qu'elles ne veulent rien dire, expliqua-t-elle. Attendez une petite minute.

Elle plongea la main dans son sac et en extirpa un étui noir dont elle tira un nouveau jeu de cartes qu'elle s'empressa de couper.

Deux épées entrecroisées : « procès ». Rebecca afficha une mine perplexe.

— Celles-là non plus ne veulent pas parler ? demanda Otto sans comprendre.

— Non… Je vais essayer un dernier jeu.

Sur l'étui de celui-ci était dessinée une scène de lutte entre un homme et un animal mythique. Elle plaça le jeu de cartes sur la table et le divisa en deux paquets d'à peu près égale épaisseur. Cette fois, c'était le six de pique, le cheval de Troie. Incroyable. Pas un seul jeu qui ne voulût s'exprimer. C'était rarissime. Elle bascula en arrière et poussa un long soupir.

— Je ne peux rien vous dire aujourd'hui. Les cartes ne veulent pas parler, il ne faut surtout pas les y contraindre.

Otto laissa à son tour échapper un soupir.

— Et demain ?

— Il faudra réessayer. Je suis désolée.

Il fit la moue, puis haussa les épaules.

— Demain est un autre jour.

Rebecca s'étonna du stoïcisme de son client.

— Vous ne pouvez pas laisser les choses en l'état, fit-elle remarquer. Bon sang, imaginez que cette créature s'échappe.

— Elle n'a pas quitté la bibliothèque depuis sa disparition du tableau, il y a au moins trois ou quatre jours.

— Laisser cette créature libre de ses mouvements n'a pas l'air de vous angoisser plus que ça ?

— Ne vous inquiétez pas pour moi. Je n'ai quasiment aucune compagnie depuis maintenant plusieurs années, mais je saurai cohabiter. Lorsque vous vivez seul dans une demeure d'une vingtaine de pièces à longueur de journée, vous prenez rapidement l'habitude de sentir des présences autour de vous.

Craig – Fallon, États-Unis, J-14

Tout ce que Craig Hamilton voyait du trajet était le long ruban d'asphalte qui défilait à travers la vitre arrière du fourgon blindé. Non pas qu'il y eût grand-chose à voir à l'extérieur, la route 50 était surnommée « la route la plus paumée des États-Unis ». À juste titre. Rien ni personne à des kilomètres à la ronde, une succession de vallées et de montagnes de chaque côté de la route qui répercutait sa solitude d'un bout à l'autre de l'horizon. Et une chaleur à crever en été. Mieux valait éviter les voyages en solitaire sur la route ramollie par le soleil des mois de juillet et d'août.

Où pouvaient-ils bien être à présent ? Cela faisait à peu près quatre heures qu'ils roulaient. Du côté de Fallon, peut-être ? Bientôt le bout du voyage.

Il ne fêterait pas ses quarante-cinq ans.

Craig Hamilton laisserait peu de bons souvenirs derrière lui. Né à Austin dans le Nevada – une ancienne ville minière aujourd'hui désertée qui n'était plus animée que par un bal du troisième âge le samedi soir – d'un père routier et d'une mère serveuse, il avait vécu une vie mouvementée. Il ne s'était jamais pris la tête avec son père qu'il ne voyait jamais, mais sa mère et lui n'avaient jamais pu se supporter et avaient passé des années à s'engueuler comme deux ivrognes. Elle éprouvait d'ailleurs un fort penchant pour la bouteille, qui la rendait vulgaire et allumeuse, jusqu'à minauder avec son propre fils lors de ses plus sérieux accès de boisson. Et quand ce n'était pas l'alcool, c'était la télévision qui se chargeait de l'abrutir. Craig aurait pu lire l'emploi du temps de sa mère dans les programmes des chaînes câblées. À seize ans, à l'occasion d'une altercation un peu plus vive que d'ordinaire et en raison peut-être de leur état avancé d'ébriété à tous les deux, il lui avait mis son poing dans la figure et avait claqué la porte. Il n'avait plus jamais revu ses parents.

Il avait retenu peu de choses de ses années de lycée, mais elles lui avaient au moins inculqué l'indépendance et la débrouille qui lui permirent de s'en sortir lorsqu'il se retrouva à la rue. Bien sûr, il avait dû faire avec les moyens du bord et dépasser par moments la ligne rouge ; quelques casses, des agressions par-ci par-là et bien malin qui aurait pu le serrer !

N'étant pas un grand voyageur, il n'avait jamais franchi les frontières du Nevada. Et le Nevada, c'était Vegas... *Sin City*, la ville du jeu célébrée par tous les guides touristiques, était aussi le paradis de la débauche. Pour tous ceux dans son genre, c'était un fabuleux terrain d'exercice. Il y avait donc posé ses valises et avait fini par s'y faire une petite place, pas trop grande pour ne pas se faire remarquer, mais suffisante pour qu'on ne lui cherchât pas d'ennuis. Il avait bien vécu, jusqu'à ce soir d'été, il y a quatre ans.

Il prenait alors du bon temps avec une prostituée chez laquelle il avait ses habitudes. Elle allumait systématiquement la télé après s'être acquittée de sa tâche en prenant le soin d'en pousser le son à son maximum ; experte dans son domaine, mais un peu dure de la feuille. Ce jour-là, il en avait eu marre de tous ces décibels et il avait fait valser cette saloperie de télévision. Furieuse, cette connasse avait commencé à se foutre de sa gueule en lui signifiant qu'elle aurait bien aimé qu'il mît autant de fougue à la baiser qu'à bousiller le mobilier. C'était sa première erreur. Il l'avait chahutée un peu et elle lui avait sorti ses quatre vérités. C'était quand elle en était arrivée à le traiter d'impuissant, de « putain de voleur minable à qui le premier vrai gangster de Vegas ferait fermer sa gueule », qu'il avait perdu les pédales.

Minable… C'était la dernière insulte qui était sortie de la bouche de cette pétasse. Il avait un petit gabarit, mais il avait su sculpter son corps – l'avorton dont tout le monde se foutait au lycée avait vite compris qu'il devait prendre un peu de volume pour imposer le respect. Il avait attrapé la prostituée par le cou, l'avait soulevée de quelques centimètres du sol et l'avait passée par la fenêtre. « Va voir en bas si le minable y est… » Un cri et un choc sourd sur le trottoir cinq étages plus tard. Mais cette fois-là, il n'était pas passé à travers les mailles du filet.

Aujourd'hui, c'était l'injection qui l'attendait.

Il avait d'abord atterri à la prison de haute sécurité d'Ely. Il s'y était fait un nom dès son arrivée. L'un des « boss » de la prison, un colosse condamné à perpétuité qui avait ses mignons et se chargeait de l'éducation des nouveaux, avait essayé de le prendre en charge. Craig s'était préparé à son bizutage. Le caïd avait fait l'erreur de le coincer en solitaire. On l'avait retrouvé avec un tournevis en travers de la gorge, la bouche remplie de préservatifs. Plus personne ne l'avait emmerdé à partir de ce jour.

On pouvait finir sa vie à Ely, mais si c'était le cas, ce n'était pas avec le poison de l'État dans les veines : les exécutions se faisaient à la prison de Carson City, cinq cents kilomètres plus à l'ouest. La destination finale de Craig. Il tourna la tête vers ses geôliers, deux gros costauds qui n'avaient pratiquement pas dit un mot de tout le voyage. Ils bouquinaient et jetaient de temps en temps un vague coup d'œil vers leur prisonnier qui était pieds et poings liés. Ils n'avaient pas trop de souci à se faire pour leur cargaison. Craig rompit le silence du fourgon.

— Vous savez où on est ?

— On en a plus pour très longtemps, répondit l'un des deux matons. T'es pressé ?

— J'ai mal au cul et j'ai envie de pisser.

— Eh bien, il va falloir que tu attendes qu'on arrive. À ta place, je serais pas aussi impatient. Bientôt, t'auras plus l'occasion d'avoir mal au cul et encore moins de pisser.

À l'avant du fourgon, le conducteur et son passager discutaient de hockey sur glace. La voix suave de Barry White s'échappait en sourdine de la radio.

— Les Sharks n'ont pas été capables de leur en planter un. Merde, Phœnix est à la ramasse depuis le début de la saison, ils n'ont pas gagné un match depuis la reprise et ils collent trois buts aux Sharks en l'espace d'un quart d'heure.

— Et Patterson, bordel, il a bouffé sa crosse, ou quoi ? C'était le meilleur marqueur la saison dernière.

— C'est vrai, oui… Ils ont vraiment joué comme des cons.

La route se frayait provisoirement un chemin à travers une rangée de montagnes trapues et le fourgon longeait un ravin dont la bande de bitume était séparée par une simple rambarde métallique. Le chauffeur baissa les yeux un instant pour augmenter le volume de la radio.

— Celle-là, je l'adore. C'est…

— Putain, fais gaffe !

Le conducteur releva aussitôt la tête et aperçut un homme debout au milieu de la chaussée. Il fixait le fourgon d'un air détaché et ne tenta même pas de se jeter hors de la trajectoire du véhicule. Le gardien n'eut que le temps de braquer violemment le volant sur la gauche. La rambarde avait provisoirement disparu pour laisser place à un parking qui permettait aux rarissimes touristes d'immortaliser par une photo le panorama qui s'étirait jusqu'à l'horizon en contrebas. Les fragiles barrières de bois plantées au fond du parking ne résistèrent pas à l'assaut du fourgon.

Craig était calé dans son siège, perdu dans la contemplation du bout de ses ongles. Il fut brusquement comprimé vers la tôle du véhicule puis son corps bascula à la renverse. L'instant d'après, ce fut un vacarme du tonnerre, un immense tourbillon dans sa tête et le noir absolu.

Il se réveilla péniblement plusieurs minutes après l'immobilisation du fourgon et eut la sensation d'une

71

saveur métallique dans sa bouche. Il porta une main à ses lèvres et ses doigts remontèrent le long d'une traînée de sang dont la source se perdait dans son épaisse chevelure. Il fit le point sur la situation : le fourgon ne bougeait plus, les deux gardiens gisaient sur le plancher, inconscients, peut-être même morts. OK, un accident. Il réalisa que la chaîne, qui entravait sa main droite s'était rompue dans la chute du fourgon. C'était un bon début, mais il n'était pas sorti d'affaire pour autant. Il devait mettre la main sur les clés de ces putains de chaînes. Avec un peu de chance, l'un des deux molosses avait le trousseau sur lui, avec un peu plus de chance encore, celui qui était recroquevillé à ses pieds, à sa portée.

Il déboucla sa ceinture de sécurité, s'étira autant que le lui permit le lien qui le maintenait encore prisonnier et posa la main sur l'uniforme du gardien. Trop court… Il se contorsionna pour essayer d'agripper le tissu, sans succès. De rage, il se rejeta brutalement dans son siège et se précipita de nouveau en avant. L'assaut fit naître une violente douleur dans son poignet gauche, mais il persista dans l'effort. Au bout de plusieurs tentatives, le poignet resté emprisonné presque disloqué, il referma sa main sur la chemise du maton et tira de toutes ses forces le corps à lui. Le gars était sacrément balèze, mais Craig parvint à l'adosser entre ses jambes. Il esquissa un sourire quand il mit la main sur un trousseau de clés dans la poche de la chemise du gardien. Il se libéra rapidement, balança le corps du maton de côté et essaya d'ouvrir la porte du fourgon. Fermée de l'extérieur. Les clés que Craig avait en main étaient bien trop petites pour la serrure.

Il revint vers les gardiens – l'un des deux respirait encore, l'autre était mort, vraisemblablement après avoir reçu un sérieux coup à la tête. Il récupéra une arme de service, fouilla les uniformes, mais n'y trouva aucune clé supplémentaire. Il repensa alors au conducteur du fourgon et à son coéquipier, qu'il avait momentanément oubliés. À tous les coups, l'un des deux matons avait la clé en sa possession. Qu'est-ce qui leur était arrivé ? Ils auraient déjà dû donner signe de vie.

Craig projeta son corps contre la porte à plusieurs reprises, mais la dégringolade ne lui avait rien retiré de sa solidité. Il laissa échapper un juron, fit volte-face et partit à la recherche d'un objet qui pût faire voler en éclats la vitre blindée. Il était furieux. Si près du but… Il lui faudrait trouver de la dynamite pour sortir de ce putain de camion. Il mit le fourgon sens dessus dessous, fouilla de nouveau les corps sans plus de succès que la première fois. Il mitrailla la vitre après s'être mis à l'abri d'une balle perdue – les impacts la marquèrent à peine. Il balança l'arme contre la porte et envoya de grands coups de pied dans la tôle.

— Tu vas t'ouvrir, putain de porte de merde ! hurla-t-il.

Il s'immobilisa, les yeux rivés sur la porte. Une tête était apparue derrière la vitre – cela n'avait duré qu'une seconde, l'instant d'après elle n'était plus là, mais il avait bien vu quelque chose, ça ne faisait aucun doute.

La porte se déverrouilla avec un déclic sonore.

Un frisson parcourut le corps de Craig. Il n'avait vu qu'une abondante chevelure noire, un regard exorbité, des pupilles si dilatées qu'il n'y avait pratiquement plus une trace de blanc dans les yeux. L'image des deux gardiens de la cabine lui revint furtivement à l'esprit. Il était sûr que la tête qu'il avait entraperçue n'appartenait à aucun des deux. Il demeura un long moment immobile, attendant la suite. Il tendit l'oreille, mais ne perçut aucun bruit à l'extérieur. Au bout d'une vingtaine de secondes, il décida qu'il était temps d'agir. Il ramassa l'arme qu'il avait jetée contre le blindage, s'approcha prudemment de la porte et tendit le cou pour observer les alentours à travers le petit carré de verre renforcé. Rien ne bougeait à l'extérieur, mais son champ de vision était limité. Il n'avait pas rêvé, il y avait quelqu'un dehors. Il ouvrit l'un des deux battants de la porte et attendit, à l'abri. Puis il avança furtivement la tête et observa les environs. Personne. Il devait foutre le camp d'ici, et rapidement. La route était peu fréquentée, mais il ne savait pas ce qu'étaient devenus les deux gardiens à l'avant. Si l'un d'eux était conscient et s'il y avait un moyen de communication encore en état de fonctionner dans la cabine, la cavalerie n'allait pas tarder à rappliquer.

Il sauta au bas du fourgon, fit deux pas en avant et s'assura qu'il était seul d'un rapide mouvement de tête. Plus haut, il aperçut la route, à une cinquantaine de mètres de distance. Il suivit la pente des yeux jusqu'au fourgon qui avait dû faire quelques tonneaux dans sa chute et mesura la chance qu'il avait d'être debout quand les quatre gardiens n'étaient à l'évidence plus en état de bouger. Il pouvait remercier ses liens qui lui avaient évité de brinquebaler dans la chute. Il pensa tout d'abord attendre au bord de la route une hypothétique voiture, mais jugea l'issue trop incertaine. Il plissa les yeux et distingua au loin un éclat métallique : une trace de civilisation… Il n'avait pas le temps de se poser de questions. Il s'élança à travers les broussailles. Il n'y avait pas un seul nuage dans le ciel. C'était l'hiver, mais une dizaine de degrés au-dessus de zéro était suffisante pour suer à grosses gouttes quand on courait dans une combinaison de tôlard. Il se retrouva rapidement en nage – il avait mésestimé le relief, tout en faux-plats, derniers vestiges de la région plus chaotique qu'il laissait derrière lui. Un bruit assourdissant emplit soudain le ciel. Il se jeta à terre, puis releva la tête. Des avions de chasse. Pas de panique, ce devait être les Top Gun de la base aérienne de Fallon. Cela confirmait à peu près sa position géographique. Il se releva et reprit sa course.

Il arriva à destination un quart d'heure plus tard : une station-service exilée au bord d'une route secondaire qui ne devait plus être entretenue depuis des lustres. Il traversa la bande de bitume dont les extrémités disparaissaient à la limite de son champ de vision. Le paysage avait retrouvé sa platitude et repris l'apparence du désert. Un parfait silence régnait sur le parking où une vieille Buick couleur prune prenait le soleil. Craig camoufla son arme derrière sa jambe et poussa la porte de la station. Une petite clochette répandit son tintinnabulement à travers la boutique. Le jeune homme préposé au comptoir – un gamin d'à peine dix-huit ans – leva la tête et le regarda approcher avec l'air de celui qui voit débarquer un extraterrestre dans sa boutique. Craig colla le canon du revolver contre ses narines.

— Les clés de la Buick.

Le jeune homme plongea immédiatement la main dans la poche de son pantalon et en extirpa un trousseau de clés qu'il tendit sans un mot à Craig.

— T'as une pièce qui ferme à clé dans ta boutique ?

— La remise.

— Je te suis.

Le gamin contourna le comptoir et traversa le magasin d'un pas mécanique jusqu'à la porte de la remise.

— C'est laquelle ? lui demanda Craig en exhibant le jeu de clés.

Le jeune homme lui indiqua la clé d'un doigt que la peur faisait imperceptiblement trembler.

— Entre, ordonna Craig.

Il pénétra à son tour dans le local et jeta un coup d'œil circulaire : toute une succession de provisions entreposées sur des étagères métalliques – canettes, boîtes de conserve, paquets de gâteaux, sachets de bonbons – rien d'autre. Parfait. Au moins, il ne mourrait pas de faim.

Il jaugea le jeune homme du regard. Il était un peu plus grand que lui, mais cela ferait l'affaire.

— À poil.

Le type se déshabilla en silence. Craig prit les vêtements sous son bras et repassa le seuil de la porte.

— Il n'y a que deux ou trois bagnoles qui passent dans la journée, lui dit le jeune homme d'une voix inquiète. Et elles s'arrêtent rarement.

Craig étendit le bras et visa la tête du gamin.

— Je t'épargne l'attente ou tu prends ton mal en patience ?

— Je crois que je vais attendre un petit peu.

Il claqua la porte et tourna la clé dans la serrure.

Il fit un crochet par les toilettes pour se changer et effacer les traces de l'accident de son visage, trouva quelques billets dans le tiroir-caisse et s'approvisionna en nourriture et en boissons. Il récupéra quelques magazines sur un présentoir avant de sortir puis traversa le parking en direction de la Buick. Une fois derrière le volant, il prit quelques secondes pour faire défiler les stations à la radio, s'arrêta sur *Surfin' USA* et démarra dans un nuage de sable.

Il fallait maintenant s'organiser, trouver un point de chute, une planque. Il réalisa qu'il avait démarré sans même savoir où il allait. Dans combien de temps le fourgon serait-il retrouvé ? Quand les gars de Carson City commenceraient-ils à s'inquiéter du retard du convoi ? Il disposait d'un peu d'avance qui lui permettrait peut-être de franchir la frontière de quelques États, mais il lui fallait un plan.

— Ne t'en fais pas, on s'occupe de tout, dit une voix dans son dos.

Craig écrasa la pédale de frein et immobilisa la voiture au milieu de la route. Il se retourna, arme braquée vers la banquette arrière. À la vue de l'homme qui y avait pris place, il se figea. Ses yeux presque entièrement noirs étaient comme fous, mais ce qu'il y avait de plus horrible encore, c'était ce trou sombre en lieu et place du nez. Il se rappela aussitôt cette vision fugitive derrière la vitre du fourgon. Il n'avait donc pas rêvé.

— Tu me laisses les commandes ?

La créature se redressa et allongea son bras vers la tête de Craig. Il appuya sur la détente au moment où la main desséchée se refermait sur son visage. La détonation lui vrilla les tympans puis sa conscience se brisa dans l'étau du monstre.

Rebecca et Peter – Kelsingstraat, Pays-Bas, J-14

Demain serait un autre jour, en effet, mais Rebecca comptait bien faire une dernière tentative dès aujourd'hui. Elle voulait en avoir le cœur net.

Elle remonta l'allée balayée par le vent qui s'était levé durant sa visite et instillait un froid aigu sous son manteau. Cette sensation de fraîcheur bienvenue éloignait les récents événements de ses pensées. Arrivée à sa voiture, elle aperçut les pieds de Peter dépasser de la vitre arrière entrouverte.

— Tu veux nous faire mourir de froid ? lui lança-t-elle en s'installant derrière le volant.

— J'aurais été vexé que tu passes du désodorisant en arrivant, rétorqua Peter en se redressant comme il put. Ça s'est bien passé ?

Rebecca démarra pendant que son ami repassait à l'avant.

— Oui, très bien.

Elle n'alla pas plus loin. Otto lui avait demandé de ne pas révéler la teneur de leur discussion, ce à quoi elle avait répondu qu'elle était tenue au secret professionnel.

— Le monsieur se sent seul dans son immense manoir et il voudrait savoir s'il va trouver la compagne idéale ? insista Peter.

— De la compagnie, il en a trouvé.

Elle s'engagea sur la route et changea rapidement de conversation.

Peter se laissa tomber dans le canapé de Rebecca et alluma la télévision. Il zappa pendant une bonne minute avant de jeter son dévolu sur une chaîne musicale. La musique de *The Real Slim Shady* repoussa le silence.

— Ce clip me fait trop marrer, dit-il à Rebecca qui revenait de la cuisine avec deux verres et une bouteille de thé glacé.

Elle posa le tout sur la table basse sous le nez de Peter.

— C'est quoi ?

— Eminem. J'adore ce type.

— C'est une paire de fesses ! s'exclama-t-elle.

— C'est un costume…

Elle observa l'écran pendant quelques secondes.

— Ça a l'air vraiment bizarre, ton truc.

— C'est ça qui est bon.

Elle versa le thé dans les verres.

— Tu restes manger ? Ça t'évitera de vider une boîte de conserve dans une casserole.

— Ça dépend, c'est quoi le menu ?

Elle lui balança un coup de poing dans la cuisse.

— Merde alors, t'es gonflé. C'est pas un resto. Tu mangeras ce que je voudrai bien que tu manges.

— Ce sera toujours mieux qu'une conserve.

— J'espère bien, oui. Je te souhaite de trouver une fille pour te faire de bons petits plats comme moi.

Célibataire endurci, Peter habitait un appartement largement trop grand pour une personne, mais il devait estimer que sa carrure exigeait un logement conforme à ses dimensions. Il avait aménagé – plutôt customisé – un débarras en bureau dans lequel il entreposait son matériel informatique et entassait les revues dont la lecture avait contribué à faire de lui un petit génie de l'informatique. C'était dans cette pièce qu'il occupait l'essentiel de son temps lorsqu'il était chez lui : après avoir passé la majeure partie de sa journée de travail devant un écran d'ordinateur, son premier geste de retour à son appartement était d'allumer son propre PC ; il en oubliait de s'alimenter correctement et il avait pris l'habitude de prendre d'occasionnels repas équilibrés chez sa cuisinière attitrée. Rebecca adorait Peter. Elle se faisait un plaisir de lui dire qu'il avait une tête d'homme de Cro-Magnon – son épaisse tignasse était dans un désordre permanent et sa barbe mal taillée faisait curieusement ressortir ses bajoues. Il portait d'épaisses lunettes qu'il remontait continuellement sur son nez. Un mètre quatre-vingt-huit, cent quinze kilos (il le lui avait avoué il y avait déjà quelques années dans un surprenant élan de confidence, le chiffre avait vraisemblablement évolué, certainement pas à la baisse), il portait des jeans et des chemises à manches courtes que son embonpoint faisait constamment sortir de ses vastes pantalons. Indépendant, taciturne et renfrogné, il serrait une main toutes les cinq minutes lorsqu'elle l'accompagnait dans ses rares sorties en ville. Rebecca se demandait comment cet apparent misanthrope qui sortait si peu de chez lui pouvait connaître autant de monde.

— Je te remercie de m'avoir accompagnée, lui dit-elle.

— Oh, ça m'a fait une petite balade. Et puis j'y ai gagné un repas, ajouta-t-il avec un clin d'œil.

Ils restèrent silencieux un long moment. Freddy Mercury, travesti en femme de ménage sexy, avait succédé à Eminem à l'écran.

— Je me dis quand même parfois que ce n'est pas très prudent de ta part, dit subitement Peter. Imagine que le capteur tombe en rade.

— J'ai une bombe lacrymogène à portée de main et je te rappelle que je suis toujours assidûment mes cours de taekwondo.

— Ah oui ? Et à quoi te serviront tes cours de taekwondo quand tu tomberas sur un gars qui fera le double de ton poids ?

— Si je tombais sur un gros costaud comme toi, ce serait beaucoup plus facile : je courrais autour d'une table et j'attendrais qu'il s'essouffle.

— C'est drôle, ça... Il faudrait déjà que tu aies une table sous la main.

— Peter, ne t'inquiète pas pour moi, je suis une grande fille.

Elle lui donna une tape amicale sur le genou et se leva. Peter fixa son attention sur la télé pendant que Rebecca consultait son programme du lendemain. Il s'empara de la télécommande et changea à nouveau de chaîne. Un journaliste apparut à l'écran, évoquant les destructions inexpliquées de milliers d'hectares de récoltes sur la côte namibienne. Les pieds de mil blanchissaient et dépérissaient presque à vue d'œil. Les images de récoltes dévastées et d'agriculteurs résignés se succédèrent à l'écran. L'étrange fléau s'étendait et l'inquiétude des autorités locales allait grandissante. Le journaliste reparut et annonça avec un large sourire la diffusion de la bande-annonce de la toute dernière sensation cinématographique élaborée à coups de centaines de millions de dollars. *Voilà qui va faire oublier pour un temps les inquiétants errements de la planète*, se dit amèrement Peter en secouant la tête.

Ils passèrent à table assez tard. Rebecca profita du dîner pour essayer d'initier son ami aux fondamentaux de la gastronomie et lui inculquer quelques notions de cuisine facile et équilibrée. Peter titillait le contenu de son assiette de la pointe de sa fourchette – de fins filaments blancs recouverts de gruyère qu'il observait d'un œil méfiant. Il arrondit sa bouche en cul-de-poule et laissa échapper une série de brefs baisers.

— Zao… Wouki… Minous, minous…

Rebecca le menaça avec sa fourchette.

— Laisse mes chats en dehors de ça, ils ont déjà mangé et c'était autre chose que ce que tu as dans l'assiette, mais je peux t'ouvrir une de leurs boîtes si tu veux… Ce sont des courgettes spaghettis. Des courgettes, des légumes qui poussent dans les potagers – tu sais, les petits carrés de jardin qu'on cultive pour faire sortir des trucs de terre ?

— Ça fait grossir ? demanda Peter avec un sourire narquois.

— Tu n'as qu'à enlever le fromage.

Elle leva les yeux au ciel et saisit la bouteille d'eau dont elle ne parvint pas à dévisser le bouchon.

— Tu as encore serré comme un âne, reprocha-t-elle à Peter en lui tendant la bouteille.

— Je ne sens pas ma force.

Au moment de remplir son verre, elle s'aperçut que la bouteille était remplie d'un épais liquide écarlate. Elle lâcha précipitamment le récipient et se leva d'un bond en renversant sa chaise, le visage révulsé. Le liquide visqueux se répandit un instant sur la nappe avec un infâme gargouillis avant que Peter ne redressât la bouteille et n'épongeât la table avec sa serviette.

— Bon sang, Rebecca, qu'est-ce que tu fous ?

— C'est...

Il souleva sa serviette et examina la tache d'eau que Rebecca pointait du doigt.

— C'est ?...

Elle abaissa doucement son bras. De l'eau... Juste de l'eau... Elle quitta la tache des yeux et s'aperçut que Peter la regardait fixement. Il la laissa relever sa chaise et se rasseoir sans un mot. Un lourd silence s'abattit dans le salon.

— Qu'est-ce que c'était ? demanda finalement Peter.

— Laisse tomber, tu veux ?

Il laissa passer quelques secondes.

— Tu te rappelles cette psy chez qui tu allais ?

— Peter...

— Pourquoi ne retournes-tu pas la voir ?

— Je ne veux pas entendre parler de ça.

— Bon sang, Rebecca...

— Quoi ?! éclata-t-elle. Tu veux que je lui dise que je vois du sang partout, que je peux même parfois sentir cette horrible odeur métallique dans ma bouche avant

84

que tout ne vire au rouge autour de moi ? Tu tiens vraiment à me faire passer pour une cinglée ?

— Il me semble qu'ils sont payés pour entendre ce genre de choses.

— Laisse tomber, je me débrouille très bien toute seule.

— De toute évidence...

— Fous-moi la paix avec ça ! s'emporta-t-elle. J'ai besoin de temps.

Peter haussa le ton à son tour.

— De temps ? Bordel, ça fait vingt ans, Rebecca. Vingt ans !

— Eh bien, j'en attendrai trente, quarante de plus s'il le faut, et ça finira bien par s'arrêter !

— Cesse de vivre dans le passé, ça sera déjà ça de gagné.

— Je refuse d'en discuter avec toi.

— Tu refuses d'en discuter avec qui que ce soit, c'est ça ton problème.

— C'est mon problème, exactement.

— C'est le problème de tous ceux qui se font du souci pour toi, objecta Peter.

Elle se leva, les mâchoires serrées, ramassa les couverts et se retrancha dans la cuisine. À son retour, elle décida de changer de sujet, évoqua quelques soucis techniques avec son ordinateur et demanda conseil à Peter. Le sujet de ses visions ne fut plus abordé de la soirée.

Peter quitta Rebecca vers onze heures. Elle préféra mettre de côté l'incident du dîner et ne repenser qu'à ce qui s'était passé chez Otto. Ce qu'elle s'était proposé de faire à sa sortie du manoir lui revint alors à l'esprit. Elle alla chercher un petit sac de jute dans le tiroir d'un étroit bureau blotti dans un recoin de la pièce puis prit place à la table du salon. Sa grand-mère lui avait appris la cartomancie, mais Rebecca avait voulu élargir le champ de ses compétences : lorsqu'elle ne trouvait pas de réponse dans les cartes, elle faisait parler les runes.

Elle plaça le sac debout sur la table, desserra le lien qui le maintenait clos puis ferma les yeux. Elle se tint ainsi immobile quelques secondes, puis plongea ses doigts dans la toile de jute pour y puiser trois améthystes qu'elle déposa l'une après l'autre sur la table. Chaque petite pierre était marquée d'un symbole, fines pattes de mouche dorées, gravées sur la transparence mauve de la roche. Les runes une fois alignées sur la table, elle ouvrit les yeux et découvrit les symboles. Un nom était attribué à chacun d'eux. Le premier symbole pioché et placé tout à gauche, censé retracer le passé, était « Hoel ». Il faisait référence à un événement sur lequel l'« homme » n'avait eu aucune prise. *Probablement ce qui a provoqué l'apparition de la créature chez Van Helsing*, songea Rebecca. Rien de bien nouveau, donc. Au centre, le présent. La pierre qui le symbolisait représentait un crochet doré : « Lagu », qui réaffirmait à Rebecca son don de voyance. Pas grand-chose à apprendre de ce côté-là non plus. La rune de droite enfin, qui renseignait sur l'avenir. Elle était vierge de toute marque : c'était « Wyrd ». Cette rune prédisait un événement inéluctable. Elle signifiait également que cet événement devait rester secret pour le bien du consultant.

Pour son bien à elle, donc…

Rebecca contempla la rune, songeuse. C'était l'impasse de ce côté-là également. Cela commençait à faire beaucoup. C'était comme si un silence de plomb enveloppait le manoir d'Otto Van Helsing, qu'aucune des techniques qu'elle maîtrisait ne parvenait à percer. Vraiment étrange… Et pas de nouveau tirage possible avant vingt-quatre heures. Elle n'en saurait donc pas plus d'ici là – ni les jours d'après, pressentait-elle, du moins au travers des cartes ou des runes. Tous ces tirages stériles ne présageaient rien de bon. Rien ne fonctionnait et c'était peut-être bien la première fois que cela arrivait.

Zao sauta sur la table et se coucha sur les runes. Rebecca réfléchit en passant doucement sa main dans l'épais pelage gris. Pourquoi ne pas utiliser des moyens plus conventionnels ? Il y avait Internet, mais rien ne valait le plaisir de tourner les pages d'un livre. Elle hésita encore une poignée de secondes puis décida de repousser son dernier rendez-vous du lendemain pour se rendre à la bibliothèque municipale, histoire d'essayer d'en savoir un peu plus sur ce tableau et son auteur.

— *Et cette carte-ci, c'est le Diable. Elle représente les passions humaines, la cruauté, c'est le côté noir de l'âme des hommes.*

Elle saisit la carte que lui tendait sa grand-mère. La moitié de l'illustration qu'elle portait était recouverte de taches d'un sang épais, presque noir. Elle leva la tête pour découvrir le visage ensanglanté de son aïeule.

Rebecca poussa un terrible hurlement et se redressa brutalement dans son lit. Elle se passa une main dans les cheveux puis tourna la tête vers le réveil : une heure dix-huit. Elle rejeta les draps de côté, se leva et prit la direction de la salle de bains. Elle fit couler un peu d'eau fraîche, qu'elle appliqua sur son visage encore empreint de sueur. C'était incessant... Ces pénibles moments qui n'avaient jusqu'ici empoisonné que ponctuellement son existence se répétaient à présent avec une cruelle régularité. C'était à devenir folle. Bon sang, qu'est-ce qui ne tournait pas rond dans sa tête ? Elle réfléchit un moment tout en observant son reflet dans le miroir. Elle pressentait qu'elle ne retrouverait pas le sommeil de sitôt. Elle éteignit la lumière, se dirigea vers sa chambre, mais s'arrêta en chemin, tout près des escaliers. Elle sonda l'obscurité du rez-de-chaussée durant de longues secondes, sembla hésiter un bref instant, puis commença à descendre lentement les marches. Arrivée en bas, elle traversa le salon avant de s'immobiliser devant le bureau de sa grand-mère. Elle fixa longuement la poignée de la porte close. Depuis combien de temps n'avait-elle pas poussé cette porte ? Elle laissa passer un frisson puis abaissa le loquet. Elle enjamba la fine ligne de sel qui barrait l'entrée et pénétra dans la pièce.

L'odeur de renfermé lui tira une grimace. Rien n'avait bougé depuis la mort de sa grand-mère. Elle fit le tour de la pièce du regard. La cheminée en marbre, le vaste bureau en chêne, l'étroite bibliothèque qui occupait tout le mur du fond, les deux fauteuils vides qui se faisaient face et qui donnaient l'horrible sensation de percevoir les murmures d'une conversation. C'était comme si la pièce tout entière s'était figée dans le temps, des années, des siècles d'immobilité silencieuse.

Une tombe.

Elle passa derrière le bureau, tira à elle le large tiroir et passa longuement en revue les jeux de cartes. Sa grand-mère en avait des dizaines, de simples cartes naïvement illustrées jusqu'à de véritables œuvres d'art que Rebecca avait autrefois passé de longues heures à tourner et retourner entre ses doigts. Ce n'était pas là une simple lubie de collectionneuse : elle était à peu près sûre que sa grand-mère avait utilisé tous les jeux sans exception à un moment ou à un autre de sa vie. Les cartes avaient été toute son existence. Le visage de Rebecca changea subitement d'expression. Elle pinça les lèvres et une lueur froide illumina brièvement ses yeux. Elle dégagea le tiroir de son logement d'un geste brusque puis le posa lourdement sur le sous-main. Elle saisit les jeux un à un, les calant nerveusement contre sa poitrine, traversa la pièce et vida le contenu des boîtes dans l'âtre. Elle réfléchit un instant, courut à la cuisine, en revint avec une bouteille d'alcool à brûler dont elle aspergea abondamment les cartes, puis se mit en quête d'un briquet. Elle en trouva un dans le cendrier sur le bureau, revint s'agenouiller près du foyer, fit apparaître une timide flamme du bout du pouce, tendit le bras... et relâcha le bouton après une brève hésitation. La flamme s'évanouit, en même temps que sa colère. Elle considéra les cartes avec un air triste puis s'assit lentement près de l'âtre, le dos appuyé contre le marbre froid. Elle replia ses bras contre sa poitrine et baissa la tête comme pour se protéger de l'odeur d'essence qui se répandait dans la pièce. De petites convulsions secouèrent le haut de son corps puis elle commença à pleurer en laissant échapper de brèves plaintes indistinctes.

*

Otto avait les yeux rivés sur le tableau depuis près d'une minute.

— Que croyais-tu y voir ?... murmura-t-il pour lui-même.

Il souffla les quelques bougies qu'il avait allumées dans la pièce, éteignit les lumières et ferma les deux battants de la porte de la bibliothèque.

Le clair de lune inondait la pièce d'une lueur blafarde qui donnait une singulière consistance aux objets. Frappé par cette lumière livide, le relief de la peinture semblait faire surgir les personnages d'huile, comme si le tableau avait été animé d'une vie intérieure.

Jheronimus Van Aken, J-13

Tôt le lendemain, avant même sa première consulta-
tion, Rebecca appela sa dernière cliente de la journée,
évoqua un contretemps de dernière minute et repoussa
le rendez-vous. Elle reçut quatre clientes dans la matinée puis fit une pause vers treize heures. Elle consulta la
messagerie de son téléphone professionnel, seul numéro
qu'elle communiquait à ses clients – la prudence, toujours. Elle avait reçu deux appels d'« habituées » et
Otto lui avait laissé un message laconique, précisant
simplement qu'il venait aux nouvelles. Elle le rappela
dans la foulée.

— Bonjour monsieur Van Helsing, c'est Rebecca.

— Faites-moi le plaisir de m'appeler Otto, s'il vous
plaît, quand j'entends « M. Van Helsing », j'ai l'impression de prendre dix ans d'un coup et j'en ai déjà
soixante-dix-huit.

Soixante-dix-huit ? songea Rebecca. *Il en paraît bien
quinze de moins. Le temps s'est-il figé dans ce manoir ?*

— C'est d'accord, mons… Otto. Vous avez essayé
de me joindre ?

— Oui, juste pour savoir s'il y avait du nouveau.

— En fait, pas grand-chose depuis hier. Je ne pourrai pas vous en dire plus avant ce soir, assez tard, c'est comme ça que fonctionnent les cartes, je suis désolée.

— Ah…, fit Otto, visiblement déçu.

— Je vais essayer les runes.

Elle ne voulait pas évoquer le tirage déjà effectué, histoire de se donner un peu de temps. Peut-être aussi pour ne pas briser trop rapidement les illusions de son client… Ce n'était pas très fair-play de sa part et elle s'en voulait de ne pas dire toute la vérité à cet homme qu'elle avait pris en sympathie.

— Vous voyez ce dont il s'agit ? lui demanda-t-elle.

— Vaguement… Ce sont des pierres que l'on utilise dans la divination, à ce qu'il me semble ?

— Tout à fait, oui. Elles ont leur utilité lorsque les cartes ne veulent pas parler et c'est exactement ce qui s'est produit hier. Mais je ne pourrai les interroger que ce soir vers minuit.

Otto ne chercha pas à en savoir plus.

— Je ne suis généralement pas couché avant deux heures du matin. Jusque-là, vous pouvez m'appeler quand vous voulez.

— Très bien. Et… votre pensionnaire ?

— Rien de neuf. Vous savez, nous restons chacun dans notre coin. Tant qu'il ne bouge pas, croyez bien que je ne vais pas le déranger.

— Vous devriez jeter un œil de temps en temps. Il ne faudrait pas que cette bestiole disparaisse dans la nature.

— Elle ne peut pas sortir de la bibliothèque.

Elle se demanda comment il pouvait en être si sûr.

— Je vous tiens informé avant demain, conclut-elle.

Rebecca mangea rapidement, prit de nouveaux rendez-vous pour la semaine suivante. Trois clients, deux femmes et un homme, la consultèrent dans l'après-midi. Sa clientèle était majoritairement féminine – sans doute les femmes se posaient-elles plus de questions que les hommes et éprouvaient-elles systématiquement le besoin d'y répondre. Elle quitta la maison vers dix-sept heures trente et engouffra sa voiture dans le flot de véhicules du vendredi soir.

On approchait des fêtes de fin d'année et la ville s'était drapée des couleurs de Noël : les rues étaient inondées d'or et d'argent, des sapins saupoudrés de blanc avaient surgi de terre sur les places et les vitrines abritaient des paysages recouverts de neige où s'animaient des automates aux gestes saccadés. Les bâtiments publics n'avaient pas échappé à la transformation : la façade de la mairie était illuminée d'un magnifique bleu pâle qui sublimait les moindres détails de son architecture tandis que des serpents de lumière s'enroulaient sur toute la hauteur des colonnes du théâtre. La foule était au rendez-vous pour admirer la métamorphose de cette cité d'habitude si austère : le centre était noir de monde, les rues piétonnes envahies de couples et de familles dont les enfants s'égaillaient joyeusement au milieu des illuminations.

Rebecca ne put échapper aux bouchons, mais la circulation se fit bientôt plus fluide pour devenir quasi inexistante aux abords de la bibliothèque. La frénésie des fêtes n'était pas parvenue jusqu'à ce bâtiment bâti à l'écart du centre-ville et elle trouva un emplacement de parking à moins de vingt mètres de son entrée. L'édifice n'avait aucun charme et son ami Frederik ne s'était pas préoccupé de lui en donner pour Noël. C'était un terne rectangle plat dont les hautes fenêtres étaient éclairées par de vilains plafonniers visibles depuis l'extérieur. Elle repensa à la bibliothèque du manoir d'Otto et se prit à rêver de pouvoir un jour disposer d'une bibliothèque municipale d'une égale beauté. L'heure de la fermeture était proche, mais Rebecca connaissait de longue date Paul, le bibliothécaire, et elle savait qu'elle disposerait d'un peu de temps avant qu'il ne se décidât à quitter son lieu de travail. Elle repéra aussitôt la haute silhouette parmi les derniers visiteurs. Il était difficile d'associer sa fonction de bibliothécaire avec son allure de boxeur.

— Bonsoir, Paul.

— Rebecca ?

Le visage du géant d'ébène s'illumina d'un sourire.

— Ça fait un moment que je ne t'ai plus vue traîner par ici.

La résonance de cette voix vibrante lui chauffa le cœur.

— Les affaires tournent, alors j'ai moins de temps pour les bouquins. Comment se porte la petite famille ? Soraya doit avoir bien grandi.

— Comme de la mauvaise herbe, mais en plus coriace ! s'esclaffa Paul. Mais évidemment, tout le monde n'a d'yeux que pour elle. Les garçons la protègent comme un trésor.

Paul était marié à une Yéménite, une magnifique reine de Saba qui lui avait donné quatre garçons et une adorable petite fille de trois ans aux yeux couleur outremer. Adorable, mais avec, semblait-il, un caractère bien trempé – de quoi trouver sa place au milieu de tous ces hommes.

— Qu'est-ce qui t'amène à cette heure-ci ? s'enquit-il.

— J'ai quelques petites recherches à faire. Mais… Je ne voudrais pas te retarder…

Le sourire de Paul s'élargit.

— C'est marrant, c'est toujours à la même heure que tu débarques…

— Tu sais bien que je préfère la solitude.

Le bibliothécaire secoua la tête et produisit une série de rires brefs.

— Oh, ça, je sais… La bibliothèque est à toi. Mais je ne peux pas traîner ce soir. Je suis de corvée de courses. Une liste longue comme mon bras, ajouta-t-il avec un air dépité, ça va être l'enfer.

— Je compatis, mais tu préfères être à ta place ou à celle de Makéda qui doit s'occuper des cinq monstres ?

Paul partit d'un grand rire.

— Maintenant que tu le dis !

— Je m'y mets de suite. Promis, je fais vite.

La bibliothèque n'était pas à elle, mais pas loin. Seules deux personnes s'attardaient encore au milieu des livres lorsque Rebecca s'installa à une table, une encyclopédie de peinture entre les mains. Elle y apprit que Jheronimus Bosch, de son vrai nom Van Aken, était né à 's-Hertogenbosch, ou Bois-le-Duc, vers 1450. Peu de traces écrites subsistaient en effet sur sa vie, comme le lui avait déjà dit Otto. Issu d'une famille de peintres – père, grand-père, oncles et frères –, son aura avait largement dépassé celle de ses ancêtres. Son mariage avec une riche héritière bourgeoise lui offrit une place de choix parmi les notables de la ville, puis son cercle d'influence grandit encore avec son entrée dans la confrérie de Notre-Dame. Il avait accédé à la notoriété dès son vivant et avait côtoyé les plus grands de son époque. Philippe le Beau lui avait entre autres passé commande du triptyque *Le Jugement dernier* de Vienne – c'était dans le document écrit mentionnant cette commande que le nom du peintre était pour la première fois associé à celui de sa ville natale. Son style était à nul autre pareil – sombre ou iconoclaste, parfois rebutant ou dérangeant –, la symbolique en était difficile d'accès, mais Rebecca était impressionnée par la puissance créatrice hors du commun de cet artiste atypique.

Le panneau central du *Jugement dernier* capta son attention par-dessus tout : une profusion de corps suppliciés, tourmentés par des créatures repoussantes, les couleurs crues, rouge et chair, des scènes de torture du premier plan, qui contrastaient avec les ténèbres et les lueurs de destruction du fond du tableau. Les effets de lumière de l'incendie qui consumait le monde à l'arrière-plan, pareil au feu éternel de l'Enfer, étaient prodigieux, les ombres qui se détachaient des flammes faisaient froid dans le dos. Les tableaux de Bosch étaient riches d'une symbolique ambiguë et Rebecca trouvait sa façon de montrer le droit chemin aux hommes et aux femmes de son époque vraiment... osée. Les connotations sexuelles du *Jardin des délices* étaient évidentes et les ecclésiastiques n'étaient pas souvent à leur avantage. Avec toute cette nudité, ces attaques en règle des dérives de l'Église (la luxure sous les traits d'une truie lubrique portant le voile d'une nonne ?!), comment Bosch était-il parvenu à ne pas s'attirer les foudres de l'Église ? Certains historiens prétendaient même qu'il avait pu basculer dans l'hérésie. Mais il était à l'évidence d'une profonde ferveur religieuse et sa libre-pensée, qu'il exprimait au travers de ses œuvres, était un luxe que sa renommée pouvait peut-être permettre.

Du tableau d'Otto par contre, il n'y avait effectivement aucune trace… Elle se redressa et étira son dos raidi par l'immobilité. Elle n'était pas plus avancée. Que pouvait-il donc s'être passé au manoir ? C'était si difficile à croire… Une forme de sortilège ? Elle n'avait jamais rien vu de tel. Des querelles de voisinage qui se terminaient par des poupées de chiffon ou des chouettes clouées aux portes des fermes, c'était une chose, mais ça… L'invocation d'un être vivant, c'était une tout autre histoire. Et si c'était effectivement un sortilège – ce à quoi elle avait vraiment beaucoup de mal à croire – qui en était à l'origine ? Jérôme Bosch n'avait pas vraiment le profil d'un « ensorceleur ». Elle penchait plutôt pour l'un des propriétaires du tableau. Fallait-il chercher parmi ses premiers détenteurs, parmi les relations obscures du peintre ? Elle fit la moue. Beaucoup de questions, peu de réponses.

Elle consulta encore plusieurs ouvrages avec le faible espoir d'y voir le tableau d'Otto, sans résultat. Elle apprit cependant que plusieurs de ses tableaux lui avaient été finalement désattribués, que les copies étaient nombreuses et que le peintre avait eu de nombreux suiveurs. Fallait-il alors réellement chercher du côté du peintre de Bois-le-Duc ? Des questions, encore, et toujours pas de réponses.

— Hum…

Rebecca leva la tête et fit face au large sourire du bibliothécaire.

— C'est l'heure, n'est-ce pas ?

— J'ai bien peur que oui, répondit Paul. Je suis désolé, Rebecca, mais ce soir, je n'ai vraiment pas le temps. Avec le monde qu'il y a en ville… Tu as trouvé ce que tu cherchais ?

— Oui et non, des informations que je n'avais pas, mais aucune réponse à mes questions.

— Que cherches-tu exactement ?

Elle hésita un instant, ne sachant comment amener la chose.

— C'est un peu… compliqué. Je fais des recherches sur Jérôme Bosch.

— Hum… Oui, j'ai déjà vu passer ce nom. On a des choses sur lui ?

— Pas mal de choses, oui. D'ailleurs, il faudrait que je t'emprunte ce bouquin, ajouta-t-elle en posant une main sur un ouvrage épais sur la couverture duquel avait été reproduit un détail du *Jardin des délices*.

— Sans problème.

Son téléphone se mit à vibrer sur la table. Elle reconnut immédiatement le numéro d'Otto. Son sixième sens se mit aussitôt en branle.

— Je file, dit-elle à Paul en rassemblant ses affaires.

Elle posa un regard désolé sur le tas de livres abandonné sur la table.

— T'inquiète pas, la rassura-t-il, je m'en occupe.

— Je suis désolée… Il faut vraiment que j'y aille.

— File !

— Je garde celui-ci ! cria-t-elle en s'éloignant au pas de course en direction de la sortie. Le bonjour à Makéda et aux enfants !

Le martèlement de ses talons se répercuta avec violence entre les murs du vaste hall. Elle prit l'appel avant que les vibrations ne cessent.

— Allô ?

— Bonsoir, Rebecca. Je vous appelle plus tôt que prévu. Je reviens de la bibliothèque. Le tableau... Il s'est passé quelque chose.

Rebecca et Otto – Wittemer End,
Pays-Bas, J-13

Otto n'avait rien voulu lui dire de plus, elle devait juste venir le plus vite possible. Et il ne lui était même pas venu à l'esprit de refuser… Tandis que Rebecca se dirigeait vers le manoir, elle se demandait si c'était là la meilleure façon de gérer la situation.

La réponse était évidente : foncer tête baissée dans une affaire qui dépassait largement le domaine du rationnel, sans faire appel aux autorités compétentes ? Oui, on ne pouvait pas se montrer plus raisonnable… Mais en l'occurrence, quelles autorités pourraient-elles se montrer compétentes en la matière ? Elle s'imaginait bien appeler les flics et leur expliquer la situation. Elle serait bonne pour l'asile. Elle ne savait que penser. D'un côté, elle ne voyait absolument pas comment elle allait pouvoir aider Otto, mais de l'autre, il y avait le tableau et il y avait quelque chose de fascinant dans cette peinture.

Elle se souvint de cet étrange sentiment qu'elle avait éprouvé au premier regard : elle avait eu l'impression de basculer dans le tableau, de voir la peinture s'étirer, l'envelopper et s'animer autour d'elle. Il lui avait fallu lutter pour se débarrasser de cette désagréable sensation. Elle avait préféré oublier, se dire qu'elle avait imaginé tout ça, mais à présent c'était comme si elle basculait de nouveau. Non, elle n'avait pas rêvé, elle en était dorénavant convaincue : le tableau avait essayé de l'attirer à lui.

Un sortilège… Impossible à croire, et pourtant… Et si, aussi délirant que cela pût paraître, il s'agissait bien de cela, que pourrait-elle faire ? Quel élan stupide lui avait-il fait prendre si vite la direction du manoir ? Elle ne le savait que trop bien. « Tu devrais peut-être t'occuper de toi avant de t'occuper des autres », lui avait dit Peter. Et il avait raison.

Mais pas ce soir. Demain. Peut-être. Elle appuya inconsciemment sur la pédale d'accélérateur.

Ce voyage à travers Wittemer End ne produisit pas les mêmes impressions sur Rebecca que son premier trajet vers la demeure d'Otto aux côtés de Peter. Seule à bord de la voiture, le périple lui parut bien plus lugubre. Au-delà du centre-ville, elle eut l'étrange sensation de rouler à travers un no man's land. À l'exception de la faible lumière dispensée par les rares lampadaires qui se dressaient le long des rues, la ville était plongée dans le noir et les habitations ne témoignaient de leur présence qu'au travers de leurs contours imprécis noyés dans l'obscurité. Passé ces derniers repères, la brume envahit le paysage et étouffa les deux pinceaux lumineux des feux du véhicule. Elle roulait au pas pour ne pas rater l'entrée du manoir, mais malgré ses précautions, elle dépassa la grille et ne put faire demi-tour qu'un bon kilomètre plus loin. Elle gara sa voiture face à l'entrée, coupa le contact et sortit dans la fraîcheur et le silence de la nuit.

Elle sonna à l'interphone. La voix d'Otto, cette fois, lui répondit.

— C'est Rebecca.

— Garez la voiture dans le parc.

Cela sonnait presque comme un ordre.

Elle garda le regard fixé sur le manoir tout le temps qu'elle remonta l'allée. Les lumières du rez-de-chaussée plaquaient des dalles claires sur la terrasse, mais les étages supérieurs étaient abandonnés à la nuit. La porte d'entrée s'ouvrit alors qu'elle montait les marches menant à la terrasse.

— Entrez, dit Otto d'un ton sec.

Elle retrouva la chaleur du vestibule avec plaisir. Toutes les portes y étaient ouvertes. Elle frissonna sous le coup d'une ultime vague de froid lorsque Otto referma derrière elle. Il prit immédiatement la direction de la bibliothèque, un coupe-papier en main. Rebecca, prise de court, ne put que se glisser dans son sillage.

— J'ai commencé à chercher au rez-de-chaussée et je n'ai rien trouvé, lança-t-il abruptement.

Rebecca, que l'attitude d'Otto acheva d'agacer, s'arrêta net.

— Otto, vous cherchez quoi ? Vous ne m'avez rien dit au téléphone.

— C'est vrai, oui. Suivez-moi.

— C'est cette créature que vous cherchez ? insista-t-elle en lui emboîtant de nouveau le pas.

— Si c'est de celle que vous avez vue hier que vous parlez, elle aussi est introuvable. Mais ce n'est pas d'elle qu'il s'agit.

— Bon sang, je vous avais bien dit que ce n'était pas prudent de la laisser seule.

— Ce n'est pas le plus important.

— Et que faites-vous avec ce coupe-papier ? l'interrompit-elle.

Otto ne prit pas la peine de répondre à sa question. Ils étaient à présent près du tableau.

— Je ne sais pas si vous vous rappelez ce personnage qui enjoignait au couple de passer la porte, fit-il en indiquant le coin inférieur gauche de la peinture.

Oui, elle s'en souvenait. Elle observa le tableau, stupéfaite. Elle ne voyait plus à la place du personnage qu'un fond uniformément noir.

— C'est incroyable…

— Je ne suis pas sorti de la journée, dit Otto. Il est ici.

Rebecca regarda le coupe-papier avec des yeux effarés puis dévisagea le vieil homme.

— Et vous essayez de le trouver ? s'ébahit-elle, incrédule.

Il répondit à sa question par un petit haussement d'épaules.

— J'ai fait toutes les pièces du rez-de-chaussée.

Avant qu'elle ne pût ouvrir la bouche, il s'éloigna et alla ouvrir le tiroir d'un bureau tout proche. Il revint près d'elle avec un deuxième objet dans les mains.

— Vous me donnez un coup de main ? lui demanda-t-il en lui tendant une paire de ciseaux.

Rebecca ouvrit de grands yeux.

— C'est pour quoi, ces ciseaux ?

— Pour la même chose que le coupe-papier.

— Vous plaisantez ? On peut tomber sur n'importe quoi. C'est tout ce que vous avez trouvé ?

— J'ai paré au plus pressé. Vous m'accompagnez ?

Elle parcourut la pièce du regard, se rappelant la peur qu'elle avait éprouvée lors de sa rencontre avec le « pensionnaire » d'Otto, et mesura brièvement les conséquences de sa réponse. Elle s'empara des ciseaux :

— Comment procède-t-on ?

— À présent, il faut faire le premier étage.

— Je préférerais autant que l'on ne se sépare pas.

— Entièrement d'accord.

Ils repassèrent dans le vestibule et pénétrèrent dans le salon. La pièce était vaste et richement décorée. Un plafond en caissons, des tableaux et des tapisseries défraîchies aux murs, de vastes fauteuils de cuir encadrant une large table basse de bois sombre. Ici aussi, les livres recouvraient un pan entier de mur. Rebecca retrouva les chiens, couchés auprès d'une cheminée surmontée d'un grand portrait de femme, et dans laquelle finissaient de se consumer les restes d'un feu. Elle désigna les rottweilers.

— Ils n'ont pas réagi ?

— Ils n'ont pas manifesté le moindre signe de nervosité de toute la journée.

Elle se rappela le comportement des chiens lors de sa première visite. Ils auraient dû sentir la présence d'un intrus. Cela pouvait signifier qu'il avait déjà quitté le manoir. Otto indiqua un imposant escalier de bois, à l'autre extrémité du salon.

— C'est par là.

Il traversa la pièce, Rebecca sur ses talons, et actionna un interrupteur placé au bas des marches. La lumière d'un grand lustre fixé au plafond inonda l'escalier, qui tournait plusieurs fois à angle droit pour atteindre le premier niveau. Les marches étaient en partie recouvertes d'un épais tissu de velours vert qui étouffait les pas d'Otto, lequel avait commencé son ascension. Rebecca monta à sa suite. Le premier palier donnait sur un large couloir tout en longueur sur lequel donnait une enfilade de portes, toutes closes. Sur la droite, les marches continuaient leur progression vers le deuxième étage.

— On va procéder méthodiquement, pièce par pièce, en commençant par la chambre du fond.

Il désigna à sa droite la porte de la chambre en question. Elle approuva silencieusement. Ils commencèrent à s'avancer le long du couloir, Otto en tête, Rebecca quelques pas derrière lui, marchant à pas mesurés pour éviter de faire craquer le plancher de bois. Il tourna la poignée de la porte du fond, poussa le battant et alluma immédiatement la lumière. La chambre était spacieuse et colorée – moquette rouge, murs couleur crème, vaste lit couvert d'une couverture fuchsia à motifs floraux. L'ameublement sommaire – une table de travail, un guéridon, quelques fauteuils – offrait peu de cachettes. Otto se releva après avoir inspecté le dessous du lit.

— Je doute que cette chose, si elle est encore ici, joue à cache-cache sous les lits, observa Rebecca.

— Simple vérification. Excusez-moi.

Elle s'effaça pour le laisser regagner le couloir. Il ouvrit la porte suivante, sur sa droite.

— Je passe en face, proposa-t-elle. Nous irons plus vite et nous ne sommes pas loin l'un de l'autre.

Otto acquiesça d'un signe de tête. Elle ouvrit la porte qui lui faisait face, actionna l'interrupteur. Une nouvelle chambre. Un lit à baldaquin était posé sur une moquette ocre. Une petite table lui faisait face, encadrée par deux fauteuils étroits qui se confondaient presque avec le sol. Une cheminée, vraisemblablement inutilisée depuis de nombreuses années, occupait le mur du fond. Elle était surmontée d'une épaisse tablette de marbre qui portait un abat-jour ventru et une magnifique horloge dorée.

Rebecca parcourut prudemment les quatre coins de la pièce. Il régnait ici un calme absolu et rassurant qu'elle hésitait à quitter. Le comportement d'Otto avait fini par la mettre mal à l'aise et elle n'était pas pressée d'inspecter les autres pièces. Elle se résolut à quitter la chambre et referma la porte au moment même où Otto achevait l'inspection de la pièce opposée. Il fit une moue désappointée et secoua la tête.

Ils avancèrent de front sur quelques mètres, dépassèrent l'escalier pour poursuivre leur fouille. Encore une chambre. Rebecca se demanda combien le manoir pouvait en compter. Celle-ci était assez petite, immaculée, comme si l'on venait juste de la mettre méticuleusement en ordre. Un voile à la fenêtre filtrait la clarté blafarde que la lune répandait dans la pièce. Rebecca constata rapidement qu'il n'y avait personne dans cette chambre non plus. Elle éteignit la lumière et referma doucement la porte. Otto n'était pas sorti de la pièce qu'il était en train d'examiner.

Elle décida d'avancer malgré tout.

Elle réalisa soudain qu'elle crispait violemment ses doigts sur les ciseaux et desserra aussitôt son étreinte. Elle respirait de façon précipitée, le regard fixé alternativement sur le bout du couloir et sur les portes de chaque côté, s'attendant à tout moment à ce que l'une d'elles s'ouvrît lentement en laissant apparaître cet homme disparu du tableau par quelque prodige qu'elle ne parvenait pas à s'expliquer. Son cœur cognait fort dans sa poitrine, envoyant des pulsions sonores jusque dans ses oreilles.

Du calme, Rebecca...

Elle ouvrit la porte de la pièce qui suivait sur sa gauche, donna un peu de lumière et s'avança. La porte claqua violemment dans son dos.

Otto ressortit de la salle de bains. Cette suite avait été la chambre de ses parents. Rien ici non plus. Il écarta les fins rideaux transparents masquant la haute fenêtre qui donnait sur le parc. Étrangement, seule la brume, qui s'était épaissie, parvenait à donner juste ce qu'il fallait de clarté pour discerner la silhouette des arbres les plus proches du manoir. Un bruit violent le fit sursauter et se retourner. La porte de la chambre s'était refermée d'elle-même. Il s'élança, abaissa et tira plusieurs fois la poignée à lui, en vain.

— Rebecca ? Rebecca ?!

Son cœur marqua un temps d'arrêt au moment où la créature humanoïde referma une main autour de son poignet.

— *C'était la chambre de la grand-mère d'Otto...*

Les lèvres de l'homme n'avaient pas bougé, ces mots prononcés d'une voix sépulcrale avaient jailli depuis l'intérieur même de la tête de Rebecca.

— *Te souviens-tu de ta grand-mère, Rebecca ?*

Le regard de l'homme la clouait sur place. Il était immense, à moins que ce ne fût là que l'expression de sa maigreur. La vue de ce visage décharné était difficile à soutenir. Ce n'était pas tant ses traits que leur horrible artificialité qui remplissait d'épouvante : il avait exactement l'aspect contrefait que lui avait donné le peintre dans son tableau. Une caricature de tête posée sur un corps humain.

— *Où étais-tu, ce jour-là ?*

La question désengourdit instantanément l'esprit de Rebecca.

— *Ce jour si froid de décembre… Pourquoi n'étais-tu pas auprès d'elle ?*

— J'étais à l'école…

— *Sais-tu réellement ce qui s'est passé ?*

Elle secoua misérablement la tête.

— *Aimerais-tu savoir ?*

— Mais qui êtes-vous ?

— *Aimerais-tu savoir, Rebecca ?*

— Oui…, répondit-elle dans un souffle.

— *Regarde…*

L'étau autour de son poignet se resserra – la douleur la fit grimacer – et ses doigts se desserrèrent comme actionnés par un mécanisme grippé. Un œil s'ouvrit en plein milieu de sa paume, des formes et des couleurs apparurent à sa périphérie qui se mit lentement en mouvement.

— *Le monde est corrompu, il doit être purifié. La Babylone moderne enfantera le Mal, et bientôt des nuées d'anges rebelles assombriront le ciel pour infester la Terre. La nuit sera le jour, le Mal sera le Bien, l'Occident sera l'Orient. Alors, il leur montrera sa face, et il verra quelle sera leur fin.*

L'iris dans la main de Rebecca tournoyait de plus en plus rapidement, imprimant dans sa tête une nébuleuse de couleurs de laquelle jaillissaient par moments des séquences plus nettes qui frappaient son esprit d'images de ruines, d'incendies et de formes sombres qui se mouvaient contre la lumière des flammes. Au centre de ce kaléidoscope infernal, l'œil, d'une parfaite fixité, l'observait avec intensité.

— *Va jusqu'aux sources du Mal, Rebecca, mais fais vite car le temps presse. Le processus est déjà en marche. Trouve la porte et tu sauras.*

La chose baissa à son tour son masque sinistre sur la main de Rebecca. L'iris qui y était imprimé tournait à présent à une vitesse infernale. Les images cauchemardesques se multipliaient dans sa tête, elle la sentait sur le point d'exploser.

— *Tu tiens la vie de milliards de personnes au creux de ta main.*

Elle serra les dents pour chasser la douleur et obligea ses yeux à se fermer, mais les images étaient toujours là, d'horribles éclats de corps mutilés, des villes dévastées et des poussières brûlantes qui chauffaient son esprit à blanc. La douleur fut soudain plus vive, ses yeux se rouvrirent brusquement et sa bouche s'agrandit pour expulser un hurlement qui resta coincé dans sa gorge.

Sous la peau du bras squelettique de la monstruosité qui la maintenait prisonnière semblait s'écouler une substance irisée qui se communiqua bientôt à la main de Rebecca. Elle ne pouvait détacher son regard de cet étrange liquide dans lequel l'œil commençait à se diluer. Elle releva la tête. La créature la fixait avec des yeux ronds et uniformément noirs. La voix s'éleva une dernière fois dans sa tête.

— *Rebecca, tempus fugit. Propera, jam eorum ungulas solum conculcare audire possum.*

La substance finit par former un vortex sombre au creux de la paume de sa main. L'œil se rouvrit, un terrible cri lui vrilla l'intérieur du crâne, puis la créature bascula en arrière et s'évapora dans l'air. Rebecca se sentit propulsée contre le mur par une force invisible puis s'effondra au sol. Lorsqu'elle reprit conscience, Otto la dévisageait avec de la peur au fond des yeux.

— Bon Dieu, Rebecca, je vous ai crue morte…

Rebecca ouvrit la bouche, la referma. Son souffle était court, son cœur semblait vouloir jaillir de sa poitrine. Elle promena un regard effrayé autour d'elle, l'air absent, laissa passer quelques secondes, referma les yeux, puis parut faire un puissant effort de réflexion.

— La créature, se rappela-t-elle enfin. Elle était là.

— La créature du tableau.

— Oui.

Elle entendait les chiens aboyer furieusement au rez-de-chaussée. Bientôt, les aboiements furent remplacés par des gémissements. Rebecca, retrouvant soudain pleinement conscience de la réalité, se releva brusquement. Le monde bascula d'un coup, elle s'agrippa au bras d'Otto, le temps que tout se figeât autour d'elle, puis se précipita hors de la pièce.

Les chiens les attendaient au bas des marches, la tête tournée vers le couloir d'entrée. Rebecca suivit leur regard et s'avança. Elle passa précautionneusement la tête dans l'encadrement de la porte du salon et sonda le vestibule. Rien. Otto s'engagea dans le couloir à sa suite.

— Ils n'aboient jamais pour le plaisir, fit-il remarquer.

— Dans la bibliothèque, déclara-t-elle.

Ils remontèrent le couloir jusqu'à la bibliothèque puis avancèrent de front jusqu'aux deux tiers de la pièce sans y constater quoi que ce fût d'anormal.

— Qu'avez-vous vu ? demanda Otto, dont cette question brûlait les lèvres depuis déjà un long moment.

— C'était lui, le personnage du tableau. Il m'a parlé.

— Que vous a-t-il dit ?

— Il…

Elle fouilla dans sa mémoire. La scène était bien là, quelque part au fond de son cerveau, mais des zones d'ombre commençaient à l'obscurcir et à la rendre confuse. Elle éleva une main à hauteur de sa poitrine, desserra lentement les doigts comme si elle redoutait que l'œil fût encore là, à fouir son esprit.

— Il y avait un œil, des images horribles, des flammes, des ruines, des corps…

Otto étudia le visage de la jeune femme avec inquiétude. Elle semblait partie à des kilomètres du manoir.

— Je suis désolé, dit-il pour essayer de la ramener à la réalité, j'étais coincé dans la chambre. La porte s'est refermée toute seule et je n'ai pu l'ouvrir qu'au bout de plusieurs minutes.

— Cet œil…, souffla-t-elle.

Otto baissa la tête vers ses chiens qui semblaient bien décidés à ne pas le quitter d'une semelle.

— Ils ont vu quelque chose en bas, c'était sûrement lui.

— Peut-être pas, répliqua Rebecca.

Elle fit volte-face, revint sur ses pas et s'approcha du tableau.

— La photo, s'il vous plaît.

— Pardon ?

— La photo du tableau que vous m'avez montrée hier.

Otto alla chercher le cliché dans le bureau et le remit à Rebecca.

Elle tendit le bras et pointa un doigt en direction du haut du tableau.

— Là.

Il s'approcha.

Elle indiqua l'endroit sur la reproduction photographique, l'échelle portée par les deux créatures sur laquelle se lamentaient les deux condamnés. L'un d'eux avait disparu.

— J'ai bien peur que nous n'en ayons une troisième dans la nature.

Rebecca et Otto – Kelsingstraat,
Pays-Bas, J-13

Rebecca proposa à Otto de ne pas rester seul au manoir, au moins pour cette nuit. Devant l'insistance de la jeune femme, il capitula, en réalité plus pour jouir un peu plus longtemps de sa compagnie que par souci de sa propre sécurité.

— Que vous rappelez-vous exactement de ce que cette chose vous a dit ? lui demanda Otto dès qu'ils eurent repris le chemin du centre-ville.

— Il faut que je me remette les idées en place. J'ai besoin de me poser et de réfléchir. Attendons d'être arrivés si cela ne vous fait rien.

Otto préféra ne pas insister et le reste du trajet se fit dans le silence.

Ils firent halte dans un restaurant chinois pour passer commande de plats à emporter et s'attablèrent sitôt arrivés dans la vieille demeure de Kelsingstraat. Rebecca ne décrocha pas un mot de tout le repas. Otto, qui observait à la dérobée son visage concentré, comprit que des rouages compliqués tournaient à plein régime sous ces belles boucles blondes et il ne fit rien pour interrompre l'intense processus de réflexion.

— Je vais me faire chauffer de l'eau pour une infusion, ça vous tente ? demanda subitement Rebecca à Otto qui avait fini par se résoudre à la compagnie de ses propres interrogations.

— Euh… oui, merci.

Elle se leva et s'activa un moment du côté du plan de travail. Le chuintement de l'eau montant en température dans la bouilloire fut une bénédiction après le long silence du repas.

— Elle veut que je me rende quelque part.

Otto, perdu dans ses pensées, releva la tête.

— Pardon ?

— Cette créature au manoir m'a dit d'aller jusqu'aux sources du Mal.

— Qu'est-ce que ça signifie ?

— Elle m'a parlé de la Babylone moderne, d'anges qui descendront du ciel pour infester la Terre, et d'une porte. Et… elle connaissait mon prénom…

Elle observa un instant le creux de sa main puis se tourna vers Otto.

— Je tiens la vie de milliards de gens au creux de ma main… Ce sont ses mots.

Otto réfléchit quelques secondes au sens de ces propos.

— Vous avez parlé d'un œil aussi…

Elle confirma d'un hochement de tête.

— Un œil est apparu dans ma main, il y avait des dessins tout autour, mais ils se sont rapidement brouillés…

Son front se rida sous l'effet d'une intense réflexion.

— J'ai déjà vu cet œil…

Son visage changea subitement d'expression. Elle quitta soudainement la pièce et réapparut quelques secondes plus tard avec un livre entre les mains.

— Je l'ai emprunté à la bibliothèque.

Elle tournait les pages de l'ouvrage avec une telle rapidité qu'Otto se demanda un instant comment elle allait bien pouvoir s'arrêter sur l'information qu'elle s'était visiblement mis en tête de trouver. Mais son doigt s'immobilisa brusquement sur la photo d'une peinture en forme de cercle.

— C'est ça.

Otto se leva et s'approcha pour mieux voir la reproduction.

— *Les Sept Péchés capitaux et les quatre dernières étapes humaines*, lut-il.

Il connaissait ce tableau par cœur. Il avait indéniablement l'aspect d'un œil. En son centre, le Christ, et tout autour la représentation des sept péchés capitaux.

— C'est ce qu'il y avait dans ma main, j'en suis persuadée.

— Bosch, encore… Enfin, la question de l'authenticité de ce tableau est toujours d'actualité.

— C'est un faux ?

— Pas un faux, non, mais les historiens ne sont pas unanimes pour dire que c'est bien Bosch qui a réalisé cette peinture.

Rebecca reporta son attention sur la gravure et parcourut le texte qui l'accompagnait. Après une bonne minute de silence, elle reposa deux doigts sur le papier glacé.

— « Je leur cacherai ma face, je verrai quelle sera leur fin », elle m'a dit quelque chose comme ça, c'est ce qui est écrit dans la banderole en dessous du tableau. Tout converge…

Elle médita une bonne minute encore puis se tourna vers Otto.

— Les sept péchés capitaux, la Babylone moderne, ça ne vous dit rien ?

Otto l'interrogea du regard.

— La ville du péché, *Sin City*…

— Vegas ?

Elle confirma de la tête.

— C'est de Las Vegas que cette créature parlait ? C'est là qu'elle veut que vous alliez ? Pourquoi Vegas ? Pour y faire quoi ?

— « La Babylone moderne enfantera le Mal », c'est ce qu'elle m'a dit. Il va se passer quelque chose là-bas en lien avec votre tableau, je le sens.

— Alors on y va.

Rebecca fixa Otto avec intensité. Il lui rendit son regard sans sourciller. Son sang-froid l'impressionnait.

— On y va ? répéta-t-elle.

Otto sourit largement et inclina la tête.

— Vous dites qu'il va se passer quelque chose là-bas, alors c'est la bonne piste. Vous voyez bien dans le futur, non ?

— Ça n'a rien à voir avec ça, répliqua Rebecca qui crut à une moquerie.

Le vieil homme, qui avait fait cette remarque le plus sérieusement du monde, ne se formalisa pas du ton revêche de la jeune femme.

— Vous dites que vous le sentez et ça me suffit. Je vous fais entièrement confiance. Il faut y aller, oui, et sans la moindre hésitation. Vous rendez-vous compte de ce qui se passe ?

Elle s'en rendait compte, oui, et la tournure que prenaient les événements était au mieux inattendue, au pire très inquiétante. Elle repensa à toutes ces allusions faites sur sa grand-mère par la créature, dont elle n'avait pas répété un seul mot à Otto. Ils s'observèrent en chiens de faïence pendant quelques secondes. La bouilloire émit un petit bip.

— Je dois m'y rendre seule, lâcha Rebecca.

Otto leva un sourcil.

— Pardon ?

— Cette chose a bien insisté : je dois aller seule là-bas, mentit-elle.

Elle ne s'expliquait pas ce mensonge. C'était si injuste envers celui qui plaçait toute sa confiance en elle... Mais cette abomination lui avait parlé de sa grand-mère, du jour de sa mort... Ses mots lui revenaient à l'esprit, clairs comme de l'eau de roche, froids comme de la glace... « *Où étais-tu, ce jour-là ? Sais-tu réellement ce qui s'est passé ? Aimerais-tu savoir ?* »

Oui, elle brûlait de savoir, mais cela la concernait, elle et elle seule.

— C'est à moi qu'elle s'est adressée, à moi seule...

— Soit, mais que croyez-vous qu'il puisse nous arriver si je vous accompagnais ?

— Ce qui pourrait nous arriver ? Je dirais... à peu près n'importe quoi, vu ce qui s'est passé jusqu'à présent. Il ne faut courir aucun risque.

— Vous y allez seule, alors ?

— Tout dépend de vous, Otto, vous êtes mon client. Un séjour à Las Vegas, c'est une somme, que je comprendrai que vous n'acceptiez pas d'engager.

— C'est d'accord.

Rebecca pencha la tête de côté.

— C'est d'accord, répéta-t-il. J'ai horreur de dire ça, mais j'ai amassé suffisamment d'argent pour vivre plus que confortablement jusqu'à la fin de mes jours, et tout ça pour quoi ? Pour rester cloîtré dans un manoir avec mes chiens, mes livres et mon mauvais caractère. Je ne dis pas que je souffre de cette situation, mais je trouve que c'est quand même un beau gâchis.

Il afficha un sourire énigmatique et approcha son visage de celui de Rebecca.

— Alors, quand les personnages de l'un de mes tableaux disparaissent comme par enchantement de leur cadre et se matérialisent dans mon manoir, il est hors de question que je reste les bras croisés à ne rien faire. Soit, je ne viens pas avec vous, mais je veux des réponses.

— Ce qui se passe dans votre manoir est complètement irrationnel.

— En effet, mais vous étiez là et vous l'avez vu, comme moi. Ce qui est irrationnel le reste tant qu'on n'a pas trouvé une bonne explication qui remette les choses à leur place. Vous voulez téléphoner à la police pour leur demander cette explication ? Vous allez passer pour une folle.

— Ce ne serait pas la première fois…

Le sourire d'Otto s'élargit.

— Dites-le-moi. Dites-moi que vous n'avez pas envie de savoir.

Il tendit un doigt et l'approcha à quelques centimètres seulement de sa poitrine.

— Elle s'est adressée à vous personnellement. Bon sang, je fais appel à vous presque par hasard et c'est justement vous qu'elle attendait. Merde alors – excusez mon langage –, vous voulez me faire croire à une coïncidence ?

Il secoua la tête.

— Non, je n'y crois pas, et vous n'y croyez pas non plus. Et c'est pour ça que vous voulez aller là-bas.

Ils se jaugèrent un long moment du regard. Rebecca sortit de l'immobilité avec un hochement de tête.

— Très bien, je pars.

— Quand ?

Elle se rappela la dernière phrase prononcée par la créature. Ses notions de latin ne lui avaient permis de n'en retenir que deux mots.

— *Tempus fugit*… Le plus vite possible.

— Alors je ne sais même pas pourquoi on est encore en train de discuter, objecta Otto. On le prend, ce billet ?

Le premier vol disponible partait le lundi suivant. Ce ne fut qu'une fois l'avion et l'hôtel réservés que Rebecca réalisa qu'elle n'avait aucun plan à l'esprit.

— Je ne sais même pas ce que je dois faire là-bas, observa-t-elle. Par où vais-je commencer ?

Otto se lissa la barbe d'une main.

— Très bonne question…

— Et si ce n'était pas Las Vegas ?…

Ils s'observèrent sans un mot durant de longues secondes, soudain remplis de doutes, mais n'osant pas les partager avec l'autre de peur de l'enfoncer encore un peu plus dans ses propres angoisses. Rebecca jeta un coup d'œil à sa montre.

— Je peux peut-être retenter ma chance. Les vingt-quatre heures réglementaires sont passées.

— Les cartes ?

— Non, les cartes ne sont pas très bavardes ces temps-ci, je vais interroger les runes. Venez.

Elle prit la direction du salon, Otto dans son sillage. Le petit sac de jute contenant les runes était là où elle l'avait laissé la veille. Rebecca arrangea ses cheveux en un rapide chignon désordonné qu'elle noua d'un geste sec, ferma les yeux et procéda au tirage. Otto était comme hypnotisé par les lents mouvements de ses mains, des mains ivoire longilignes qui avaient gardé toute leur jeunesse, à peine marquées par de minces stries aux jointures. La jeune femme amena les trois runes face à elle et ouvrit les yeux. « Hoel », « Lagu » et « Wyrd ». Exactement le même tirage que la veille… Il ne fallait plus y voir une simple coïncidence.

— Alors ? interrogea Otto.

Rebecca, mystifiée par les runes, l'avait momentanément oublié. Elle prit une profonde inspiration avant de répondre :

— Alors rien.

— Euh… Vous pourriez être plus précise ?

— Pour faire court, disons simplement que cette rune, « Wyrd », qui évoque le futur, prédit un événement inéluctable qui ne doit pas être révélé au consultant. En gros, les runes nous… suggèrent de ne pas chercher à en savoir plus par leur intermédiaire. Ajoutez à cela l'échec des cartes d'hier et j'ai le sentiment que mes compétences ne vont pas nous être d'un très grand secours.

— C'est dommage, c'est justement pour vos compétences que j'ai fait appel à vous.

Elle le fusilla du regard.

— Je plaisantais…, dit précipitamment Otto.

Rebecca, radoucie, ramassa les runes et les fit disparaître dans le sac.

— Ce n'est pas gagné…, souffla-t-elle.

Elle secoua la tête et passa une main sur ses yeux.

— Je suis crevée. Vous ne m'en voudrez pas si je vais me coucher ?

— Bien sûr que non.

— Je vais vous préparer un lit.

— Ne vous dérangez pas pour moi, je saurai me contenter du canapé.

— Vous n'allez pas dormir avec eux ?

Elle pointa un doigt en direction de Zao et Wouki.

— Ils vont vous sauter dessus à la première occasion.

Les deux chats étaient couchés de tout leur long sur le dossier du canapé. Otto les fixa quelques secondes.

— Ils n'ont pas l'air bien méchant.

— Méchants, non, agités, certainement. Attendez que vous vous allongiez sur le canapé. Croyez-moi, vous serez mieux dans un lit. Cela ne prendra que quelques minutes.

Rebecca projeta le drap au-dessus du matelas. Otto le saisit maladroitement de son côté et l'aida à border le lit. C'était dans cette chambre qu'elle dormait lorsqu'elle était petite, lui avait-elle dit. Un lit de style ancien, encadré par deux chevets sur lesquels étaient posées des veilleuses rectangulaires marquées de calligraphie. Les deux lampes projetaient deux cônes brillants sur les murs – c'était la seule lumière dispensée dans la pièce considérée par Rebecca comme une espèce de sanctuaire qu'elle s'efforçait de maintenir dans une semi-obscurité propice au souvenir. Elle tira les deux lourds rideaux de velours jaune.

— J'espère que ma présence chez vous ne fera pas jaser, glissa malicieusement Otto.

— Le quartier est rempli de vieilles pies bavardes. Elles ne manqueront pas de faire marcher leur imagination à plein régime, mais c'est bien la dernière chose dont je me soucie.

Otto s'approcha d'une bibliothèque posée dans un angle de la pièce.

— Je peux vous emprunter un livre ? Je ne peux pas m'endormir sans lire ne serait-ce que quelques minutes.

— Bien sûr, faites comme chez vous.

Il parcourut les reliures du regard. La plupart des auteurs portaient un nom à consonance asiatique. Son hôte semblait avoir un goût prononcé pour la littérature orientale. Il s'attarda un instant sur un portrait posé au sommet de la bibliothèque.

— Qui est-ce ? demanda-t-il machinalement.

Rebecca, qui s'apprêtait à prendre congé, se retourna et suivit le regard d'Otto.

— Ma mère.

Oui, bien sûr… La ressemblance était frappante. Otto comprenait à présent d'où Rebecca tenait sa beauté. La jeune femme sur la photo devait avoir une trentaine d'années. Elle était assise en tailleur sur une serviette étendue sur l'herbe, elle portait un débardeur blanc et un ample pantalon qui révélait deux chevilles délicates. Elle tenait ses deux mains fermement calées sous son menton et fixait l'objectif avec un regard doux et un très léger sourire aux lèvres – ce sourire délicat était la touche finale qui sublimait le cliché tout entier. Les yeux de Rebecca avaient la forme de ceux de sa mère, mais ils n'en avaient pas la douceur.

— Elle est décédée, fit Rebecca brutalement.

Otto se tourna dans sa direction.

— Oh… Je suis navré.

— J'avais deux ans. Une embolie cérébrale. La photo a été prise un mois avant sa mort.

Ce fut presque un choc pour Otto. Il revint vers ce portrait angélique, observa un long moment encore ce splendide visage. Comment était-ce possible ? Comment cet être merveilleux avait-il pu être emporté auréolé d'une telle beauté ?

— C'était une femme magnifique.

Ce fut tout ce qu'il trouva à dire. Ces mots insignifiants lui semblèrent aussitôt bien fades.

— Je n'ai quasiment aucun souvenir d'elle, poursuivit Rebecca. C'est peut-être aussi pour ça que la douleur n'est pas aussi vive qu'elle devrait l'être.

— Ça a dû être très dur pour votre père.

— Je n'ai pas connu mon père. Il a quitté ma mère juste avant ma naissance. C'est ma grand-mère qui s'est occupée de moi.

Otto ne pouvait pas imaginer qu'un homme pût délibérément tourner le dos à une si belle femme. Il fixa le visage de Rebecca dont le regard s'était brusquement endurci. Non, décidément, elle n'avait pas le regard de sa mère, peut-être son expression si dure était-elle tout ce qui lui restait de son père, à moins que les épreuves par lesquelles elle était passée ne se fussent chargées de la lui forger. Elle releva brusquement les yeux et sourit franchement. La métamorphose déconcerta Otto.

— Je vous laisse à votre lecture, déclara-t-elle à son invité.

— Euh… Par un miraculeux hasard, fit-il rapidement avant qu'elle ne quittât la chambre, vous n'auriez pas un… pyjama à ma taille ? J'ai horreur de dormir tout… Enfin, je ne peux pas dormir sans pyjama, et dans la précipitation j'ai oublié le mien au manoir.

Il y eut un bref silence.

— Je suis désolée, Otto, je ne porte pas de pyjama. Et… je ne pense pas avoir quoi que ce soit qui… vous convienne.

— J'ai été mince autrefois…

Rebecca fixa son invité, un léger sourire aux lèvres.

— … il y a longtemps, ajouta-t-il.

Le sourire de la jeune femme s'élargit.

— Bonne nuit, Otto.

Rebecca était allongée dans son lit, les mains derrière la tête, les yeux fixés au plafond.

Tu as vraiment le chic pour te mettre dans des situations pas possibles. J'espère que tu sais ce que tu fais, ma grande… Si tu t'en mords les doigts par la suite, tu sauras sur qui rejeter la faute…

Elle n'était plus si sûre d'elle maintenant. Dans un peu plus de vingt-quatre heures, elle embarquait pour Las Vegas… Pour y faire quoi ? Elle n'en avait pas la moindre idée. Mais qu'est-ce qui lui était passé par la tête ? Elle était peut-être allée un peu vite, pour le coup… Emportée par l'excitation d'Otto, sûrement. Aurait-il eu autant d'ardeur s'il avait lui-même poussé la porte de cette chambre au manoir ? Elle repensa à cette rencontre effrayante qui avait tout déclenché. Son poignet la lança brièvement. Elle leva son avant-bras en l'air et l'examina avec attention. Il n'y avait plus aucune trace de l'étreinte de la créature. Elle se rappela l'œil, le fluide immonde qui s'était écoulé sous sa peau. Mais que lui avait-elle fait ?…

« *Te souviens-tu de ta grand-mère, Rebecca ?* »

Comment cette créature pouvait-elle savoir ? Savait-elle vraiment ? Elle se tourna de côté et son regard se posa sur l'éclat de lumière que la lune avait fait naître sur la photo disposée sur la commode de la chambre. Elle ferma les yeux, serra les dents et tenta de calmer sa respiration tandis que les images commençaient à envahir son esprit.

Elle aurait voulu les chasser pour toujours, les faire disparaître une bonne fois pour toutes de sa vie…

« *Aimerais-tu savoir, Rebecca ?* »

Elle se jetait dans la gueule du loup, mais cette créature avait su trouver le seul argument qui pût lui faire oublier toute raison.

La porte de la chambre d'Otto s'ouvrit et une main apparut, tenant Zao par le cou. Il y eut un petit grognement, sans qu'on pût dire avec certitude s'il avait été exprimé par l'homme ou par l'animal, le félin fut déposé à terre avec délicatesse. Otto émit une plainte indistincte et s'enferma définitivement pour la nuit.

Craig – East End, Las Vegas, États-Unis, J-12

Craig savait exactement ce qu'il avait à faire. Il ne se souvenait plus très bien pourquoi il devait le faire, mais ça allait lui revenir. Son esprit était un peu embrumé depuis quelques heures…

Il arriva à Las Vegas par la route numéro quinze. Il avait rejoint la ville le plus vite possible, en prenant tout de même le soin de faire un petit détour par la Californie, on ne savait jamais. À mesure qu'il approchait d'East End, il se sentait revivre. Il avait toujours été à son aise dans les bas-fonds de Vegas.

Loin du Strip, des lumières des casinos, du fracas traître des machines à sous qui jetaient chaque année des centaines de personnes dépouillées dans la rue, il y avait East End. Le vrai visage de la ville du péché, qui abritait tous ceux que la croissance de ce vaste mirage fétide planté au milieu du désert avait laissés de côté. Une zone d'ombre au milieu de l'éclat d'ostentation, dans laquelle même la police n'osait pas s'aventurer. Des lumières, il y en avait ici aussi, mais c'étaient celles des boutiques minables, des sex-shops, des prêteurs sur gages où les joueurs ruinés venaient troquer leurs dernières richesses pour achever leur descente aux enfers. Une ville dans la ville qui avait ses propres lois. Du monde partout dans la rue, des paumés, des dealers, des camés, des putes maquillées comme des voitures volées, des sales gueules qui cherchaient juste l'embrouille. Craig, avec sa face grêlée, ses yeux sombres et froids, ses fines lèvres en lames de couteau formant comme une cicatrice incarnate consciencieusement dessinée sur le visage, n'avait aucun mal à se fondre dans la masse. Il était bien connu à East End : « Sonatine », c'était comme ça qu'on le surnommait, en référence à sa ville natale et au film de Takeshi Kitano avec qui il avait une ressemblance frappante. Craig avait singulièrement fait ressurgir les origines asiatiques de sa famille. Simple esquisse ébauchée sur le visage de son père, elles se révélaient en une œuvre accomplie sur celui de Craig.

Il gara la Buick en face du Byers, là où il était sûr de trouver le renseignement qu'il cherchait. Il entra, jeta un rapide coup d'œil à l'intérieur puis se dirigea vers le comptoir où un homme courtaud avec une énorme tête moustachue et un cou de bœuf remplissait un verre à la pression.

— Salut, Red, tu sais si Frank est là ?

Le barman balança un coup de menton sur sa gauche. Craig se tourna et repéra l'homme en question assis à une table, en conversation avec un autre type dont il ne voyait que le dos. Il prit une chaise et la planta à leurs côtés. Le dénommé Frank ouvrit de grands yeux.

— Putain, Sonatine… Qu'est-ce que tu fous là ? T'as fait demi-tour dans le couloir ?

— Il faut croire que je me suis racheté une bonne conduite en prison, répondit Craig, qui tourna la tête vers l'autre convive. Salut, Murdock.

— Bonne conduite, hein ? fit celui-ci en plissant les yeux. C'est marrant, j'ai comme l'impression que l'on ne va pas te voir traîner dans le coin très longtemps.

Craig ne releva pas.

— J'ai besoin de passer un coup de fil au Doc.

Frank sourit. Il réfléchit un instant à la réponse qu'il allait faire au miraculé de la ligne verte, mais se ravisa sous la menace de ce regard qu'il ne connaissait que trop bien. Il lui livra les chiffres d'une seule traite. Craig sortit un bout de papier et nota le numéro de téléphone.

— Il est marqué à la culotte, précisa Frank. Surveille tes arrières.

— J'ai vraiment l'air si con ?

— Quoi d'autre ? demanda Frank.

— Rien d'autre, si ce n'est que vous ne m'avez bien sûr jamais vu entrer dans ce bar.

Il ressortit aussitôt et composa le numéro depuis une cabine téléphonique. C'était samedi, il avait de bonnes chances de trouver le Doc chez lui.

— Allô ?

— Salut, Doc, c'est Craig.

— Craig ?

— Sonatine.

— Sonatine… Je pensais ne plus jamais entendre le son de ta voix.

— J'ai besoin de tes services, et rapidement.

— Que puis-je faire pour toi ?

— Il me faut une nouvelle tête.

— Tu connais les tarifs. Et la liste d'attente est longue.

— Ton tarif, tu le triples et tu te démerdes pour me faire ça demain.

— Demain ? Tu plaisantes ? Au mieux, je pourrais te faire ça d'ici une semaine, pas avant.

— Arrête tes conneries, tu vas pas me faire croire que les clients font la queue devant ta porte.

— Des gars comme toi, j'en vois effectivement passer un certain nombre et ils s'y prennent généralement à l'avance.

— Dis-moi ton prix, proposa finalement Craig.

Le Doc réfléchit.

— Soixante-quinze mille. Et demain, c'est jour du Seigneur. Ce sera lundi.

— Cinquante, il n'est pas question d'un ravalement complet.

— Avec cinquante mille, je te gonfle les lèvres au collagène.

— J'en ai soixante sur moi, pas plus.

Le Doc prit quelques secondes supplémentaires de réflexion.

— Passe lundi soir, vers huit heures. Je verrai ce que je peux faire avec ton budget.

Craig raccrocha, satisfait. Il faisait confiance au Doc, il était vigilant et efficace. Maintenant, il n'avait plus qu'à retrouver ses petites économies.

Un vieux hangar désaffecté, le sol couvert de terre battue. La nuit était tombée depuis un bon moment, mais Craig avait pris le soin de s'équiper d'une lampe torche. Il avait misé sur le fait que les lieux resteraient intacts, et effectivement le hangar était toujours à sa place, à l'écart des constructions et de la promiscuité du centre-ville. Il se rendit directement dans un coin du bâtiment et balaya le sol du faisceau de sa lampe. Il repéra l'endroit et ramassa un large bout de métal plat avec lequel il commença à creuser. Il besogna une dizaine de minutes avant qu'un de ses coups ne produisît un raclement sec. Il finit de dégager la boîte dont il ôta le couvercle avec délectation. Vingt liasses, chacune de cinquante billets de cent dollars. Le compte y était.

Clic.

Il se tourna et dirigea le faisceau droit devant lui. Trois types lui faisaient face, le plus proche avait un cran d'arrêt à la main.

— Regardez-moi ça... Mais c'est Noël avant l'heure, dit l'homme avec une mine réjouie. On peut jeter un œil à la petite boîte ?

Craig baissa la tête, sourit et laissa échapper un long soupir.

— Je pense que ça ne va pas être possible, dit-il avec résignation.

— Ah ouais ? Je crois bien que si, à moins qu'on ne vienne la chercher nous-mêmes et qu'on n'en profite pour effacer ce putain de sourire de ta gueule.

Craig se leva.

— Oh là, oh là... Est-ce que ça vaut vraiment le coup de s'énerver ?

— Putain, mais qu'est-ce que t'attends pour le planter ? dit l'un des deux autres types restés en arrière.

Le gars prit Craig par le col d'un rapide mouvement de bras et lui mit le cran d'arrêt sous le nez.

133

— Tu veux vraiment que j'te montre ce que c'est que de s'énerver, connard ?

— Attends voir, je crois que ça me revient…, répondit Craig.

Son adversaire se figea. Ses pupilles roulèrent mollement vers le haut et ses paupières commencèrent à papillonner furieusement. Il lâcha Craig, laissa tomber son cran d'arrêt et enfonça la base de ses mains dans ses orbites. Ses doigts se crispèrent si violemment sur son front que la pointe des ongles disparut dans la chair. Ses membres supérieurs se mirent à trembler, il ouvrit lentement la bouche, ses lèvres frémirent d'abord silencieusement puis ce fut un cri déchirant qui résonna dans le hangar pendant d'interminables secondes.

L'homme fit demi-tour sur lui-même, tomba à genoux et fit lentement glisser les mains de ses yeux. Ses acolytes reculèrent d'horreur. Ils distinguaient encore les traits de leur ami, mais sous la peau roulaient d'incessantes vagues qui déformaient son visage pour y faire apparaître d'indescriptibles figures. Ses pupilles s'étaient dilatées et ses yeux n'étaient plus que deux trous noirs inexpressifs. Sous l'intense ressac qui animait le visage convulsif, des creux se formèrent dans la chair et le sang se mit à perler. Le type roula de côté et ses partenaires prirent leurs jambes à leur cou.

Craig laissa passer une bonne minute avant de s'approcher de l'homme qui gisait à terre. Sur son visage était à présent gravé un abominable grimage qui semblait avoir été exécuté par un génie des effets spéciaux.

— Elle te plaît, ta nouvelle gueule ? fit-il avec un sourire.

Il laissa sa victime aux souffrances silencieuses qui achevaient leur œuvre dans le reste de son corps et se recroquevilla dans un coin du hangar. Il avait un jour à tuer, qu'il passerait à l'abri des regards indiscrets.

Il resta immobile, les yeux grands ouverts, fixés sur la silhouette étendue à terre que de légers spasmes continuaient de secouer par intermittence.

Rebecca et Otto – Aéroport de Schiphol, Pays-Bas, J-10

Otto conduisait sa Jaguar Mark VII avec prudence et délicatesse, les mains enfermées dans des gants en cuir qui serraient amoureusement le large volant noir. L'image de Tony Curtis passa brièvement à l'esprit de Rebecca – un Danny Wilde un peu moins athlétique et un peu plus âgé que l'original. Cette Jaguar était la seule voiture qu'Otto possédait et il lui avait avoué y tenir au moins autant qu'à son manoir. Elle avait plus de cinquante ans, mais il était aux petits soins avec elle et la mécanique fonctionnait comme une horloge. La carrosserie était rutilante, l'intérieur remarquablement entretenu – pas un grain de poussière sur le plancher, des fauteuils de cuir vermeil comme neufs, un tableau de bord à l'ancienne, au séduisant minimalisme, lustré de frais.

Ils étaient à présent à moins d'une heure de l'aéroport de Schiphol. L'avion de la Northwest Airlines décollait d'Amsterdam à sept heures cinquante à destination de Minneapolis. De là, elle prendrait un vol intérieur pour Las Vegas. Treize heures de vol, sans compter l'escale. Cela faisait une éternité qu'elle n'avait pas fait un si long voyage. Otto prenait tout en charge : le vol (en classe affaires), l'hébergement – trois nuits dans un complexe hôtelier quatre étoiles tout près du Strip –, les à-côtés – nourriture, boissons, transports, elle avait de quoi vivre sur place pendant une bonne dizaine de jours.

Elle avait passé le week-end à réfléchir à cette expédition imprévue – de longues luttes intérieures dominées par l'idée qu'il était stupide de partir ainsi, sans preuve ni certitude, simplement armée de son interprétation d'une poignée de mots injectés dans son crâne par une abomination sortie d'un tableau vieux de cinq siècles. De longues et vaines luttes qui s'étaient systématiquement soldées par la victoire de ce seul argument : au bout du voyage, elle en saurait plus sur l'événement le plus douloureux de son existence.

La veille, elle avait appelé Peter.

— Je pars pour quelques jours.

— Où ça ?

— Aux États-Unis, à Las Vegas.

— Hein ? Vegas ? Mais qu'est-ce que tu vas foutre là-bas ?

— Tu te rappelles Monica, ma copine de fac qui s'est expatriée aux États-Unis ? Elle m'a appelée il y a quelques jours : elle se marie à Las Vegas et elle m'a suppliée d'être des leurs. J'aime beaucoup Monica et c'est une promesse que je lui avais faite.

— Attends, ta Monica, elle sort d'un silence de plusieurs années pour te dire qu'elle va se marier demain à Las Vegas et que tu es invitée à la noce, et elle s'attend à ce que tu débarques là-bas en un claquement de doigts ?

— Ce n'est pas demain et c'est Vegas, c'est justement comme ça que ça se passe, là-bas, en un claquement de doigts, comme tu dis.

— Ben tiens… Et elle part du principe que tu as les moyens de partir pour les États-Unis comme ça, du jour au lendemain, de trouver un billet d'avion, un hôtel ?

— C'est elle qui s'est occupée de tout, Peter. Bon sang, t'es flic, ou quoi ? s'était-elle énervée.

— J'ai juste un peu de mal à croire à ton histoire.

Elle avait toujours joué franc jeu avec Peter, mais elle n'avait pas voulu se lancer dans de longues explications. Il disposait d'une large ouverture d'esprit, mais sur ce coup-là, il l'aurait assurément prise pour une dingue.

— Peter, avait-elle repris plus patiemment, c'est l'histoire de quelques jours. Je t'appellerai de là-bas. J'ai mon portable, c'est une ville civilisée, je ne serai pas coupée du monde.

Il y avait eu un long silence sur la ligne.

— Bon voyage alors, avait finalement dit Peter.

Elle avait aussitôt compris qu'il ne croyait pas un mot de son histoire. Elle n'avait jamais su mentir.

— Peter, je t'expliquerai à mon retour, OK ?

— Non, ce n'est pas OK, mais j'ai comme l'impression que ça ne changera pas grand-chose, n'est-ce pas ?

— Je suis une grande fille.

— Fais quand même attention à toi, petite sœur.

Sur le moment, elle avait eu la sensation étrange que ces paroles seraient les dernières qu'elle entendrait de la bouche de Peter.

Otto était aussi excité par ce voyage qu'elle était angoissée à l'idée de ce qui l'attendait là-bas. Il avait tenté en vain de lui faire partager son enthousiasme en imaginant mille dénouements aux événements qui avaient pris naissance au manoir, mais elle avait préféré calmer ses ardeurs en l'exhortant à la prudence. Dans son excitation, Otto l'avait harcelée de questions pratiques, s'inquiétant des moindres détails du voyage. À la dernière minute, il s'était souvenu avec frayeur du passeport électronique – Rebecca l'avait immédiatement rassuré : elle disposait du précieux sésame. Dans une autre vie, comme elle aimait à le dire, elle faisait régulièrement la navette entre les Pays-Bas et les États-Unis où était implantée la filiale américaine de la société dont elle était la responsable de fabrication. Il lui arrivait de passer jusqu'à une semaine sur place – un coin perdu au cœur du Nevada, un petit patelin de quelques milliers d'âmes que traversait la route 50, celle que l'on disait la plus paumée des États-Unis. Elle s'y rendait souvent seule et les soirées étaient longues lorsqu'on était au milieu de nulle part sans les animations d'une grande ville à proximité. Elle n'avait jamais autant lu que lors de ses séjours outre-Atlantique, avec pour unique compagnie le poste de télévision qu'elle préférait laisser allumé histoire de se sentir un peu moins seule.

— Vous n'avez pas oublié votre passeport ?

Rebecca prit une mine horrifiée. La Jaguar eut un brusque soubresaut lorsque Otto, effrayé, leva instinctivement le pied de la pédale d'accélérateur. Elle sourit.

— Pas de panique, c'était juste une blague.

Le vieil homme secoua la tête, visiblement peu amusé par la petite plaisanterie de sa passagère. Les essuie-glaces balayaient avec rage la pluie qui prenait d'assaut le pare-brise. C'était une lutte incessante qui durait depuis le début du trajet. Rebecca tourna la tête. Un jour triste se levait sur les terres grises. Elle distinguait à peine les contours du paysage nivelé qui s'étirait jusqu'à l'horizon, où la lumière naissante de l'aube révélait de lourds nuages amoncelés en une multitude de tons gris. Ils étaient à hauteur des Loosdrechtse Plassen, un ensemble de plans d'eau qui faisait le bonheur des amoureux de nautisme en été.

La veille ils étaient retournés au manoir, pas très rassurés, mais rien ne semblait s'être produit depuis la disparition du troisième personnage du tableau : ses acolytes étaient à leur place, les lieux étaient déserts à l'exception des chiens qui attendaient sagement que quelqu'un se décidât à leur servir un repas. Rebecca avait une nouvelle fois interrogé les runes : c'était une chance sur des milliers, mais elle avait effectué le même tirage, trois fois de suite. L'avertissement était clair : hors de question de poursuivre la divination.

Elle ne saurait donc rien de ce que le sort lui réservait.

Décider de se lancer dans l'aventure était une chose, organiser un plan de bataille en était une autre. Elle n'avait rien, ou presque. *Jusqu'aux sources du Mal…* Où donc le Mal prendrait-il sa source ? Et comment se manifesterait-il ? Elle comptait sur un signe, sur son intuition aussi puisqu'elle devait être privée de son don de prémonition…

En vérité, elle se jetait dans le vide sans parachute.

Ils arrivaient à l'aéroport. La pluie avait cessé. Le terminal était brillamment éclairé, la multitude de lumières qui se reflétaient dans les flaques laissées à l'abandon par la pluie épuisée constellait le champ de vision d'une

141

nuée de points lumineux aux contours diffus. Otto vira à droite et engagea la Jaguar dans un parking souterrain.

Rebecca retira son billet et enregistra son bagage. Disposant d'une petite demi-heure de liberté avant le début de l'embarquement, ils s'attablèrent à un café devant une boisson chaude. Ils discutèrent des longues heures de vol à venir et de l'usage qu'elle comptait en faire. Ils en vinrent à parler de littérature – Otto était volubile en la matière et Rebecca n'était pas en reste : elle lisait livre sur livre, jusqu'à trois dans la même semaine. Les lectures d'Otto en disaient long sur son attirance pour l'extraordinaire et expliquaient en partie l'excitation qu'il tirait des événements. Il était loin d'être naïf, mais profondément curieux et ouvert d'esprit, il prêchait le faux pour savoir le vrai et s'amusait à percer à jour les convictions de Rebecca en la matière. Elle restait très réservée sur ce sujet. L'heure du départ approchait. Otto fit ses dernières recommandations à Rebecca, qui s'amusait intérieurement du paternalisme du vieux bonhomme.

— Regardez la télé, écoutez la radio, lisez la presse… Ne laissez surtout rien au hasard.

— Ne vous inquiétez pas pour ça, je n'ai pas l'intention de rester inactive. De votre côté, ouvrez les yeux et les oreilles, on ne sait jamais, vous pourriez récupérer des infos que je pourrais ne pas avoir sur place. Et surtout, faites bien attention à vous.

Il avait choisi de demeurer au manoir en dépit des protestations de Rebecca, qui lui avait proposé de s'installer à Kelsingstraat pour quelques jours. Ses voisins se seraient immanquablement étonnés de la présence de cet étranger chez elle, mais elle avait du mal à l'imaginer seul chez lui, surtout après la mauvaise rencontre qu'elle avait faite dans la chambre. Les visiteurs du manoir ne s'étaient pas montrés bien entreprenants jusqu'à présent et même s'ils semblaient s'être évaporés dans la nature, ils ne pouvaient pas préjuger de leurs intentions. Mais rien n'y avait fait, il était décidé à ne pas quitter son manoir, ses livres… et ses chiens. L'inquiétude de la jeune femme l'avait fait sourire et juste avant de prendre la route de l'aéroport, il lui avait mis sous le nez un Luger qu'il avait chargé et armé en un habile tournemain.

— J'ai réussi à remettre la main dessus. Un souvenir de mon père.

Rebecca posa les yeux sur sa montre.

— C'est l'heure, n'est-ce pas ? demanda Otto d'une toute petite voix.

— Je crois bien, oui.

Ils s'observèrent un instant, elle lui adressa un petit sourire qu'il lui rendit presque à regret.

Rebecca eut le plaisir de constater qu'il n'y avait pas foule devant le portique de contrôle, cela lui évitait le stress de l'embarquement.

— Voilà, fit Otto avec un petit haussement d'épaules, c'est ici que je vous laisse. Appelez-moi quand vous arrivez, peu importe l'heure, je ne trouverai de toute façon pas le sommeil avant de vous savoir à bon port.

— Promis. Une fois installée à l'hôtel, je vous passe un petit coup de fil.

— Bon sang, je serais bien parti avec vous.

— J'en suis persuadée, oui. Ne vous en faites pas, je vous tiendrai au courant de mes recherches en temps réel, vous vous y croirez.

— Tout de même, rester devant le tableau, les bras croisés…

— Ne préjugez de rien, il se pourrait bien que cela bouge plus de votre côté que du mien.

Il y eut un silence gêné. Rebecca se résolut à lui tendre une main.

— À très bientôt, Otto.

Il serra fort sa main dans la sienne.

— Prenez soin de vous.

Elle acquiesça, tourna les talons et se dirigea vers le portique où l'attendait un agent de sécurité. Elle adressa un dernier signe de la main à Otto et passa en salle d'embarquement.

L'avion était dans les airs depuis une vingtaine de minutes maintenant. Un système multimédia individuel, des boissons à volonté, toute la place pour étendre ses longues jambes et éviter la phlébite – jamais elle n'avait voyagé dans un tel luxe. Avant d'explorer toutes les possibilités des équipements high-tech dernier cri mis à sa disposition, elle extirpa sa bible boschienne de son sac et la déposa sur la tablette où attendait déjà un verre de vin blanc. Elle avait devant elle près de neuf heures de vol pour tout savoir du peintre flamand et de son œuvre.

*

Otto déposa son trousseau de clés sur le bureau et le fixa un long moment, l'air pensif. Il espérait ne pas avoir commis d'erreur en laissant Rebecca partir seule. Ce n'était pas faute d'avoir insisté pour l'accompagner, mais elle s'en était tenue aux directives qui lui avaient été données. Il admirait son courage. Il se tourna vers le tableau. Un frisson parcourut le haut de son corps.

*

Elle fit tourner les aiguilles de sa montre jusqu'à avoir sous les yeux l'heure de Las Vegas : cinq heures trente. Tout était silencieux à bord. Le lancinant bourdonnement des moteurs avait fini par endormir la cabine clairsemée. Les trois quarts du vol effectués, Rebecca commença à songer à l'avenir proche. Elle commencerait par se procurer les journaux locaux, regarderait les informations. Quoi d'autre ? Interroger des gens ? Mais qui ? Enquêter ? Sur quoi ? Elle ne se sentait vraiment pas l'âme d'un détective. Elle commençait à réaliser le nombre limité d'options qui se présentaient à elle et se demanda si ce voyage était finalement une bonne idée.

À trente mille pieds d'altitude, il est trop tard pour les cas de conscience... Prends le temps de réfléchir, garde la tête froide et surveille tes arrières. Il sera toujours temps de rentrer si ça commence à sentir le roussi.

Elle se passa les mains sur le visage. Elle n'avait pas dormi depuis le départ d'Amsterdam et la fatigue commençait sérieusement à se faire sentir. Elle avait toujours eu du mal à trouver le sommeil à bord d'un avion. Elle ferma les yeux en espérant que cette fois la fatigue parviendrait à prendre le dessus.

Elle tourna la tête vers le hublot. Ce qu'elle vit lui glaça le sang.

Une créature semblable à celle qui s'était adressée à elle au manoir était en train d'arracher le revêtement métallique de l'aile. Elle y mettait une terrifiante application et projetait en l'air les morceaux qui avaient cédé à sa folie destructrice avec un rictus de plaisir. Elle sembla tout à coup suspendre sa colère, resta immobile un instant puis, lentement, tourna la tête vers Rebecca. Ses lèvres articulèrent une succession de mots insaisissables et elle commença à s'approcher de la carlingue, insensible au courant d'air vertigineux qui l'enveloppait. Elle étendit un bras en direction du hublot qui fut aussitôt moucheté d'une fine ligne de gouttelettes rouges. Une nouvelle traînée écarlate zébra la surface du plastique, puis une autre encore, et le hublot fut bientôt couvert d'une multitude de projections rouges.

Rebecca cria et bondit sur son siège, le souffle court.

— Tout va bien, madame ? lui demanda une jeune femme assise quelques sièges plus loin.

Rebecca tourna la tête vers le hublot. Les taches avaient disparu, la surface de l'aile, intacte, scintillait sous la lumière du soleil.

— Ça va, oui. Désolée, un mauvais rêve.

Plusieurs passagers l'observaient d'un œil inquiet. Elle tourna le dos à ces regards défiants et se blottit dans sa couverture. Les images d'un épisode de la série télé *Twilight Zone*[1] lui revinrent à l'esprit : William Shatner, tout juste sorti d'une grave dépression, voyageait dans un avion dont une aile était méticuleusement mise en

---

1. « Nightmare at 20,000 feet. »

pièces par un monstre que lui seul semblait capable de voir.

Juste un rêve…

Elle regarda sa montre : sept heures trente. L'appareil n'allait pas tarder à amorcer sa descente vers Minneapolis, sa dernière halte avant que les choses sérieuses ne commencent.

Craig – East End, Las Vegas, États-Unis, J-10

Craig avait quitté le hangar juste avant le lever du soleil. Il y avait abandonné le corps métamorphosé qui n'allait vraisemblablement pas être découvert avant un bout de temps. Il souhaitait bien du plaisir aux flics qui allaient devoir trouver une explication au visage de la victime.

Pas d'accueil ostentatoire dans la clinique clandestine du docteur Jeremy Soul, de fait un simple cabinet installé dans les sous-sols d'un immeuble discret d'East End, dont l'unique spécialité était la chirurgie du visage. Les lieux étaient modestes, mais le bloc opératoire n'avait rien à envier à n'importe quel autre bloc légal de la ville. Le personnel était réduit, mais qualifié, silencieux et payé cash.

Le docteur Soul avait exercé dans une clinique privée de Las Vegas. Ses compétences étaient reconnues, mais son penchant pour la cocaïne était connu de tous. Ses contacts réguliers avec le milieu des trafiquants lui donnèrent l'idée d'arrondir ses fins de mois en mettant son talent au service de tous ceux dont le visage décorait les murs des bureaux de police. Au-delà du petit supplément que ces interventions lui apportaient, il pouvait aussi à l'occasion toucher l'équivalent en dope. Jusqu'au jour où on lui avait mis le grappin dessus.

Aucune preuve n'avait pu être établie concernant la consommation de drogue, mais pour la forme, il fut radié à vie. Problème : toujours accro, le docteur Soul avait besoin de sa dose. Il avait jusque-là bien gagné sa vie, mais il prenait autant de plaisir à dépenser son argent qu'il en prenait à le gagner, et sa petite dépendance avait un prix. Ses petites économies fondaient à vue d'œil, mais le docteur était un homme plein de ressources et son nom était connu et respecté dans le milieu des trafiquants. Ses services étaient recherchés dans tout l'État du Nevada et au-delà, et il ne lui fut pas difficile de trouver de solides appuis qui lui remirent le pied à l'étrier. Il était surveillé de près, mais il était d'une remarquable intelligence et d'une prudence redoutable.

Craig n'appréciait pas le jeune chirurgien. Il reconnaissait la virtuosité dont il faisait preuve à tous les niveaux, mais il le trouvait arrogant, irrespectueux et flambeur. Force était d'admettre que le docteur Soul avait un charme indéniable : très grand, brun, les traits androgynes, c'était un beau parleur dont la voix suave et le sourire enjôleur faisaient tomber ces demoiselles comme des mouches.

— Ça fait un moment, fit le docteur en guise d'introduction.

— Un peu moins de trois ans.

— Et toujours en pleine forme, poursuivit le chirurgien avec un sourire.

— Je joue cartes sur table, Doc. Il y a quelques heures encore, j'en avais effectivement plus pour très longtemps, mais le destin m'a donné un petit coup de pouce. J'ai sur moi largement de quoi me faire oublier, tu fais ton boulot et je vis ma vie.

Disant cela, il posa plusieurs liasses de billets sur le bureau. Le chirurgien prit le soin de vérifier la somme et s'intéressa de nouveau à Craig.

— Avec ça, je ne vais pas faire de miracles.

— Arrête tes conneries, il y a largement de quoi faire oublier ma gueule à tous les flics du Nevada.

— Tu vas avoir quelques bandelettes autour de la tête pour un petit moment. Il faudra que tu planques tes fesses.

— J'ai l'habitude.

Quelques heures plus tard, l'anesthésiste avait déjà fait sa part du travail.

Rien n'aurait pu adoucir les traits de Craig, pas même ce repos forcé. Il y avait certainement matière à amélioration et le jeune chirurgien étudiait le visage rude comme un peintre aurait cherché le premier trait sur la toile nue. Il posa la pointe de son crayon sur la peau et commença à esquisser son œuvre. Il avait la sensation confuse de ne pas complètement maîtriser ses mouvements et l'expression sur le visage de son patient le mettait mal à l'aise.

Malgré ses yeux fermés, il semblait encore conscient et prêt à sanctionner sévèrement le moindre faux pas. Le chirurgien pouvait presque voir le regard brutal de Craig derrière les paupières closes, ses yeux froids rouler mécaniquement derrière les minces replis de peau. Il les voyait qui l'examinaient, qui contrôlaient l'exécution de chacun de ses gestes. Une crainte irrationnelle se saisit de lui : que ces paupières s'ouvrent brutalement, que Craig lui agrippât violemment le poignet et le serrât au point de le broyer... Pour la première fois de sa vie, le docteur Soul opéra la peur au ventre. L'angoisse le maintint dans un pénible état de concentration dont il ne fit surface qu'à la fin de l'intervention. Il se passa une main sur le front et l'examina quelques secondes avant de l'immobiliser dans son autre main jusqu'à ce que cessent les tremblements qui la secouaient.

Il leva la tête vers ses assistants qui l'observaient d'un œil inquiet.

— On l'installe en haut en attendant qu'il se réveille, finit-il par dire abruptement.

Craig reprenait doucement ses esprits dans une chambre au-dessus du cabinet de chirurgie. Il attendit que toute la mécanique de son cerveau se remît lentement en place puis souleva les draps d'un geste sec. Il balança ses jambes hors du lit, s'assit sur le bord du matelas et laissa passer encore plusieurs minutes. Se sentant alors pleinement opérationnel, il se leva et commença à réfléchir. Semblant soudain se rappeler pourquoi il était là, il porta une main à son visage et effleura la surface râpeuse de la gaze du bout des doigts. Pas très discret, comme accoutrement. Il verrait ça un peu plus tard. Ses vêtements étaient disposés en tas sur une chaise. Il s'habilla rapidement et sortit de la pièce pour se retrouver sur un palier sombre et mal entretenu. Il distingua une porte vitrée à l'autre bout du palier et de l'autre côté de la porte, un escalier de fer qui plongeait en contrebas. Il n'avait pas le temps de faire ses adieux au toubib. Il s'avança résolument vers la porte vitrée.

Dehors, le vent soufflait un froid vif. La rue était plongée dans le noir. Un clodo fouillait les poubelles à une centaine de mètres de là. Le bruit de ses recherches emplissait la rue d'un fracas aigu qui violait le silence nocturne. Craig prit le temps de s'enivrer de cette sinistre atmosphère. Il s'enferma dans la Buick, fit pivoter le rétroviseur intérieur et déroula lentement les bandelettes. Sa figure boursouflée n'était pas belle à voir, mais après quelques secondes, son visage s'anima imperceptiblement. Peu à peu, les marques de l'opération s'estompèrent. Une minute plus tard, il ne subsistait plus le moindre signe de l'intervention. Craig, pleinement satisfait du résultat, se permit un sourire. Il ne lui restait plus qu'à changer de voiture et les flics auraient très peu de chance de le trouver avant son départ. Il démarra la Buick et reprit la route du hangar afin de récupérer ce qui restait du contenu de sa précieuse boîte.

*

Après ce genre d'expériences, il avait besoin de se vider la tête et de prendre du bon temps. Et pour ça, rien de tel que le Flesh, une boîte de nuit hyper branchée fréquentée par les plus belles filles de Vegas.

Et l'une d'elles était justement en train de lui faire signe depuis la piste de danse. Elle s'appelait Vicky et n'attendait que lui pour agiter son corps parfait au rythme du morceau de rap qu'un DJ au regard fou venait de libérer dans l'arène.

Jeremy s'ouvrit un chemin à travers les danseurs et s'avança avec un sourire en direction de sa promise. Dans ses oreilles, la musique rugissait :

Hooves knock hard on a black scorched ground
– boom boom –

Pour le docteur Jeremy Soul, la soirée s'annonçait grandiose.

Rebecca – Las Vegas, États-Unis, J-10/J-9

Le taxi remontait le Strip vers Downtown. L'aéroport n'était distant du long boulevard que d'un kilomètre, une proximité bienvenue qui permettait de déverser plus rapidement les voyageurs éberlués au pied des casinos. La ville du jeu plaçait ses premiers appâts à l'aéroport où les machines à sous jouxtaient les tapis de livraison des bagages, et refermait ses pièges tout le long de cet interminable boulevard qui traçait une balafre électrique en plein cœur du désert.

En éclaireur, le Mandalay Bay, un haut bâtiment de verre qui réfléchissait la lumière de la mi-journée, comme un vaste miroir à facettes planté au beau milieu d'une palmeraie. Dans son sillage, le Luxor, réplique grandeur nature de la pyramide de Gizeh, un immense sphinx couché à ses pieds, puis le MGM Grand, l'Aladdin, le Bellagio, le Maharadjah, le Venetian et la dernière facétie d'un milliardaire Américain qui avait financé le casino le plus majestueux de Las Vegas : le Middle Earth, dont l'architecture était inspirée du roman *Le Seigneur des anneaux*. L'immense monolithe était encadré par deux géants de pierre qui étendaient une

155

main au-dessus du Strip en un impérieux geste d'autorité adressé aux plus petits édifices devant allégeance à leur souverain. Une large cascade se déversait entre les deux hautes statues, de chaque côté de laquelle un escalier menait au casino, une forteresse étincelante adossée à une montagne contrefaite qui blottissait ses tours, ses arches et ses cours pavées au creux de la roche factice.

Rebecca avait l'impression de circuler dans un gigantesque parc d'attractions. Le taxi atteignit Downtown, moins féerique, mais à l'écart de l'agitation du Strip. Il arrêta sa course devant la façade tout en verre d'un bâtiment dont elle ne distingua le sommet qu'en se pliant en deux sur son siège. Deux énormes palmiers encadraient une entrée monumentale. Le luxe en plus du calme – Otto n'avait pas fait les choses à moitié. Elle paya le chauffeur et pénétra dans le complexe. Le hall était aussi grand que les trois niveaux de sa maison réunis. À l'accueil, un jeune homme lui remit les clés de la chambre avec un large sourire puis l'accompagna jusqu'à une rangée d'ascenseurs. La chambre se trouvait au deuxième. Elle se faisait un devoir d'emprunter l'escalier chaque fois qu'elle en avait la possibilité, mais elle n'osa pas contrarier l'employé.

Lorsqu'elle actionna l'interrupteur placé près de l'entrée de la chambre, deux lampes à halogène enchâssées dans le plafond illuminèrent une pièce spacieuse et très soignée. La déco était moderne – tendance urbaine et minimaliste –, le lit king size et le meuble qui lui faisait face de la même catégorie. Au fond de la chambre, un petit coin cosy avec un fauteuil, une table basse et une lampe design. Elle s'assit sur le lit, s'empara de la télécommande posée sur le chevet et alluma la télévision afin d'avoir un semblant de compagnie. Sa montre indiquait seize heures – une heure du matin du côté de Wittemer End. Elle hésita un instant puis composa le numéro d'Otto, qui décrocha presque aussitôt. Au son de sa voix, elle devina qu'il avait attendu ce coup de fil toute la journée.

— Êtes-vous bien installée ?

— Plus que ça, la chambre est parfaite.

— Ravi que cela vous plaise. J'imagine que vous n'avez pas eu le temps de commencer vos recherches.

Il ne lui laissa pas le temps de répondre.

— Il y a du nouveau, ici.

Rebecca, qui regardait sans grande conviction les images d'une conférence de presse du président américain, quitta l'écran des yeux.

— Dites-moi.

— Il manque un quatrième personnage dans le tableau. J'ai découvert sa disparition à mon retour de l'aéroport.

— Vous l'avez vu ?

— Non, je ne sais pas ce qu'il est devenu, s'il est même encore au manoir.

— À quoi ressemble-t-il ?

— Eh bien… Je ne saurais vous dire ce qu'il a de particulier, à l'exception de ses vêtements qui sont un peu passés de mode… Il est coiffé d'une espèce de capuche qui masque la moitié de son visage.

Il réfléchit un moment.

— Difficile d'en dire plus, il était à l'arrière-plan, assez peu détaillé.

— Ne vous rappelez-vous vraiment aucun élément distinctif ?

Il réfléchit encore.

— Sincèrement, non.

— Ça ne va pas être simple…

— Attendez… Si, il y a bien quelque chose, se souvint Otto.

Rebecca tendit l'oreille.

— Ça ne m'est pas immédiatement revenu à l'esprit, d'abord parce que son visage était dans l'ombre, ensuite parce que la déformation n'était pas aussi frappante que chez les autres personnages : deux traits noirs dépassaient de sa bouche, comme une langue fourchue.

Elle lui promit de l'informer dès que possible de l'avancée de ses recherches puis raccrocha. Des vêtements passés de mode, une langue fourchue, c'était maigre… Elle tourna la tête vers l'écran de télévision. Le câble américain présentait l'avantage de donner accès à un nombre stupéfiant de programmes, parmi lesquels de nombreuses chaînes d'information en continu. Par ce biais, et en feuilletant les journaux locaux, elle arriverait peut-être à trouver quelque chose. Pour l'heure, une journaliste faisait état d'une maladie inconnue qui avait frappé un champ de sorgho aux frontières de l'Angola. La caméra fit un lent travelling sur le champ anéanti par la vermine. Ce n'était pas la première fois que Rebecca entendait parler de cette maladie. Tous les journaux évoquaient ce fléau qui était en train de se propager à toutes les cultures de l'Afrique de l'Ouest. Les médias étaient en effervescence. Une info affichée dans le bandeau qui défilait en permanence au bas de l'écran attira son attention : « Strange death in a downtown nightclub ». Le Flesh – c'était le nom de la boîte de nuit – avait été évacué dans la précipitation et aussitôt bouclé. Une page sportive suivit les actualités internationales. Rebecca éteignit la télévision. Une mort étrange… Voilà qui était une première piste intéressante.

Il y avait des distributeurs de journaux à tous les coins de rue. Elle avait à peine cent mètres à faire pour prendre connaissance de tout ce que cette immense cité avait vécu de notable ces dernières vingt-quatre heures. Une idée lui traversa l'esprit au moment où elle posait une main sur la porte tambour. Elle fit demi-tour en direction de l'accueil et s'adressa à l'employé qui lui avait remis les clés.

— Êtes-vous au courant de ce qui s'est passé dans cette boîte de nuit hier soir ? Le Flesh.

Le jeune homme plissa les yeux.

— Non, désolé, mademoiselle.

— Une personne est décédée là-bas, dans des circonstances assez étranges apparemment.

L'employé secoua la tête.

— Moi, j'ai entendu parler de ça.

Un homme noir affublé de grosses lunettes rouges venait de rejoindre le jeune homme à l'accueil. Il posa ses énormes avant-bras sur le comptoir et dodelina plusieurs fois de la tête.

— Ouais, un truc pas banal… Apparemment, un type se serait écroulé sur la piste de danse, raide mort, expliqua-t-il en mimant le cadavre de sa grosse patte ébène. Pas de blessure, pas un coup de feu, rien. Le gars était pas bien vieux et ils disent que c'est pas une crise cardiaque.

— Une rupture d'anévrisme peut-être, suggéra Rebecca. Ou un AVC.

L'homme secoua la tête.

— Hum… J'crois pas, non. Parce que ce qu'ils disent pas, c'est que le type avait une drôle de gueule quand on l'a ramassé. Il était comme maquillé, sauf que c'était pas du maquillage, et qu'avant qu'il ne tombe raide mort, il avait une tête tout à fait normale.

Rebecca se redressa, subitement intéressée.

— Je ne comprends pas. Vous voulez dire que son visage s'est… transformé ?

— En quelque sorte, oui.

— Maquillé, c'est ça ?

— Ouais, si on veut, mais genre masque d'Halloween, vous voyez. Et c'était ni l'endroit ni la période…

Elle garda le silence un instant, digérant ce que venait de lui révéler l'employé.

— Comment savez-vous tout ça ? demanda-t-elle finalement.

— Mon frangin travaille au Flesh.

— Et on le trouve où, ce club ?

— 3220, East Fountain Road. Il y en a pour une petite demi-heure en taxi. Mais à mon avis, à l'heure qu'il est, c'est fermé. Et puis avec ce qui s'est passé, les flics vont barricader la boutique pour quelques jours. Vous êtes journaliste ?

Elle hésita une poignée de secondes.

— Pas vraiment. Disons plutôt que je suis passionnée de… criminologie. Des affaires du genre… inexpliqué.

Le Flesh était effectivement fermé et allait vraisemblablement le rester pour quelque temps encore comme le lui fit comprendre le policier en faction devant le night-club. Rebecca longea la façade et s'engagea dans la rue adjacente. Le portail d'un parking souterrain se découpait sur le côté du bâtiment, dont l'ouverture était commandée par une borne électronique. Pas d'issue, à moins qu'un véhicule ne pénétrât dans le parking ou n'en sortît. Elle ne pouvait pas attendre indéfiniment près du portail. Elle repéra une cabine téléphonique de l'autre côté de la rue, s'y engouffra, décrocha le téléphone afin de simuler une conversation et attendit. Deux minutes. Cinq. Dix. Elle était sur le point d'abandonner son poste d'observation quand une voiture de police sortit du parking. Rebecca quitta la cabine et se glissa discrètement sous le battant métallique.

Le parking était presque plein. Il y avait plusieurs véhicules de police. Elle distingua une porte et un digicode près du mur du fond, puis repéra la caméra de surveillance près du plafond. Pénétrer dans la boîte de nuit n'allait pas être une partie de plaisir. Elle réfléchit quelques secondes et décida de ne pas s'exposer plus longtemps à une rencontre malvenue. Une porte équipée d'une barre antipanique doublait la sortie réservée aux véhicules. Elle quitta rapidement les lieux et commença à réfléchir.

*

Craig balança deux liasses de billets sur le bureau de Michael.

— J'ai besoin de papiers en règle pour me rendre en Chine.

Le faussaire feuilleta distraitement les billets, leva les yeux vers son client. Une troisième liasse rejoignit les deux premières.

161

— Avant demain.

Michael sourit.

— C'est comme si c'était fait.

*

Rebecca se procura une dizaine de journaux avant de rentrer à l'hôtel. Pour rien, les événements avaient dû se produire après le bouclage. La télévision évoquait brièvement les faits, mais là encore elle n'apprit rien de plus. Le décalage horaire commençait à se faire sentir. Elle s'allongea sur son lit, ferma les yeux et examina la situation. Une seule piste, mais aucune certitude, juste son intuition. Ce que ce type lui avait dit à l'accueil était franchement troublant, mais cela valait-il pour autant le coup de s'introduire dans la boîte de nuit pour en savoir plus ? C'était risqué et très hasardeux. D'un autre côté, le frère de celui qui lui donnait l'information était justement l'un des videurs du club, prodigieux hasard ou coup de pouce du destin ?

C'était de toute façon la seule piste dont elle disposait.

Elle se tourna sur le côté, rouvrit les yeux. Un masque d'Halloween… Elle repensa à la créature du manoir. Un maquillage, comme une peinture… Et si c'était ça ? Si cette mystérieuse mort survenue au Flesh avait un quelconque lien avec le tableau ? Si c'était le cas, cela n'avait rien de rassurant. À peine arrivée, déjà un mort sur son chemin. Otto avait eu la bonne idée de s'armer, fallait-il qu'elle prît désormais ses précautions ? Mais comment ? Se procurer une arme n'était pas ce qu'il y avait de plus compliqué ici, mais elle n'avait absolument aucune idée de la façon de procéder. Et elle doutait qu'une simple balle pût arrêter l'une de ces créatures. Ses yeux se fermaient par intermittence et ses pensées s'entrecoupaient de brèves périodes d'inconscience. Rebecca cessa de lutter et se laissa emporter par le sommeil.

Elle se redressa dans son lit. Aucun rêve n'était venu troubler son sommeil, mais elle se sentait vaseuse, l'esprit engourdi. Elle posa les yeux sur le cadran de sa montre : vingt heures. Elle passa à la salle de bains, acheva de se réveiller à grands coups d'eau fraîche sur le visage et réfléchit à ce qu'il convenait à présent de faire. Un puissant gargouillis en provenance de son estomac lui fit comprendre qu'il était préférable de prendre des forces avant de songer à quelque action efficace.

Le boulevard était illuminé comme en plein jour, bruyant, noir de monde – des hommes et des femmes solitaires, hagards et impassibles, que les lieux avaient déjà insensibilisés et avançant d'un pas mécanique, des touristes déboussolés cherchant une issue dans les pages de leur guide, des couples amoureux émerveillés par le spectacle, des familles entières excitées comme des troupeaux de puces. C'était une débauche de lumières et les joueurs grouillaient autour des bâtiments scintillants, enfiévrés par l'épileptique désir de s'y brûler les ailes. Les sonorités hypnotiques des machines à sous imposaient malicieusement à la conscience le cliquetis des pièces qu'elles laissaient occasionnellement dégringoler dans les gobelets de plastique. Le bruissement aigu des mécaniques sournoises dévoyait patiemment l'esprit des joueurs. Tentation, envie, tromperie et illusion, et au final, châtiment et punition, exactement comme dans un tableau de Bosch...

Sin City, la ville du péché – de tous les péchés, ceux-là même que Bosch dénonçait si ouvertement dans son tableau. Elle devait avouer que la tentation était grande, le charme de certains de ces lieux de débauche était implacable – le mirage de la splendeur pour mieux aveugler le pécheur.

Elle jeta son dévolu sur le casino Middle Earth et s'enfonça dans la forêt artificielle dissimulée à l'arrière du bâtiment. Le richissime mégalomane qui avait fait sortir ce colosse de terre avait recréé une oasis de verdure d'une incroyable beauté. Ici aussi, la lumière était omniprésente, mais seulement au travers de légers éclats moirés qui brillaient dans un calme presque absolu, sérénité inespérée après le tumulte encore confusément perceptible des salles de jeux. Cette bulle de tranquillité attirait de nombreux flâneurs ; l'absence remarquée des machines à sous tenait les joueurs à distance.

Rebecca trouva ainsi exactement ce qu'il lui fallait : une table isolée dans un café qui disparaissait presque sous les frondaisons. Son repas lui donna le temps de la réflexion. Son sixième sens, généralement bien affûté, lui disait que c'était à l'intérieur du Flesh qu'elle trouverait ce qu'elle était venue chercher ici. Elle devait prendre le risque d'entrer. L'atmosphère des lieux, propice à la réflexion, fut comme une bénédiction. Au moment de régler la note, elle avait déjà en tête une petite idée de la façon de procéder.

Elle fut à pied d'œuvre dès sept heures trente le lende-main matin, mais dut attendre une vingtaine de minutes avant qu'une voiture ne s'engageât sur la rampe qui des-cendait jusqu'au parking. Elle respira profondément et s'engouffra derrière le véhicule. Le parking était bien moins rempli que la première fois et elle trouva difficile-ment l'abri propice qui allait lui permettre de franchir la première étape de son plan. Elle extirpa son appa-reil numérique de la poche de sa veste et le braqua en direction de la porte d'entrée de la boîte de nuit. Le pro-priétaire du véhicule qui avait trouvé une place un peu plus loin se tenait à présent devant la porte sécurisée. Il tendit la main vers le digicode. À vingt mètres de là, Rebecca démarra l'enregistrement vidéo. Quelques secondes plus tard, l'homme disparut et la porte se referma. Rebecca stoppa l'enregistrement puis visionna la séquence. La qualité n'était pas à la hauteur de celle d'un Caméscope numérique, mais le zoom était puissant et à force de visionnages, elle obtint ce qu'elle voulait : 3-2-2-8-2-9, puis la touche « # » en bas à droite du cla-vier. Elle se donna encore quelques secondes de réflexion. Elle pouvait simplement taper le code et entrer, mais il y avait la caméra. S'il y avait un être humain derrière cet œil, il connaissait vraisemblablement l'ensemble du personnel de la boîte de nuit. Non, c'était trop risqué. Elle devait s'en tenir à son scénario.

Du culot. Et beaucoup de chance.

*

— Deux *Sausage Egg and Cheese Bagels*, un café long, un soda *Large*, un brownie et un sundae caramel.

Le serveur tapota rapidement sur son clavier, puis se tourna vers les boîtes alignées dans son dos. Michael examina les billets qu'il venait de sortir de sa poche.

— Ajoutez un muffin, c'est jour de paie, aujourd'hui.

*

Rebecca s'approcha de l'entrée, souffla un grand coup et appuya sur le bouton de l'interphone.

— Oui ?

— Je viens pour le poste.

— Quel poste ?

— Je suis strip-teaseuse. Je viens pour l'annonce, répondit Rebecca d'un ton las.

— Je n'ai pas entendu dire qu'on recrutait des strip-teaseuses.

— Attendez… Vous plaisantez ou quoi ? J'ai pris rendez-vous pour ce poste.

— Mais quel poste ? demanda la voix impatiente à l'autre bout de l'interphone.

— Comment ça, quel poste ?! hurla-t-elle. Vous avez passé une annonce dans le journal et j'ai rendez-vous avec le patron ! Merde, je ne me suis pas tapé trois cents miles pour m'entendre dire qu'il n'y a pas de poste ! J'ai besoin de ce boulot ! J'ai une gamine…

— Oh, oh ! Du calme ! Attendez.

Elle laissa passer quelques secondes.

— Ohé ? Y a quelqu'un ?

Pas de réponse. Elle agita les bras face à la caméra.

— Vous êtes toujours là ?

Silence.

Elle composa le code d'entrée à toute vitesse et s'engouffra dans le bâtiment. Elle atterrit dans un étroit passage, face à deux ascenseurs dont elle s'empressa d'enfoncer le bouton d'appel. Tandis que la cabine venait à elle, son regard faisait d'impatients va-et-vient entre les portes coulissantes et les numéros qui défilaient sur le petit cadran sur lequel s'affichaient les étages.

Son cœur cognait violemment dans sa poitrine.

Enfin, il y eut un petit son de carillon et les portes glissèrent le long de leurs rails. Elle se précipita dans la cabine et appuya sur le bouton du dernier étage. Les portes se refermèrent et l'ascenseur s'ébranla. Elle s'adossa à la paroi capitonnée et prit quelques secondes pour évacuer son stress.

Le type qui surveillait l'entrée ne semblait pas bien malin – avec un peu de chance, il penserait qu'elle en avait eu marre d'attendre. Les portes se rouvrirent sur une grande pièce circulaire occupée par une multitude de tables rondes. En s'approchant du centre de la salle, elle s'aperçut que cet étage était en fait un anneau qui surplombait les pistes de danse, une quinzaine de mètres plus bas. Elle entendait distinctement une conversation en contrebas. Son premier réflexe fut de se pencher, mais elle se ravisa aussitôt. Cela aurait été vraiment stupide de se faire repérer si vite. Elle s'éloigna de la rambarde et se tourna. Le long du mur du fond, les tables étaient insérées dans des boxes qui formaient des alcôves discrètes. Elle jeta un coup d'œil circulaire. Elle estima le diamètre de la salle à une bonne centaine de mètres. L'endroit était désert.

Au moment où elle se décidait à en faire le tour, elle perçut un mouvement sur sa gauche. Une silhouette passée jusque-là inaperçue quittait l'un des boxes, une vingtaine de mètres plus loin. Elle nota immédiatement la capuche, les vêtements étranges. Elle hésita quelques secondes puis emboîta le pas du fuyard qui s'éloignait rapidement sans même sembler mettre un pied devant l'autre. Elle accéléra l'allure. Le personnage avançait avec détermination, sans se retourner. Il paraissait ne pas s'être rendu compte de sa présence, mais elle était persuadée du contraire. Bientôt, elle perçut le son d'une respiration dyspnéique puis un bruissement semblable à celui de la reptation d'un serpent sur un tapis de feuilles mortes.

La silhouette disparut subitement à travers un passage sur la gauche – elle eut tout juste le temps de voir une longue traînée noire s'échapper de sa bouche et s'y réfugier aussitôt avec un claquement sec –, Rebecca s'élança en avant pour s'engager dans le passage à son tour et tomba dans les bras d'un agent de police.

— Je savais bien que quelqu'un était monté.

Michael tenait son hamburger dégoulinant de sauce à pleines mains. Un homme s'assit en face de lui. Michael leva les yeux et s'arrêta de mâcher.

Rebecca tentait de négocier avec l'agent à travers la vitre blindée qui la séparait des sièges à l'avant du véhicule de police.

— Je suis journaliste, je voulais en savoir un peu plus sur ce qui s'est passé au Flesh avant-hier, expliquait-elle d'une voix repentante. Je sais, j'ai eu tort, mais j'étais persuadée de ne pas pouvoir entrer.

— Et c'est bien de cela qu'il s'agit. Le Flesh est fermé jusqu'à nouvel ordre. Il y a donc effraction.

— Je venais juste d'entrer. Je n'ai rien pris, ni même rien touché. C'est à peine si j'ai eu le temps d'observer les lieux.

— Estimez-vous heureuse que je ne vous aie pas passé les menottes.

Cela mit momentanément fin à la conversation. Rebecca se renversa dans son siège, la rage au ventre. Elle était maintenant bien avancée, enfermée dans une voiture de police qui l'emmenait rendre des comptes au commissariat le plus proche. Le véhicule s'immobilisa à un feu rouge. Elle tenta une nouvelle approche.

— Pourriez-vous au moins me dire ce qui s'est passé ? Vous avez trouvé quelque chose ?

Pas de réponse.

— L'homme qui est mort au Flesh il y a deux jours, qui était-ce ? insista-t-elle.

Elle croisa le regard de l'agent dans le rétroviseur intérieur. À l'évidence, elle ne tirerait rien de lui. Une femme paniquée cogna soudain à la vitre du policier.

— S'il vous plaît ! Un homme est en train de mourir là-dedans !

Elle désignait un fast-food dans son dos.

— Merde ! lâcha l'agent en ouvrant sa portière.

Rebecca manipula aussitôt la clenche de sa porte. Verrouillée, bien sûr.

— Hé, attendez ! Je suis secouriste ! Laissez-moi venir avec vous que je lui porte les premiers secours ! Hééééé !!!

— Vous, vous restez ici ! commanda le flic d'une voix mal assurée.

Rebecca tambourinait à la portière.

— Il peut mourir avant que les secours n'arrivent ! Il faut faire quelque chose ! J'ai ma carte dans mon sac, vous pouvez vérifier ! Ouvrez-moi, bon sang ! Je peux lui sauver la vie !

Le regard de l'agent fit de rapides allers-retours entre le restaurant et la passagère de son véhicule. Il se mordit les lèvres, ouvrit la portière de l'extérieur et agita son index sous le nez de Rebecca.

— Je vous conseille de vous tenir tranquille.

L'homme était à terre, tourné de côté. De faibles convulsions secouaient son corps déformé par une nourriture trop riche. Rebecca s'approcha de lui et interrogea une jeune femme agenouillée à ses côtés.

— Que s'est-il passé ?

— Il est tombé subitement.

— Il se tenait la gorge, il suffoquait ?

— Non.

— Il a porté la main à sa poitrine ?

— Non, non, il est juste tombé comme ça, d'un coup. Les yeux du type étaient fermés.

— Monsieur ? Monsieur ? Vous m'entendez ?

Elle prit l'une de ses mains dans la sienne.

— Si vous m'entendez, serrez-moi la main.

Pas de réaction.

Elle se pencha et approcha une oreille de ses lèvres.

— Ces yeux...

Rebecca se redressa brutalement. L'homme était en train de la regarder avec effroi.

— Jamais... vu un truc... pareil...

Les paupières de l'homme se refermèrent doucement.

— Ils demandent s'il est conscient.

Elle ne quittait plus des yeux ces lèvres qui venaient de laisser échapper ces étranges paroles.

— Il est conscient ? répéta le policier d'une voix impatiente.

Rebecca fut brusquement ramenée à la réalité par la question de l'agent qui était en communication avec les secours sur son portable.

— Il est inconscient, mais il respire. Dites-leur que je suis secouriste et que je surveille la victime.

Elle restait à l'affût d'une nouvelle manifestation physique chez cet homme qui avait brièvement émergé de l'inconscience pour délivrer son mystérieux message. Il respirait, oui, mais pour combien de temps encore ?... Elle avait l'impression que son pouls ne cessait de s'accélérer. Ses yeux se posèrent sur un portefeuille qui dépassait d'une poche arrière de son pantalon.

— Dégagez ! Dégagez !

Elle releva la tête et aperçut les pompiers qui passaient la porte du fast-food et se précipitaient vers elle. Sous sa main posée sur la poitrine de la victime, elle sentit un petit tressaillement. Elle baissa les yeux et vit le profil de l'homme changer lentement d'expression. Le cœur de Rebecca s'emballa. Les traits du visage étaient en train de fondre et prenaient peu à peu l'aspect d'une gouache.

— Oh, mon Dieu...

Un murmure d'épouvante monta bientôt autour d'elle. Elle se releva, fit un pas en arrière et assista, impuissante, à la suite de la transformation. Le corps était à présent la proie de terribles soubresauts. Il y eut une brève hésitation parmi les témoins de ce sordide spectacle, puis des cris, des haut-le-cœur et enfin une débâcle désordonnée. Les pompiers furent parmi les premiers à prendre leur distance.

Profitant de la confusion générale, Rebecca se jeta en avant, extirpa le portefeuille de la poche de la victime et suivit le flot des clients qui se précipitaient vers la sortie. La panique commençait à contaminer les abords du restaurant. Deux voitures de police approchaient, sirènes hurlantes. Rebecca courut sur une centaine de mètres et arrêta un taxi dans lequel elle s'engouffra sans un regard derrière elle. Elle donna l'adresse de l'hôtel au chauffeur, rejeta sa tête en arrière et expira longuement. La vision de cette métamorphose allait la hanter jusqu'à la fin de ses jours. Elle pressentait que le client du Flesh avait été victime du même processus. Au moins, elle savait qu'elle ne s'était pas trompée en misant sur Las Vegas : elle était au bon endroit.

Elle baissa les yeux sur le portefeuille qu'elle avait gardé en main. Effraction, vol, sa carrière de délinquante démarrait sur les chapeaux de roues. Il y avait de l'argent – beaucoup d'argent – des papiers d'identité au nom de Michael Rickman, toutes sortes de cartes de fidélité, mais surtout des tirages photo qui retinrent immédiatement l'attention de Rebecca : des graffitis exécutés de main de maître rappelant des œuvres célèbres comme *Le Déjeuner sur l'herbe*, *La Nuit étoilée* ou encore *Le Joueur de Luth*. Une bonne dizaine en tout. Les peintures étaient très librement inspirées des tableaux originaux, mais on les reconnaissait au premier coup d'œil et la réalisation était magnifique. Si le propriétaire de ce portefeuille était l'artiste qui avait accompli ce travail, le monde venait de perdre un incroyable talent. Son cœur fit un bond lorsqu'elle découvrit la dernière photo.

On y voyait un homme courbé drapé dans une cape rouge, affublé d'une casquette portée à l'envers, et derrière lui un autre homme en train de relever la cape du premier et de lui soutirer une liasse de billets verts dépassant d'une poche de pantalon, rouge lui aussi. Le plus extraordinaire dans cette scène, c'étaient les visages des deux hommes, en tout point semblables à ceux peints par Bosch dans *L'Escamoteur*. Il y avait une petite différence avec l'œuvre originale : l'homme représentant le joueur crédule levait un bras et désignait de son index quelque chose devant lui. Quoi ? La photo ne permettait pas de le voir. En haut à gauche, une plaque sur laquelle était inscrit le nom de la rue sur le mur de laquelle avait été peinte la scène. Rebecca se pencha en avant et interpella le chauffeur.

— J'ai changé d'avis : amenez-moi à Helm's Street, s'il vous plaît.

Rebecca – *Helm's Street, Las Vegas, États-Unis, J-9*

Le pot d'échappement laissa échapper un long panache gris lorsque le chauffeur redémarra. East End. Ici, le strass et la démesure du Strip n'étaient plus que de lointains souvenirs. Aussi loin que le regard portât, on ne distinguait qu'une succession ininterrompue de bâtiments glauques enlaidis par le manque de soin et la pollution. Parmi eux, beaucoup de petits commerces dont les enseignes déclinaient l'identité en gros caractères aux couleurs criardes. On était bien loin de la frénésie du Strip, mais les rues y étaient aussi encombrées, un microcosme hétéroclite de genres, depuis le SDF habillé de loques dont les chaussures mitées laissaient entrevoir les orteils noirs jusqu'au play-boy en costume trois-pièces qui fendait la foule avec arrogance. Une voiture profilée passa au ralenti en vomissant des rythmes assourdissants par ses vitres ouvertes. L'un des passagers qui battait la cadence sur la portière posa les yeux sur Rebecca et sortit la langue de sa bouche. Elle tourna aussitôt le dos à la rue et fit face à sa destination. Helm's Street était un étroit passage entre deux pâtés d'immeubles crasseux. Elle respira un grand coup et franchit l'entrée du goulot.

De façon assez inattendue, le brouhaha de la rue s'estompa rapidement. Une longue fresque taguée sur l'un des murs représentait une forêt d'arbres dépouillés entre lesquels se faufilaient des bêtes sauvages. Deux mannequins de vitrine gisaient un peu plus loin près d'un conteneur à ordures, tendant une main malheureuse vers le ciel qui découpait un mince ruban de lumière à la frange des édifices. Elle fit encore quelques mètres et vit les deux personnages de la photo, peints à l'extrémité du passage. Il n'y avait rien à droite de l'homme habillé de rouge, juste l'arête du mur. Elle suivit des yeux la direction qu'il indiquait. Au-delà du passage, il y avait une cour fermée par de hautes constructions grises. Une véranda usée était adossée au pied d'un des bâtiments. Rebecca s'approcha et jeta un coup d'œil à travers le verre sale. À l'intérieur, un formidable capharnaüm. L'entrée se trouvait un peu plus loin.

Le visage de Rebecca s'orna d'un sourire. Sur la porte avait été reproduit le sujet central du tableau de Bosch : l'escamoteur. Sa tête était prise dans un casque de football américain, mais l'artiste avait pris le soin d'en faire dépasser le même nez pointu que celui du personnage du peintre flamand. Un dollar remplaçait la petite boule entre les doigts de l'homme. C'était donc cette véranda que le joueur montrait du doigt depuis le passage… Rebecca approcha son visage à quelques centimètres du dessin. Sur la pièce de monnaie, une pie, ailes déployées, avait été substituée à l'aigle américain. En plus du talent, l'artiste avait un subtil sens de l'humour.

Elle manipula la poignée de la porte qui s'ouvrit avec un désagréable grincement. Des planches épaisses posées sur des tréteaux couraient le long de trois côtés de la véranda. Un fatras d'objets composites s'y entassait : pots de peinture, pinceaux, rouleaux, chiffons, outils, morceaux de bois, verroterie, câbles, cartes électroniques dépecées, morceaux de papiers... Elle parcourut du regard cet étrange bric-à-brac et commença à déplacer distraitement les objets. Elle n'avait aucune idée de ce qu'elle était venue chercher ici. Toutes ces babioles semblaient sans rapport les unes avec les autres. Seul un artiste était capable de vivre au milieu d'une telle pagaille...

Elle s'avança vers le fond de la véranda. Des plantes en pot étaient alignées derrière un sous-main noirci d'inscriptions : des notes, des numéros, des symboles, des dessins – des portraits pour la plupart, mais il y avait aussi des schémas de mécanismes et de pièces industrielles. À première vue, rien pour la mettre sur la voie. Près du sous-main trônait un petit tourniquet sur lequel étaient suspendus des tampons. Elle en prit un, le retourna : l'empreinte était indéchiffrable. Elle le pressa sur le sous-main, mais aucun dessin ne s'imprima sur le papier. Elle replaça le tampon sur le tourniquet, en prit un autre – celui-ci arborait un triangle et une date – et l'appliqua sur le sous-main. Rien, l'encre avait séché depuis longtemps. Elle se tourna.

Il y avait un tel désordre...

Qu'est-ce que cet atelier avait à voir avec le tableau d'Otto ? Qu'était-elle censée y trouver ? Elle reposa les yeux sur le sous-main. Des dates, des noms de pays, des bouts de phrases sans signification – « *Libya pp + visa* »,

« *see J. at french embassy* », « *CH, Tuesday, 12 th* », « *2 tksh passports, wednesday, 20 th* ». À quoi – ou à qui – était destiné tout ce charabia ?

Elle s'intéressa de nouveau aux tampons, s'en empara sans conviction pour les appliquer l'un après l'autre sur le sous-main, mais ils n'y laissèrent que des creux secs imprécis. Il n'en restait plus qu'un, qu'elle abattit sans trop y croire sur le papier. Cette fois-ci, un dessin apparut : un rond rouge entouré d'idéogrammes. Elle examina le motif durant de longues secondes, les sourcils froncés. Elle n'y trouvait aucune signification précise. Elle releva la tête pour chercher l'inspiration au-delà du vitrage poussiéreux et poussa un hurlement. La terreur la propulsa en arrière contre une planche sur laquelle étaient posés des pots en verre qui bondirent sur place et renversèrent leur contenu dans un fracas de métal. Sa grand-mère se tenait debout juste derrière la vitre et l'observait sans bouger. Cette fois, ses yeux étaient à leur place, mais c'était la seule partie de son visage qui ne fût pas couverte de sang. Rebecca avait la sensation d'avoir gelé sur place. Elle ferma les yeux, les rouvrit aussitôt, mais elle était toujours là, à la fixer en silence.

Non, non, non, non, non… Il n'y a rien, Rebecca, c'est juste ton imagination…

Elle ferma une nouvelle fois ses paupières, serra très fort, laissa passer quelques secondes, regarda. Referma aussitôt les yeux.

Mon Dieu, c'est un cauchemar… Tu n'es pas réelle, je suis en train d'inventer tout ça.

Elle regarda de nouveau.

Ce n'était plus sa grand-mère, mais un monstre hideux dont la bouche avait été comme tirée vers l'avant, entraînant une partie du visage à sa suite pour lui donner une hallucinante ressemblance avec la tête d'un poisson. Rebecca expira bruyamment et se figea. Au bout de ce qui lui parut une éternité, la tête se tourna puis elle la vit prendre la direction de la porte. Des calendriers et des affiches occultaient les carreaux de ce côté de la véranda de sorte qu'elle perdit un instant la créature de vue. Rebecca attendit, les yeux rivés sur la poignée de porte.

Rien ne se passa.

Après plus d'une minute d'attente, elle sortit de son immobilité et s'approcha, le cœur battant. Lorsqu'elle fut à trente centimètres de la porte, elle s'arrêta et tendit l'oreille. Pas un son. Elle avança prudemment une main, la referma sur la poignée et l'abaissa lentement. La porte pivota en produisant un horrible geignement puis s'immobilisa. Personne. Elle franchit le seuil, explora la cour des yeux, mais il n'y avait plus aucune trace de la créature.

Ni de sa grand-mère.

Rebecca – Las Vegas, États-Unis, J-9/J-8

Elle dut errer à travers East End pendant une bonne vingtaine de minutes avant de retrouver un taxi. Après cette marche forcée surveillée de près par les regards inquiétants de la faune autochtone, elle referma la porte de sa chambre d'hôtel avec un immense soulagement. Elle s'assit sur le bord du lit sans prendre la peine de retirer sa veste et s'empara de son téléphone portable. Otto décrocha à la première sonnerie. Il n'avait qu'un téléphone fixe – il ne supportait pas l'idée de dépendre de ce qu'il considérait comme un gadget électronique, lui avait-il dit – c'était à se demander s'il ne restait pas planté devant son téléphone dans l'attente fiévreuse de ses appels. Elle lui fit le compte rendu des derniers événements et il lui confirma aussitôt ce qu'elle pensait :

— C'est un personnage du tableau qui a disparu la nuit dernière.

Elle n'avait pas rêvé cette créature. Elle n'avait donc pas rêvé sa grand-mère non plus.

— C'est tout de même incroyable, poursuivit Otto, les personnages disparaissent sans laisser de trace, pas moyen d'en surprendre un et ce n'est pas faute

181

d'essayer, je viens de passer deux heures assis devant le tableau. À l'exception de ce petit chien qui en est sorti le premier, je n'ai pas vu une seule de ces créatures.

— J'ai vu cet homme dans la chambre, il était bien là, lui.

— Mais il s'est volatilisé aussitôt après.

— Les personnages ne disparaissent pas, Otto, ils quittent le tableau pour se rendre à un endroit déterminé à l'avance, une cour d'immeubles de Las Vegas, par exemple, et pour une raison bien précise. Nous devons trouver cette raison.

— Et vous êtes sur la bonne voie. Vous ne vous êtes pas trompée, votre intuition était la bonne et vous devez continuer à lui faire confiance.

— Oui, mais à cet instant précis, elle ne me dit absolument rien.

Elle repensa à la véranda, fit un rapide inventaire de tout ce qu'elle y avait vu.

— Avez-vous Internet ? demanda-t-elle brusquement.

— Oui.

— Pourriez-vous vérifier une ou deux choses pour moi ?

— Vous n'avez pas de connexion ?

— Eh non… Vous avez pensé à tout, sauf à ça. Mais ce n'est pas bien grave. Pourriez-vous vous connecter, s'il vous plaît ?

— Tout de suite ?

— Oui.

— Je suis au salon, je dois monter à l'étage. Je raccroche et je vous rappelle d'en haut.

Rebecca patienta en prolongeant sa réflexion à laquelle la sonnerie de son portable mit rapidement fin.

— J'ai allumé l'ordinateur, dit aussitôt Otto, mais il n'est plus tout jeune. Il prend son temps, comme moi.

— Vous n'avez pas été long à me rappeler, je crois que vous avez encore la forme, plaisanta-t-elle.

Le vieux monsieur qui avait d'un coup rajeuni de vingt ans laissa échapper un petit rire.

— Ça y est, il s'est décidé.

— Ouvrez la page d'un moteur de recherche, s'il vous plaît.

— Que voulez-vous savoir exactement ?

— Dans un premier temps, j'aimerais connaître l'identité de la victime du Flesh.

— C'est bon, j'y suis.

— OK. Essayez les mots-clés (elle réfléchit un instant) « MAN », « DEATH »…, « NIGHT-CLUB » et « LAS VEGAS ».

Elle entendit Otto composer rapidement les quelques mots sur le clavier.

— Hum… J'ai quelques réponses contenant l'ensemble des mots. Attendez… Je regarde rapidement les liens.

Des clics de souris ponctuèrent le silence. Une minute passa, puis deux.

— Vous êtes toujours là ? s'inquiéta-t-elle.

— Oui, oui.

À nouveau le silence et le cliquetis de la souris.

— Je crois que j'ai quelque chose, dit enfin Otto. Le docteur Soul. Jeremy Soul.

— Soul…

— Oui, c'était un chirurgien. Radié de l'ordre des médecins pour pratique illégale de la médecine. Mais on le soupçonne d'avoir poursuivi ses activités dans la clandestinité.

La scène vécue à la station-service quelques jours plus tôt revint immédiatement à l'esprit de Rebecca ; le dysfonctionnement de la pompe à essence et cette étrange inscription sur l'écran, les vertiges puis la vision – une piste de danse, la musique… *Soul. Jeremy Soul*…

— J'ai bien l'impression que nous sommes sur la bonne piste…, songea-t-elle tout haut.

— Pardon ?

Rebecca préféra ne pas dire un mot de sa vision.

— Rien sur les circonstances de sa mort ? éluda-t-elle.

— Ils parlent d'une crise cardiaque.

Elle émit un petit ricanement.

— Non, certainement pas. Ce que m'a décrit le type de l'accueil et ce que j'ai vu de mes propres yeux n'avaient rien à voir avec ça. Remplacez « NIGHT-CLUB » par « FAST-FOOD » pour voir ?

Il inscrivit les mots à l'écran, prit le temps d'analyser les réponses avant de rendre son verdict.

— J'ai des choses, mais rien qui n'ait trait à ce qui nous intéresse.

— Essayez « DIES », « DIED » ou bien « DECEASED » à la place de « DEATH », « ACCIDENT » ou même « CASE »… Des variantes, quoi.

Otto s'affaira un moment sur le clavier.

— Rien du tout. À peine deux heures se sont écoulées depuis ce qui s'est passé au fast-food, c'est peut-être un peu tôt.

— Possible…

À nouveau un silence, plus long que les précédents. Ce fut cette fois-ci Otto qui s'inquiéta du mutisme de son interlocutrice.

— Rebecca ?

— Je suis là… Il y avait beaucoup d'argent dans le portefeuille de ce type…

— Pardon ?

— Personne ne se balade avec autant d'argent sur lui.

— Un dealer ?

— J'y ai pensé. Mais il y a cet escamoteur.

— Le tableau de Bosch ?

— Non, celui qui est peint sur la porte de la véranda. La réplique du joueur du tableau de Bosch qu'il y a dans l'impasse semble désigner l'escamoteur du doigt.

— Comme s'il l'accusait ?

— Non, je ne crois pas. Plutôt comme s'il nous disait : « C'est par là »… Vous saisissez ? « Si vous avez besoin d'un escamoteur, c'est par là. »

— L'escamoteur qu'évoque Bosch est une espèce de camelot illusionniste qui trompe les passants, je ne vois pas où vous voulez en venir.

— Un illusionniste, oui, qui nous fait prendre certaines choses pour ce qu'elles ne sont pas. « VISA », « FRENCH EMBASSY », « PASSPORTS »… Tous ces mots écrits sur le sous-main… Pourriez-vous faire une nouvelle recherche, s'il vous plaît ? demanda-t-elle précipitamment.

— Dites-moi.

— Il faudrait que vous me trouviez des images à partir des mots-clés. Vous… Vous voyez comment on fait ?

Otto se racla la gorge.

— Je ne suis plus tout jeune, répondit-il avec un brin de contrariété, mais je sais me servir d'un moteur de recherche. Je vous écoute.

— Tapez « VISA » et... Essayez aussi « CHINE ».

Il obéit sans poser de questions.

— Il y a un tas d'images qui apparaissent. Des photos de passeports, pour la plupart.

— Des passeports... Il y a des visas sur ces passeports ?

— Oui.

— À quoi ressemblent-ils ?

— Difficile à dire, ils ne sont pas tous semblables. Je peux vous en décrire un en particulier, mais...

— Ils n'ont rien en commun ?

— Si, on retrouve un visa rouge, rond, sur de nombreuses photos.

— Il y a une espèce de médaillon au centre du visa et des idéogrammes placés en cercle tout autour du médaillon.

— Oui, quelque chose comme ça.

— C'est le dessin que j'ai imprimé sur le sous-main avec le tampon. Le seul tampon dont l'encre n'était pas encore sèche.

— Je ne vous suis pas.

Le cerveau de Rebecca fonctionnait à plein régime alors qu'elle faisait les cent pas dans sa chambre d'hôtel.

— Il y avait des notes sur ce sous-main – des noms de pays, des nationalités, les mots « VISA », « PASSEPORT »... Et des tampons aussi, des visas – dont un pour la Chine, ayant visiblement servi très récemment. Je crois que cette véranda n'était pas une simple véranda, mais l'atelier d'un faussaire – un escamoteur, en quelque sorte, un homme passé maître dans l'art de l'illusion. Ce type qui est mort au fast-food, imaginons que c'était lui, le faussaire – il fabriquait de faux papiers dans cette véranda au bout d'une ruelle complètement paumée d'East End, en toute discrétion. C'était aussi un amateur d'art et un artiste très doué, et parce qu'il avait le sens de l'humour ou peut-être parce qu'il avait quand même besoin qu'on sache parfois où le trouver, il a peint ces personnages du joueur et de l'escamoteur dans le passage et sur sa porte. Cet homme donc falsifiait des documents sur commande et la dernière qui lui a été passée a consisté en la fabrication de faux papiers pour la Chine, vous me suivez ?

— Jusque-là, oui…

— À côté de ça, il y a la mort de ce chirurgien radié de son ordre qui, semble-t-il, continuait à pratiquer illégalement. Supposons qu'un homme ayant quelque chose à se reprocher veuille se faire définitivement oublier : il va voir le docteur Soul qui lui fabrique un nouveau visage et demande à ce Michael Rickman de lui procurer tous les documents qui lui permettront de se construire une nouvelle vie en Chine.

— Pourquoi la Chine ?

— Je ne sais pas.

— Et les personnages du tableau ? Qu'ont-ils à voir là-dedans ?

— Ils effacent les traces…

— Hum…

Ils continuèrent à réfléchir chacun de leur côté. À l'extérieur, la lumière du soleil commençait à décliner, déjà remplacée par les feux électriques de la ville.

Rebecca s'approcha de la fenêtre – elle descendait jusqu'au ras du sol si bien que quand elle regardait ses pieds, elle avait l'impression de se faire happer par le vide. Elle adorait la sensation de cette étourdissante aspiration...

— Il faut donc trouver cet homme et savoir qui il est, c'est ça ? questionna Otto.

Rebecca revint s'asseoir au bord du lit.

— Vous vous rappelez ce que vous m'avez dit tout à l'heure ?

— Non ?

— Que je devais faire confiance à mon intuition. Eh bien, mon intuition me dit que cet homme est en effet la clé.

— Et il est où, en ce moment ?

— Je ne sais pas où il est, mais je sais où il va.

— Vous voulez aller en Chine ? s'étrangla Otto.

— Oui, évidemment ce n'est pas la porte à côté...

— Non seulement ça, mais...

— Cela a un coût, bien sûr...

— Non, non, s'impatienta-t-il, ce n'est pas ça.

— Quoi alors ?

— Enfin Rebecca, vous avez vu par vous-même ce qui est arrivé à cet homme au fast-food. Et le client de la boîte de nuit a vraisemblablement subi le même sort.

— Et alors ?

— Mais vous êtes en danger !

— Il fallait s'attendre à ce genre de... complications.

Elle entendit Otto éclater de rire à l'autre bout du téléphone.

— Complications ?! Rebecca, ces hommes sont morts !

— Otto, la Chine est la suite logique de cette énigme – votre énigme, celle que vous avez décidé de me confier. Nous avons une piste, il faut la suivre.

— Oui, en effet, c'est moi qui vous ai entraînée là-dedans et je ne réalise que maintenant à quel point c'était imprudent. C'est inutile de continuer.

— Comment ça ? s'insurgea Rebecca. Vous voulez tout arrêter ?!

— C'est ce qu'il y a de plus sensé à faire, oui.

— Hors de question !

— C'est trop dangereux !

— C'était quoi ce discours chez moi ? protesta-t-elle avec véhémence. Ce beau gâchis de rester cloîtré dans votre manoir à ne rien faire, ces réponses que vous vouliez absolument trouver ?

— À ce moment-là, je n'avais aucune idée de ce qu'on avait en face de nous.

L'image de sa grand-mère surgit dans la tête de Rebecca, exactement comme elle lui était apparue à travers les carreaux sales de la véranda.

— Je refuse d'abandonner, vous m'entendez ? Je continuerai avec ou sans vous.

— Alors je viens avec vous.

— Non ! Je dois y aller seule, c'est la consigne !

— Arrêtez avec cette consigne ! s'énerva à son tour Otto, cela ne changera rien !

— Si, cela changera tout. Si vous m'accompagnez, je n'y arriverai pas.

Une pause.

— Pourquoi dites-vous ça ? demanda Otto d'une voix plus calme.

— Parce que.

Un long soupir traversa le téléphone.

— Otto, reprit Rebecca à son tour radoucie, je comprends votre inquiétude, elle est légitime et me touche énormément. Mais je suis désolée de vous dire ça comme ça : je continuerai avec ou sans votre argent. Je n'ai peut-être pas votre fortune, mais largement de quoi faire l'aller-retour jusqu'en Chine.

— En supposant qu'il y ait un retour.

Rebecca s'abstint de répondre.

— Vous êtes une tête de mule, déclara Otto.

— Sur ce point, je ne vous donnerai pas tort.

— Puis-je savoir pourquoi vous êtes tout à coup si déterminée ?

Il n'était pas question d'évoquer sa grand-mère, son passé, encore moins les visions qu'elle en avait.

— Nous avons chacun nos raisons de continuer, je vous demanderai juste de ne pas chercher à savoir quelles sont les miennes.

Ils gardèrent un instant le silence.

— Très bien, Miss tête de mule, j'ai bien conscience que je ne parviendrai pas à vous faire changer d'avis. Vous venez de gagner un voyage en Chine, mais ne vous faites pas d'illusion : ce n'est pas de gaieté de cœur que je vous l'offre. Et on ne sait même pas si c'est la bonne piste…

— N'oubliez pas mon intuition, rétorqua Rebecca avec une suffisance feinte.

— C'est un pays gigantesque. Par où allez-vous commencer ?

— Jérôme Bosch est la clé – votre tableau, *Les Sept Péchés*, *L'Escamoteur* – je ne sais pas pourquoi, mais il est à l'évidence au centre de tout. Il faut trouver un lien entre lui et la Chine. Dans l'avion, j'ai eu tout le temps d'étudier le personnage et ce qu'il a accompli – je ne suis pas subitement devenue une experte, mais j'en sais à présent peut-être plus que vous, conclut-elle emportée par un petit élan de provocation.

— Tiens donc…

— Bosch n'a jamais mis les pieds en Chine, poursuivit-elle, à vrai dire il n'a que rarement quitté Bois-le-Duc, mais il avait beaucoup de contacts, notamment parmi les puissants d'Europe et les personnages qui comptaient à son époque. Il était contemporain de Léonard de Vinci, de Christophe Colomb, il a peu voyagé, mais il savait vraisemblablement ce qui se passait à l'autre bout de la planète – dans *Le Jardin des délices*, on voit une girafe, un éléphant, un chameau, ils ne sortent pas de son imagination. Il y a peut-être dans l'une de ses peintures quelque chose qui évoque la Chine.

Elle récupéra dans son sac de voyage le livre emprunté à Paul et qu'elle considérait à présent comme sa bible, et commença à en tourner rapidement les pages.

— On trouve des figures asiatiques dans pas mal de ses tableaux, expliqua-t-elle, mais il s'agit plutôt de personnages venus du Moyen-Orient liés à des références bibliques. Mais il me semble avoir vu quelque chose…

Elle continua à feuilleter l'ouvrage sans prêter la moindre attention à son correspondant qui semblait avoir également déserté la conversation.

— Ça y est, j'ai trouvé. C'est un dessin représentant un vieil homme dont les vêtements me font penser à un costume traditionnel chinois. Peut-être que…

— Lingtao Xiaochun...

En entendant la voix d'Otto, elle sembla soudain se rappeler qu'elle était en train de téléphoner et qu'il y avait quelqu'un à l'autre bout du fil.

— Pardon ?

— C'est le nom d'un artiste chinois qui a peint – devinez quoi ? – sa propre interprétation du *Jardin des délices*.

— Comment savez-vous ça ? s'étonna-t-elle.

— Pendant que vous cherchez de votre côté, je cherche du mien. Internet est une mine d'informations. Il faut bien que je serve à quelque chose...

Rebecca ignora le message à peine voilé du vieil homme.

— Et ils disent où il se trouve, ce monsieur ?

— Il a une galerie à Pékin, il y a même son nom et son adresse.

— Hum...

— Qu'en pensez-vous ?

— En l'absence d'autres pistes...

— Désolé pour votre dessin du Chinois...

— Ne vous inquiétez pas, je le garde sous le coude.

— Mais dites-moi, s'inquiéta subitement Otto, il vous faut un visa pour vous rendre en Chine.

— Un visa ? Il est tout trouvé...

Tout trouvé, ou presque. Le visa était constitué de deux parties. Elle savait où trouver la première puisqu'elle l'avait eue entre les mains dans l'atelier de Helm's Street, mais il lui fallait l'autre tampon, celui sur lequel figuraient la date de délivrance du visa et sa durée de validité. Sans lui, inutile d'espérer mettre un pied en Chine. L'un n'allait pas sans l'autre, celui qui lui manquait était forcément quelque part dans cette véranda. L'idée ne l'enchantait pas, mais elle devait retourner là-bas.

Une demi-heure plus tard, le taxi la déposait pour la seconde fois de la journée devant la bouche sombre du corridor de briques. Mais cette fois-ci, elle savait ce qu'elle cherchait. La tâche restait malgré tout compliquée : comme elle l'avait constaté la première fois, le désordre dans l'atelier était indescriptible. Les tables étaient surchargées et même en dessous il n'y avait plus un espace de vide entre les tréteaux qui les supportaient – partout des cartons, des caisses de bois, des objets hétéroclites qui encombraient le sol.

Au bout d'un quart d'heure de vaines recherches, elle se laissa gagner par le découragement. Elle leva les yeux comme pour implorer le ciel et aperçut des pots de peinture veinés de coulures posés sur une étagère fixée au-dessus du sous-main. Elle les descendit un à un et découvrit une boîte à chaussures cachée au fond de l'étagère, dans laquelle elle trouva des dizaines de tampons en vrac. Son cœur fit un bond dans sa poitrine. Elle commença à examiner les empreintes, mais se rendit rapidement compte qu'un simple coup d'œil au revers des tampons ne suffirait pas. Qu'importe, elle avait du papier et de l'encre en quantité.

Elle pressa chaque tampon l'un après l'autre sur le sous-main. Elle trouva rapidement ce qu'elle cherchait : un large cachet rectangulaire aux coins arrondis, conforme à la description faite par Otto. La date de délivrance indiquée était celle du 14 décembre et le visa était valable pendant trois mois. Parfait. Elle enveloppa les tampons et les cassettes d'encre dans du papier journal et quitta les lieux pour cette fois, espérait-elle, ne jamais y revenir.

De retour à l'hôtel, elle composa le numéro de l'aéroport de Las Vegas et se renseigna sur les prochains départs à destination de la Chine. L'afflux des touristes chinois dans les grandes cités occidentales était en constante augmentation. Las Vegas avait pris ses dispositions pour profiter de cette nouvelle manne financière : la liaison avec Pékin était quotidienne. Elle réserva une place sur le premier vol du lendemain (elle avait fanfaronné auprès d'Otto au sujet de ses finances, mais quand elle vit le prix du billet, elle bénit son mécène qui s'était engagé à rembourser la note à son retour, si tant était qu'elle remît les pieds aux Pays-Bas – elle n'aurait de toute façon plus à se soucier de son compte bancaire dans le cas contraire), puis s'agenouilla près de la table basse et y déballa son précieux butin. Après avoir procédé à quelques essais sur le papier à en-tête de l'hôtel, elle ouvrit son passeport et enduisit d'encre le premier tampon. Au moment fatidique, sa main resta suspendue en l'air. Comment en était-elle arrivée là ? Il y avait quelques jours seulement, elle tirait les cartes pour tenter de démêler les fils inextricables de la vie sentimentale de clientes angoissées. Depuis, elle était entrée par effraction dans une boîte de nuit, avait volé un portefeuille bourré de billets à un homme en train d'agoniser et s'apprêtait maintenant à mettre illégalement le pied sur le territoire chinois.

Es-tu vraiment sûre de vouloir faire ça ? demanda la petite voix de sa conscience.

Une autre voix lui fit aussitôt écho :

« Sais-tu réellement ce qui s'est passé ? » C'est ce que t'a dit cette créature au manoir. Elles savent quelque chose, Rebecca, quelque chose que, toi, tu ignores...

Comment peux-tu être sûre ? Et si elle t'avait menti ?

Pourquoi ? À quoi cela leur servirait-il ? Ces créatures savent ce qui est arrivé à ta grand-mère, Rebecca...

Elles veulent juste te faire souffrir.

C'est le sang de ta grand-mère qui coule dans tes veines, c'est elle qui t'a tout appris, qui a forgé ton caractère, t'a transmis ses valeurs, c'est grâce à elle que tu es ce que tu es aujourd'hui. En te l'enlevant, ils t'ont tout pris.

C'est un piège.

Elles savent ce qui s'est passé et elles te le diront, tu le sais au plus profond de toi.

Elles te mentent.

Elles savent.

Sa main fut brièvement prise de tremblements avant de s'abattre avec force sur le passeport.

L'aéroport s'éveillait doucement. Le terminal semblait abandonné, impression renforcée par les vastes dimensions du bâtiment récemment inauguré. Rebecca attendait le départ dans un siège au confort sommaire. Elle avait en main une revue dont elle n'avait toujours pas tourné la première page. L'esprit dans le vague, elle regardait les avions rouler paresseusement sur les pistes encore plongées dans le noir à travers l'échiquier de verre du terminal. Cette gigantesque baie cristalline qui s'avançait au-dessus des pistes qu'elle dominait de plusieurs dizaines de mètres donnait une puissante sensation de vide. Comme dans sa chambre d'hôtel. Mais cette fois, bizarrement, elle n'avait pas ressenti cette envie irrésistible de basculer...

Les questions se multipliaient dans sa tête, alimentant en permanence le conflit dans lequel étaient en train de s'enliser sa détermination et son instinct de survie. La petite voix s'éleva encore, mais elle semblait à présent à des kilomètres de là.

Elles te mentent...

Elle appuya fort une main sur son front comme pour intimer l'ordre à son cerveau de se taire. Elle tourna la tête. Deux rangées de sièges plus loin, un papa chatouillait son petit garçon. Elle parvint à sourire à la vue de cet enfant qui se tordait de rire sous les assauts répétés de son père.

Les rires du petit garçon irritaient Craig. Il avait la tête comme une cocotte-minute. Il n'avait qu'une envie : la prendre à deux mains et taper, taper, taper encore.

Sa main droite tremblait et son cœur cognait fort dans sa poitrine. Il y eut une trouée dans l'épaisse brume qui lui encombrait le cerveau. Il tourna la tête, vit des lumières multicolores scintiller dans la nuit. Des avions. Un aéroport. Mais où était-il, bon sang ? Ce mal de crâne...

Et cette voix dans sa tête.

Ce ne sera pas long, Craig...

Il s'apaisa, sa conscience s'obscurcit de nouveau, les pulsations se calmèrent et sa main cessa de trembler.

Oui, bientôt le calme. Avant le chaos.

Deuxième partie

Composition

Rebecca – Beijing, Chine, J-5

Des dômes de verdure perdus dans le brouillard, sau-poudrés çà et là d'une fine couche de neige. Quelques toits recourbés irisent par endroits le vert uniforme de petites touches de couleur, mais la civilisation est loin. Le paysage défile et, bientôt, le dos de ce prodigieux dragon vert, qui tour à tour plonge et émerge de l'immo-bile mer de brume, s'orne d'une crête millénaire. Les yeux s'émerveillent devant cette fabuleuse échine de pierre qui semble enserrer le champ de vision. Le regard suit la courbe tortueuse sur des kilomètres et des kilo-mètres. Elle se rompt par endroits, se reforme aussi-tôt, disparaît sous la végétation, reparaît plus puissante pour poursuivre son chemin, implacable. Enfin, la ligne s'écarte, s'enfonce une dernière fois dans les nuages. Le dragon fuit devant les premiers signes de la présence de l'homme et de sa modernité, qui gagnent chaque jour du terrain. La nature ancestrale s'efface devant les premiers contreforts de métal et de verre surgis de terre.

Mais l'issue du combat demeure incertaine. Les bâti-ments modernes et froids laissent à leur tour la place à de beaux pavillons aux lignes gracieuses réfugiés sur les bords d'un vaste plan d'eau. Voici le lac Kunming sur les rives duquel a été bâti le Palais d'Été et dont les eaux baignent les pieds de la Colline de la Longévité millénaire. Les fastueux appartements, caprices insensés d'une impératrice rongée par l'ambition, se perdent dans la végétation qui refuse de céder.

Le regard se porte plus au sud.

L'avant-garde d'une ville tentaculaire se profile à l'horizon. Une armée de gratte-ciel sort de terre, une tour de télévision aiguillonne l'azur à ses côtés : après le paisible survol du Palais, il faut prendre de la hauteur pour embrasser le Pékin du vingt et unième siècle. Les gratte-ciel se bousculent au milieu de l'entrelacs de routes. La ville s'embrase des mille feux qui naissent dans les contreforts de verre. Une fourmilière s'éveille. À nouveau, les hautes structures cèdent du terrain, le regard amorce sa descente vers le fabuleux passé du cœur palpitant de la ville : les vestiges de l'ancien Palais d'Été, disséminés dans un havre de verdure et de bassins miroitants, les lacs des Dix Monastères, le parc Beihai, enfin une mer de tuiles rouges incandescentes : la Cité interdite qui s'étire sous la caresse des premiers rayons du soleil levant.

Il règne un calme parfait dans les allées désertes des Palais de l'Ouest, une quiétude qu'aucun empereur n'a jamais connue enveloppe les pavillons et les jardins. Les fantômes des épouses et concubines hantent les cours, leurs machinations, leurs rivalités sourdes et violentes sont emportées par la lumière dorée du jour naissant. Quittant à regret la sérénité des Palais, le regard tressaute au-dessus des enceintes ocre. La place Tian'anmen, vaste et strict écrin de l'imposant mausolée de Mao, s'éveille au son de la circulation trépidante. Arrivée à la porte Qianmen, la trajectoire vire vers le nord-ouest, s'engouffre dans Xidanbei dajie.

La grande rue commerçante ouvre les portes de ses boutiques dans une cacophonie de sonnettes de vélos et de klaxons. La frénésie grandit, le regard hésite, se réfugie dans une cour ombragée où règne un calme inattendu, puis longe une galerie couverte qui mène à un bâtiment bas dont le rez-de-chaussée est fermé par une grande baie de verre derrière laquelle se trouvent, comme suspendues dans le vide, quelques toiles colorées.

Rebecca poussa la porte de la galerie avec circonspection. La salle était déserte, mais le triptyque était là, qui lui parut immense à côté de tous les tableaux qu'elle avait vus jusqu'à ce jour. Elle s'immobilisa devant l'œuvre. L'analogie avec *Le Jardin des délices* était évidente. Sur le panneau central, il n'était plus question de nus, mais d'une assemblée de prêtres et de moines bouddhistes engagés dans toutes sortes d'activités religieuses, mais aussi profanes : certains jouaient aux cartes, d'autres, écouteurs sur les oreilles, écoutaient de la musique, d'autres encore conduisaient des scooters ou chevauchaient des vélos.

À ces personnages se mêlait un vaste bestiaire d'animaux hybrides dont la nature trahissait les origines de l'artiste – grues, pandas, singes, tigres. Des montagnes dentelées perdues dans la brume remplaçaient les étranges constructions représentées à l'arrière-plan du tableau original. Le dessin était méticuleux et aérien. Le peintre avait conservé les couleurs de son modèle

– rose, vert, bleu –, qui adoucissaient les tons vifs des vêtements portés par les figures religieuses. Sur le volet de droite, une profusion de rouges et de noirs, étaient figurés des militaires martyrisant des civils. Sur la casquette de l'un des soldats, une tête de mort avait été substituée à l'étoile écarlate de l'armée rouge. Un palais – la Cité interdite, vraisemblablement – était la proie des flammes au fond de la scène. L'œuvre était ouvertement subversive, c'était un miracle qu'elle fût encore suspendue à ce mur. Comment son concepteur pouvait-il être encore libre de ses mouvements ? Un mystère, rappelant étrangement l'audacieuse liberté d'expression du peintre flamand...

— Vous aimez ?

Rebecca sursauta. Le jeune homme qui l'avait ainsi surprise adopta un air contrit et leva une main en un geste d'excuse.

— Désolé ! Je vous ai fait peur...

— Non, ce n'est rien, mentit Rebecca dont le cœur battait à tout rompre.

— Je suis Lingtao Xiaochun, le créateur de cette œuvre.

— Très impressionnant.

Le visage du peintre s'illumina d'un large sourire. Rebecca lui donnait à peine vingt ans. Il s'exprimait dans un anglais approximatif, mais avec l'application de ceux déterminés à se faire comprendre. Depuis son arrivée, elle n'avait pas croisé un seul Chinois qui la dépassât en taille, mais celui-ci était presque aussi grand qu'elle. Il était élégamment habillé d'un pantalon de toile et d'une chemise blanche en lin, portait des lunettes à monture rouge vif et des cheveux longs qui retombaient avec fluidité jusqu'à ses épaules. Son visage rond et espiègle attirait immédiatement la sympathie.

— Merci, c'est très gentil à vous. C'est une interprétation personnelle d'un tableau de maître.

— *Le Jardin des délices*, de Jérôme Bosch.

Le jeune homme secoua vigoureusement la tête.

— Oui, tout à fait ! Vous connaissez ce peintre ?

— Un peu, oui, répondit-elle avec un sourire.

— Fascinant, n'est-ce pas ?

— En effet. Et insaisissable.

— Oui, exactement. Savez-vous que les historiens de l'art ne s'accordent toujours pas sur le sens du *Jardin des délices* ? La scène centrale, est-elle la vision de ce qu'aurait pu être la Terre si Ève n'avait pas croqué dans la pomme ou est-ce juste le monde tel qu'il est, avec ses tentations et ses dérives ? Et toutes ces allégories ? Personne n'est capable aujourd'hui de donner une explication définitive à chacun des symboles qui figurent dans ce tableau. Par exemple, il y a une espèce de roche anthropomorphe sur le volet gauche, comme un visage endormi – pourquoi est-il là ? Pourquoi le serpent s'enroule-t-il sous son nez ? Et ces constructions bizarres que j'ai remplacées par les montagnes du Hunan…

— Elles sont magnifiques, l'interrompit Rebecca.

— Merci infiniment. Quelle signification ont-elles ?

— Certains disent qu'elles représentent les… organes sexuels de l'homme et de la femme.

— Peut-être, peut-être pas. Et l'homme-arbre sur la droite ?

— Bosch lui-même, dont les pensées tourmentées sont représentées sur le plateau en équilibre sur sa tête : la cornemuse, symbole phallique, une prostituée, un démon, une sorcière…

Le sourire de Lingtao Xiaochun lui mangeait à présent la moitié du visage.

— Vous avez bien étudié le sujet…

— J'y ai consacré un peu de temps, c'est vrai, et j'avoue que c'est un peu à cause de ce *Jardin des délices* que je suis là aujourd'hui…

— Ah ?

— Oui. Comment vous est venue l'idée de peindre ce tableau ?

— Comme je vous l'ai dit, je trouve ce peintre fascinant et *Le Jardin des délices* est à mon sens son œuvre la plus aboutie et la plus magistralement exécutée. Tant de questions sont encore posées à son sujet… Chaque personne en a sa propre interprétation alors pourquoi ne pas partager la mienne ? Et pour un peintre, quelle est la meilleure façon d'exprimer ses sentiments et sa vision des choses ? conclut-il avec un sourire.

— Et… votre inspiration, d'où la tenez-vous ?

— De ce que je vois autour de moi, de ce que j'entends, de ce que je sens et je touche. Et de tout ce qui se trouve enfermé ici.

Il posa une main sur le côté gauche de sa poitrine.

— Et… rien d'autre ?

Le peintre, un peu interloqué, leva un sourcil.

— Euh… Comment ça ?

Rebecca poussa un profond soupir. Elle n'avançait pas. Ce jeune homme avait beau lui être sympathique, il ne lui livrait aucune clé. Otto l'avait peut-être conduite sur une mauvaise piste. Mais il fallait la suivre jusqu'au bout. Elle décida d'adopter une autre approche.

— Il y a certaines choses mystérieuses dans ce tableau et j'essaie d'en comprendre la signification.

— Comme quoi ?

Elle se tourna vers le tableau, le balaya rapidement des yeux à la recherche d'une scène qui pût recéler un semblant de ce mystère qu'elle venait de prétexter. Elle s'arrêta sur un moine qui brandissait le plateau d'un jeu de go au-dessus de sa tête – le qualificatif « mystérieux » lui convenait parfaitement car il lui rappelait de façon étrange le moine qui dirigeait la farandole des musiciens dans le tableau d'Otto.

— Ce personnage, par exemple ?

Le visage de Lingtao Xiaochun s'éclaira de nouveau.

— Ah ! Oui, très intéressant ! Sur le tableau original, il porte un plateau de *Weiqi* – un jeu de go dans votre langue. Pourquoi un jeu de go ? C'est un très vieux jeu qui incarne la philosophie chinoise – la sagesse, la patience, la réflexion… Mais le jeu, quand il est poussé jusqu'à ses plus perverses extrémités, est à l'opposé de toutes ces vertus, et lorsque cette passion destructrice est brandie comme un trophée par un moine censé consacrer son existence à la tempérance et à la méditation, le symbole de la chute est encore plus fort. Regardez, on retrouve ce personnage ici, qui joue avec un autre moine.

Il désigna du doigt un plan d'eau au centre du panneau central. Deux moines sur une barque se faisaient face de chaque côté d'une espèce de petite table sur laquelle étaient disposés des jetons noirs et blancs.

205

— Cette petite table entre les personnages, commenta Lingtao, c'est le *goban*, le plateau traditionnel du jeu de go.

Rebecca approcha son visage du tableau.

— On dirait que les jetons sont placés exactement de la même façon que sur le panneau de droite.

— Bon sang, vous êtes perspicace ! C'est le cas, en effet. Simple moyen de rappeler les deux aspects contraires d'une même activité : ludique et innocente d'un côté, dévoyée et incontrôlable de l'autre.

— Il y a une signification particulière à la disposition des jetons ?

Le peintre secoua la tête.

— Non, mais rien ne vous empêche d'y voir votre symbolique personnelle. C'est aussi là l'intérêt d'une œuvre comme celle-ci : donner libre cours à l'imagination de chacun.

Il vit le visage de la jeune femme se décomposer subitement.

— Mon Dieu, c'est moi...

Le peintre regarda dans la direction indiquée par Rebecca.

— Pardon ?

— Cette femme sur la berge, c'est moi. Regardez.

Il se rapprocha à son tour, plissa les yeux pour observer plus attentivement la jeune femme, son visage, ses cheveux, puis considéra sa visiteuse avec effarement. La ressemblance était frappante. Rebecca croisa le regard du peintre dont les yeux s'étaient subitement agrandis et dont la bouche formait un « O » parfait.

— Stupéfiant...

— C'est vous qui avez peint cette femme – qui m'avez peinte ! Pourquoi ?

— Je ne sais pas…

— Ce ne peut pas être un hasard !

— Je vous assure, je n'en ai aucune idée ! se défendit-il avec vigueur.

Rebecca prit un air suppliant.

— Je vous en prie, c'est extrêmement important…

— Je suis désolé, vraiment, je ne sais pas pourquoi vous êtes dans ce tableau…

— Ce n'est pas un hasard, répéta-t-elle, vous vous en rendez bien compte, n'est-ce pas ? Il y a forcément une explication…, l'implora-t-elle.

Le jeune homme se mordit la lèvre, lutta encore quelques instants puis laissa échapper un mot dans sa langue maternelle.

— Écoutez, je vais vous dire une chose que vous ne devez répéter à personne, je vous conjure de me faire la promesse de ne rien dire…

Rebecca secoua vigoureusement la tête.

— Je vous le jure.

Il se débattit une dernière fois avec sa conscience puis émit un long soupir.

— Je n'ai pas exécuté ce tableau seul, mon grand-père m'a aidé. C'est lui qui a réalisé une partie des dessins sous-jacents – pas beaucoup, ajouta-t-il aussitôt, quelques-uns seulement, mais il est très doué et travailler avec lui est un immense bonheur. Mais personne ne doit savoir – mon grand-père a été très clair sur ce point et je le décevrai énormément s'il apprend que j'ai trahi sa confiance.

— Je vous promets de garder le silence, le rassura une nouvelle fois Rebecca.

Le peintre se tourna vers son œuvre et approcha un doigt de la femme représentée au bord du bassin.

— C'est lui qui a dessiné toute cette partie-là – l'étang, les moines dans leur barque, la grue au centre du bassin, cette femme… C'est lui qui vous a dessinée.

— Votre grand-père, où est-il ?

— Il vend des fruits et des légumes sur un marché – les meilleurs de Pékin ! ajouta-t-il aussitôt avec fierté.

— Il faut absolument que je lui parle.

— C'est à vingt minutes à pied d'ici.

Elle joignit ses mains dans le geste de la prière.

— Monsieur Xiaochun, je vous serais éternellement reconnaissante si vous acceptiez de m'amener à lui…

— S'il vous plaît : Lingtao. Juste Lingtao.

Il profita du trajet pour lui parler de son grand-père pour lequel il semblait avoir une immense admiration. Il lui expliqua d'abord par le menu l'histoire de sa famille, comme pour se justifier d'avoir un aïeul de si simple condition alors que lui-même était un artiste dont le travail commençait à être reconnu dans toute la capitale chinoise et au-delà. Il parlait avec animation, souriant toujours, s'arrêtant par moments subitement pour endosser le rôle de guide touristique et commenter une scène ordinaire de la vie pékinoise – des joueurs de mah-jong comme hypnotisés par leurs dominos, des pratiquants de qi gong se mouvant avec lenteur dans une parfaite synchronisation de mouvements, un jeune homme accroupi au milieu de la rue en plein dépeçage d'un serpent…

Partout, les autochtones – hommes et femmes sans distinction – se retournaient sur son passage : les blondes d'un mètre quatre-vingts, aux cheveux bouclés ne passaient pas inaperçues dans les rues de Pékin. Une jeune Chinoise vint même à sa rencontre avec un grand sourire et la noya sous un flot ininterrompu de paroles en ouvrant sous son nez une palette de maquillage. Lingtao lui expliqua qu'elle voulait qu'elle lui montrât comment se maquiller pour avoir un visage aussi beau que le sien.

Ils empruntaient d'étroites ruelles encombrées de piétons et de vélos qui fendaient la foule à coups de sonnettes effrénées. Les piétons s'écartaient de leur trajectoire machinalement et avec une stupéfiante précision, comme s'ils avaient été entraînés à l'exercice dès leur plus jeune âge. Le passage était rendu plus compliqué encore par l'alignement ininterrompu de petites tables érigées à même le trottoir, certaines chargées d'épices, d'aliments ou de petites pièces d'artisanat, d'autres servant de tables de jeux aux adeptes du mahjong. Ils pénétrèrent finalement dans un marché couvert à l'entrée duquel un écriteau annonçait en idéogrammes et en anglais « MARCHÉ DE LA PRODIGALITÉ ».

Ils s'enfoncèrent au cœur de cette fourmilière bruyante à travers des allées bondées, jouant des coudes pour s'extirper de la nasse. Les odeurs douces, épicées, les fumets âcres se mêlaient dans un bruit de fond continu. Les étals débordaient de nourriture. Certains marchands étaient repliés derrière leurs vivres, mordant dans un fruit dans l'attente du prochain client, d'autres braillaient pour se faire entendre au-dessus de la rumeur ambiante, semblant presque invectiver leurs clients. Rebecca eut le temps de distinguer d'étranges mets qui ajoutaient à l'exotisme de l'atmosphère du marché : serpents, anguilles, grillons... Lingtao s'arrêta enfin devant un petit étalage de fruits et interpella un vieux marchand aux traits émaciés qui porta immédiatement son regard sur la jeune femme qui approchait de son commerce. Le changement d'expression sur son visage n'échappa pas à Rebecca. Essayant de cacher son trouble, elle lui adressa un petit sourire et le salua maladroitement.

Le grand-père de Lingtao – elle était à peu près sûre que c'était lui car si les marques du temps avaient éloigné les traits du vieil homme de ceux du plus jeune, ils avaient un indéniable air de famille – la désigna et adressa quelques mots à son petit-fils. Celui-ci se tourna aussitôt vers Rebecca et lui traduisit les paroles de son aïeul.

— La jeune femme du tableau...

Rebecca ne put retenir plus longtemps son excitation.

— Demandez-lui comment il me connaît ! commanda-t-elle à Lingtao. Demandez-lui où il m'a vue, pourquoi il m'a représentée dans ce tableau !

Les deux hommes dialoguèrent durant près d'une minute. Enfin, le jeune Chinois revint vers Rebecca.

— Il vous a vue en rêve (il sourit), c'est parce qu'il vous a trouvée d'une très grande beauté qu'il vous a dessinée dans *Le Jardin*.

Le compliment sembla laisser Rebecca complètement indifférente.

— En rêve ?

— Oui.

— Mais qu'est-ce que je faisais, dans son rêve ?

Lingtao se retourna vers son grand-père et transmit la question.

— Il a fait plusieurs rêves et chaque fois vous étiez là. Mais vous restiez immobile et silencieuse, toujours dans la même position, comme ça.

Il reproduit le geste qu'elle venait de voir son grand-père faire – bras à l'horizontale, paumes des mains tournées vers le haut.

— C'est ainsi qu'il vous a représentée dans le tableau.

— C'est tout ? Je ne faisais absolument rien d'autre ?

Le jeune homme secoua la tête.

— Il a vu d'autres choses ? demanda encore Rebecca.

— Dans chacun de ses rêves, expliqua-t-il après avoir brièvement échangé avec le marchand, il y avait des démons, des créatures à la fois humaines et animales, et une bête prodigieuse aussi, qui semblait commander à toutes les autres.

— Une bête ? À quoi ressemblait-elle ?

Le jeune homme s'adressa une nouvelle fois à son grand-père, puis à Rebecca.

— Elle avait un corps humain, mais une tête de bouc avec des yeux injectés de sang, elle portait une longue épée dont elle se servait pour fendre les corps des Hommes en deux.

Un brouhaha incessant se mêlait aux paroles de Lingtao et Rebecca devait parfois tendre l'oreille pour saisir ce qu'il avait à lui dire. Elle l'écouta patiemment décrire les visions de son grand-père, scènes cauchemardesques qui faisaient écho à celles peintes par Bosch dans ses tableaux. Elle insista pour savoir ce que toutes ces créatures faisaient dans les rêves de son grand-père, si celui-ci pensait qu'elles étaient là dans un but précis.

— Elles apportaient le mal sur Terre, répondit le peintre. Le démon qui était leur chef leur donnait des ordres et elles semaient la mort sur leur chemin.

Le vieillard reprit la parole.

— Mon grand-père dit qu'il a senti le doute chez les créatures. Il a aussi senti leur… colère et une grande ombre enveloppant le monde.

Son aïeul ajouta quelques mots en les ponctuant de petits gestes de la main.

— Chaque fois, il a vu le feu, des flammes qui semblaient dévorer l'horizon et des plaines calcinées parcourues par les silhouettes noires des multitudes sauvages – ce sont les mots qu'il a utilisés.

Les deux hommes étaient à présent silencieux et observaient Rebecca, semblant attendre une réaction de sa part.

— Il n'a rien vu d'autre ? demanda-t-elle avec espoir.

Lingtao consulta le vieux marchand.

— Non, toujours ces créatures, une armée de démons qui soufflait un vent de feu et de mort sur des terres brûlées.

Ces rêves n'étaient pas un hasard, il y avait trop de similitudes avec les images infernales de Bosch. Sa présence dans le tableau, ces visions, elle était sur la bonne voie, mais elle avait l'impression tenace qu'elle passait à côté de quelque chose, qu'il y avait, parmi toutes ces informations accumulées depuis qu'elle avait poussé la porte de la galerie, un message ou une image qu'elle n'avait pas su déchiffrer. Elle poussa un soupir et s'obligea à un maigre sourire.

— Dites à votre grand-père que je le remercie de tout mon cœur.

Lingtao passa le message au marchand qui sourit, inclina la tête et répondit en regardant Rebecca droit dans les yeux.

— Il vous souhaite bonne chance dans votre quête, traduisit le jeune homme, et il vous dit de rester forte et déterminée.

Rebecca et son guide reprirent le chemin de la galerie. Le jeune homme choisit d'emprunter des artères plus larges, encore plus fréquentées que les étroites rues qui les avaient conduits jusqu'ici, mais Rebecca, perdue dans ses pensées, semblait insensible à l'agitation ambiante. Lingtao, inquiet de son silence, lui jetait des regards embarrassés à intervalles réguliers. À un moment, il s'arrêta et, l'air triste, présenta ses excuses à Rebecca.

— Mais pourquoi ? s'étonna-t-elle.

— J'ai l'impression que vous revenez avec plus de questions que vous n'en aviez en arrivant...

Elle secoua la tête et sourit, cette fois avec sincérité.

— Non, je ne pense pas. Même s'il reste beaucoup de questions, vous m'avez été d'une aide précieuse.

— Vraiment ?

— Oui, vraiment.

— Je suis heureux, alors.

— Et ce que vous faites avec votre grand-père est magnifique. N'arrêtez jamais de peindre, Lingtao, et surtout...

Elle s'interrompit, pinça les lèvres comme pour contenir une soudaine vague d'émotion, baissa la tête et prit une profonde inspiration avant de reposer les yeux sur le jeune Chinois.

— Surtout, savourez chaque instant que vous passez avec votre grand-père.

Lingtao insista pour lui laisser un numéro de téléphone portable « si vous avez besoin d'un guide pour la suite de votre voyage », lui dit-il avec un grand sourire que le regard un peu triste derrière les lunettes ne pouvait s'empêcher de trahir. De la tristesse, oui, mais aussi autre chose, comme une petite lueur d'admiration et même un peu plus. L'émotion contenue dans le regard de cet homme aux allures d'adolescent avait quelque chose de touchant. Il ne voulait pas la voir partir. Et à vrai dire, elle aurait également voulu pouvoir rester un peu plus longtemps auprès de lui. Elle venait de vivre une petite parenthèse de sérénité dans cette course folle dans laquelle elle s'était engagée et il émanait de Lingtao une douceur et une sympathie prodigieusement réconfortantes. Elle aurait voulu prolonger le calme, rester ici, oublier et parcourir cette immense cité que le jeune homme n'aurait pas hésité une seule seconde à lui faire découvrir.

Rebecca sourit à son tour.

— Quel âge avez-vous, Lingtao ?

— J'aurai trente ans dans trois jours ! répondit-il avec enthousiasme.

Le sourire de Rebecca s'élargit.

— Je me doutais que j'étais loin du compte.

Elle tendit une main, que Lingtao s'empressa de prendre dans la sienne.

— Je dois y aller, Lingtao. Je vous remercie de tout mon cœur, vraiment. Vous avez été un guide exceptionnel.

— Je suis à votre disposition. N'oubliez pas, un simple coup de téléphone…

Rebecca lui sourit et glissa sa main hors de la sienne. Puis elle sortit à regret de la galerie et partit à la recherche d'un taxi.

*

Elle s'allongea sur le lit sitôt après avoir refermé la porte de sa chambre d'hôtel. Otto avait essayé de la joindre, mais elle ne se sentait pas le courage de l'appeler. S'il y avait eu une urgence, il lui aurait laissé un message.

Elle ferma les yeux, repensa aux visions de fin du monde du grand-père de Lingtao, à son double de peinture au bord de l'étang du tableau, qui semblait vouloir accueillir dans ses bras les deux moines sur leur barque. Quel était le sens de tout cela ? Elle se frotta les paupières avec, à nouveau, quelque part dans un recoin de son cerveau, la désagréable conviction qu'une pièce du puzzle manquait. Elle essaya de visualiser chaque détail du tableau dont elle était capable de se souvenir – elle se fit la réflexion qu'elle n'avait pas pensé à le prendre en photo et se reprocha son manque de lucidité – avec l'espoir d'une subite inspiration.

Chaque fois, ses pensées revenaient vers la « dame du lac », à l'extraordinaire correspondance de son visage avec le sien. Sur le moment, c'était comme si le sol s'était ouvert sous ses pieds. Elle avait véritablement eu l'impression de se regarder dans un miroir. Derrière ses paupières closes, son regard glissa vers le moine dans sa barque, sur le *goban* ensuite, puis sur la grue qui trônait au centre de la pièce d'eau. Elle se rappela un détail du tableau *La Tentation de saint Antoine* : un personnage – un bourgeois ou un notable – tenant les rênes d'un cheval et peint intégralement d'une seule couleur, contrairement à tous les autres personnages. L'aspect des deux sujets – la grue et le noble – était exactement le même : la même patine uniforme, semblable à la couche d'oxydation qui recouvrait le bronze avec le temps, la même couleur. Des statues. Il y avait aussi une poignée de bâtiments au pied du lac sur le tableau de Lingtao, des petits pavillons aux toits recourbés.

Elle rouvrit les yeux.

Elle avait déjà vu ce paysage.

Une image essayait de se frayer un chemin à travers son esprit. Elle referma les yeux et entra en apnée comme si le souffle de sa respiration avait pu effrayer l'apparition. Elle patienta ainsi dans une parfaite immobilité afin de laisser aux formes le temps de se préciser et aux couleurs celui de s'intensifier. Elle avait déjà vu ces bâtiments. Et cette grue aussi. C'était sur une photo.

Elle expira violemment et bondit hors du lit.

Il y avait un bar à l'entrée de l'hôtel et, à côté de ce bar, un présentoir en bois où des journaux et des magazines étaient mis à disposition de la clientèle, et devant lequel elle était déjà passée à plusieurs reprises. Elle s'approcha et s'empara d'un exemplaire du *China Daily*. « *Shanghai Yuyuan Garden* » lut-elle sur la couverture. On y voyait la photo d'une petite pièce d'eau bordée d'un muret fait de pierres irrégulières et entourée d'arbres sinueux. Des pavillons marron et blancs se reflétaient dans l'eau, qui présentaient une étrange ressemblance avec les bâtiments dessinés par Lingtao – ou plus vraisemblablement par son grand-père – au bord de l'étang. Au centre du bassin, une grue en bronze – la copie conforme de l'oiseau du tableau.

Craig – Shanghai, Chine, J-5

— *Ni yào bù yào kāfēi ?*
— *Yào, xièxie.*

Craig planta les dents dans son beignet frit et avala une gorgée de café. Il n'avait aucune conscience du décalage horaire, une force bienfaitrice l'avait submergé dès sa descente de l'avion. Il s'était senti à son aise, s'était fondu dans la masse. Mis à part ces légers maux de tête qui revenaient à intervalles réguliers, il était en pleine possession de ses moyens. Le petit déjeuner était copieux, il prenait le temps de savourer chaque bouchée de ce premier repas pris sur le sol chinois. Il mâchait pensivement, regardant évoluer la fine silhouette de la serveuse serrée dans une robe de satin échancrée. Il se leva enfin de table, presque à regret, et remonta dans sa chambre.

La pièce était très agréable, vaste et bien insonorisée, avec deux lits étroits séparés par une table de nuit en teck sur laquelle reposait une petite lampe bombée. Allumée, elle créait un joli effet de lumière sur une bande de tissu calligraphié suspendu au mur. Une haute baie vitrée s'ouvrait plein sud, près de laquelle avait été placé un ficus curieusement courbé. Mais ce que Craig appréciait par-dessus tout, c'était l'épaisse moquette orange qui donnait la sensation de marcher sur du coton.

Il passa dans la salle de bains et commença à se brosser les dents. Il s'arrêta un instant pour observer son reflet dans la glace. Il tourna légèrement la tête sur la gauche, l'inclina de côté. Quelque chose l'intriguait… Il avait parfois l'impression confuse qu'un voile s'était posé sur son visage et en déformait les traits. Il fit glisser l'extrémité de ses doigts sur sa joue et secoua la tête. Sûrement le fruit de son imagination. Il se pencha au-dessus de l'évier, recracha le dentifrice. Dans le miroir, les contours vagues d'un visage vaporeux glissèrent précipitamment à la poursuite de celui de Craig. Ce dernier ne vit rien de tout cela, lorsqu'il releva la tête, l'illusion avait disparu. Il appliqua une serviette rêche sur ses joues, admira une dernière fois son visage dans la glace et quitta la salle de bains. Dans la chambre, ses yeux se posèrent sur la calligraphie :

子曰、朝聞道夕、死可矣。

Confucius dit : « Entendre le matin que la voie prévaut permet de mourir le soir sans regret », lut-il sur la petite plaque accrochée au bas de l'inscription. Non, pas ce soir. Ce soir, il avait une mission...

De retour dans sa chambre, Craig se mit aussitôt au travail. Un éclat mauvais au fond des yeux, il plongea sa main dans le sac ramené de ses courses et en ressortit une poignée de petites billes blanches qu'il fit s'écouler doucement entre ses doigts. Elles retombèrent dans le sac en produisant un son lisse qui lui rappela le bruissement d'un arbre à pluie. C'était un travail qui exigeait rigueur et délicatesse. Le mélange était en effet très instable, le plus grand calme et une extrême concentration étaient nécessaires. Cet hôtel était l'endroit idéal.

Il rangea le sac d'engrais près du jerrican de gazole. Il se mettrait à l'œuvre demain. Pour l'heure, il y avait quelqu'un à qui il devait rendre une petite visite.

*

— Veux-tu reprendre un gâteau ?

Li reposa sa tasse et déclina poliment l'offre de la tête.

— Merci, grand-mère, j'ai pris ma part. Tu es un cordon-bleu, c'est un vrai délice. Servez-vous, vous n'y avez pratiquement pas touché.

Il se tourna vers son grand-père.

— Une petite partie ?

Pour toute réponse, le vieil homme plissa les yeux et esquissa un sourire entendu.

221

Li partageait un petit appartement avec ses grands-parents dans la vieille ville de Shanghai. Une petite pièce à vivre, une cuisine et deux chambres. C'était déjà une chance de disposer d'autant d'espace.

À trente et un ans, Li était encore célibataire. Il travaillait depuis cinq ans comme agent de sécurité de l'autre côté du Huangpu. Il avait l'apparence d'un homme accompli – grand et costaud, peut-être un peu enveloppé, mais solidement charpenté – dans sa tête cependant, il était encore un adolescent : ses centres d'intérêt étaient bien éloignés de ceux des hommes de son âge et il ne pouvait pas s'imaginer vivre loin de ses grands-parents, de ses bandes dessinées et surtout de l'ordinateur qui trônait sur le bureau de sa chambre, qu'il avait acquis grâce à de longues économies. Les jaquettes des quelques jeux vidéo qu'il s'était autorisé à acheter occupaient une place de choix à la tête de son lit. Ses aïeuls, loin d'être riches, avaient cependant insisté pour participer à chacune de ces précieuses acquisitions. À vrai dire, son ordinateur n'était pas son unique passion. Li adorait ses grands-parents et le temps qu'il ne passait pas dans sa chambre devant l'écran de son ordinateur, il le leur consacrait entièrement. La passion du jeu l'occupait plusieurs heures dans la journée, mais il les prenait volontiers sur son temps de sommeil car il n'aurait pour rien au monde sacrifié la compagnie de ses aïeuls à son passe-temps favori.

Son grand-père était très bavard et racontait à l'envi les histoires tirées de ses états de service dans la police. C'était un petit homme déjà volubile en temps normal dont le regard s'animait d'une flamme particulière à l'évocation de ses années passées dans la police de

Shanghai. Il avait beaucoup d'humour et ne lassait jamais son auditoire. Autant que Li s'en souvînt, son grand-père n'avait jamais raconté deux fois la même histoire sans qu'il l'eût lui-même invité à le faire. Il avait une façon toute particulière de raconter les anecdotes, très rarement sur un ton nostalgique – son grand-père avait été très heureux de prendre sa retraite – et toujours en les ponctuant de gestes évocateurs, à la manière d'un acteur de théâtre.

Sa grand-mère était autrement plus réservée, mais d'une douceur et d'une gentillesse sans égal et elle avait une immense affection pour son unique petit-fils. Lorsque le grand-père de Li ne racontait pas son passé mouvementé, tous trois entamaient une partie de mah-jong sitôt le dîner achevé. Ils pariaient de l'argent – jamais de grosses sommes – et après un nombre suffisant de parties, le joueur le plus en veine invitait les deux autres au restaurant. À l'opposé des causeries présidées par le grand-père, les parties de mah-jong se jouaient dans le plus grand silence et la concentration était extrême. Seuls les sourires malicieux du grand-père venaient quelque peu diminuer la tension du jeu. Pour l'heure, les trois joueurs examinaient leurs dominos avec la plus grande attention. Les visages étaient contractés sous l'effet d'une intense réflexion.

— Pendant que tu réfléchis, grand-mère, je vais refaire chauffer un peu d'eau, proposa Li.

Il se leva et prit le chemin de la cuisine. Il mit la bouilloire électrique à chauffer puis remplit une théière de feuilles de thé vert. Il entendait ses grands-parents échanger de brèves paroles dans la salle à manger. Il s'approcha de la vitre et laissa son regard glisser sur les maisons d'en face. Des lumières s'étaient déjà allumées aux fenêtres derrière lesquelles la vie s'écoulait paisiblement en ombres chinoises. Au contact de ses grands-parents, Li ressentait toujours un immense apaisement. Rien n'égalait ces moments qu'ils passaient ensemble. Ils lui avaient enseigné à apprécier chaque instant de la vie, et prendre le temps pour une dernière tasse de thé en leur compagnie faisait partie de ces petits bonheurs dont il avait appris à savourer jusqu'à l'ultime gorgée. Le frémissement de l'eau le ramena sur terre et il recouvrit les feuilles de thé du liquide fumant. La théière à la main, il quitta la cuisine. La salle à manger était à nouveau plongée dans le silence.

Il s'arrêta sur le pas de la porte.

Ses grands-parents n'avaient pas quitté la table de jeu, mais le haut de leur corps avait basculé en avant et leur tête reposait maintenant sur la table, le front délicatement posé sur la nappe. Un homme, dont il ne voyait que le dos, était assis à sa place.

Une violente sensation de froid envahit la poitrine de Li et se propagea jusqu'aux extrémités de ses membres. Après un moment d'hésitation, il s'approcha lentement, les jambes flageolantes, mais inexorablement attiré par cette scène comme suspendue dans le temps. Tenant toujours la théière d'une main, il contourna la table pour découvrir le visage de l'homme qui avait pris sa place. À mesure que Li avançait, l'homme tournait la tête vers lui, tout doucement, comme pour accorder son mouvement aux pas hésitants du jeune homme. Li s'arrêta net de l'autre côté de la table, en même temps que la théière en fonte tombait lourdement à terre, répandant le liquide brûlant sur le sol. Un immense vide se fit dans sa tête.

Les deux hommes se dévisagèrent quelques secondes en silence. Le cerveau de Li trouva finalement la force de lui dicter quelques mots que la stupeur étiola en un murmure épouvanté :

— Qui êtes-vous ?

Craig sourit.

— Je suis toi.

Li secoua la tête, incrédule.

— Les miracles de la chirurgie, ajouta Craig.

— C'est impossible…, souffla Li.

— Je dois avouer que la ressemblance est stupéfiante. Dommage que Jeremy ne soit plus parmi nous pour apprécier son œuvre.

Otto – Wittemer End, Pays-Bas, J-5

Encore deux. Ou peut-être trois ? Il avait perdu le compte. Mais à quoi bon continuer à le tenir ? Les personnages disparaissaient du tableau pour se « téléporter » il ne savait où et lui restait ici les bras croisés pendant que Rebecca risquait sa vie à l'autre bout du monde. Ça ne pouvait pas continuer ainsi. Sa décision était prise. Et tant pis pour cette maudite « consigne ». Il n'allait pas regarder bêtement le lait monter sur le feu. C'était lui qui avait précipité Rebecca dans la gueule du loup, c'était à lui de l'en déloger – du moins faire en sorte que ses crocs ne se referment pas sur elle.

Il savait que son passeport se trouvait quelque part dans cette chambre, restait à savoir exactement où. Il se frappa le front à plusieurs reprises comme pour commander à son cerveau de faire un peu plus d'effort. Il n'avait pas quitté le pays depuis plusieurs années, il était incapable de se rappeler où il avait rangé ce foutu document.

Sa conscience se remit à l'aiguillonner tandis qu'il poursuivait ses recherches. Il savait qu'il aurait dû accompagner Rebecca, dès le début. Il aurait dû insister.

Il l'envoyait en première ligne et lui restait derrière à compter les points ? Non, certainement pas, il n'avait jamais été ce genre d'homme.

Il abattit son poing sur la commode, s'en voulant moins pour sa mémoire qui lui jouait des tours que pour ce qu'il considérait comme de la lâcheté vis-à-vis de la jeune femme. Il irait là-bas puis la mettrait devant le fait accompli. Elle commencerait par lui tomber dessus à bras raccourcis – s'il ne la connaissait pas assez bien pour savoir ce qui se cachait derrière son visage d'ange, il la soupçonnait d'avoir un caractère bien trempé –, mais il saurait se montrer suffisamment persuasif pour qu'elle finît par accepter ses arguments.

Il referma le tiroir. Rien dans la commode.

Il se tourna vers une armoire dans la porte de laquelle était enchâssé un lourd miroir patiné. La porte s'ouvrit en grinçant sur une série d'étagères. Du linge de nuit y était rangé en une succession de petites piles bien ordonnées. Deux tiroirs étaient plaqués sous l'étagère centrale. Il ouvrit celui de gauche, dérangea un fatras de papiers et de documents sans résultat, puis tira à lui celui de droite. Il souleva une à une les petites boîtes en carton contenant des photos en couleurs et en noir et blanc. Son visage s'illumina lorsqu'il vit le passeport. Il s'empara du précieux sésame et le secoua comme pour lui reprocher de s'être si bien caché. Son regard s'attarda un instant sur les photos écornées. Des photos de famille – ses parents, son oncle, son grand-père... sa femme.

Il saisit délicatement le portrait de Lena entre le pouce et l'index. Sa gorge se noua. Lena n'aimait pas être photographiée et ne manquait pas de le lui faire comprendre à travers une variété infinie de moues contrariées. Mais cette fois-là, elle avait oublié l'objectif. C'était l'un des rares clichés où ce si beau sourire illuminait son visage. Où était-ce déjà ? Florence, une fontaine dont il ne se rappelait plus le nom. Il était allé chercher des boissons et l'avait surprise à son retour assise sur le rebord en pierre, perdue dans ses pensées, le regard posé sur l'eau fraîche dans laquelle elle avait plongé l'une de ses mains. Il faisait si chaud ce jour-là… Elle souriait. Son sourire était magnifique. C'était sans aucun doute l'image la plus belle qui lui restait d'elle.

Il replaça délicatement la photo avec les autres, repoussa le tiroir, mais le ramena aussitôt vers lui avant de l'avoir complètement refermé. Il saisit une photo monochrome sur laquelle son grand-père posait dans la bibliothèque. Il se tenait debout devant un bureau, main droite tendue vers l'objectif, paume ouverte. Blotties au creux de sa main cinq longues balles dont Otto connaissait parfaitement la provenance : elles avaient été tirées par une mitrailleuse montée sur un Rumpler C. IV avec lequel le Sopwith de son grand-père avait engagé le combat en 1917. Avant de venir à bout de l'appareil allemand, l'avion de son ancêtre avait été criblé des projectiles mortels – les cinq qu'il avait en main sur la photo avaient été extraits de son corps à son retour en Angleterre. Son grand-père avait été un as des airs et avait été décoré de la Victoria Cross durant la Première Guerre mondiale. La fameuse croix au ruban rouge ne lui avait pas porté chance : il avait disparu au-dessus de l'eau un soir de tempête, en 1920. Son corps reposait à présent au fond de l'océan – les éléments avaient eu raison de ce pilote émérite qu'aucun avion ennemi n'avait pu vaincre. Mais ce qui intéressait Otto à ce moment précis n'était pas tant les cinq balles exhibées par son grand-père, en un geste de défi au destin, que le tableau que l'on pouvait voir en arrière-plan.

Le tableau.

C'était bien le même, à la différence près que, là, il n'était pas encadré : la parure dorée qui l'enserrait à présent avait été ajoutée après que cette photo avait été prise. Otto éloigna le cliché de son visage, l'approcha de nouveau, mais sa vue n'était plus aussi bonne que par le passé. Il referma le tiroir puis la porte de l'armoire et se dirigea vers le chevet, photo en main. Il y trouva des lunettes de vue qu'il ajusta avec empressement sur son nez. Sa première impression était la bonne : il y avait une signature dans le coin inférieur droit de la peinture, mais il lui était impossible de la déchiffrer.

Il quitta la chambre, descendit les escaliers au pas de course et traversa le salon sans ralentir l'allure. Les deux chiens, qui somnolaient près de la cheminée, se levèrent à l'unisson et trottinèrent à la suite de leur maître. Celui-ci était déjà dans la bibliothèque.

Il alluma la lumière qui noya la faible clarté diffusée par les quelques bougies qu'il avait pris l'habitude de laisser se consumer dans la pièce et avança résolument vers le mur sur lequel était accrochée l'œuvre. L'encadrement masquait la signature. Il se mit sur la pointe des pieds, tendit les bras et décrocha le tableau. Le cadre était constitué de deux parties que l'on avait soigneusement refermées autour du tableau au moyen de petites pointes qui affleuraient la surface du bois. Il releva la tête, réfléchit quelques secondes puis observa ses chiens qui semblaient l'interroger du regard.

Il hésita encore un court instant puis posa délicatement la précieuse œuvre sur un bureau proche avant de regagner l'entrée de la bibliothèque. Les rottweilers ne le quittaient plus d'une semelle.

Il traversa de nouveau le salon, pénétra dans la cuisine et ouvrit la porte qui donnait sur le garage. Il descendit de son étagère une lourde boîte à outils qu'il n'avait pas touchée depuis une bonne dizaine d'années puis s'agenouilla en grimaçant. Il ouvrit la caisse, jaugea plusieurs outils du regard et saisit une pince dont il jugea les mâchoires suffisamment fines.

De retour dans la bibliothèque, il retourna le tableau sur le bureau avec mille précautions et se mit au travail. Il veillait à bien se saisir de la tête de chaque pointe sans abîmer le support et procédait par légères pressions pour extirper le clou. Il y en avait une bonne vingtaine, expertement fichée dans le bois, et l'exercice lui prit quelques minutes. La dernière pointe finit par céder. Il souleva la face supérieure du cadre et l'ausculta, le cœur battant. La signature était bien là, apposée à l'encre noire. Il lut : « *Ad Julium, ab Jheronimo* ».

Il médita ces quelques mots, le visage subitement grave. Il avait sous les yeux la preuve quasi irréfutable que l'œuvre avait bien été exécutée par Jérôme Bosch. Était-ce une commande, ou plus vraisemblablement un présent fait à un ami proche, comme le suggérait la tonalité de la signature ? Et qui était ce Julius ? Il réfléchit un instant. Rebecca prétendait en savoir plus que lui, elle saurait peut-être. Il essaya de l'appeler, mais le téléphone sonna un moment dans le vide avant que la voix enregistrée de la jeune femme ne prît la relève. Elle n'avait pas donné de nouvelles depuis son escale à Seattle, elle devait être arrivée à Pékin à présent. Il coinça le panneau de bois sous son bras, monta à l'étage et prit la direction de sa chambre.

De l'écran de son ordinateur qu'il ne prenait jamais la peine d'éteindre émanait une lueur blafarde qui donnait à la pièce un aspect sépulcral. Il s'empressa d'allumer la lumière et posa le tableau délicatement au sol avant de s'asseoir à son bureau. Il prospecta une vingtaine de minutes sur Internet, mais n'obtint sans surprise aucune information supplémentaire sur le destinataire de l'œuvre. Il redescendit, rappela Rebecca, sans plus de succès que la première fois. Il entendit sa voix l'inviter à laisser le message, hésita un instant puis raccrocha en expirant bruyamment sa contrariété par le nez.

Un simple nom, *Julius*, qui apportait plus de questions qu'il ne donnait de réponses. Rebecca avait fait ses recherches à la bibliothèque municipale. Il réfléchit un instant. Pourquoi pas ? Cela faisait une éternité qu'il n'y avait pas mis les pieds. Il consulta l'heure : trois heures trente du matin, c'était peut-être un peu tôt… Ses yeux le piquaient, il était temps d'envisager un peu de repos.

Il remonta à l'étage. Lorsqu'il mit un pied dans la chambre, ses yeux se posèrent sur le tableau. La stupéfaction lui coupa le souffle. Un nouveau personnage avait disparu. Il était encore là lorsqu'il était à la bibliothèque et il n'avait quasiment pas quitté le tableau des yeux depuis. Cela eut le mérite de le conforter dans son idée de rejoindre Rebecca. Il pourrait passer toutes ses journées devant le tableau sans que cela eût changé rien à l'affaire : il allait se vider de ses personnages sans qu'un seul d'entre eux eût refait son apparition au manoir.

Otto – Wittemer End, Pays-Bas, J-5

Otto se leva vers neuf heures, la tête lourde de sommeil, mais incapable de dormir plus longtemps. Il commença par prendre une douche bien froide puis se prépara un solide petit déjeuner qui acheva de le réveiller. Sa première mission de la journée consista à se rendre dans une agence de voyages. La conduite rendait Otto nerveux. La ville ne connaissait pas de gros problèmes de circulation, les conducteurs y étaient globalement civilisés, mais il avait ce qu'il appelait « la phobie du volant », peur qui l'accompagnait depuis le passage du permis qu'il n'avait obtenu qu'au bout de la troisième tentative. Il avait trouvé deux remèdes à ce stress permanent.

Sa vieille Jaguar tout d'abord, qu'il avait acquise sur un coup de cœur, justement parce qu'à l'instant où il s'était glissé derrière le volant et avait posé les mains sur le cuir, il avait ressenti un immense apaisement semblable à celui qui s'emparait de lui lorsqu'il s'installait dans le fauteuil près de la cheminée du salon, un vieux livre au papier parcheminé dans une main, un verre de vin dans l'autre. Son deuxième « calmant » était la musique du lecteur de CD qu'il avait fait poser dans la Jaguar juste avant la mort de sa femme. Il écoutait à peu près tous les genres de musique, sauf le jazz et la country qui ne parvenaient pas à susciter chez lui la moindre émotion, mais il aimait par-dessus tout les musiques de film.

Celle que l'autoradio diffusait à cet instant précis provenait du film *1492*. Il connaissait chaque morceau de ce CD par cœur. Celui-ci, *Monastery of La Rabida*, s'ouvrait sur une musique claire et scintillante, soudain troublée par un chant grave qui chargeait l'atmosphère de doute et de désespoir. Les ténèbres, indissociables de la lumière. La Jaguar était arrêtée à un carrefour.

Dans la grisaille de cette triste matinée d'hiver, le disque rouge du feu semblait embraser tout le champ de vision. Otto tourna la tête pour épargner ses yeux. Le vent charriait de lourds nuages gris et noirs qui assombrissaient la ville et la défiguraient en la masquant derrière un épais rideau d'eau glacée. Il pensa à Rebecca et une ombre passa sur son visage. Lorsque le feu vira au vert, il appuya un peu plus fort qu'il ne l'aurait souhaité sur la pédale d'accélérateur.

À l'agence de voyages, Otto réserva un vol pour la Chine. Il confirma qu'il s'occupait lui-même de l'organisation de son séjour sur place malgré les réserves de son interlocutrice qui le mit en garde contre la difficulté de voyager en Chine par ses propres moyens, y compris dans une grande ville comme Pékin. Face à la détermination de son client, l'employée baissa les bras. Le vol était programmé dans trois jours, les délais d'obtention du visa ne permettaient pas à Otto de partir plus tôt. Cette première mission remplie, il disposait de la journée pour en savoir plus sur ce fameux Julius.

La bibliothèque n'ouvrant ses portes qu'à quatorze heures, il regagna le manoir où il poursuivit sa prospection sur Internet, sans plus de succès que la première fois. Déterminé à ne pas rester les bras ballants, il se mit en quête d'informations dans sa propre bibliothèque. Il interrompit ses recherches vers treize heures pour déjeuner. Il appela Rebecca à plusieurs reprises, mais fut systématiquement basculé vers la messagerie. Il essaya de se convaincre que rien de grave n'était arrivé. Après avoir déjeuné, il reprit la direction de la bibliothèque et s'installa dans son fauteuil pour poursuivre ses recherches. Les deux chiens vinrent se coucher à ses pieds dans la minute qui suivit. Au bout d'une demi-heure, ses paupières commencèrent à se fermer. Il lutta encore une dizaine de minutes, mais la nuit avait été beaucoup trop courte. Il posa à contrecœur la tête sur le haut du dossier et ferma les yeux.

Otto se réveilla dans un petit sursaut. Il s'était endormi si profondément qu'il s'était mis à rêver – un songe éprouvant dans lequel sa voiture lancée à pleine vitesse brisait le garde-fou d'une route et s'envolait dans les airs –, c'était la sensation d'être aspiré par le vide qui l'avait tiré du sommeil. Il consulta l'heure et ne put réprimer un juron : quinze heures. Il se précipita hors du manoir et s'installa au volant de la Jaguar pour la seconde fois de la journée.

Sarah – Pays-Bas, J-5

Otto avait été un fervent adhérent de la bibliothèque. Les années avaient passé, mais Paul se souvenait parfaitement de ce lecteur boulimique.

— Eh bien, si je m'attendais à vous revoir un jour.

— Et moi donc, rétorqua Otto avec un sourire. Profitez-en, je pense qu'il va se passer un long moment avant que je ne revienne.

Paul lui rendit son sourire.

— Votre bibliothèque est plus riche que celle de la ville, je comprends que vous mettiez si peu les pieds ici.

— Eh bien, il se trouve qu'aujourd'hui, j'ai besoin d'un renseignement que je ne suis pas en mesure de trouver dans mes livres. Je fais des recherches sur Jérôme Bosch.

— Vous aussi ? s'étonna le bibliothécaire. Vous vous êtes donné le mot, ma parole.

— Une certaine Rebecca Decker est déjà passée vous voir, n'est-ce pas ?

Paul délogea sa lourde carcasse du fauteuil et enjoignit à son visiteur de le suivre.

— Vous la connaissez ?

237

— Je travaille justement avec elle sur le sujet.

Paul s'arrêta et se tourna vers Otto.

— Vous êtes l'un de ses clients ?

Otto hésita un instant avant de répondre.

— Eh bien… En quelque sorte, oui. Disons plutôt que je lui ai demandé conseil.

— Hum…

Paul se remit en marche.

— C'est une fille formidable. Toujours souriante, généreuse et très intelligente. Mais je lui ai toujours dit que je n'aimais pas trop ce métier.

— Rebecca est tout ce qu'il y a de plus honnête. Et je suis sûr que (songeant subitement que son interlocuteur n'était peut-être pas aussi ouvert d'esprit que lui, il se reprit aussitôt), je pense qu'elle a un don.

Paul s'arrêta une nouvelle fois.

— Oh, mais je ne remets pas en cause ses talents. Non, ce que je n'aime pas là-dedans, c'est tous ces détraqués sur qui elle peut tomber.

— Le monde n'est pas rempli que de détraqués.

— Il a suffi d'un seul pour mettre fin aux jours de Sarah Decker.

Pris de court par la remarque du bibliothécaire, Otto ne sut que répondre. Puis les événements lui revinrent soudain à l'esprit. Toute la ville en avait été secouée. Sarah Decker. Rebecca Decker. Comment avait-il pu ne pas faire le rapprochement ?… Les deux hommes s'observèrent un instant en silence.

— Vous ne saviez pas, constata Paul.

— C'était sa grand-mère, n'est-ce pas ? demanda finalement Otto, encore sous le coup de la surprise.

Le bibliothécaire opina et poursuivit sa route entre les rangées de livres.

— Évidemment, ce n'est pas le genre de choses dont on parle facilement, commenta-t-il d'une voix triste.

Cela remontait à une vingtaine d'années. Sarah Decker avait fait de son don de voyance un métier, tout comme sa petite-fille après elle, Rebecca, qui vivait encore là où s'était déroulé le drame… L'affaire avait fait la une de tous les journaux. Tout lui revenait, à présent. C'était un des clients de Sarah. Elle lui avait ouvert la porte – il avait rendez-vous, pourquoi ne l'aurait-elle pas laissé entrer ? Pourtant, elle avait déjà eu affaire à lui, c'était un habitué et ça ne s'était pas toujours bien passé. Qu'avait-il dit aux policiers ? Que Sarah lui annonçait systématiquement des malheurs à venir, que c'était elle qui lui portait la poisse et provoquait toutes ces mauvaises choses qui lui arrivaient, c'était à cause d'elle que sa vie était devenue un enfer. Sarah lui avait-elle annoncé un malheur de plus ce jour-là ? Un malheur de trop ? Il avait sorti un couteau de boucher et avait frappé à une vingtaine de reprises. Rebecca était à l'école à ce moment-là, mais lorsqu'elle était arrivée chez elle, heureuse et insouciante, imaginant déjà comment elle allait occuper les dernières heures de la journée avec la personne qui comptait le plus au monde à ses yeux, qu'avait-elle vu ?

La foule, des gyrophares, des uniformes… Des policiers lui demandent de ne pas s'approcher. Elle crie, appelle sa grand-mère. Ils tournent leurs regards vers elle, elle est soulevée de terre, ils lui parlent doucement, elle ne comprend pas. Elle entend ses interrogations

angoissées mourir dans sa bouche alors qu'elle est
emportée loin de la maison. Elle voit ses lèvres remuer
sans qu'il en sorte le moindre son. Alors, elle se débat,
échappe au policier, fend la foule, puis se précipite
dans la maison. Sa grand-mère est là, à terre, dans
une mare de sang.

— Mamie !

Rebecca se redressa violemment dans son lit, le
souffle court, et crispa ses mains sur le drap dont le
contact lui laissa une désagréable sensation de chaud et
d'humidité. Elle referma les yeux, secoua la tête pour
se débarrasser des derniers lambeaux du cauchemar et
attendit que le sang cessât de pulser à l'intérieur de son
crâne. Alors, elle réalisa : 17 décembre, vingt-trois ans,
jour pour jour. Vingt-trois ans de rêves remplis de sang
et de souffrance. Elle n'avait rien vu de ce qui s'était
passé car dans la réalité elle n'avait pas déjoué la vigilance du policier, mais son imagination, comme pour
la punir de ne pas avoir été là et d'avoir été incapable
de protéger sa grand-mère, lui imposait, nuit après nuit,
la vision de ses derniers instants dans une profusion
de rouges, comme une parodie de film d'horreur où la
débauche d'hémoglobine était si excessive qu'elle en
devenait risible.

Mais ses cauchemars n'avaient rien de risible. D'une
cruauté implacable, ils la laissaient suffocante, éperdue
et vidée de toute énergie. Et cette nuit-là encore moins
que les autres, elle fut incapable de retenir le flot de
larmes et elle s'effondra, vaincue, impuissante à tenir
ses démons à distance.

Les journaux avaient décrit la scène. Le corps ensanglanté, les entrailles remplies de cartes à jouer et encore d'autres tout autour du corps ; des centaines et des centaines de cartes. Et les deux cavités des yeux gorgées de sang… « Elle ne verra plus rien dans ses putains de cartes », avait crié le meurtrier au moment de son arrestation. Un détraqué, comme avait dit Paul. Un fou, qui avait subitement perdu le contrôle et s'était acharné sur sa victime. La petite fille n'avait heureusement rien vu, elle avait été tenue à l'écart des lieux du drame. Mais comment pouvait-elle aujourd'hui ignorer ce qui s'était passé ? Elle savait, forcément. Les journaux s'étaient fait un plaisir de donner tous les détails du meurtre.

— C'est ici.

— Pardon ?

— C'est ici, répéta Paul. Vous cherchiez des renseignements sur Bosch, non ?

Otto revint à la réalité.

— Oui, bien sûr. Je vous remercie. Je m'y mets tout de suite.

Otto – Pays-Bas, J-5

Cela faisait à présent deux bonnes heures qu'Otto cherchait un début de réponse dans les livres étalés sur l'une des longues tables de la bibliothèque. La quantité d'ouvrages traitant de peinture était impressionnante. Il ne s'expliquait pas comment une ville de taille si modeste pouvait disposer d'une telle bibliothèque. Il avait entendu dire que M. le maire était un passionné de littérature et que Paul s'en était fait un très bon ami, mais il n'aurait jamais soupçonné que celui-ci pût obtenir le budget nécessaire à la constitution d'un fonds aussi impressionnant. La quantité des ressources mises à sa disposition ne suffisait malheureusement pas. Il n'avait toujours pas trouvé ce qu'il cherchait. Il en avait encore appris un peu plus sur Bosch, mais il lui manquait ce détail qu'il était venu chercher : Julius n'apparaissait nulle part. Il décida de s'accorder une petite pause. Il fit une pile des livres qu'il avait consultés et entreprit de les remettre à leur place.

Au moment où il reposait le dernier ouvrage, une encyclopédie en plusieurs volumes au bas d'un rayonnage lui accrocha le regard. Chacun d'eux faisait pas loin d'une dizaine de centimètres d'épaisseur. Il tira à lui celui dont la tranche portait l'inscription « Be-Co » et se rassit en espérant obtenir du nouveau, sans grande conviction malgré tout.

Le texte était très détaillé. Il y trouvait encore cette autre facette de Bosch évoquée par certains historiens, celle de l'artiste reconnu et admiré de tous, mais qui avait pu selon eux entretenir des relations troubles avec des groupuscules impies. Et puis il le vit.

Julius était là, sous ses yeux. C'était l'un de ses obscurs amis, abbé de Yoanneft et membre de la secte des Frères du libre esprit. L'abbaye de Yoanneft. Merveilleux hasard : elle était à une trentaine de kilomètres à peine...

Rebecca – Aéroport de Pudong, Shanghai, Chine, J-4

L'idée de s'être rendue à Shanghai sans en avoir informé Otto mettait Rebecca mal à l'aise. Elle était persuadée qu'il n'aurait émis aucune objection, mais c'était lui qui tenait les cordons de la bourse et il lui faisait une entière confiance. Elle lui devait au minimum d'être sincère avec lui. Son portable vibra dans sa main au moment où elle s'apprêtait à composer le numéro d'Otto. Elle leva un sourcil.

— Allô ?

— Bonsoir, Rebecca, c'est Lingtao, je ne vous dérange pas ?

— Non, pas du tout. Comment allez-vous ?

— Tout va bien, merci. Je tenais à vous appeler pour répondre à l'une des questions que vous m'avez posées quand nous étions à la galerie. Vous vous rappelez la disposition des pierres sur le plateau de go ?

— Oui, la même sur les deux plateaux, celui du panneau central et celui du panneau de droite.

— C'est ça. Je ne me suis rappelé votre question qu'après que vous êtes partie. Vous m'avez demandé s'il y avait une signification particulière à cette disposition.

— Je me souviens, oui.

— C'est mon grand-père qui a dessiné ces pierres, exactement comme il les a vues dans l'un de ses rêves. Mon grand-père a une mémoire exceptionnelle. Il m'a dit que c'était l'une des combinaisons présentées dans le *Xuanxuan Qijing* – un recueil de problèmes de go, un classique, très célèbre, écrit en 1349. On y trouve trois cent quarante-sept problèmes, tous numérotés. La combinaison que l'on voit sur le tableau porte le numéro 322. Les pierres y forment ce qu'on appelle un carré de charpentier.

— Un carré de charpentier…, répéta Rebecca qui se demanda ce qu'elle allait bien pouvoir faire de cette information.

— Oui, c'est l'une des positions du jeu de go les plus compliquées à maîtriser, qui exige une connaissance parfaite du concept de vie et de mort.

— Lingtao, je crois que vous êtes en train de me perdre…

— Pardon ?

Rebecca se frotta les yeux d'une main et laissa échapper un soupir.

— Je ne comprends pas ce que vous êtes en train de me dire.

— Je vous avoue que je ne saisis pas non plus le sens de tout ceci.

Les épaules de Rebecca s'affaissèrent.

— Ah…

— Mais je tenais à vous le dire, je me suis dit que vous sauriez, peut-être…

Elle ne put réprimer un sourire.

— Je me demande si vous ne surestimez pas un peu mon esprit de déduction, Lingtao.

— N'oubliez pas ce que mon grand-père vous a dit : vous devez rester forte et déterminée.

Elle l'entendait presque sourire de l'autre côté du téléphone.

— Oui, c'est vrai, mais déterminée ne veut pas dire que je possède toutes les clés. Le *Chuan Chuan*...

— *Xuanxuan Qijing*, rectifia immédiatement Lingtao.

— Oui... Enfin, ce recueil de problèmes de go, le chiffre 322, le carré du charpentier... C'est un peu obscur, tout ça... Un problème compliqué comme vous dites, et pas seulement de go...

Le chiffre 322, le carré du charpentier.

322 Carpenter's Square...

Une idée commença à germer dans son esprit.

— Rebecca ?

— Oui, je suis là.

— Je ne vous entendais plus.

— Je réfléchissais. C'est très gentil à vous d'avoir appelé, Lingtao.

— Je vous en prie. Je vais réfléchir de mon côté également. Si vous trouvez quelque chose ou si jamais vous avez besoin d'aide, n'hésitez pas.

— Merci. Au revoir, Lingtao.

Elle raccrocha et se répéta une nouvelle fois les deux informations : 322, carré du charpentier. Et si c'était ça ?...

Elle leva la tête et balaya le hall du regard. Ce serait une sacrée poisse si elle ne trouvait pas un seul magasin de presse parmi toutes ces boutiques. Elle ajusta la sangle de son sac sur son épaule et se dirigea résolument vers les commerces. Il y avait effectivement un magasin de presse, mais on l'y informa dans un anglais laborieux qu'elle ne trouverait pas ce qu'elle cherchait ici. On la mit cependant avec amabilité sur la piste d'une librairie dans le hall des départs où elle se procura exactement ce dont elle avait besoin : un plan détaillé de Shanghai en anglais. Aussitôt sortie de la librairie, elle s'assit dans le premier siège venu et déplia la carte sur ses cuisses. Elle repéra d'abord le Jardin Yuyuan, puis examina les alentours en élargissant progressivement son cercle de recherche. Elle retint un cri de victoire lorsque son regard se posa sur un petit carré blanc situé au nord du jardin et dont le nom était à peine visible au milieu de tout le fouillis de dénominations de rues et de bâtiments qui l'entourait : le carré du charpentier – *Carpenter's Square*.

*

Lingtao examinait son tableau d'un œil chirurgical à l'affût du moindre indice qui pût aider Rebecca dans ses recherches. La plus petite piste suffirait, un embryon d'hypothèse qu'il pourrait prendre comme prétexte pour la rappeler. Il en profiterait peut-être même pour lui proposer de la rejoindre dans sa quête. Quelque chose chez elle l'attirait inexorablement et il pressentait chez elle une grande sensibilité et un formidable courage. Il posa une main sur son cœur avec l'espoir de faire disparaître cette petite pointe qui s'y était logée depuis le départ de Rebecca.

Il tourna la tête et sursauta à la vue de l'homme qui observait le tableau à ses côtés. D'aspect européen – deux Occidentaux dans la même journée, ce n'était pas banal –, grand et mince, habillé d'un long manteau de cuir. Ses cheveux étaient l'exact opposé de ceux de Rebecca : coupés court, noirs comme le charbon. Lingtao desserra la main qui s'était crispée sur sa poitrine sous le coup de l'émotion et sourit à l'inconnu.

— Bon sang, je ne vous ai pas entendu entrer.

— Oh, navré. Je vous ai fait peur.

— Oui, un peu, j'avoue. Je peux faire quelque chose pour vous ?

— À vrai dire, c'est peut-être vous qui pouvez faire quelque chose pour moi.

Lingtao fronça les sourcils et pencha la tête de côté.

— Pardon ?

L'homme sourit à son tour.

— Êtes-vous déjà allée à Shanghai ?

Rebecca – Carpenter's Square,
Shanghai, Chine, J-4

Il n'y avait pas de numéro 322 sur Carpenter's Square. C'était une petite place piétonne sans le moindre agrément entourée d'une dizaine de bâtiments déprimés qui se blottissaient les uns contre les autres dans l'espoir de se faire oublier de la vieille ville. Dix immeubles, autant d'étages pour chacun d'eux, peut-être même plus – elle fit un rapide calcul mental : quelque chose comme quatre cents appartements, et c'était une fourchette basse car elle craignait que les habitants de Shanghai ne puissent pas se payer le luxe de vivre dans quatre-vingt-dix mètres carrés. Le nombre des possibilités se réduisit cependant à une vitesse extraordinaire : l'accès à trois des immeubles lui était interdit et une rapide inspection du hall d'entrée des autres bâtiments lui permit de constater que seules deux boîtes à lettres portaient le numéro 322. Elle n'avait aucune certitude qu'il n'y avait pas d'autres appartements 322 – il n'y avait pas de numéro sur certaines des boîtes et quand ce n'était pas le numéro, c'était le nom qui manquait, mais elle n'avait pas d'autre choix que de se contenter de ces deux seules options.

Dans le premier appartement, un Chinois répondit à ses sollicitations en ouvrant d'abord de grands yeux devant cette prodigieuse apparition, puis en inclinant plusieurs fois son visage ravi. Il ne parlait pas un mot d'anglais et elle renonça rapidement à lui expliquer sa présence devant sa porte. Elle finit par remercier poliment le résident ébahi – il se souviendrait proba-blement encore quelques jours de l'irruption aussi inat-tendue qu'inexpliquée dans sa vie de cette immense Occidentale aux longs cheveux blonds – et remit tous ses espoirs sur sa seconde et dernière visite.

Personne ne répondit à ses appels répétés à la porte de l'autre appartement. Après une dernière série de coups, elle abaissa prudemment la poignée. La porte n'était pas verrouillée. Elle poussa légèrement le bat-tant, tendit l'oreille. Elle entendait la rumeur d'une conversation quelque part dans un autre logement, le son étouffé d'une radio à l'étage au-dessus, mais der-rière cette porte, rien. Elle jeta un œil autour d'elle, puis, rassurée, finit de l'ouvrir complètement.

Une toute petite pièce servait de hall d'entrée. Au-delà, la cuisine, déserte. Elle franchit le seuil et observa les lieux. Un passage ouvrait sur un couloir à sa gauche. Elle perçut d'abord l'odeur puis vit les deux corps affaissés sur la table. Elle fit une grimace et plaça une main en travers de sa bouche et de son nez.

— *Hello ?*

Rebecca ne s'attendait guère à une réponse, mais elle tenait à faire les choses dans l'ordre. Elle s'avança avec précaution et examina la scène. Il s'agissait d'un vieil homme et de sa femme, dont la tête reposait délicatement sur la table, comme s'ils étaient en train de dormir. Elle savait que ce n'était pas le cas. Les bras ballants, la bouche entrouverte, et cette odeur… Des dominos étaient renversés sur la table, d'autres étaient tombés à terre. Une théière gisait au sol, une marque brune maculait la moquette tout autour. Du coin de l'œil, elle perçut un éclat coloré sur sa droite. Le temps de tourner la tête, la tache avait disparu. Elle fut saisie d'une brusque sensation de froid et son cœur se mit à cogner plus fort dans sa poitrine.

Elle battit en retraite dans la cuisine et aperçut un bloc à couteaux près de l'évier. Elle en fit glisser un hors de son logement et se retourna, arme au poing. Elle n'avait pas rêvé, elle avait vu un bout d'étoffe orange disparaître dans l'une des pièces qui donnait sur le couloir. Elle laissa passer une minute, puis deux. Le silence régnait dans l'appartement. Elle prit son courage à deux mains et sortit de la cuisine. Elle fut soulagée de voir que les deux corps n'avaient pas bougé – elle n'aurait même pas été surprise du contraire. Elle s'engagea dans le couloir, précédée de la lame de son couteau, et commença à mettre lentement un pied devant l'autre.

La première ouverture était celle par laquelle avait disparu celui ou celle qui se trouvait avec elle dans cet appartement. Elle s'écarta prudemment tout en continuant à avancer et inspecta la pièce du regard – quelques mètres carrés aménagés d'un lit et d'un bureau. Le lit était soigneusement fait, le bureau parfaitement rangé – un écran au centre, une pile de magazines surmontée de quelques jaquettes de jeux vidéo d'un côté, la tour de l'autre. Il n'y avait aucune fenêtre. Un seul coup d'œil lui suffit pour se rendre compte que personne n'était entré dans cette chambre ou n'en était sorti. Elle fit face à la dernière pièce de l'appartement, une seconde chambre aussi ordonnée que la première, mais plus grande et avec vue sur la ville. Elle l'examina plus longuement que la précédente, mais il n'y avait personne ici non plus. La tension se relâcha – juste un peu.

Elle n'avait pas rêvé et quiconque était décidé à la persuader du contraire n'y parviendrait pas. Elle procéda à un nouvel examen des pièces, sans plus de succès que la première fois. Elle rendit une dernière visite à la chambre sans fenêtre à la recherche du moindre indice qui pût la convaincre qu'elle s'était trompée – un voile de couleur qui, elle ne savait comment, se serait subitement animé, la lueur d'un voyant, l'éclat d'une lampe… L'ordinateur peut-être ? Elle considéra un instant le moniteur puis saisit la souris qu'elle fit glisser à plusieurs reprises sur le bureau. Une fenêtre de déverrouillage remplaça l'écran noir, mais elle ne vit aucun témoin lumineux qui aurait pu produire un flash de la puissance de celui qu'il lui semblait avoir capté.

Son regard dériva vers un bloc-notes posé sur les jaquettes de jeux. Un en-tête représentant deux cercles emboîtés l'un dans l'autre décorait le haut de la première feuille. L'un était noir avec la lettre « W » inscrite en blanc et en majuscule en son centre, l'autre était blanc et marqué d'un « q » noir minuscule avec une espèce de petite éprouvette à sa base. Elle étudia un long moment le symbole puis sortit son téléphone portable de sa poche.

Elle ne connaissait qu'une seule personne qui pût l'aider à déchiffrer ces deux lettres et elle s'était gentiment proposé de lui donner un coup de main en cas de besoin… Elle récupéra le numéro de Lingtao dans la liste de ses contacts et appela. Ce fut sa messagerie qui lui répondit. Elle raccrocha sans laisser de message, arracha la première feuille du carnet puis releva la tête et jeta un dernier coup d'œil autour d'elle avant de quitter la pièce.

À l'approche du petit salon, l'odeur commença à redevenir insupportable. Elle couvrit une nouvelle fois son nez et contempla le couple fauché au beau milieu de sa partie de dominos.

Pourquoi ? Pourquoi cet homme et cette femme ? Qu'avaient-ils à voir avec ce maudit tableau pour que la mort les frappât sans raison à des milliers de kilomètres du manoir d'Otto ?

Non, pas sans raison. La raison, c'était elle. C'était par sa faute qu'ils étaient morts. D'abord le docteur Jeremy Soul, ensuite cet homme dans le fast-food, puis les deux occupants de cet appartement… Tous ces gens seraient encore de ce monde si elle ne s'était pas lancée dans cette foutue quête.

Son regard se posa sur le visage livide du cadavre du mari, sur ses lèvres violettes qu'un ultime souffle de vie avait laissées entrouvertes. Combien de temps encore les deux corps joueraient-ils cette scène macabre ? Allaient-ils poursuivre leur lente décomposition dans la plus parfaite indifférence ? Son cerveau éprouvé lui renvoya l'image de cohortes d'insectes prenant méthodiquement possession des corps pour les infester de larves voraces, puis aussitôt après, celle des fluides vitaux s'écoulant sur la table, deux flaques visqueuses qui s'avançaient l'une vers l'autre comme pour unir une dernière fois le couple dans la mort.

L'appartement se mit à tourner tout autour d'elle ; elle posa une main sur le chambranle de la porte et aspira une grande bouffée d'air. Très mauvaise idée. L'odeur viciée lui emplit les poumons et son estomac se souleva. Elle se précipita à la cuisine pour éructer un filet de bile dans l'évier. La nausée laissa progressivement la place aux larmes et au désespoir.

Combien de cadavres s'empileraient ainsi sur sa route ?

Et si elle était la prochaine sur la liste ?

Une porte grinça dans son dos. Elle fit volte-face, le cœur une nouvelle fois prêt à jaillir hors de sa poitrine, et brandit son couteau en avant. Un chien avait franchi la porte de l'appartement et l'observait d'un œil méfiant. L'animal baissa la tête, renifla un instant le carrelage, puis s'éclipsa. Rebecca jugea alors que, comme ce chien, elle n'avait pas intérêt à traîner dans le coin.

Rebecca et Craig – Vieille ville de Shanghai, Chine, J-4

La silhouette orange fendait la foule sans un regard pour le monde extérieur. La vieille ville était fourmillante et animée, et son apparence lui garantissait l'anonymat. Elle avait peu de chance de se faire repérer, mais elle ne voulait pas s'attarder.

L'homme passa devant l'entrée du Jardin Yuyuan puis prit la direction du Huangpu. Il était pressé, mais il avait faim. Il pouvait s'abstenir de nourriture pendant des jours, des semaines, voire des mois, mais il avait pris goût à ce rituel auquel les humains devaient se plier plusieurs fois par jour. Et les effluves parfumés qui montaient dans l'air vif de l'hiver aiguillonnaient son appétit. Il repéra une petite échoppe coincée entre deux magasins de souvenirs, jeta des regards furtifs autour de lui et dévia doucement de sa trajectoire.

Il commanda des beignets de poisson et du riz et s'installa à une petite table de métal poisseuse. Il était en train de faire disparaître de son assiette les dernières traces de son repas quand un homme prit place face à lui. Il leva la tête avec lenteur et comprit qu'il n'avait pas été suffisamment discret.

— Le péché de gourmandise…, susurra Craig.

L'homme ne répondit pas.

— À quoi joues-tu ? demanda Craig avec calme.

— De quoi parles-tu ?

— La femme dans l'appartement. Nous savons que tu y étais aussi. Un hasard ?

L'homme laissa passer quelques secondes sans quitter son interlocuteur des yeux, puis sachant toute tergiversation inutile, répondit du même ton calme :

— J'obéis aux ordres, tout comme toi.

— Mais tu as choisi le mauvais camp. Crois-tu qu'il ignore ce que vous tramez dans son dos ?

— Celui qui te donne ses ordres est rongé par l'orgueil et la suffisance. Ses desseins ne sont que le reflet de son bon plaisir et ne servent que sa propre gloire. Tu es un pion, rien de plus.

— Nous sommes tous des pions, mais il y a ceux qui abattent et ceux qui se font abattre.

— Il n'est pas l'heure.

— Il est précisément l'heure, c'est écrit depuis des siècles. Ne vous mettez pas en travers de notre chemin.

— Il sera toujours temps. L'humanité est ainsi. Aspirée par sa propre aptitude à la destruction.

— Pourquoi tant de compassion alors ?

— Ce n'est pas de la compassion.

Craig désigna l'assiette de l'homme de la main.

— Pour ça alors ? Quelques plaisirs consommés et aussi vite oubliés ?

— Il y a d'autres solutions.

— Qui est-elle ? éluda Craig.

L'homme haussa un sourcil. Comprenant qu'il avait fait mouche, son adversaire poussa son avantage. Ses pupilles s'étrécirent comme pour mieux sonder l'esprit de son ennemi.

— Nous croyez-vous si stupides ? Il voit tout, il entend tout, l'as-tu déjà oublié ?

— Si tu poses cette question, rétorqua l'autre avec morgue, c'est que certaines choses lui échappent encore.

— Crois-tu sincèrement qu'elle puisse changer le cours des choses ? Je pourrais l'écraser entre les doigts d'une seule main, fit Craig en joignant le geste à la parole.

— Qu'attends-tu, alors ?

Un sourire mauvais déforma le visage de Craig.

— Ce n'est malheureusement pas à moi que doit revenir ce plaisir.

Il se redressa, poussa un long soupir.

— J'espère que tu as apprécié ces beignets, ce sont les derniers que tu as mangés sur cette terre.

— Tu peux me détruire, il y en aura d'autres.

— Alors tu seras le premier, conclut Craig.

La peau de ses mains laissa échapper de minces volutes de fumée puis se craquela par endroits. L'homme à la tunique orange bondit de sa chaise, mais il était déjà trop tard. Un cône de flammes jaillit des doigts de Craig et s'élargit pour envelopper la petite salle et tous ses occupants. Le gaz enfermé dans les bonbonnes à l'arrière du commerce monta rapidement en température avant de décider qu'il était bien trop à l'étroit et d'exploser.

Rebecca pensait encore au couple affaissé sur la table quand retentit une monstrueuse détonation. Le temps se figea un instant, elle eut la sensation d'une intense vibration parcourant l'air tout autour d'elle, puis celle de son corps légèrement soulevé de terre et projeté de côté. Lorsqu'elle reprit ses esprits, elle entendit d'abord les cris, puis eut la vision de corps étendus à terre, de débris éparpillés sur le trottoir avec, en toile de fond, un bâtiment éventré d'où s'échappaient de longues langues de feu. Elle se redressa, prit quelques secondes pour s'assurer que chaque partie de son corps était à sa place et se remit péniblement sur ses jambes.

Au même moment, un homme sortait du bâtiment, indemne et étonnamment calme. Il frotta ses mains sur sa veste comme pour se débarrasser de quelques poussières et leva la tête dans sa direction. Leurs regards se croisèrent et Rebecca sentit comme une lame de glace lui transpercer le cœur. Elle n'avait jamais vu cet homme, mais elle comprit immédiatement que lui la connaissait. Et qu'elle devait immédiatement décamper d'ici.

Un camion passa dans la rue. Le temps que la remorque traversât son champ de vision, la jeune femme de l'autre côté de la rue avait disparu.

— *Non, Craig, celle-ci est à moi. Tu as une autre mission.*

La mission, oui.

Il jeta un dernier regard à l'échoppe dévastée et s'éloigna d'un pas tranquille.

Rebecca – Shanghai, Chine, J-4

L'hôtesse regarda approcher sa cliente d'un œil inquiet. Elle se rappelait bien la jeune femme : une Occidentale immense, des cheveux magnifiques, blonds comme les blés – elle aurait juré que c'était une actrice de cinéma. Elle était arrivée à l'hôtel quelques heures auparavant, en était presque aussitôt ressortie comme si elle avait eu le diable à ses trousses. Le diable avait dû la rattraper et lui faire mordre la poussière : la belle actrice était échevelée, sale, et son visage portait comme des marques de coup. L'employée eut un mouvement de recul lorsque Rebecca fit glisser sur le comptoir la feuille trouvée dans l'appartement de Carpenter's Square.

— Vous connaissez ce symbole ? demanda-t-elle en indiquant du doigt les deux cercles représentés sur le haut du papier.

La Chinoise sourit et lui fit comprendre les limites de son anglais.

— Ce dessin, insista Rebecca que la fatigue née des dernières épreuves commençait à submerger, qu'est-ce que c'est ?

L'hôtesse baissa la tête, considéra un moment le dessin puis adressa un regard désemparé à Rebecca qui poussa un long soupir et porta une main à son front. Elle était épuisée. Elle devait trouver la force de continuer, mais elle sentait approcher le point de rupture. Les obstacles n'avaient de cesse de se dresser et la menace se précisait. Qui était cet homme parvenu à s'extraire sans une égratignure de l'explosion ? Il était là pour elle, elle en était persuadée. Son regard était… démoniaque.

La jeune fille s'anima soudain en lui faisant de grands gestes. Elle sourit, posa les doigts sur sa tempe, mima comme une grimace de douleur et lui fit signe de patienter avant de disparaître dans la pièce aménagée derrière elle à l'usage des employés. Elle revint quelques secondes plus tard avec un sac à main dont elle extirpa une petite boîte en carton qu'elle lui tendit avec un grand sourire.

— Tête ! dit-elle fièrement en appuyant à nouveau les doigts sur le côté de sa tête.

Rebecca examina avec attention l'enveloppe de carton : une boîte de médicaments. Elle ferma brièvement les yeux, ses lèvres laissèrent échapper un léger souffle chargé d'épuisement.

— Non, je n'ai pas mal à la tête, je suis juste fatiguée.

L'hôtesse, toujours souriante, opina vigoureusement du chef.

— Si, si, tête.

Elle désigna le symbole gravé sur la feuille de papier – « Ça, non », dit-elle en secouant la tête – puis la boîte de médicaments : « Ça, oui ! » Rebecca décida qu'elle n'avait pas la force d'insister. Ses yeux se posèrent sur les deux cercles – une lettre, « W », dans le noir, une autre lettre, « q », dans le blanc. La petite éprouvette.

Une éprouvette…

D'un seul coup, ses yeux s'ouvrirent en grand. Elle abattit un doigt sur le dessin.

— Médicaments ! cria-t-elle.

La Chinoise secoua une nouvelle fois la tête.

— Non, non ! Ça, elle pointa les comprimés du doigt, pareil.

Rebecca saisit un stylo et dessina une croix sur la feuille.

— Pharmacie ! Où ?

— Hôpital ?

— Non ! Pharmacie ! Pharmacie !

Elle agita le petit carton de médicaments sous les yeux effrayés de la jeune fille.

— Où ?! insista Rebecca en tendant un bras en direction de la rue.

Le visage de l'hôtesse s'illumina.

— Médicaments !

— Oui !

L'employée passa une main sous le comptoir et étala un plan du quartier sous les yeux de Rebecca, sur lequel elle traça une croix qu'elle entoura d'un cercle avec un air triomphal.

— Médicaments ! répéta-t-elle.

Rebecca s'empara du plan, remercia la jeune femme et se précipita hors de l'hôtel.

Son cœur bondit une première fois quand elle constata qu'il y avait bien une pharmacie à l'emplacement indiqué sur la carte, puis une seconde fois lorsque, après

avoir fait comprendre à la pharmacienne qu'elle cherchait des médicaments contre les maux de tête, celle-ci
l'accompagna jusqu'à un présentoir où Rebecca retrouva
les comprimés proposés par l'employée de l'hôtel, mais
aussi d'autres boîtes de marques concurrentes. Sur l'une
d'entre elles figuraient l'adresse et le logo du laboratoire
pharmaceutique Weiqi : les deux cercles incrustés des
deux fameuses lettres et la petite éprouvette.

Weiqi, le jeu de go du tableau de Lingtao.

Otto – *Abbaye de Yoanneft, Pays-Bas, J-4*

Otto gara la Jaguar près d'un petit cours d'eau au bord duquel somnolaient des colverts. D'épais nuages chargés d'eau bouchaient le ciel. Quelques blocs cotonneux s'étaient détachés de la masse sombre et planaient pesamment à quelques dizaines de mètres au-dessus de l'abbaye. Un liseré blanc frangeait l'horizon à l'ouest, mais les timides éclaircies qu'il suggérait ne parviendraient vraisemblablement pas jusqu'ici. Otto suivit un chemin de sable qui le mena devant un haut muret de pierre. Une petite grille de fer forgé était ouverte à l'entrée de l'enceinte. Il s'avança et pénétra dans la cour intérieure.

Les dimensions de l'abbaye le surprirent, tout comme la quantité de bâtiments qui encadraient la cour. Le pigeonnier était le plus petit d'entre eux et presque aussi grand qu'une maison bourgeoise du quartier de Wittemer End. Tous les édifices avaient été construits sur le même modèle : murs de pierre grise, toits de petites tuiles roses ou brunes – l'harmonie était parfaite. La cour, semblable à un jardin à la française, était soigneusement entretenue : pelouses taillées de frais parcourues par des sentiers de sable fin consciencieusement ratissés. En son centre, un bassin circulaire décoré d'un petit poisson de pierre propulsait un mince geyser d'eau vers le ciel. Il régnait en ces lieux un calme prodigieux. Embarrassé à l'idée de déranger la tranquillité du sanctuaire, Otto chercha des yeux quelqu'un à qui signaler son arrivée, mais les environs étaient déserts. Il hésita un instant sur la direction à prendre puis s'engagea sur le chemin qui menait au pigeonnier. Le gargouillis du bassin, seul son jusqu'alors perceptible, fut bientôt remplacé par le bruissement plus léger d'un écoulement dans une deuxième pièce d'eau sur sa gauche. Le souffle du vent irisait la surface liquide de motifs miroitants qui fuyaient au contact de courants d'air invisibles. En s'approchant du pigeonnier, il devina un bâtiment qui lui avait été jusqu'ici masqué par la petite tour ronde et par une rangée de chênes et de hêtres : l'église, bâtiment massif et austère, sans clocher, et dont la façade avait été restaurée avec le plus grand soin. Il poussa la porte et pénétra dans la nef.

L'intérieur très dépouillé faisait écho à la modestie de l'architecture extérieure. Nulle place ici pour ces artifices qui auraient pu distraire les moines de la spiritualité et de la méditation. Il trouva enfin une présence humaine, deux moines assis sur des bancs près du chœur et un autre qui inscrivait un message sur un tableau de plastique installé dans l'un des bas-côtés. Des chants emplissaient l'édifice, émanant vraisemblablement d'une sono. Otto s'approcha du moine qui s'affairait sur le tableau.

— Je vous prie de m'excuser, mon frère.

Le moine suspendit son feutre dans les airs et se tourna vers le visiteur en ajustant ses lunettes sur son nez.

— Oui ?

— J'espère ne pas vous déranger dans votre travail.

— Je vous en prie, répondit le religieux avec un sourire. Que puis-je faire pour vous ?

— Je fais des recherches sur un abbé qui a vécu ici au seizième siècle, l'abbé Julius. Savez-vous où je pourrais trouver des informations sur cet homme ?

— Le seizième siècle ? Eh bien, cela ne nous rajeunit pas. Je ne suis pas sûr que nos archives remontent si loin. Allez donc voir Frère Jorge, c'est le bibliothécaire de l'abbaye et la mémoire vivante de notre communauté. Il pourrait vous retranscrire de tête l'histoire de l'abbaye depuis sa fondation.

— Où puis-je le trouver ?

Le moine, toujours souriant, désigna une porte près du chœur.

— Dans le cloître, il y passe toutes ses journées.

Otto traversa la nef et suivit le bas-côté jusqu'à la porte qui menait au cloître. Sitôt son seuil franchi, il sentit immédiatement un changement dans l'atmosphère, comme si le cloître avait été la source de cette sérénité presque palpable qui enveloppait l'abbaye tout entière. Tout ici invitait au recueillement : le silence, l'harmonieuse symétrie des galeries, le petit patio comme figé dans le temps, reproduction en miniature de la cour qui accueillait le visiteur à l'entrée de l'abbaye. La couche de nuages qui plombait le ciel maintenait les galeries dans la pénombre. Les chants liturgiques filtrés par la porte donnant sur l'église étaient le seul son qui donnât au cloître un semblant de vie. Otto longea les travées en cherchant du regard le moine à travers les arcades. Il l'aperçut de dos, assis sur un bahut sur lequel reposaient les colonnes qui supportaient les arcatures. Il quitta la galerie et prit le petit chemin de sable qui faisait le tour de la cour.

— Frère Jorge ?

Une paire d'yeux translucides se tourna vers lui. Frère Jorge se recueillait dans la pénombre de sa cécité. Son visage parcheminé était curieusement allongé, comme tiré vers le bas par une longue barbe blanche taillée en pointe. Une couronne de fins cheveux gris partait d'une oreille pour rejoindre l'autre tandis que le haut de son crâne était complètement dégarni.

— C'est bien moi.

Sa voix rocailleuse, empreinte de sévérité, contrastait avec le reste de sa personne, fragile silhouette ployée par le temps.

— Bonjour, mon frère. Je m'appelle Otto Van Helsing. J'effectue des recherches sur l'abbé Julius qui, il me semble, a vécu ici au début du seizième siècle. On m'a dit que vous pourriez peut-être m'aider.

Le vieil homme plissa les yeux et sembla fouiller dans sa mémoire. Près d'une minute passa avant qu'il ne reprît lentement la parole.

— L'abbé Julius, oui… Destin tragique. Lui qui était promis à un si bel avenir. Ses mœurs obscures l'ont perdu.

— Vous le connaissez, donc.

— Je sais l'essentiel de ce qu'il y a à retenir de sa vie. Il a effectivement été abbé de Yoanneft jusqu'en 1495. Un homme très dévoué, sincère, très austère aussi, tout comme ces lieux. Personne n'aurait pu soupçonner chez lui l'existence de si mauvais penchants.

— Vous voulez parler de la secte des Frères du libre esprit, c'est bien ça ? s'enquit Otto.

— On a raconté tout et n'importe quoi sur son appartenance à cette secte qui n'existait sans doute plus quand il fut en âge d'en être membre.

— Il ne l'était pas, alors ?

— Pas à ma connaissance. Mais il y a de multiples façons de s'écarter du droit chemin. Les adamites étaient déjà un mauvais souvenir, mais les ennemis de l'Église sont légion. Le Mal a de multiples têtes, coupez-en une et une autre repousse aussitôt à sa place. Oh oui, l'abbé Julius s'est écarté du droit chemin, mais on l'a condamné pour de mauvaises raisons.

— Comment ça ?

— Il était pressenti pour être évêque, mais son principal concurrent – un certain Evrard – a fait en sorte de ternir son nom de manière irrémédiable en lui forgeant de toutes pièces une réputation d'hérétique. Belle ironie en vérité, s'il s'était donné la peine de chercher, cet Evrard n'aurait pas eu à basculer à son tour dans l'orgueil et le mensonge.

— Comment a-t-on su que Julius était un hérétique, alors ?

— Après sa mort, grâce à des témoignages, des documents. La lettre qu'il a écrite juste avant son suicide est en cela suffisamment éloquente.

— Il s'est suicidé ?

— Oui. Oh, pas ici. Il s'était entre-temps exilé à Saint-Antonin-Beaulieu, dans le sud-ouest de la France. C'est là-bas qu'il s'est donné la mort.

— Cette lettre, on sait ce qu'elle est devenue ?

Les yeux du vieil homme se fermèrent à demi comme sous l'effet d'un pénible souvenir.

— Oui, on le sait. Elle est ici.

Le moine n'alla pas plus loin. Otto laissa passer plusieurs secondes avant de briser le silence.

— Et... serait-il possible de la voir ? demanda-t-il d'une voix qu'il aurait aimé moins implorante.

— Et en quoi vous intéresse-t-elle ? répondit le vieil homme, un brin de suspicion dans la voix.

— Je suis professeur d'histoire à l'université de Leiden. J'écris un mémoire sur l'histoire religieuse du Nord-Brabant.

Il fut à la fois étonné de la spontanéité de son alibi et embarrassé à l'idée de servir un tel mensonge à un si vénérable vieillard. Celui-ci resta silencieux un long moment, ses yeux translucides résolument fixés sur cet énigmatique visiteur. Pas forcément convaincu par ses explications, mais semblant visiblement ne pas vouloir en savoir plus, il se leva, saisit une canne blanche appuyée contre une colonne et tendit un bras vers Otto.

— Voulez-vous bien m'aider, s'il vous plaît ? le sollicita-t-il de sa voix râpeuse.

— Bien sûr.

Otto prit le bras décharné du vieil homme et le raccompagna jusqu'à la galerie. Une fine bruine s'était finalement décidée à tomber, si légère que les minuscules gouttelettes, emportées par le vent qui tournoyait dans la cour, semblaient ne jamais vouloir toucher le sol. La lumière avait encore décliné. Le moine le conduisit à travers les galeries jusqu'à un passage qui s'ouvrait à son extrémité sur un nouveau jardin à la française.

À travers l'ouverture, Otto distingua un immense buffet d'eau au fond du jardin.

— Par ici, indiqua le moine.

Dans le passage, une porte sur la droite donnait sur une grande pièce qui fut présentée à Otto comme « la salle des moines ». Les frères copistes y enluminaient autrefois les manuscrits, lui apprit le vieil homme, la pièce servait aujourd'hui de bibliothèque. La salle n'invitait cependant pas à la lecture, contrairement au cloître. Tout en pierre, elle était fraîche, sombre et spartiate. Elle était toutefois de belle facture, avec de hautes voûtes sur croisée d'ogives qui s'appuyaient sur des ensembles de colonnes aux chapiteaux ornés de motifs floraux. Le sol était couvert de petits pavés blancs marbrés de rose. Les livres étaient disposés sur des étagères alignées contre les murs, entre les colonnes qui supportaient les voûtes. Otto s'étonna que les moines aient pu se consacrer à l'enluminure dans une telle pénombre. Frère Jorge se libéra de son étreinte et se dirigea sans hésitation vers une étagère adossée contre le mur du fond. Les claquements secs de sa canne résonnaient sous les voûtes. Il tira une reliure cartonnée d'entre deux cahiers et la remit à Otto.

— Par précaution, il vaut mieux éviter de manipuler la lettre.

Otto ouvrit la reliure, qui révéla un parchemin jauni couvert d'une fine écriture resserrée. Les mots consciencieusement alignés témoignaient d'un style appliqué. La lettre était longue, il y avait une date en haut de la feuille, la signature de Julius tout en bas : « Julius A. ». Ce furent les seuls caractères qu'il parvint à identifier.

— C'est du latin ?

— Oui, et déchiffrer une telle écriture demande une certaine expertise. Seules deux personnes se sont réellement intéressées à cette lettre et en connaissent le contenu. L'une d'elles est aujourd'hui décédée.

— Et l'autre ? demanda Otto avec un soupçon d'angoisse dans la voix.

— Vous l'avez en face de vous.

Il fixa la lettre un long moment, comme pour extirper, par la seule force de son regard, le sens de ces mots qui faisaient naître en lui un étrange malaise qu'il n'aurait su expliquer. Il releva la tête et interrogea dans un murmure :

— Que dit-elle, cette lettre ?

Frère Jorge sembla réfléchir un instant.

— Qu'il est difficile de se dire que Dieu vous a abandonné[1], déclama-t-il.

Et il récita mot pour mot la lettre d'adieu de Julius.

Le moine acheva la récitation de la lettre et, dans le silence qui suivit, on n'entendit que le battement de la pluie sur le toit. La bruine s'était changée en averse et le rafraîchissement de l'atmosphère était perceptible dans la vaste salle.

— C'est une malédiction ? demanda Otto.

— Je ne crois pas aux malédictions, répondit sèchement le moine.

— Mais ça y ressemble ?

— Je vous le répète, je ne crois pas que de simples mots puissent avoir une quelque influence que ce soit sur la réalité.

1.

Otto réfléchit durant de longues secondes.

— Il y a une date en haut de la lettre, fit-il remarquer.

— Cela correspond au 21 décembre 1500.

— Comment cette lettre est-elle arrivée jusqu'ici ? demanda-t-il brusquement. Elle a bien été rédigée en France ?

— C'est une bonne question, à laquelle je ne saurais répondre. Mais la vraie question est de savoir par quel miracle elle est encore là.

— Comment ça ?

— Frère Siméon a conservé cette lettre par-devers lui jusqu'à sa mort. C'est lui qui l'a déchiffrée le premier. Il est mort dans l'incendie qui a ravagé sa chambre il y a une vingtaine d'années.

Le vieil homme sembla subitement se rappeler quelque chose. Les rides sur son front se creusèrent sous l'effet d'une intense réflexion.

— Attendez, dit-il d'une voix traînante, mais oui, maintenant que j'y pense, demain cela fera exactement vingt-trois ans, jour pour jour. Tout a brûlé. Sauf cette lettre. Nous l'avons extraite des cendres intacte.

— Intacte ?

— Telle qu'elle vous apparaît aujourd'hui.

— Comment le feu a-t-il pris ?

— L'expertise n'a pas pu conclure quant à l'origine de l'incendie.

— Qui était Frère Siméon ?

— Il était prêtre ici même. Très impliqué dans la vie de l'abbaye, très jovial, apprécié de tous. Cependant, peu avant sa mort, il est devenu très sombre et s'est complètement refermé sur lui-même. Certains ont fait coïncider ce changement d'humeur avec la visite d'une femme venue pour se confesser, précisément l'avant-veille de la mort de Frère Siméon.

Frère Jorge se tourna de nouveau vers l'étagère de laquelle il avait extrait la reliure contenant la lettre.

— Il aimait beaucoup dessiner, poursuivit-il. Il avait du talent, enfin… à ce qu'on m'a dit.

Il présenta un cahier à Otto.

— C'était son journal, je crois qu'il s'y trouve quelques croquis.

Otto parcourut les pages.

— En fait, il n'y a pratiquement que des dessins, précisa-t-il.

— Ah ? C'est possible.

Frère Siméon avait un talent certain, effectivement. Il y avait des portraits, de nombreux paysages, des vues de l'abbaye, bien sûr, mais aussi d'autres des environs. Des dessins en noir et blanc, essentiellement, mais quelques-uns portaient des touches de couleur. Otto s'arrêta sur les deux dernières pages griffonnées par le moine. La date du 18 décembre – le jour de l'incendie – était inscrite en haut de la page de gauche. Sur le dessin qui s'étalait sur les deux feuillets était représentée une pièce dont un mur était percé d'un trou rectangulaire au creux duquel avait été déposée une touche de rouge. Frère Siméon avait également dessiné de vagues formes humaines près du trou, ainsi qu'un homme semblant peindre un tableau. Les mots inscrits sous le dessin intriguèrent Otto : « Le brouillard, des formes monstrueuses, un tableau… Je vois aussi le feu et la guerre ». Ses yeux se posèrent une nouvelle fois sur la date. 18 décembre…

— Vous avez parlé d'une femme venue se confesser à l'époque ?

— Oui, en effet.

— Deux jours avant l'incendie, c'est bien ça ?

— Exact, ma mémoire est généralement assez bonne.

C'était le moins qu'on pût dire. Otto en avait eu une belle démonstration avec la récitation de la lettre de Julius. Deux jours avant l'incendie, 16 décembre, donc. Bon sang… Serait-il possible que… Un frisson le parcourut.

— Vous rappelez-vous…

Son visage ? Otto se mordit la lèvre avant d'achever sa question. Frère Jorge n'avait bien sûr jamais eu le loisir de voir cette femme.

— … auprès de qui elle est venue se confesser ? conclut-il précipitamment.

— Oui. Auprès de Frère Siméon.

Il sentait venir l'impasse, mais il tenta une dernière question, même s'il se doutait de l'accueil qui allait lui être réservé.

— Il ne vous a rien dit de cette confession, par hasard ?

— Il s'agissait d'une confession, répondit le moine d'un ton sec.

Bien sûr… Il n'en saurait pas plus sur cette mystérieuse visite, mais il ne croyait pas trop aux coïncidences. Il avait le sentiment que Sarah Decker était venue ici la veille de sa mort et, par sa confession, avait précipité celle de Frère Siméon. Ce dessin qu'il avait fait juste avant de mourir lui avait peut-être été inspiré par les paroles de Sarah. Mais quelle en était la signification ?

— Avez-vous trouvé quelque chose ? s'enquit Frère Jorge.

Otto hésita.

— Je ne sais pas, répondit-il en gardant les yeux fixés sur le dessin. Vous dites que cette lettre était dans la chambre de Frère Siméon lors de l'incendie ?

— Absolument.

Otto releva la tête et fixa Frère Jorge, qui attendait que son visiteur achevât ses recherches, aussi immobile et silencieux qu'une statue.

— Est-il possible de mettre fin à une malédiction ? demanda-t-il.

Le visage du moine devint sévère.

— Il n'y a pas de malédiction.

— C'est une simple question, rétorqua prudemment Otto.

Le religieux réfléchit un instant.

— Il est toujours possible de tenter de conjurer le mal par la prière, de contrecarrer la malédiction en essayant de défaire ce qui a été fait.

Otto remit la reliure et le cahier au moine, qui replaça les documents à leur place et raccompagna son visiteur à l'extérieur de la salle.

— Je vous remercie, mon frère, dit-il une fois que le moine eut refermé la porte. Votre aide m'a été précieuse.

Le vieil homme hocha imperceptiblement la tête.

— Des recherches sur l'histoire religieuse du Nord-Brabant ? dit-il d'un air songeur. Eh bien, vous êtes incroyablement minutieux. Et d'une rare curiosité…

Et la petite silhouette courbée regagna lentement le cloître en laissant échapper un léger rire qui s'enfuit le long des galeries.

Rebecca et Craig – Shanghai, Chine, J-4

Après une journée grise, sans pluie, mais qui n'avait rien cédé au soleil, le début de soirée était complètement dégagé. Le ciel était piqué d'étoiles et la lune presque pleine trahissait la présence des derniers nuages qui quittaient la scène paresseusement, comme pour narguer la terre et lui signifier que ce n'était que partie remise. Craig faisait le chemin à pied, il avait jugé que ce serait le moyen de transport le plus sûr pour acheminer sa dangereuse cargaison. Il jeta un coup d'œil au sac plastique qu'il tenait à la main. Il s'étonnait lui-même de son sang-froid. Il marchait d'un pas tranquille et assuré, respirant à pleins poumons le parfum suave de la nuit. Il prenait presque plaisir à cette promenade crépusculaire qui lui procurait une sérénité qu'il n'aurait pas crue possible au vu des circonstances.

Il avait commencé par traverser des quartiers animés, bruyants, d'une agitation presque agressive et que d'aveuglants bâtiments écrasaient de leur imposante masse. Il se trouvait à présent dans une partie de la ville qui ne ressemblait à rien de ce qu'il avait vu jusque-là. Ce qui frappait d'abord l'esprit, c'était le calme. Puis il y avait cette agréable sensation de mieux respirer, les rues étaient plus larges, les hauts édifices avaient laissé la place à des constructions plus tassées, des demeures cossues de style occidental agrémentées de jardins privatifs, pas toutes du meilleur goût malheureusement. Au centre de la ville, les constructions orientales et les fastueux édifices témoins des concessions étrangères cohabitaient en harmonie. Ici, l'éclectisme régnait, entretenu par des propriétaires mégalomanes dont l'obstination à sortir du lot accouchait bien souvent de la laideur absolue.

Il passa devant une demeure massive retranchée derrière d'épaisses colonnes blanches qui soutenaient un fronton hideux. Dans le prolongement de cette sordide construction, il aperçut le laboratoire, un peu plus loin sur la droite. Le bâtiment se démarquait du mauvais goût ambiant, un parallélépipède de verre et de métal aux lignes épurées et gracieuses, protégé par une longue clôture qui se perdait à l'arrière entre des arbres resserrés. Un poste de garde veillait sur l'entrée auprès d'une double barrière automatique. Craig s'approcha et fit un signe de la main au planton assis dans la guérite. Celui-ci lui fit un bref salut de la tête et reposa les yeux sur son écran de contrôle.

La transformation était à l'évidence réussie, mais ça, Craig le savait déjà. À partir de maintenant, il était Li Xinyue, agent de sécurité sur le point de prendre son tour de garde au laboratoire Weiqi de Shanghai. Il poussa la porte du poste de garde. Un colosse se présenta derrière la vitre lorsqu'il s'approcha du guichet. Il exhiba son badge.

— Tu peux m'ouvrir, s'il te plaît ?

— Tu as égaré ton vélo ?

— On me l'a volé. J'ai pris les transports en commun et fait le reste du chemin à pied.

Le cerbère appuya sur un bouton – un clic discret se fit entendre. Craig s'éloigna et ouvrit la porte qui venait d'être déverrouillée. Trois hommes étaient en faction dans la pièce de derrière. L'un d'eux s'approcha de Craig en souriant.

— Bonjour, Li.

— Rien à signaler ? demanda Craig en posant le sac plastique à terre.

— Tout est calme. Fais gaffe aux chiens. Je ne sais pas pourquoi, ils sont un peu nerveux ce soir. Tiens bien la laisse, ils tirent comme des bœufs.

— Je tâcherai de les calmer. Bonne soirée.

Une fois son collègue parti, Craig abaissa le volet d'un casier sur lequel étaient reproduits les idéogrammes imprimés sur sa carte d'accès et en sortit une lampe de poche, un émetteur-récepteur et un trousseau de clés. Il fourra le tout dans les poches de sa veste puis se pencha sur son sac. Il en extirpa un thermos qu'il prit entre ses mains avec d'infinies précautions et qu'il posa au sol à la vue de tous.

— J'ai une de ces soifs ce soir, lança-t-il aux deux gardiens. Je vais faire ma ronde avec ma réserve de thé.

Les deux autres tournèrent à peine la tête avant de replonger dans leurs occupations. Craig se dirigea vers la porte à l'arrière du bâtiment. Une fois dehors, il se dirigea vers le chenil qui se trouvait quelques mètres plus loin. Il n'y avait pas encore si longtemps, les gros chiens étaient interdits dans la mégalopole. Mais certains avaient commencé à leur reconnaître une indéniable utilité : détection de drogue, d'explosifs et, dans le cas du laboratoire, protection d'installations sensibles contre les visiteurs malintentionnés. Craig sourit à l'idée que cette nuit, cela ne suffirait pas. Enfin, si tout se passait comme prévu.

À son approche, les chiens se mirent à aboyer. Lorsqu'il s'arrêta devant la grille, ils étaient comme fous. Leurs crocs acérés illuminaient l'obscurité de redoutables éclats blancs. Écumant et rageant, les deux formes sombres tournèrent et piétinèrent un moment puis s'immobilisèrent brusquement. Craig alluma sa lampe. Les deux dogues allemands, subitement calmés, l'observaient docilement en haletant. Il pouvait presque sentir leur souffle chaud à hauteur de sa poitrine.

— Salut, les toutous.

Il sourit.

— Prêts pour le feu d'artifice ?

Les laisses qu'il tenait enroulées autour de sa main ne lui étaient d'aucune utilité : les deux molosses à présent disciplinés patrouillaient sagement à ses côtés. Il se dirigea vers le parking sur le côté du bâtiment. Les architectes avaient fait du beau boulot. Une pièce d'eau longeait la façade avant de l'édifice et s'évasait à ses deux extrémités pour former des bassins circulaires au centre desquels émergeaient des lances d'arrosage arrêtées pour la nuit. Une passerelle métallique enjambait l'eau et permettait l'accès au laboratoire. Elle débouchait sous une avancée sphérique soutenue par deux piliers de béton qui s'élevaient en arches au-dessus de l'eau. Le bâtiment était illuminé par une rangée de spots enterrés dans la pelouse au ras de la façade. Les arêtes de métal noir qui couraient tout le long de cette dernière et marquaient l'emplacement des étages faisaient ressortir le poli sombre des rangées de fenêtres fumées qui masquaient les activités obscures du labo. Il dépassa le bassin dans lequel se diluait la blancheur laiteuse de la lune et, laissant le laboratoire sur sa droite, longea les massifs soigneusement taillés pour disparaître à l'arrière du bâtiment.

*

Les inspecteurs Cooney et Ti fixaient anxieusement le mur d'écrans. Cette nuit était l'aboutissement d'une longue collaboration entre les deux hommes qui allait mettre à terre l'une des firmes les plus dangereuses du territoire chinois, peut-être même du monde entier. Ti jeta un coup d'œil à sa montre.

— Tenez-vous prêts.

*

Craig descendit la rampe de béton et sortit le trousseau de clés de sa poche. Les chiens attendaient en silence à ses côtés. Il venait de passer une caméra et une autre l'attendait un peu plus loin. Il n'était pas censé inspecter le local, il devait faire vite pour ne pas éveiller les soupçons de ses collègues qui gardaient un œil rivé sur les écrans de contrôle. Il ouvrit la porte, pénétra dans le local et referma derrière les chiens. Deux rangées de néons illuminèrent le vaste sous-sol d'une lumière bleutée lorsqu'il actionna l'interrupteur. Il s'avança vers l'armoire électrique, s'agenouilla et posa délicatement le thermos à terre. Puis il retira sa veste, se libéra de la sacoche minutieusement plaquée contre son dos et se mit en quête des quelques ustensiles dont il avait besoin. Les chiens le regardaient faire sans un bruit, leur calme olympien les faisait presque paraître sympathiques.

Une fois en possession du matériel nécessaire, Craig se releva et déverrouilla la porte de l'armoire. Il imbiba une épaisse pièce de coton d'un liquide moiré, en déchira de longs morceaux qu'il enroula tant bien que mal autour des fils électriques, puis façonna le surplus en une boule qu'il disposa sous les faisceaux. Il enfonça l'extrémité d'une longue mèche noire dans la boule de coton puis il déroula soigneusement le filament au sol – douze minutes, c'était la marge qu'il était censé lui fournir. Enfin, ce fut le tour du groupe électrogène. Il localisa le réservoir d'huile et le petit embout de la purge à sa base, sortit la clé à molette de son sac, desserra le bouchon et laissa le liquide couler et s'étaler en une flaque visqueuse sur le béton. Puis il s'approcha de la chaudière, plaça le thermos sous l'arrivée de gaz et en ôta le capuchon. L'odeur du mélange d'engrais et de gazole lui monta presque instantanément aux narines. Alors, il sortit la deuxième mèche de sa poche.

*

Passé le pont de Nanpu, le taxi avait d'abord traversé un vaste quartier résidentiel avant de s'engager dans une zone à la fonction plus imprécise, surprenant mélange de vieux entrepôts ramassés et de hauts immeubles modernes, de friches boueuses et de pavillons flambant neufs. Ils n'avaient jusqu'ici rencontré aucune difficulté et si Rebecca se fiait aux indications données par l'employée de l'hôtel, ils ne devaient plus être bien loin de leur destination. Quelques secondes à peine après qu'elle s'était fait cette réflexion, le taxi s'immobilisa. Un bouchon. Une minute passa, puis deux.

— Il y en a encore pour longtemps ? demanda-t-elle en se penchant légèrement en avant.

Un regard interrogateur lui répondit dans le rétroviseur.

— C'est encore loin ? reformula-t-elle. Loin ? Combien de temps ? insista-t-elle en tapant énergiquement un doigt contre le carreau de sa montre.

Le chauffeur fit tanguer sa main droite puis leva les cinq doigts en l'air. Environ cinq minutes, comprit-elle. Elle se renfonça dans son siège et laissa échapper un long soupir. Si près du but… La voiture s'ébranla enfin pour s'immobiliser quelques mètres plus loin. Elle sentait la tension monter de manière inexplicable, comme si elle voyait un compte à rebours approcher de zéro sans qu'elle fut capable de savoir ce qu'elle devait faire avant la fin du décompte.

Mais ce n'était pas une simple tension nerveuse. Ce froid qui était en train de s'insinuer dans son corps malgré le chauffage pulsé par le moteur dans l'habitacle laissait peu de place au doute : elle avait peur. Quelque chose se préparait. Une force sombre s'était mise en mouvement et elle pouvait presque entendre le cliquetis des rouages qui tournaient, inéluctables.

Elle jeta un coup d'œil à travers la vitre. La nuit était tombée, les fourmilières de verre se vidaient de leurs occupants qui se précipitaient dans leur voiture pour ajouter à la congestion du trafic. Elle chercha encore du regard quelque chose, ou quelqu'un, qui aurait pu expliquer cette angoisse tenace. Mais non, il n'y avait rien d'inhabituel dans la frénésie urbaine de la fin de journée. Le chauffeur lâcha soudain quelques mots en se tournant à demi vers elle comme si elle avait été en mesure de déchiffrer ses paroles, puis accéléra en donnant un violent coup de volant sur la droite. Un fourgon blindé estampillé du nom de la société Hei Wen venait de s'engager dans une artère plus fluide et une série de voitures se glissait dans son sillage comme des mouettes derrière un bateau de pêche.

Le conducteur, entrevoyant sans doute là une providentielle échappatoire à l'immobilisation, suivit le mouvement. La manœuvre fit illusion l'espace d'une poignée de minutes puis le véhicule se retrouva une nouvelle fois prisonnier du trafic shanghaïen. Rebecca ferma les yeux comme pour échapper au désastre que ce voyage en taxi était en train de devenir. Ainsi coupée du monde, elle réalisa que son cœur cognait trop fort dans sa poitrine et qu'elle avait de plus en plus de mal à respirer. Subitement affolée, elle rouvrit les yeux pour affronter la raison de son effroi, mais tout semblait normal. Son regard se posa sur le nom de la banque à l'arrière du fourgon.

HEI WEN.

The Haywain – « *Le Chariot de foin* » – l'une des œuvres majeures de Bosch…

Cette coïncidence troublante aurait pu la faire sourire si elle n'avait pas été aussi tétanisée par le stress. Un frisson la parcourut. Elle leva un bras et vit se dresser le fin duvet sur sa peau que le froid avait saisie en chair de poule.

Au même instant, la lunette du taxi explosa dans son dos.

Elle eut tout juste le temps de se baisser avant qu'un bras grisâtre ne fouettât le vide au-dessus de sa tête. Paniquée, elle jeta un bref coup d'œil en arrière et comprit que si elle ne sortait pas immédiatement de ce taxi, elle était morte. À force de torsions et de contorsions, elle parvint à se redresser, à ouvrir la portière et à se laisser tomber sur la chaussée. Elle leva les yeux et croisa le regard fou d'un homme à demi nu dont les bras et les jambes semblaient parasités de ramifications de bois.

Ce regard…

Sans laisser le temps à Rebecca de fouiller plus longuement dans sa mémoire, la chose libéra son membre sylvestre du trou qu'elle venait de pratiquer dans le verre et s'avança vers elle.

Rebecca se releva et se mit à courir. Elle se frayait un chemin entre les véhicules dont certains occupants observaient la scène avec incrédulité et prit la direction d'un vaste ensemble d'entrepôts.

Aux chocs sourds des pas de la créature dans son dos, elle sut qu'elle était déterminée à ne pas échouer une seconde fois. Ses poumons ne tardèrent pas à la faire souffrir. Elle était rapide et avait du souffle, mais elle soupçonnait que le monstre qui la poursuivait ne connaissait pas le sens du mot fatigue. Rebecca changeait de direction à chaque embranchement dans l'espoir de semer son adversaire, mais les bâtiments étaient massifs et les rues semblaient interminables. Elle redouta d'avoir commis une erreur en s'engageant dans cet inextricable no man's land où il n'y eut bientôt plus qu'elle et cet homme-arbre qui la poursuivait sans relâche. Elle avait jusqu'ici maintenu son avance, mais elle commençait à ralentir et sa gorge était en feu.

Dans son dos, pas le moindre souffle, pas la plus petite expiration de douleur, rien que cet incessant martèlement qui répondait inlassablement aux battements affolés de son cœur.

Elle vira encore à gauche et déboucha sur une forêt de hautes caisses de bois. Elle eut une brève hésitation, mais l'imminence du danger derrière elle la propulsa en avant. Elle louvoya un long moment entre les conteneurs jusqu'à ce que l'écho de la course du monstre ne lui parvienne plus que de manière indistincte. Elle poursuivit son chemin à travers le labyrinthe de caisses encore quelques minutes jusqu'à une étroite bande de terre qui longeait une vaste aire de stockage où étaient entreposés pêle-mêle des fûts, des cuves, des palettes et de gros sacs de toile.

À bout, elle se laissa tomber au pied d'une benne débordant de ferraille pour reprendre son souffle tout en tendant l'oreille. Au-delà de ses douloureuses expirations qu'elle tentait tant bien que mal de maîtriser, il n'y avait que le lointain murmure de la circulation entrecoupé de sporadiques coups de klaxon. Elle appuya sa tête contre la paroi de métal et emplit ses poumons d'air frais.

Ce regard…

Rebecca chercha dans ses souvenirs sans parvenir à saisir ce que son intuition lui soufflait. Pourquoi voulait-on la tuer ? Car cette chose voulait sa mort, elle l'avait lu dans ses yeux. On l'attirait quelque part, on lui montrait le chemin, puis subitement on lançait un assassin à ses trousses. Qui pouvait lui en vouloir à ce point ? Et pourquoi ?

Elle porta une main à son front sur lequel perlaient malgré le froid de grosses gouttes de sueur. Au toucher, elle sentit qu'il ne s'agissait pas seulement d'eau. Elle plaça sa main devant ses yeux : elle était maculée de rouge. Elle se recroquevilla contre le conteneur, retourna son autre main – elle avait pris la même teinte écarlate – et passa de l'affolement à la panique. Elle pressa ses doigts sur son chemisier, frotta énergiquement. Son cœur, qui s'était sensiblement apaisé, était en train de repartir de plus belle.

Elle ne fit pas le lien avec la vitre arrière qui avait explosé en mille morceaux dans le taxi, aux bris de verre sur les sièges, sur le plancher, aux petits éclats vifs qui s'étaient enfoncés dans sa chair – elle aurait dû faire le rapprochement, comprendre que ces meurtrissures et ces picotements bien réels n'étaient pas simplement le fruit de son imagination – non, elle ne vit que le sang, ce sang presque noir à ses yeux et dont elle était convaincue qu'il n'était pas le sien, mais celui de sa grand-mère. Elle ferma les paupières, serra les dents et sentit les larmes lui monter aux yeux. Elle entendit au même moment un claquement sec, puis un autre.

Elle rouvrit aussitôt les yeux, retint sa respiration.

La créature.

Elle l'avait retrouvée. L'espace d'un instant, son cerveau lui fit oublier tout ce sang pour lui laisser le temps de mettre en balance ses chances de s'en sortir : rester tapie ici et espérer passer inaperçue, bondir hors de sa cachette et reprendre la fuite. Puis ses yeux se reposèrent sur ses mains refermées comme des serres sur sa poitrine et sur son chemisier qui avait viré du blanc au pourpre.

Son corps se raidit, son esprit se figea, et elle chavira dans ce monde où régnait le rouge, le monde de ses visions, celui dans lequel elle basculait si souvent depuis la mort de sa grand-mère et qui faisait de sa vie un enfer. Elle ne quittait plus des yeux cette vaste étendue écarlate qui venait de lui court-circuiter le cerveau – seul un petit fragment de conscience émergeait encore, qui faisait monter la colère, cristallisait l'épuisement de toutes ces années d'affliction en une boule de fureur noire prête à exploser.

Le monstre – ou était-ce un démon qu'on avait tiré des enfers pour l'y renvoyer avec lui ? – apparut au loin entre deux hauts monticules de gravats. Lorsqu'il aperçut Rebecca, il leva ses deux longs membres pétrifiés avec une lenteur infinie et commença à avancer en direction de sa proie. Rebecca ne vit pas le danger approcher. Tête baissée, les mâchoires soudées par la haine et les yeux perdus dans tout ce rouge, elle ne songeait plus qu'à faire disparaître la souillure immonde, à se débarrasser de tout ce sang et quitter à jamais ce monde maudit dont elle revenait plus difficilement chaque fois. La petite bulle de colère explosa, elle crispa fort les mains sur son chemisier, enfonça ses ongles dans le tissu et se mit à frotter avec une rage décuplée. Alors que son bourreau était sur le point de frapper, Rebecca leva la tête et le fixa avec férocité.

La créature s'immobilisa.

Le temps se figea une poignée de secondes, puis il y eut des craquements évoquant la plainte d'un arbre qui se courbait sous le vent, des éclats secs semblables aux crépitements d'un feu de cheminée, alors les membres de la chose se déformèrent, se courbèrent dangereusement et se déchirèrent sous son regard surpris. Les crépitations se multiplièrent, comme si des paquets de petits os avaient été consciencieusement broyés, le bois explosait en expulsant de petits panaches de poussière et bientôt, un grouillement de vers rampa au sol pour échapper à l'anéantissement de leur hôte. Rebecca, enfin sortie de son état de prostration, se prit la tête à deux mains et la secoua violemment.

Il lui fallut un instant pour trouver la force de se relever et de s'approcher de la créature. Puis le jour se fit et l'horreur l'envahit. À présent, elle se rappelait ; malgré la transformation qu'on lui avait fait subir, elle était encore capable de reconnaître le visage torturé de la créature. Les larmes lui montèrent aux yeux.

— Mon Dieu, Lingtao...

Lingtao était mort par sa faute. En venant à sa rencontre, elle avait signé son arrêt de mort. Elle ferma les yeux et laissa couler ses larmes.

— Pardonne-moi, pardonne-moi...

Il n'y avait plus rien du peintre dans la chose qui était tombée à genoux face à elle et dont le haut du corps basculait maintenant en avant dans un craquement sinistre. Rebecca, les mâchoires serrées et le visage baigné de larmes, referma les bras au-dessus de sa tête comme pour disparaître définitivement aux yeux du monde et serra puissamment ses paupières.

Non loin de là, un homme vêtu de noir, presque invisible au milieu de la nuit, ouvrit brusquement les yeux. Son visage sembla un instant hésiter entre deux émotions, puis se figea sur un sourire. Il boutonna son long manteau de cuir et s'enfonça dans l'obscurité.

Rebecca rouvrit les yeux et observa les paumes de ses mains comme si elle les voyait pour la première fois de sa vie. Elles étaient marquées de multiples écorchures, un simple mouvement de doigt la faisait grimacer, mais le sang s'était arrêté de couler et les plaies auraient vraisemblablement cicatrisé d'ici quelques jours. Elle porta son regard sur son chemisier. Il était sale, mais rien ne subsistait de la large tache rouge dont il avait été souillé. Elle écarta légèrement les deux pans du tissu et fronça les sourcils à la vue des stries rouges qui marquaient sa peau. Du sang perlait au creux des sillons les plus profonds.

Elle eut un brusque mouvement de recul à la vue des asticots qui s'avançaient dans sa direction et se releva, hébétée. Elle adressa un regard éploré au corps mutilé de Lingtao avant de contourner l'amas grouillant dont il était encerclé et de s'éloigner en titubant.

*

— Le voilà.

Le vigile indiqua l'écran numéro six sur lequel venait d'apparaître Li. Mais qu'est-ce qu'il fabriquait ?

L'émetteur-récepteur posé à plat sur le bureau se chargea de répondre à ses interrogations.

— Un des chiens a senti une bestiole près du local des machines. Cet abruti ne voulait plus bouger. Tout va bien.

*

Cela lui avait pris un moment, mais Rebecca était finalement parvenue à retrouver la route et à arrêter un nouveau taxi. Après quelques minutes de bouchons, son chauffeur désigna un bâtiment sur sa droite. Rebecca lut le nom du laboratoire sur une enseigne de béton posée dans l'herbe. Elle se pencha entre les deux sièges avant et signifia au chauffeur de poursuivre sa route. La dernière chose à faire était de stationner juste en face du poste de garde. Elle lui fit prendre une rue perpendiculaire une centaine de mètres plus loin et lui commanda de s'arrêter. Elle régla la course et descendit du véhicule. Le vrombissement du moteur du taxi qui s'éloignait dérangea un instant la sérénité de la nuit, puis tout redevint silencieux.

Dans l'armoire électrique, de petites flammes commencèrent à ronger les fils.

L'inspecteur Ti se leva.

— OK, on est partis.

L'opérateur laissa échapper un juron.

— Les écrans sont noirs, on n'y voit plus rien.

Une quinzaine de secondes passa et le groupe électrogène démarra. Il ronfla un court instant, puis l'absence d'huile fut détectée et la machine se mit aussitôt en défaut.

Au poste de garde, les lumières et les écrans se rallumèrent brièvement puis s'éteignirent définitivement.

L'un des gardiens s'empara de son émetteur-récepteur.

— Li, nous n'avons plus rien sur les écrans. Que se passe-t-il avec le groupe électrogène ?

— J'en viens, tout était normal. Je vais voir ce qui se passe.

Mais Craig n'avait pas du tout l'intention de revenir sur ses pas. Il était déjà de l'autre côté du bâtiment.

À présent, seules les batteries autonomes alimentant les sas sécurisés fonctionnaient. Il posa sa carte sur le socle et composa le code qu'il avait soutiré à Li. Le sas coulissa et il se faufila à l'intérieur.

L'inspecteur Ti sauta au bas de la fourgonnette et manqua de percuter son lieutenant, Wei.

— Il n'y a plus aucune lumière au labo et au poste de garde, lui confirma Wei, mais il y en a dans tout le reste du quartier. Il y a un truc pas normal.

— Les gardiens sont toujours à leur poste ? intervint Cooney.

— Oui, deux au PC, le troisième dans la guérite, le quatrième n'est toujours pas revenu de sa ronde.

— Bon, on n'attend pas plus longtemps, déclara Ti. On neutralise les trois gardiens, discrètement, et on cueille le quatrième au retour de sa ronde.

Il se tourna vers les deux unités de policiers.

— *Go.*

Sheng était au deuxième sous-sol. Ils étaient encore une dizaine à travailler à ce niveau. Ils étaient tous sortis quand les lampes s'étaient éteintes. La faible lueur de la lumière indiquant l'issue de secours au bout du couloir avait changé les employés en ombres chinoises.

— Le groupe électrogène n'a pas pris le relais, remarqua l'une des silhouettes.

— Il y a intérêt à ce que la coupure ne dure pas, fit une autre.

— Je vais voir ce qui se passe au-dessus, dit Sheng.

Il avait de bonnes raisons d'être plus inquiet que ses confrères. Cette coupure n'était pas prévue au programme.

Et ses collègues de la police qui allaient vraisemblablement intervenir d'une minute à l'autre…

Craig s'engagea dans le premier couloir qu'il trouva sur sa gauche et tomba nez à nez avec le gardien qui veillait sur l'entrée des laboratoires du périmètre de haute sécurité.

— Li ? Qu'est-ce que tu fais là ?

— Je leur fais faire un petit tour des installations, répondit Craig.

Le front du gardien se rida de perplexité.

— À qui ça ?

Craig s'écarta pour laisser la place aux deux dogues qui grondèrent en exhibant les crocs.

— Faites en sorte qu'il s'exprime de façon intelligible, leur commanda-t-il. J'ai besoin du code.

Les deux molosses se jetèrent en avant.

Rebecca passa la tête au coin de la rue, juste à temps pour voir des formes sombres traverser discrètement la chaussée. Elle distingua des casques, des armes à feu. Elle se remit prudemment à couvert. À l'évidence, elle était au bon endroit et au bon moment.

Craig traversa les vestiaires et appliqua le badge du gardien sur la borne du premier sas. Il composa ensuite les quatre chiffres du code d'accès et pénétra dans le premier laboratoire. Il longea les paillasses immaculées sur lesquelles la verrerie attendait patiemment les manipulations du lendemain et rejoignit la borne du sas suivant. La pièce dans laquelle il pénétra n'était éclairée que par la lueur froide de l'écran digital fiché dans la porte d'une chambre froide massive. Il chercha des yeux un clavier numérique puis aperçut l'écran tactile. Il y appuya le pouce et un bip sourd résonna dans la pièce. Craig tira à lui la porte de la chambre froide, mais elle ne bougea pas d'un millimètre. Il fronça les sourcils. Les gardiens n'avaient vraisemblablement pas accès au contenu de la chambre froide.

— Mais qu'est-ce que vous faites là ?

Craig tourna la tête vers la blouse blanche apparue sur le seuil de la porte. Le coup de pouce providentiel…

Les trois gardiens furent facilement maîtrisés par l'escouade, l'une des plus expérimentées de toute la police chinoise.

— Tant pis pour le quatrième, décida l'inspecteur Cooney. On laisse trois gars ici, ils nous le mettront au chaud. On file vers le laboratoire.

Puis se tournant vers Ti :

— Après vous.

Les policiers se précipitèrent hors du poste de garde à la suite de l'inspecteur Ti.

Sheng s'approcha de la fenêtre de son bureau et regarda au-dehors. Le laboratoire était au centre d'une tache noire délimitée par les lampadaires de la rue. Il plissa les yeux. Il ne vit tout d'abord que l'eau miroitante au pied du bâtiment et le gazon noir au-delà, puis il distingua les formes sombres des policiers qui se hâtaient vers la passerelle métallique. Il poussa un soupir. Tout semblait finalement se passer conformément à ce qui était prévu. Alors qu'il s'éloignait de la fenêtre, il distingua du coin de l'œil une ombre se faufilant le long de la clôture. Il la vit s'immobiliser après avoir parcouru quelques mètres, s'abaisser et rester dans cette position un moment, semblant manipuler des objets déposés à terre. Puis la silhouette se redressa, saisit les montants de la clôture et commença son ascension.

Rebecca leva la tête et considéra les tiges de métal avec dépit.

Tu en as vu d'autres…

Elle agrippa fermement les barreaux et se hissa à la force des mains.

Craig aperçut la triple rangée de capteurs qui équipait la clôture et que son petit stratagème avait rendue momentanément aveugle. Toute cette savante technologie mise hors d'état de fonctionner par une simple coupure de courant. Il sourit et sauta au sol.

L'inspecteur Ti eut l'honneur d'ouvrir la porte d'entrée du labo. Il y eut un petit clic, puis dans le lointain, un son étouffé : *boom.*

Rebecca marchait rapidement en direction du laboratoire, sa haute silhouette légèrement courbée en avant. Elle entendit soudain un énorme bruit, aperçut une langue de feu à l'arrière du bâtiment et presque simultanément, le souffle d'une violente explosion la projeta au sol.

Sheng s'était aussitôt mis en route. Ce type qui avait franchi la clôture ne faisait pas partie du plan, il en était persuadé. Laissant ses collègues pénétrer dans l'enceinte par l'avant, il quitta le bâtiment par le côté et se mit à courir en direction des barrières, les yeux rivés vers l'endroit où le fuyard avait enjambé la clôture. Une puissante onde de choc le percuta dans le dos avant de le soulever de terre.

Craig se retourna.

Des bouffées de feu s'élevèrent dans la nuit, entraînant avec elles des projectiles propulsés jusqu'à plusieurs centaines de mètres du bâtiment. Il avait sous-évalué la force de l'explosion, le côté gauche du laboratoire avait été entièrement soufflé – il eut un bref pincement au cœur à la vue de la belle façade défigurée. Les panaches brûlants disparurent, comme ravalés par l'édifice en proie aux flammes. Des débris faisaient briller le gazon de mille feux. De petits fragments incandescents virevoltèrent dans l'air et vinrent mourir à ses pieds. Il observa avec curiosité ces éclats tremblotants durant quelques secondes puis se détourna du brasier et reprit son chemin.

Rebecca – Shanghai, Chine, J-4

Rebecca reprit lentement conscience. Les dernières minutes de son existence lui revinrent peu à peu à l'esprit tandis que ses yeux se perdaient dans la lueur mouvante de l'incendie. Confortablement allongée dans le gazon tendre et odorant, elle se sentait presque à son aise. Elle ne ressentait aucune douleur et s'accrochait à l'idée qu'elle était indemne. Après tout, elle n'en était pas à sa première explosion de la journée.

La joue posée contre son oreiller de verdure, elle assistait à ce son et lumière avec une infinie sensation de bien-être. Mais la chaleur du brasier pourtant si proche se diluait dans l'air mordant et bientôt elle ressentit une vague sensation de froid. Elle devait se lever. Elle s'apprêtait à se redresser quand elle perçut un léger bruissement à ses côtés. Quelqu'un avançait dans sa direction. Bientôt, une forme apparut dans son champ de vision.

— Bonsoir, Rebecca.

L'homme qui venait ainsi de s'adresser à elle était enveloppé d'un long manteau de cuir noir plus sombre encore que la nuit alentour. Son visage était dur, tout en lignes brisées, comme un masque découpé dans du papier glacé à coups de cutter. Les cheveux étaient d'ébène, très courts, les pommettes hautes et anguleuses et les mâchoires saillantes sous la peau. Le menton bien marqué complétait la sévérité du personnage. Mais au-delà de cette première image d'implacable détermination, il y avait ces yeux en amande d'une fascinante beauté, qui semblaient capter toute la clarté alentour pour ne rien laisser d'autre autour d'eux qu'une profonde obscurité, puis l'incroyable magnétisme d'un sourire dessiné par des lèvres charnues à la carnation parfaite. Elle était incapable du moindre mouvement, comme ensorcelée par ce regard singulier qui l'attirait irrésistiblement à lui. Ces yeux… Ils palpitaient étrangement à la lueur des flammes, comme si des ombres mouvantes se contorsionnaient au fond des pupilles, en écho aux formes luisantes qui s'agitaient dans la nuit, tout près.

— Je suis impressionné que tu sois arrivée jusqu'ici.

Elle esquissa enfin un mouvement et ressentit une douleur à la cuisse qui la dissuada d'aller plus loin dans l'effort. L'homme l'observait comme une bête curieuse.

— Tu as mal ?

— Qui êtes-vous ? souffla-t-elle.

— N'en as-tu pas la moindre idée ?

Elle essaya une nouvelle fois de se redresser, grimaça et laissa sa tête retomber lourdement au sol. Il y eut un long silence.

— Vous savez ce qui est arrivé à ma grand-mère…, déclara-t-elle brusquement.

L'homme leva un sourcil.

— C'est donc ce que ces imbéciles t'ont promis ? De te raconter ce qui s'est passé ce jour-là ?

Il secoua la tête.

— Tu as fait tout ce chemin pour rien, alors.

Il attendit une réaction qui ne vint pas. Il s'assit en tailleur dans l'herbe grasse et entremêla ses doigts sous son menton.

— Qu'espéraient-ils en t'amenant ici ? À quoi croyaient-ils parvenir grâce à toi ?

Des sirènes retentirent au loin. L'homme se redressa et contempla le bâtiment en proie aux flammes.

— Le feu... J'aime son souffle chaud, sa brutalité, sa voracité. Ce feu en alimentera d'autres, Rebecca. La violence appelle la violence.

Il reporta son attention sur la jeune femme étendue à ses pieds, vulnérable, à sa merci.

— Quelque chose de... divin est sur le point de se produire.

Il ricana.

— Je peux te dire ce qui s'est passé, comment tout cela a pu arriver. Veux-tu savoir, Rebecca ?

Sans attendre sa réponse, il se pencha légèrement en avant et s'adressa à elle avec une nouvelle lueur au fond des yeux.

— Ta grand-mère avait un don extraordinaire. Je n'ai jamais vu une telle clairvoyance chez un être humain. Elle allait deviner ce qui allait se produire, elle pressentait quelque chose. Elle avait ce don... et le pouvoir de changer les choses. Que se serait-il passé alors ?

Il enveloppa le brasier d'un large mouvement de bras.

— Rien de tout ceci ne serait arrivé ?

Il secoua la tête.

— Non, elle ne pouvait pas contrecarrer mes plans. J'admirais son intelligence, sa force, mais je ne pouvais pas la laisser se dresser en travers de mon chemin.

Le monde est plein d'êtres dérangés qui basculent dans la folie dans un claquement de doigts.

Il joignit le geste à la parole et ses doigts produisirent un son sinistre qui creva le silence de la nuit.

— Je suis celui qui claque des doigts pour les diriger dans l'obscurité de leur folie.

Des larmes coulèrent sur le visage de Rebecca. Le sourire magnétique réapparut comme par enchantement sur le visage de son tourmenteur.

— Eh oui… Ce pauvre fou qui l'a assassinée n'avait même pas conscience du rôle qu'il jouait. Mais il a rempli sa fonction à merveille. Elle n'a rien vu venir, quelle ironie…

— Vous l'avez tuée…

— J'ai simplement écarté la menace qu'elle représentait.

Il reprit ses distances sans la quitter des yeux. Les traits de son visage se durcirent.

— Mais je n'en ai à l'évidence pas fini. Vois-tu, même parmi les miens, mes actes ne font pas l'unanimité. Les renégats persistent à croire en leur stupide cause et en qui ont-ils choisi de placer tous leurs espoirs ?

Il la désigna d'un mouvement méprisant de la main.

— Toi. C'est toi qu'ils ont choisie car ils ont vu en toi la digne héritière de ton ancêtre.

Son regard se fit plus acéré. Le feu qui l'embrasait brûla avec une intensité renouvelée.

— Mais ils n'ont pas compris que tu n'étais pas ta grand-mère. Tu ne possèdes qu'une infime partie de son immense talent. Je dois avouer que ta petite démonstration de tout à l'heure m'a… intéressé. Mais je crains que cela ne soit pas suffisant.

300

Le hurlement des sirènes se rapprochait à présent rapidement. L'homme se leva et regarda au loin.

— Il y aura sous peu beaucoup de monde dans les environs.

Il émit un grognement indistinct et boutonna le col de son manteau.

— Je n'aime pas la foule. Je vais devoir prendre congé.

Il s'agenouilla auprès de la jeune femme, glissa avec tendresse ses doigts dans ses longs cheveux blonds.

— Te sens-tu prête, Rebecca ?

Il commença à comprimer puissamment le haut de son crâne. Une main se referma avec brutalité autour de son poignet.

— Plus que jamais, répondit-elle d'une voix blanche.

Il la sentit immédiatement. Une force, une volonté insoupçonnée, d'une prodigieuse consistance. Comment pouvait-elle transmettre une telle énergie par ce simple contact ? Il repensa à l'homme-arbre, à la manière dont elle s'en était débarrassée. Il préféra sourire pour cacher son trouble et accentua la pression sur le crâne de la jeune femme.

— Sais-tu seulement qui je suis ? fit-il d'une voix sépulcrale.

Rebecca agrippa le cou de son adversaire de sa main restée libre. Il la sentait jeter toutes ses forces dans la bataille, mais son âme se dérobait inexorablement. Il resserra encore son étreinte, elle resserra la sienne. Il savait qu'à ce point, elle aurait déjà dû être de l'autre côté. Elle résistait avec férocité – pire, ses propres forces étaient en train de le trahir alors que l'étau qui enserrait son cou ne manifestait pas le moindre signe de relâchement. Il ne trouvait plus l'énergie nécessaire. C'était tout simplement incroyable.

Il relâcha délibérément son étreinte avant d'être contraint de le faire par faiblesse. Rebecca en profita pour basculer hors de portée de son adversaire et enfouit sa tête dans ses mains en grimaçant. Elle sentait son crâne sur le point d'exploser. Après plusieurs secondes passées à la limite de l'inconscience, elle tourna la tête et fixa son ennemi en silence. Lui hésitait entre surprise, admiration et fureur.

— Vous avez peur…

Il haussa un sourcil.

— Peur ?

— Je sens la peur… Vous avez peur de moi. Comme vous avez eu peur d'elle.

— De quoi pourrais-je bien avoir peur ?

— Que je réussisse… là où ma grand-mère aurait réussi si vous ne l'aviez pas lâchement tuée.

Ce regard féroce, le même que celui de son aïeule. Était-il donc possible qu'il eût sous-estimé cette demoiselle ? Elle était aussi douée que sa grand-mère, peut-être même plus… Il rapprocha son visage du sien jusqu'à ce que la lueur qui brûlait au fond de ses yeux rougeoyât dans ceux de la jeune femme.

— Ne te mets pas en travers de mon chemin, Rebecca, ou je me ferai un plaisir de t'infliger des souffrances pires que toutes celles que Sarah a dû endurer avant de mourir.

Il se remit debout et lui adressa un dernier regard empli de cruauté.

— Et tu n'as aucune idée de ce qu'a été son supplice.

Sheng, Rebecca, Craig – Sur les rives
du Huangpu, Shanghai, Chine, J-4

L'agitation qui s'était emparée du théâtre des événements parvenait encore indistinctement jusqu'à lui : les sirènes, les cris, le sifflement des puissants jets d'eau. Des hommes et des femmes étaient sortis dans la rue ou passaient la tête par les fenêtres promptement ouvertes. Craig laissa derrière lui ces visages inquiets, quitta les quartiers résidentiels et poursuivit sa route le long des entrepôts de la zone portuaire.

Autour de lui, ce fut à nouveau le calme d'une nuit de plomb. Mais il était inquiet, mal à l'aise, et il se sentait nauséeux. Comment expliquer cette impression alors qu'une douce plénitude l'avait accompagné jusque-là ? Comme si un ressort s'était cassé. Et ces coups dans son crâne… Il accéléra le pas. Son sac commençait à peser dans son dos. Sa nausée empirait. Il avait le cœur au bord des lèvres et sa tête était sur le point d'éclater comme un ballon trop gonflé.

Ses pas l'amenèrent sur un quai désert plongé dans le noir. Il s'appuya sur une rambarde providentielle et ouvrit la bouche pour aspirer de grandes goulées d'air frais. Son estomac sembla apprécier l'arrivée de cet air neuf. Il se tint ainsi immobile, les yeux rivés sur les vaguelettes qui venaient lécher le béton avec un apaisant mouvement de balancier. Les lumières de la ville scintillaient dans le fleuve. Loin sur la gauche, le pont de Lupu dessinait un arc électrique qui surgissait d'un côté du fleuve et s'élançait vers l'autre rive en une gracieuse courbe incandescente.

Le tablier était parcouru des éclats blancs des véhicules encore nombreux en cette heure avancée de la nuit. Les yeux de Craig glissèrent sur les milliers de lumières qui enflammaient l'autre rive et ses pupilles se rétractèrent soudain devant le flamboyant colimaçon qui projetait le pont de Nanpu au-dessus des eaux. Les anneaux brillants de la route lui rappelèrent ces circuits électriques tortueux qu'il n'avait jamais pu s'offrir et sur les boucles desquels il avait rêvé de précipiter les petits bolides grésillants. Les piles du pont laissèrent deux « H » blancs sur la rétine de ses yeux lorsqu'il tourna le dos au fleuve. Toutes ces lumières relançaient sa migraine.

Il posa son sac à terre, se laissa tomber sur un bloc de béton et se prit la tête à deux mains. Il espérait une accalmie dans la tempête qui dévastait l'intérieur de son crâne. Ces flacons… Cette dangereuse substance qu'il emportait avec lui, pour laquelle il avait fait tout ce chemin. Il avait toujours eu ce but en tête et n'avait pensé à rien d'autre qu'à l'atteindre, mais maintenant qu'il avait les fioles en sa possession, il ne savait plus quoi en faire. Il avait pensé à tout, sauf à cet ultime moment où il parviendrait au bout de sa course. Les battements effrénés de son cœur faisaient méchamment palpiter ses tympans. Son esprit s'obscurcissait. Des voix discordantes s'élevaient dans sa tête. L'une, faible, inquiète et plaintive, l'autre plus forte, obsédante et impérieuse. Il se rappela cette voix. C'était elle qui lui avait commandé d'être ici, de s'emparer de ce poison puis... Il ferma les yeux et se concentra. Oui, elle lui avait dit la suite. Il pressa plus fermement ses tempes, puis se frappa le front. *Merde !* Il ne se souvenait plus. Cette putain de mémoire qui se dérobait ! Il y avait bien une raison. Il ne pouvait pas trimbaler ces flacons éternellement. Cette voix... Cette voix lui avait dit... Que lui avait-elle dit de faire avec ces putains de flacons ? Il prit l'une des deux mallettes dans ses mains et la fixa avec intensité.

Il ressentit une soudaine inquiétude. Tous les flics du coin allaient se mettre à la recherche de ces deux petites valises. Il n'aurait plus de répit. C'était forcément ce qui allait se passer, il ne fallait pas se faire d'illusions. Il avait en main tout ce qui restait de plusieurs années de recherche qui avaient abouti à la conception de l'arme bactériologique la plus puissante qui ait jamais été conçue. Lui le savait et nul doute qu'il n'était pas le seul à détenir le secret. À partir de maintenant, il était traqué et chaque minute comptait. Il ne serait en sécurité nulle part et il pouvait se faire prendre à tout moment. Il était hors de question de retourner en prison, jamais il ne remettrait les pieds dans une cellule.

— *Retourner en prison ? Tu ne comprends donc rien... Ils te tueront... Cette fois, tu auras droit à ta petite piqûre.*

Il regarda autour de lui, tendit l'oreille. Cette voix...

— Il y a tant de morts sur ton chemin. Ils ne t'épargneront pas.

Il respirait péniblement. Son visage ruisselait de sueur. Il sentait la panique monter inexorablement. Puis une lueur apparut dans ses yeux. Il y avait bien un moyen. Bien sûr... Il avait le poison, mais aussi l'antidote. Il suffisait d'absorber le contenu des flacons et il deviendrait l'antidote. Le seul antidote pouvant venir à bout de l'horrible fléau prêt à dévaster le monde.

Craig souleva les deux loquets et ouvrit la mallette. Les deux flacons qu'il avait sous les yeux contenaient un liquide limpide, légèrement bleuté. L'antidote. L'autre valise contenait le poison mortel. Il libéra le premier flacon de la mousse qui l'enserrait et dévissa le bouchon. Il observa un moment le contenu de la fiole, comme fasciné par l'étrange teinte qu'il prenait sous la clarté de la lune, puis, après une brève hésitation, absorba le liquide d'un trait.

Une saveur légèrement acidulée persista un moment dans sa bouche. Il attendit quelques instants puis s'empara de la seconde fiole qu'il vida à son tour. Il referma la mallette après en avoir soigneusement rangé le contenu, s'approcha du quai et, tel un lanceur de disque, propulsa son fardeau aussi loin qu'il put dans le Huangpu.

C'est alors qu'il entendit un bruit de pas dans son dos.

Rebecca parvint enfin à se remettre debout en faisant abstraction des incessantes palpitations de douleur dans sa cuisse. Elle contempla avec effroi la scène de guerre qu'étaient devenus le laboratoire Weiqi et ses alentours.

La première chose à faire était de déguerpir d'ici sans se faire repérer.

— Ne faites pas un geste, commanda Sheng.

L'homme était armé. Craig se dirigea vers son sac resté au pied du bloc de béton, indifférent à la menace du mince canon braqué dans sa direction.

— Ne bougez pas ! répéta Sheng en assurant sa cible.

Craig se releva, la seconde valisette entre les mains. Il s'approcha de Sheng sans un regard pour son arme.

— Il y a deux flacons dans cette mallette, déclara-t-il d'une voix parfaitement maîtrisée, c'est le virus. L'autre mallette se dirige en ce moment même vers la mer. Les flacons qu'elle contient sont à présent vides, leur contenu se trouve à cet instant précis quelque part à l'intérieur de mon estomac.

Il déposa son précieux bagage à un mètre de Sheng puis regagna son poste près de son banc improvisé.

— Vous avez le virus, j'ai l'antidote, conclut Craig avec un sourire.

Sheng s'approcha de la mallette et fit sauter les loquets. Puis il regarda Craig avec intensité et tourna la valise. Craig baissa les yeux. Son visage se décomposa. Un seul des deux flacons était incolore, l'autre était bleu.

— C'est impossible, s'écria-t-il. J'ai bu l'antidote, j'ai jeté les deux flacons !

— Je crains que vous n'ayez bu l'antidote et le virus, rétorqua Sheng. Écoutez, mes collègues seront là d'une minute à l'autre, mentit-il. Je vous suggère que vous me suiviez sans faire de difficultés.

Craig ne comprenait pas. Il avait placé les deux flacons incolores dans l'une des mallettes et les deux flacons bleus dans l'autre, il en était sûr. Il était tout aussi persuadé d'avoir absorbé le liquide bleu. Il se passa la main dans les cheveux. Son mal de tête empirait. Les chuchotements s'élevaient de nouveau, plus impérieux que jamais. Il se rassit lentement, visiblement bouleversé par la tournure que prenaient les événements.

— Que va-t-il se passer maintenant ? se demanda-t-il.

— Je ne sais pas, répondit Sheng qui pensa que cette question lui était destinée. Mais il n'y a aucune raison que cela se passe mal si vous ne faites pas d'histoires.

Craig ne bougeait plus. Il semblait à Sheng que ses lèvres remuaient imperceptiblement, mais aucun son n'en sortait. Un instant, ce fut le silence – Sheng était debout, le pistolet toujours bien en main, Craig était assis sur le bloc de béton, perdu dans ses pensées, l'air résigné –, l'instant d'après, il se précipitait vers Sheng et un claquement sec résonnait dans la nuit.

Après un large détour, Rebecca déboucha sur une longue artère au bout de laquelle elle devina la lueur des dernières flammes qui achevaient de consumer le laboratoire. Les lieux étaient déserts, c'était la bonne nouvelle. La mauvaise, c'était qu'elle n'avait aucune idée de l'endroit où elle se trouvait. Un coup de feu retentit à l'autre extrémité de la rue. Elle tourna la tête et sonda l'obscurité.

Sheng ne s'était jamais servi de son arme. Ce gars s'était jeté sur lui, le visage complètement déformé par la haine. Bon sang, il n'avait pas eu le choix ! Il n'avait rien voulu de tout ça, ce n'était pas comme ça que cela devait finir. Il avait du mal à se faire à l'idée qu'il avait peut-être paniqué. Il décida de garder la tête froide et saisit son téléphone portable. Il reconnut immédiatement la voix cassée du lieutenant Wei.

— C'est Sheng.

— Bon sang, Sheng, que s'est-il passé ?

Sheng posa exactement la même question en retour. Le lieutenant soupira et décida de reporter les explications à plus tard.

— Où êtes-vous ?

— Près du Huangpu. J'étais à l'étage et j'ai vu cet homme qui s'enfuyait du laboratoire.

— Quel homme ?

— Un gars a filé avec un échantillon du virus et un échantillon de l'antidote. Je l'ai rattrapé. Le gars est mort, mais j'ai récupéré les flacons.

Il sentit immédiatement l'agitation de Wei à l'autre bout du fil.

— Où êtes-vous, exactement ? demanda celui-ci d'une voix anxieuse.

— Au bout de Kunxing Road, côté Huangpu. Je vous attends sur les quais.

— Ne bougez pas, j'arrive avec des gars.

— L'inspecteur Ti ? hasarda Sheng.

— Il semblerait que Ti et Cooney soient morts dans l'explosion du laboratoire, lui apprit le lieutenant.

Sheng ferma les yeux et soupira.

— Ne bougez pas, répéta Wei. On est là dans quelques minutes.

Sheng raccrocha et son regard se perdit dans le vague. C'était un désastre. Il prit une poignée de minutes pour tenter de comprendre ce qui avait bien pu se passer. Apparemment, ils n'étaient pas les seuls sur le coup.

Une voix surgit dans son dos.

— Au revoir, mon ami.

Sheng se retourna et se sentit défaillir. Un homme, ou ce qui y ressemblait, se tenait debout près du corps sans vie de l'autre type qu'il venait d'abattre. Il était grand, avec d'épais cheveux noirs retombant en cascade autour d'un visage repoussant : des yeux exorbités presque uniformément noirs, une bouche anecdotique, infime marque rectiligne reliant des joues pâles et creusées. Sheng eut un sursaut d'effroi quand il remarqua l'absence du nez – à sa place, il n'y avait qu'une cavité en forme de trapèze ouverte sur un vide sombre.

— Que de chemin parcouru à tes côtés depuis ce providentiel accident de fourgon sur la route de Carson City, déclara l'apparition en contemplant le cadavre. Ton âme noire trouvera la place qu'elle mérite auprès de tes semblables.

— Dieu tout-puissant...

La créature se tourna dans sa direction. Sheng braqua son pistolet en s'efforçant de maîtriser les tremblements de son bras.

— Sheng, c'est bien ça ? Quelle est la couleur de ton âme, Sheng ?

La chose se mit en mouvement et Sheng vida son chargeur.

Rebecca – Sur les rives du Huangpu, Shanghai, Chine, J-4

Deux lignes claires ponctuées de détonations zébrèrent la nuit, puis le silence fut de retour. Cela n'avait été qu'une parenthèse dans la nuit, un songe pour ceux que ces lointains coups de feu avaient agités dans leur sommeil. Rebecca hésita un instant puis boitilla en direction du point où étaient apparus les fugaces éclats blancs. À mesure qu'elle avançait, la scène se précisait. Un quai à première vue désert le long duquel étaient arrimées des barges sombres, des entrepôts vétustes sur sa droite, de hauts monticules de sable sur sa gauche. La seule lumière qui éclairait ce côté-ci de l'eau était la clarté diffuse répandue par les mamelons de sable semblables à de hautes franges d'écume figées dans le temps. Le vent s'était levé et apportait le souffle froid de l'eau qui glissait paresseusement le long du débarcadère.

Sur le quai que Rebecca avait dans un premier temps cru désert était étendu un corps. Elle approcha en jetant de rapides coups d'œil autour d'elle, puis se figea en arrivant près du cadavre – car l'homme était mort, les traits de son visage laissaient peu de doute à ce sujet. Jamais elle n'avait vu une telle expression d'effroi sur un visage humain…

Un cadavre, un de plus… Était-ce cet homme qu'elle était venue chercher jusqu'ici depuis Las Vegas ? Elle espérait de tout cœur que non car alors, il ne servait plus à rien de continuer.

Elle se redressa, sonda la nuit autour d'elle. Rien. Rien d'autre que le vide et un silence de mort le long de ce quai lugubre, rien d'autre que le clapotis de l'eau contre le métal froid des barges alignées comme d'immenses cercueils d'ébène. Son regard traversa le Huangpu, se posa sur les feux de la ville qui palpitaient sur l'autre rive, comme les petits foyers d'un incendie qui s'annonçait dévastateur.

Quelque chose de divin est sur le point de se produire…

Mais quoi, bon sang ?! De quoi cet homme voulait-il parler ? Elle se rappela son visage, son regard habité d'ombres inquiétantes, porte ouverte sur une autre dimension, sur un enfer digne d'un tableau de Bosch. Un tableau qui se serait animé…

Sais-tu seulement qui je suis, Rebecca ?

Elle secoua insensiblement la tête. Elle en avait une petite idée, oui, mais ne voulait tout simplement pas y croire.

*

Le lieutenant Wei détourna les yeux du cadavre. Ce n'était pas le premier qu'il voyait, mais ce type semblait avoir vu le diable en personne avant de mourir.

312

Cela mettait un point final à une soirée qui était allée de mal en pis. L'explosion au labo, leur taupe Sheng, qui disparaissait sans laisser de trace, ou presque, et ce cadavre avec cette horrible expression d'effroi.

Et les flacons, envolés dans la nature…

Il leva les yeux. Au-dessus des entrepôts, les flammes et la fumée s'élevaient encore haut dans le ciel. Les pompiers n'étaient pas près d'éteindre cet incendie. Il observait les fumées enfler comme des champignons puis se disperser par bouffées au-dessus du Huangpu. Se pouvait-il qu'elles renferment en leur sein des matières toxiques capables de décimer une ville tout entière ? Dieu seul savait ce qui s'était trouvé entre les murs de ce labo. Il huma l'air froid de la nuit. Le vent qui soufflait au-dessus des flots et sur les berges du fleuve semblait emporter au loin l'odeur de l'incendie, mais il sentait encore vaguement les relents âcres de la fumée. Il repensa à tous ceux qui s'étaient trouvés là-bas au moment de l'explosion. Les pompiers avaient déjà sorti six cadavres du bâtiment.

Merde.

Il rejoignit son collègue Wulong qui fumait à l'extrémité du quai.

— Tu as du feu ? lui demanda-t-il en sortant une cigarette d'un paquet froissé extirpé de l'une des poches de sa veste.

Wulong actionna sans un mot la pierre de son briquet. Wei mit ses mains en coupe et amena la pointe de sa cigarette au-dessus de la flamme.

— Merci.

Il souffla une bouffée en direction du fleuve en contemplant les lumières qui illuminaient l'autre rive.

C'était quand même une belle ville. Moderne et chargée d'histoire, bruyante et animée, sans cesse changeante. Il ne regrettait pour rien au monde son village natal du Anhui, même s'il repensait parfois avec une certaine nostalgie aux monts Huang enveloppés dans la brume. Il suivit un moment des yeux une branche charriée par le courant jusqu'à un petit ponton de bois. Une tache blanche un peu plus loin sur le quai attira son attention. Il donna un coup de coude à Wulong et lui indiqua l'endroit d'un hochement de tête.

— C'est quoi, ça ?

— Je crois bien que c'est un cheval, répondit l'autre.

La bête paraissait immense, elle était blanche comme la neige.

— Il y a un type sur le cheval, nota Wulong avec perspicacité.

Au moment où il disait cela, le cavalier fit faire un quart de tour à sa monture qui s'immobilisa pour leur faire face. Ils ne voyaient pas distinctement l'homme monté sur l'animal dont ils étaient séparés d'une centaine de mètres, mais sa silhouette suffit à les pétrifier sur place. Il portait une capuche et une longue cape dont les pans battaient les flancs du destrier. Sa tête, qu'il maintenait obstinément baissée depuis qu'ils l'avaient repéré, se redressa avec lenteur. Ils ressentirent une irrépressible envie de prendre leurs jambes à leur cou, mais c'était comme si leurs pieds avaient été scellés de plomb. À cette distance, ils ne purent rien distinguer des traits du visage de l'inconnu, mais singulièrement, tous deux se firent simultanément la même réflexion : c'était peut-être aussi bien ainsi. Avant qu'ils n'eussent prononcé le moindre mot, le cavalier tira sur la bride et sa monture et lui disparurent littéralement dans la nuit. Pendant près d'une minute, Wei et Wulong gardèrent les yeux fixés dans le vide.

— C'était quoi, ce qu'il avait dans le dos ? demanda finalement Wulong.

— Je crois bien que c'était un arc et des flèches.

Troisième partie

Touche finale

Rebecca – Shanghai, Chine, J-3

Ce quartier était un véritable no man's land. Si l'incendie avait fait naître une agitation presque rassurante à proximité du laboratoire, les rues un peu plus loin étaient désertes, silencieuses et sinistres. Pas âme qui vive, pas une voiture qui donnât un peu de lumière dans ces cicatrices urbaines parfois complètement plongées dans le noir. Rebecca marcha presque trois quarts d'heure avant de trouver un taxi à l'arrière duquel elle s'endormit presque immédiatement. Elle rentra à l'hôtel fatiguée et déboussolée.

Tant de questions encore sans réponses… Pour l'une d'elles au moins, elle savait.

J'ai simplement écarté la menace qu'elle représentait...

Elle sentit son cœur se serrer, mais elle n'avait même plus la force de pleurer. Elle s'allongea sur le lit et ferma les yeux.

Le froid la réveilla. Elle réalisa qu'elle s'était endormie sans avoir pris la peine ni de se déshabiller ni de se glisser sous les draps. Elle s'assit au bord du lit, se frotta les yeux. Elle essaya d'estimer l'heure à la position des deux aiguilles fluorescentes de sa montre, mais malgré l'obscurité, elle devina les fêlures dans le cadran. Brisée. Sûrement lors de l'explosion du laboratoire. Elle se pencha et tâtonna sur la table de nuit à la recherche de son téléphone portable. Elle appuya sur différentes touches, mais l'écran resta désespérément noir. La batterie était à plat. Elle alluma la lampe de chevet, se leva et se mit en quête du chargeur dans son sac. Le téléphone daigna enfin s'allumer, claironnant une musique d'accueil que Rebecca s'empressa de faire taire. En entendant les cinq bips l'avertissant de la présence de messages, elle pensa subitement à Otto. *Merde !* Elle avait été si occupée qu'elle l'en avait presque oublié.

Elle vérifia la provenance des messages : une dizaine laissée par ses clients, pratiquement autant par Otto. Le coin supérieur droit de l'écran indiquait huit heures trois. Une heure du matin au manoir. Elle préféra ne pas perdre son temps à lire les messages et rappela directement Otto sans se soucier du décalage horaire. Comme elle s'y attendait, il ne fut pas long à décrocher.

— Rebecca, enfin ! Mais où étiez-vous, bon sang ? J'essaie désespérément de vous joindre.

— Il s'est passé un tas de choses ici, Otto…

— J'ai également du nouveau, répliqua-t-il, mais je vous laisse commencer.

— Ça va prendre un peu de temps…

— J'ai tout le temps qu'il faut.

Elle lui fit une patiente retranscription des événements des derniers jours. Il écouta attentivement, ne l'interrompant par endroits que par quelques courtes questions auxquelles elle s'efforça de répondre de la manière la plus claire possible. Elle en vint à l'apparition du laboratoire.

— « Quelque chose de divin est sur le point de se produire », lui répéta-t-elle. Il a un plan, mais aussi des ennemis qui font tout pour le contrecarrer. Il m'a parlé de… renégats parmi les siens, qui ne sont pas d'accord avec ce qu'il fait.

— Et ce plan, de quoi s'agit-il ?

— Je n'en ai absolument aucune idée, mais il a quelque chose à voir avec votre tableau et il a déjà fait beaucoup de dégâts. Et je crains malheureusement que le pire ne reste à venir…

— Hum… J'ai peut-être ma petite idée sur le sujet…

— C'est-à-dire ?

— Je vous dirai après. Poursuivez, je vous prie. Cette histoire de renégats… De quoi s'agit-il ?

— Je ne sais pas précisément, mais je comprends que ce sont eux qui m'ont amenée jusqu'ici.

— Mais dans quel but ? Et pourquoi vous ?

— À cause de mon don…

Elle serra les mâchoires, déglutit avec peine.

— Et de ma grand-mère.

Il y eut un silence.

— Je suis au courant, Rebecca. Je suis navré.

Elle chassa une larme de la paume de sa main.

— C'est lui qui l'a tuée.

— C'est un fou qui l'a lâchement assassinée et qui passera vraisemblablement le restant de ses jours dans une institution psychiatrique.

— Non, c'est lui.

Elle fit une courte pause.

— C'est lui qui claque des doigts pour les guider dans l'obscurité de leur folie…

— Pardon ?

— Peu importe. C'est lui et il va payer pour ça.

— Qu'est-ce que vous dites ?

— J'ai dit qu'il a tué ma grand-mère et qu'il va payer pour ça, répéta-t-elle avec véhémence.

Otto perçut la rage dans sa voix et commença à envisager le pire.

— Je comprends votre chagrin et votre colère, Rebecca, mais il faut peut-être s'arrêter deux secondes pour réfléchir.

— Réfléchir à quoi, bon sang ? s'énerva-t-elle.

— D'abord à cet homme, à ce qu'il est.

— Nous savons qui il est.

— Alors cela devrait vous pousser encore plus à la réflexion.

— Il faut l'arrêter, d'une façon ou d'une autre.

— On ne sait pas comment, Rebecca !

— Eh bien, je trouverai !

— Pas toute seule ! s'emporta-t-il.

— Je vais le faire payer ! cria-t-elle à son tour.

Elle entendit le choc sourd d'un poing qui s'abattait sur une table.

— Mais vous vous entendez ?! explosa Otto. Vous en faites une affaire personnelle !

— Cette… chose a tué ma grand-mère ! lui répondit-elle avec la même fureur.

— Ça ne la ramènera pas !

— Vous ne comprenez pas, personne ne peut comprendre. Il faut l'avoir vécu, il faut avoir souffert dans sa chair comme moi, j'ai souffert.

— Ma femme était l'être que j'aimais le plus au monde, Rebecca, on me l'a prise sans raison, injustement, exactement comme on vous a pris votre grand-mère. Je comprends parfaitement ce que vous ressentez.

C'était la première fois qu'elle l'entendait parler ainsi de sa femme. Elle n'avait jamais osé l'interroger à ce sujet, il était impossible de savoir quelle douleur se cachait derrière l'absence d'un être cher. Elle ferma les yeux et s'efforça de se calmer.

— Vous comprenez alors ce qui m'anime.

— Oui, la haine et la vengeance, mais je vous le répète, ça ne la ramènera pas. Moi aussi j'en ai voulu à la terre entière, moi aussi j'ai serré les poings et voulu me taper la tête contre les murs. Mais ça n'aurait servi à rien, la vengeance ne sert qu'à jeter du sel sur ses blessures.

— J'essaie de vivre avec les miennes depuis des années et je n'y arrive pas. Aujourd'hui, j'ai l'occasion de les refermer définitivement.

— Rebecca, il faut savoir rejeter la haine pour trouver l'apaisement, la transformer en quelque chose de positif qui permette d'avancer.

— C'est la haine qui me rend aussi déterminée.

— Rebecca, réfléchissez, bon Dieu. Vous ne savez pas à qui vous avez affaire…

— Vous aviez quelque chose à me dire, je crois, le coupa-t-elle.

— S'il vous plaît, dites-moi que vous ne ferez rien sans m'en parler avant.

— Otto, que s'est-il passé au manoir ? insista-t-elle.

Il souffla fort dans le combiné et laissa passer quelques secondes, le temps de décider s'il allait ou non répondre à sa question. Il estima que se taire ne changerait rien à l'obstination de la tête de mule qu'il avait au bout du fil

— J'ai découvert une inscription sur le tableau, quelques mots en latin : « *Ad Julium, ab Jheronimo* » – « Pour Julius, de la part de Jheronimus ».

— C'est donc un authentique Bosch…

— Disons que cette signature plaide en faveur de son authenticité.

— Qui est ce Julius ?

— C'était un moine, dont on a de bonnes raisons de croire qu'il était aussi un hérétique. Je crois qu'il a lancé une espèce de malédiction et qu'elle se manifeste à travers le tableau.

— Une malédiction ? Mais comment vous est venue cette idée ?

— J'ai retrouvé la dernière lettre écrite de la main de Julius, juste avant qu'il ne meure. Apparemment, il a été écarté de la fonction d'évêque après avoir été accusé d'hérésie. Ce qui est assez amusant, si je puis dire, c'est que de fausses preuves ont été réunies contre lui, il a été victime d'un complot. S'il avait su, son adversaire ne se serait pas donné autant de mal. Bref, Julius a dû fuir son pays et c'est depuis son refuge qu'il a écrit cette lettre. Il y exprime toute sa rancœur – sa haine plus exactement – et en particulier envers l'Église qui l'a trahi, et il conclut son brûlot par cette malédiction. Je pense qu'il a sous-estimé la portée de ses derniers mots… Cette malédiction est peut-être le lien dont vous parliez tout à l'heure, le lien entre ce fameux plan et le tableau.

— Possible, oui. Mais en quoi consiste-t-elle selon vous ?

— Je n'en sais rien, répondit-il avec regret, mais nul doute que celui que vous avez rencontré au laboratoire le sait.

— Il faudrait en apprendre plus sur ce Julius. Comment est-il mort ?

— Il s'est suicidé, juste après avoir rédigé la lettre.

Il se garda bien d'évoquer son hypothèse quant à l'identité de la femme venue se confesser auprès de Frère Siméon deux jours avant sa mort, cela n'aurait vraisemblablement servi qu'à renforcer la détermination de la jeune femme.

— Ce n'est pas fréquent pour un moine de se suicider, fit remarquer Rebecca.

— N'oubliez pas que ce n'était pas un moine « ordinaire »...

— Admettons... Mais que fait-on de tout ça à présent ? On ne peut pas rester les bras croisés. Imaginez que cette malédiction, c'est...

Elle se rappela les paroles du grand-père de Lingtao au marché, toutes ces visions de cauchemar. L'enfer comme l'imaginait Bosch...

— Une grande ombre enveloppant le monde..., se dit-elle à elle-même.

— Pardon ? fit Otto qui crut que ces mots lui étaient adressés.

— Il va se passer quelque chose de terrible, se contenta-t-elle de déclarer sombrement.

Ils méditèrent en silence sur cette sinistre prédiction durant de longues secondes.

— De quelle piste disposons-nous ? demanda finalement Otto.

Elle laissa échapper un petit souffle de contrariété.

— Nous ne disposons d'aucune piste ! Tout ce que j'ai trouvé là-bas, c'est un cadavre. Merde !

C'était la première fois qu'il l'entendait jurer. Bizarrement, ce petit écart de langage lui redonna un peu d'espoir.

— Et ce cadavre, comme vous dites ?

— Comme je dis ? Non, un cadavre, un vrai de vrai. Pas très bavard, donc.

Elle n'avait pas perdu son sens de l'humour, un autre bon point, estima Otto.

— Une dernière chose, se rappela-t-il. La lettre de Julius était datée du 21 décembre 1500. Le 21 décembre, c'est dans trois jours.

— Trois jours, répéta Rebecca. C'est peut-être tout le temps qu'il nous reste… Trois jours… et pas la moindre piste. N'y avait-il rien d'autre dans cette lettre ?

— Je ne l'ai pas sur moi, je n'ai pas pu la sortir de l'abbaye. L'abbaye de Yoanneft, c'est là que j'ai trouvé la lettre. Julius y était abbé, avant d'être contraint à l'exil.

Otto fit un effort de mémoire.

— Il y a une interminable tirade sur l'Église, ses déviances, son intolérance… Mais je ne me rappelle rien qui pourrait nous aider.

— Un lieu ? Le nom d'une ville ? Où la lettre a-t-elle été écrite ? demanda précipitamment Rebecca.

— À Saint-Antonin-Beaulieu, répondit Otto, dans le sud-ouest de la France.

— Saint-Antonin-Beaulieu… C'est peut-être ça. Peut-être pas. Comment savoir ? Je suis fatiguée de courir à droite et à gauche.

— Vous pensez rentrer bientôt ?

— Je n'ai plus rien à faire ici.

Otto hésita un instant.

— J'avais prévu de vous rejoindre en Chine…

Rebecca ne put s'empêcher de sourire.

— Et c'est qui, la tête de mule ?…

— Il faut une tête de mule pour faire entendre raison à une autre tête de mule. Du moins, essayer de lui faire entendre raison… Bref, j'imagine que cela ne sert plus à rien que je me déplace.

— Non, je ne crois pas. Je rentre le plus tôt possible.

— Trois jours… Nous n'avons peut-être que trois jours, Rebecca…

— Alors, il va falloir faire très vite.

*

Très vite, oui, mais elle ne put faire mieux que le 19 décembre à vingt et une heures, heure d'arrivée du premier vol qui pouvait la ramener à Amsterdam. 19 décembre. Que seraient-ils en mesure de faire en l'espace de si peu de temps ? Elle ressentit une brusque sensation de faim. Ses derniers repas se résumaient à du grignotage et son estomac était en train de la rappeler à l'ordre. Elle prit une douche rapide et descendit à la salle du petit déjeuner. Dans le hall, ses yeux se posèrent sur un ordinateur au-dessus duquel une affiche annonçait un accès libre à Internet. Une idée lui vint à l'esprit. Elle s'approcha et jeta un œil à l'écran. La page d'accueil du site officiel de la ville de Shanghai y était affichée. Elle inscrivit le nom d'un moteur de recherche dans la barre d'adresse et valida. Accès interdit. Elle fit une nouvelle tentative, puis encore une autre avec un autre moteur de recherche, sans plus de réussite. Elle fronça les sourcils puis se rappela que les autorités chinoises contrôlaient de près les informations qui circulaient sur le Net. *Merde...* Quel était le nom du site de recherche « officiel » déjà ? Elle était sûre d'en avoir déjà entendu parler, mais ça ne lui revenait pas.

Elle tourna la tête vers la réception et aperçut un jeune homme avec une tête sympathique. Son anglais se révéla très limité. Il lui fallut plusieurs minutes de patientes explications, puis convaincre l'employé de l'accompagner jusqu'à l'ordinateur pour qu'enfin il saisît le message et tapât lui-même l'adresse du site sur le clavier. La page s'afficha à l'écran, Rebecca remercia chaudement le jeune homme et attendit qu'il se fût éloigné pour lancer sa requête.

La ville de Saint-Antonin-Beaulieu disposait d'un site Internet. Pas très sexy, mais il avait l'avantage d'exister. Très peu d'images, c'était aussi bien car la connexion était lamentable. Saint-Antonin-Beaulieu tenait plus du village que de la ville, un gros bourg touristique qui se payait le luxe de disposer d'une piscine olympique, d'une patinoire et d'un musée des beaux-arts. Surprenant. Elle parcourut les rubriques, s'arrêta à la section « Événements », où elle tomba sur l'exposition temporaire actuellement proposée par le musée : « Paradiso e inferno : le paradis et l'enfer chez les peintres flamands ». Exposition exceptionnelle : le musée accueillait des œuvres de Bruegel, de Dirk Bouts et, Rebecca eut un léger frémissement, de Jérôme Bosch.

Finalement, ce n'était peut-être pas une si mauvaise piste.

Sheng – Aéroport de Pudong, Shanghai, J-2

Sheng consulta l'écran des départs. Un appareil de la compagnie Aeroflot s'envolait pour Paris dans une heure et demie. Il parcourut une centaine de mètres sous la menace des poutres qui hérissaient le plafond – l'architecture du terminal de l'aéroport de Pudong l'avait toujours fasciné, mais aujourd'hui, elle lui faisait peur, il avait l'impression de marcher sous une averse de piques effilées prêtes à l'empaler sur place. Enfin, il aperçut le comptoir de la compagnie.

— Vous avez encore de la place sur le prochain vol pour Paris ? demanda-t-il à l'hôtesse en agrippant anxieusement le comptoir.

L'hôtesse eut un léger sursaut de surprise et posa une main sur sa poitrine.

— Vous m'avez fait peur, fit-elle avec un sourire aimable. Une personne ?

— Oui.

— Je regarde ça de suite, monsieur.

Elle s'activa un moment sur son clavier et attendit que l'ordinateur rendît son verdict.

— Oui, il reste encore de la place. Voulez-vous que je regarde pour le retour ? proposa-t-elle, toujours souriante.

— Je ne prévois pas de retour pour le moment, répondit-il abruptement.

— Il y a une escale à Moscou. Vous arrivez à l'aéroport de Sheremetyevo à quinze heures trente-cinq heure locale, vous repartez à dix-neuf heures trente, et vous…

— Oui, oui, c'est parfait.

— Le billet est à quatorze mille cent cinquante yuans.

Sheng commençait à perdre patience.

— C'est bon, je vous dis. Je réserve.

L'hôtesse jugea inutile d'user plus longtemps son sourire et posa un regard sévère sur son écran d'ordinateur.

— Très bien, monsieur. Je vais vous demander une pièce d'identité, s'il vous plaît.

L'inconfort du siège ajoutait à son angoisse. Figé comme une statue, la mallette fermement coincée entre ses mains et ses genoux, il essayait de ne penser à rien d'autre qu'à son arrivée prochaine en France. Il avait une petite heure d'attente avant l'enregistrement. L'enregistrement… Il frémit. La mallette ne passerait jamais le portique. Deux fioles de laboratoire remplies de liquides non identifiés enfermées dans une mallette frigorifique qu'il était difficile de se procurer dans la première boutique venue… Il n'avait aucune chance. Il lui fallait la mettre en soute. C'était un risque, mais il avait bien peur de ne pas avoir le choix.

Son visage se crispa. Et si la mallette était interceptée lors d'un contrôle en soute ? Pire, si les flacons se brisaient ? Cette partie-là de l'avion n'était même pas pressurisée – comment se comporteraient les produits à cette altitude ? Sheng commença à se ronger les ongles et à réfléchir activement. Les uns après les autres, les rouages de son cerveau s'immobilisèrent sur l'ébauche d'un plan. Il y avait peut-être un moyen... Vider le contenu des fioles dans des bouteilles, juste le temps de passer le portique, puis remplir de nouveau les flacons de façon à conserver les échantillons au frais. La mallette avec les flacons vides passerait sans encombre[1]... Oui, c'était la solution.

Il acheta une bouteille d'eau et une autre de soda, prit la direction des toilettes et s'enferma dans une cabine. Après avoir versé l'eau dans la cuvette, il s'assit sur la lunette, posa la mallette sur ses genoux et transvasa précautionneusement le liquide viral dans la bouteille vide. Puis ce fut le tour de l'antidote. Il saisit le flacon entre le pouce et l'index, dévissa le bouchon et se figea. Le liquide avait une drôle de couleur. Il ne faudrait pas qu'ils s'intéressent de trop près à la bouteille. Il réfléchit. Et si jamais ils faisaient un peu de zèle ? Si jamais cette teinte si étrange leur paraissait suspecte ? Il fixait le flacon, indécis. Il lui semblait entendre de faibles chuchotements. Il ne bougea plus, retint son souffle. Les chuchotements étaient là, tout près. Oui, il y avait un risque. Ces stupides policiers pouvaient se montrer si méfiants. Il était de plus en plus soucieux et de plus

---

1. Les faits se déroulent en l'an 2000, un an avant les attentats du 11 septembre.

en plus convaincu du danger auquel le précieux liquide bleu l'exposait.

Une idée lui vint – il n'était pas bien sûr de la façon dont elle était arrivée, mais elle était là. Il fit tourner le flacon dans sa main pendant quelques secondes, faisant jouer le ménisque contre la fine couche de verre, puis le porta brusquement à ses lèvres et en avala le contenu d'un trait. Les chuchotements cessèrent comme par magie. Il se sentait déjà plus serein. Une bouteille d'eau dans une main, la mallette avec les deux flacons vides dans l'autre, il n'y avait plus aucun risque. Il rangea la fiole vide de l'antidote dans la petite valise. Puis la ressortit aussitôt. Son front se barra de petits plis. Il fit rouler le flacon entre ses doigts. Il avait l'impression que les quelques gouttes de produit encore présentes étaient incolores. Bah… Il y avait trop peu de liquide pour en distinguer précisément la couleur.

Le policier referma la mallette.

— Merci, monsieur.

Sheng s'empara de sa valise et s'éloigna.

— Monsieur !

Il s'arrêta net.

— Vous oubliez votre bouteille d'eau.

Rebecca mit fin à l'appel d'une pression du doigt. Toujours aucune nouvelle d'Otto. Elle espérait que rien de fâcheux ne lui était arrivé. Elle partait dans une heure. Tant pis, s'il ne venait pas la chercher, elle prendrait le train – en un peu plus d'une heure, elle serait chez elle. À moins qu'elle ne passât un coup de fil à Peter pour qu'il vînt la chercher. Elle se frappa le front. Peter ! Elle ne l'avait pas appelé une seule fois depuis son départ ! Bon sang, il devait être furax. Elle allait en prendre pour son grade. Et il n'aurait pas tort de lui en vouloir.

La fiole était à nouveau remplie, en sécurité dans la mallette que Sheng tenait fermement en main. Il décida de conserver la bouteille d'eau, il en aurait peut-être de nouveau besoin à Moscou.

— Bon voyage.

L'hôtesse lui remit son billet. Il la remercia avec un sourire et se dirigea vers la passerelle d'embarquement avec calme.

Sheng – *Aéroport de Sheremetyevo, Moscou, J-2*

Le réveil était difficile. Sheng se sentait nauséeux et fiévreux. Mais cette sensation de vide dans ses poumons, ce sable dans sa gorge, c'était pire que tout. Il n'arrêtait pas de tousser. Une petite demi-heure avant d'arriver à Moscou. Il se passa la main sur le front. Il était en nage.

Un policier observait les passagers du coin de l'œil. Les neuf heures de vol avaient laissé des traces sur les visages et il semblait prendre un certain plaisir à détailler les mines contrariées de certains voyageurs que l'arrivée à Moscou semblait mettre de très mauvaise humeur. Sheng croisa son regard et baissa aussitôt les yeux vers ses chaussures. Il toussota. Des gouttes de sueur perlaient sur son front. Il releva la tête, espérant que l'agent l'avait quitté des yeux. Les regards des deux hommes se croisèrent. Pas de chance. L'homme se redressa et quitta son poste d'observation.

Le policier désigna la valise.

— Je ne comprends pas le russe, répondit Sheng en anglais.

Le policier insista. Sheng persista à feindre de ne pas comprendre sa demande. Un autre policier arriva et s'entretint un court moment avec son collègue.

— Pourriez-vous ouvrir votre valise, s'il vous plaît ? demanda poliment le nouveau.

Celui-ci parlait un très bon anglais à peine altéré par un léger accent slave. Sheng simula un sourire.

— Ah ! Ma mallette… Ce sont des médicaments qu'il faut conserver au frais. C'est pour soigner mes poussées de fièvre.

Il tapota la valise.

— C'est une mallette frigorifique. Il serait préférable de ne pas l'ouvrir, cela pourrait altérer les produits.

— Je vais vous demander de me suivre au poste. Simple vérification d'identité.

Le sourire de Sheng s'évanouit.

— C'est-à-dire que… J'ai une correspondance pour Paris et…

— Quand partez-vous ? demanda sèchement l'officier.

Sheng ouvrit la bouche, mais une violente quinte de toux ne lui laissa pas le loisir de répondre.

— Quand partez-vous ? répéta l'officier.

— Dans quatre heures, dit-il dans un souffle.

— Ce ne sera pas long. Suivez-moi, s'il vous plaît.

Sheng ferma les yeux un instant. Son crâne le mettait au supplice et il ne pouvait s'empêcher de tousser toutes les trente secondes. Par moments, il devait ouvrir la bouche pour amener un peu d'air frais dans ses poumons tant il se sentait à bout de souffle. L'officier qui parlait anglais l'avait conduit dans cette salle d'interrogatoire spartiate : une table, trois chaises et une caméra dans un des angles, dont l'œil était braqué sur lui. Ils lui avaient pris ses papiers. Il avait presque dû les supplier pour ne pas être dépouillé de sa mallette le temps qu'ils procèdent aux contrôles d'usage, prétextant la nécessité de toujours avoir ses médicaments à portée de main. Face à son entêtement, les policiers n'avaient pas insisté. Cela avait été la seule marque de compassion de leur part et ils avaient l'air bien décidés à ne pas s'inquiéter davantage de son évidente mauvaise santé. Ils reviendraient à la charge, c'était sûr. Et il serait contraint d'ouvrir son bagage d'ici peu.

Il se prit la tête à deux mains, posa les coudes sur la table et ferma les yeux, essayant d'oublier la douleur. Il fut tout à coup pris d'un froid intense et se replia instinctivement sur lui-même, grelottant. Il eut subitement l'impression que son corps s'étirait dans toutes les directions à la fois. La souffrance était insupportable. La sensation de froid avait été éprouvante, mais son cerveau l'avait bien vite oubliée pour ne se concentrer que sur cet insoutenable écartèlement qui n'en finissait pas de le déchirer. Au moment où il crut mourir, il y eut une dernière vague dévastatrice, le bouquet final de cette horrible torture, puis tout fut fini. Le froid avait disparu, le tiraillement s'était aussi soudainement évanoui qu'il était apparu, seuls les maux de tête et le feu dans sa gorge subsistaient. Éprouvant un immense soulagement, Sheng se redressa et rouvrit doucement les yeux.

Un homme était assis face à lui. Pas vraiment un homme. Il avait des yeux immenses et sa bouche était

337

dessinée en un trait cruel à peine perceptible. Un trou sombre s'ouvrait à la place du nez. Il lui semblait avoir déjà vu cet affreux visage. L'image d'un quai le long d'un grand fleuve lui vint à l'esprit. Celle d'un homme étendu à terre, aussi, une silhouette penchée sur le cadavre, puis un visage, qui ressemblait à celui qu'il avait à cet instant précis en face de lui.

— Nous y voilà, Sheng.

Comment cet homme connaissait-il son nom ?

— On se connaît ?

— Plus ou moins.

Sheng fut pris d'une nouvelle quinte de toux.

— J'ai mal…, dit-il en grimaçant.

— Tu te meurs, Sheng.

— Quoi ?

— Tu as absorbé le virus.

— Non, répondit-il dans un souffle. C'était l'anti-dote. C'était le flacon avec l'antidote. Le bleu.

Il toussa à plusieurs reprises, souffrant chaque fois le martyre.

— L'antidote a disparu avec Craig, à Shanghai. Tu es contaminé et tu as pris le temps de transmettre ton mal à une bonne centaine de personnes. C'est un début, mais c'est largement suffisant. Le virus est redoutable. Il se transmet par voie aérienne et son pouvoir pathogène est prodigieux. Le laboratoire Weiqi a fait un excellent travail. Un reporter international qui ramène ses témoi-gnages des quatre coins de la planète, un conférencier qui doit présenter dans deux jours les résultats de ses recherches devant plusieurs centaines de participants venus des cinq continents, un docteur, une institutrice, tous ces passagers qui se sont éparpillés dans la nature

– nul doute que certains d'entre eux ramèneront plus que des matriochkas dans leur valise… Le rayon d'action de l'agent viral est à présent infini.

— Mon Dieu…

— Laisse ton Dieu là où il est, il ne te sera plus d'aucun secours. Ta mission est terminée, et la mienne s'achève avec elle. Je vais à présent disparaître – pour un temps seulement. Et tu vas m'accompagner.

L'horrible humanoïde quitta sa chaise. Sheng leva péniblement la tête avant d'être assailli par une ultime quinte de toux qui le plia en deux.

— Je me charge de la mallette, précisa la créature.

Les yeux de Sheng s'emplirent de larmes.

— Crois-moi, il est préférable de disparaître. La phase terminale de la maladie est un véritable cauchemar.

Le sergent Fredek quitta le passeport des yeux pour les poser sur l'écran de surveillance. La surprise fut telle qu'il ne put retenir un petit cri.

— Capitaine, regardez.

Le capitaine Markov suivit le regard du sergent. Le type qu'ils avaient arrêté au contrôle n'était plus seul. Au moment où il eut la certitude que l'intrus n'était pas un de ses hommes, celui-ci posa une main sur le crâne de leur suspect.

Markov et Fredek se précipitèrent dans le couloir, ouvrirent la porte à toute volée et firent quelques pas en avant, abasourdis. La pièce était vide. Leur suspect s'était volatilisé avec sa mallette et son étrange complice.

Otto – Wittemer End, Pays-Bas, J-2

Otto s'installa dans son fauteuil, un verre de gewurztraminer à la main. Dans moins de trois heures, Rebecca serait à ses côtés et il n'aurait peut-être plus l'occasion d'apprécier un bon alcool avant un long moment. Il était bien décidé à savourer ce verre – peut-être le dernier de son existence, songea-t-il fugacement – jusqu'à sa dernière goutte.

Les deux chiens couchés près de la cheminée dressèrent subitement la tête, se levèrent et trottèrent jusqu'à la porte d'entrée de la bibliothèque. Parvenus à destination, ils se mirent à aboyer furieusement, mais se turent presque instantanément et disparurent dans le salon cn gémissant. Otto tendit l'oreille et, après une brève hésitation, se leva, déposa son verre de vin sur le manteau de la cheminée et s'empara du Luger posé sur le bureau. Puis il se dirigea vers le vestibule en gardant les yeux fixés sur la porte d'entrée.

En passant devant le salon, il chercha les chiens du regard, mais ils avaient disparu, dans la cuisine, probablement, ou peut-être même plus loin, dans le garage. Les deux rottweilers ne prenaient pas peur facilement et il savait bien à quelle récente occasion ils s'étaient comportés de la sorte. Il prit garde de ne pas faire craquer le plancher du vestibule. Il savait que son approche passerait inaperçue s'il avançait sur la droite, le long du mur, là où les lattes étaient plus rigides. Il s'arrêta et écouta une nouvelle fois : à l'extérieur, le silence habituel de la nuit. Il fit précautionneusement glisser les deux verrous et posa la main sur le bouton de la porte en sondant une dernière fois le silence. Il ramena brusquement la porte vers l'intérieur, fit deux pas en arrière et attendit, arme au poing.

— Qui est là ?

Au bout d'une dizaine de secondes, il s'avança prudemment, toujours sur ses gardes, puis franchit le seuil de la porte d'un bond. Il pivota à gauche, puis à droite. Personne. Il se tourna vers le parc et fouilla les ombres du regard. Il y avait quelque chose de dérangeant dans cette obscurité. Quoi donc ? Il fronça les sourcils. Oui, c'était ça. Ce silence n'était pas si habituel que ça. Rien ne bougeait, il n'y avait pas le plus petit frémissement dans les arbres, le temps semblait s'être arrêté de tourner. Il rejoignit le vestibule à reculons, jeta un dernier coup d'œil sur le parc et referma précipitamment la porte. Il regagna la bibliothèque, posa le Luger sur un guéridon à l'entrée, mais se ravisa aussitôt, jugeant plus utile de garder l'arme à portée de main. Il leva la tête et découvrit qu'il n'était plus seul dans la pièce.

Un homme contemplait le tableau, grand et mince, les mains enfoncées dans les poches d'un long manteau de cuir noir. Sur son visage tranché net, tout en lignes brisées, flottait un sourire satisfait. Otto comprit immédiatement à qui il avait affaire.

— Il ne manque plus grand-chose, à présent. Une fois que cette porte sera refermée, l'autre pourra enfin s'ouvrir.

Un long silence suivit, qui fut brisé par la sonnerie du téléphone. Les deux hommes ne se quittèrent pas des yeux jusqu'à ce que le silence revînt. Otto étendit alors le bras et braqua le canon de son Luger sur le visiteur nocturne.

— Rebecca t'a déjà parlé de moi, n'est-ce pas ? Nous avons eu une petite discussion il n'y a pas si longtemps.

— Qui êtes-vous ?

L'intrus croisa les bras sur sa poitrine.

— Des noms, on m'en a donné des dizaines. C'est assez amusant, quand on y pense. À l'origine, je n'en avais pas. Mais les hommes ont toujours trouvé rassurant de mettre des mots sur leurs peurs.

— Vous n'avez rien à faire ici.

L'homme ne prêta pas attention à la remarque d'Otto et indiqua le Luger d'un mouvement du menton.

— Tu te doutes bien que ton arme te sera inutile, Otto.

— Nous verrons bien. Je suppose que je ne serai guère plus avancé les mains nues.

— Je te félicite pour cet élan de lucidité.

— La partie n'est pas encore gagnée. Nous ferons ce qu'il faut pour vous renvoyer d'où vous venez. Vous ne faites peur à personne.

Un rire froid et calculateur se répercuta à travers toute la bibliothèque.

— Nous ne faisons peur à personne car nous ne nous sommes pas encore avancés en pleine lumière,

Otto. Lorsque les loups sortiront du bois, les hommes se cloîtreront et il ne leur restera plus qu'à s'agenouiller devant leurs misérables icônes.

— Je n'ai jamais cru en un quelconque dieu. Je ne vais pas commencer aujourd'hui.

L'autre soupira.

— D'où tenez-vous cet acharnement compulsif à empêcher le cours des choses ? Ceux qui se sont élevés contre moi ont échoué. Que crois-tu faire avec ce misérable jouet ?

Il leva un doigt. Otto ressentit aussitôt une chaleur intense au creux de la main. Il vit le métal de son Luger rougir et lâcha prise pour éviter la brûlure. Le pistolet tomba à terre et glissa sur le plancher jusqu'aux pieds de l'homme, qui s'abaissa sans se presser et le ramassa. Il tourna et retourna l'arme dans ses mains, semblant l'étudier avec une grande curiosité, puis poursuivit son discours.

— Sarah était un prodige, Julius en était un autre en son temps. Son désir de destruction a dépassé toutes nos espérances. Il est parvenu à allumer une flamme qui a bien failli s'éteindre et qu'il nous appartient aujourd'hui de ranimer. La patience est une de mes rares vertus. J'avoue cependant que ce fut long. L'heure est enfin arrivée. Je te le répète, Otto, ni Rebecca ni toi ne pourrez changer le cours des choses.

— Si vous êtes si sûr de vous, vous ne verrez pas d'objection à ce que je tente ma chance.

— Oh, mais tu vas pouvoir tenter ta chance, Otto.

L'homme fit quelques pas, se laissa tomber dans un fauteuil et, emprisonnant le Luger entre ses deux mains jointes sous son menton, le pointa avec nonchalance en direction d'Otto.

— Vois-tu, il ne reste que deux personnages dans le tableau. Mais ça, j'imagine que tu le sais déjà, tu connais cette œuvre mieux que personne. Ces deux personnages, je vous les ai réservés, à Rebecca et à toi. Tu as l'insigne honneur d'être le premier à choisir.

Le tableau émit une série de brefs craquements puis sa surface se gonfla et se contorsionna pour esquisser des formes vaguement humaines. Les contours d'un visage apparurent, et s'évanouirent avant de reparaître plus distinctement, matérialisant les traits d'une femme semblant pousser un horrible hurlement, comme mortifiée par une naissance difficile. Une autre ombre, comme une tête d'insecte, apparaissait en alternance avec cette figure convulsionnée. Au bout d'une interminable agonie, deux formes furent jetées à terre, comme prises dans un plasma noir. Cette sombre gangue disparut progressivement, faisant apparaître une femme vêtue d'une longue robe blanche et un être humanoïde dont le corps était surmonté d'une tête d'araignée.

Les deux créatures se mirent lentement debout. Otto fit deux pas en arrière. La femme était éblouissante, une déesse qu'Otto avait du mal à imaginer sortie tout droit de son enveloppe fétide. Son visage était un ovale parfait, ses lèvres magnifiquement dessinées et dans ses yeux semblaient incrustées deux émeraudes d'une incroyable limpidité. Elle portait de longs cheveux bouclés blonds, presque blancs, qui enlaçaient son cou de minces fils d'argent. Sa fine silhouette s'évasait dans le drapé d'une robe opalescente dans les manches de laquelle étaient dissimulées ses mains. Son expression

était troublante : c'était par moments celle d'une innocente jeune femme dans les bras de laquelle vous rêviez
de vous endormir, puis une ombre passait et le regard
devenait froid, implacable, presque cruel. Et elle n'en
était que plus envoûtante…

L'immonde bête qui se tenait près d'elle était sa répugnante antithèse. Nettement plus petite que la femme,
des jambes trapues aux muscles saillants, un énorme
ventre pris dans une tunique terreuse et deux membres
supérieurs qui auraient pu être des bras si les mains
n'avaient pas laissé la place à deux pointes noires acé-
rées dont la surface lisse réfléchissait les lumières de
la bibliothèque. Ce qui lui servait de tête était pourvu
de deux immenses yeux comme deux énormes billes
noires et opaques et se terminait par deux mandibules
démesurées qui s'agitaient avec une écœurante sou-
plesse. La jeune femme baissa la tête et enveloppa le
haut de son corps dans ses bras, comme pour éloigner
une brusque sensation de froid.

— Tu as ta destinée et celle de Rebecca devant toi,
Otto. Il est temps de faire ton choix.

Otto décrocha un sabre suspendu au mur entre deux
rayonnages.

— Quelle espèce de choix est-ce là ? Je ne joue pas à
votre jeu stupide. Quand j'en aurai fini avec eux, je ferai
disparaître ce petit air de supériorité de votre visage.

— Tu es encore plus fou que je ne le pensais, dit
l'homme avec un sourire attristé.

La créature à tête d'araignée s'avança en faisant cla-
quer ses mandibules. Otto dirigea la pointe de son sabre
vers la tête du monstre. Celui-ci commença à faire des
petits pas chassés d'un côté puis d'un autre pour essayer

d'échapper à la menace de l'arme blanche. L'aspect de la bête n'avait pas préparé Otto à une telle vivacité. Il était en permanence contraint d'ajuster sa garde pour la tenir à distance. Le ballet dura quelques secondes, un round d'observation au cours duquel aucun des deux adversaires ne prit l'initiative. Du coin de l'œil, Otto surveillait les deux autres protagonistes qui observaient la scène sans broncher. La sonnerie du téléphone retentit une nouvelle fois dans la pièce.

L'homme-araignée mit cette diversion à profit pour plonger en avant – Otto eut tout juste le temps d'abaisser le sabre pour s'opposer à l'attaque. La créature recula prestement en émettant un petit sifflement de rage. Elle dessinait de ses bras de larges arcs de cercle devant elle avec l'évidente intention d'embrocher sa proie. Otto éleva le sabre à hauteur d'une des pattes de la créature qui, voyant son adversaire relever sa garde, se jeta une nouvelle fois en avant, mandibules ouvertes, pour le mordre à la poitrine. Otto fit un rempart de son arme, recula brusquement, buta contre une chaise et chuta lourdement à terre. Il tendit immédiatement le sabre en avant, dont la pointe vint titiller les deux pinceaux poilus blottis entre les mandibules de l'homme-araignée, qui recula encore.

Otto se releva, les jambes flageolantes. Les années avaient érodé l'ardeur de sa jeunesse et sa témérité, mais il ne pensait pas disposer encore d'un aussi fort instinct de survie. Il se jeta rageusement en avant et dessina un « X » majuscule dans l'air. La bête fit un petit bond en arrière pour éviter l'attaque, riposta en projetant son bras gauche en avant – Otto écarta l'assaut d'un geste vif – puis fit une tentative du droit, qu'elle allongea en direction des jambes de son adversaire. Le vieil homme ramena comme il put le sabre de ce côté et l'abattit vers le sol, à la recherche de l'aiguillon mortel. La créature esquiva, la pointe de l'arme se ficha entre deux lames disjointes du parquet et resta plantée là malgré tous les efforts d'Otto pour l'extirper du piège.

Il croisa le regard du monstre. Ses deux mandibules se refermèrent mollement comme pour savourer cet heureux coup du sort. Il ramena son bras gauche en arrière et s'apprêta à frapper. Otto tira une dernière fois sur son arme avec l'énergie du désespoir, les deux planches lâchèrent subitement prise, libérant le tranchant du sabre qui s'éleva dans les airs et excisa de bas en haut la poitrine de la bête. Elle expulsa sa douleur dans un cri strident et disparut dans les airs. Otto, à court de souffle, resta un instant désemparé puis, repensant à ses autres visiteurs, tourna vivement la tête. L'homme en noir était toujours paisiblement enfoncé dans son fauteuil, mais la jeune femme avait disparu. Il secoua la tête.

— Vieux fou...

Otto sentit une présence dans son dos. Une main se referma autour de son poignet, serra jusqu'à lui faire lâcher son sabre, tandis qu'un bras vêtu de blanc glissait sur sa poitrine et comprimait puissamment sa cage thoracique. La pression exercée par ce membre si menu était irréelle. La tête de la dame blanche vint se poser sur son épaule. Elle sourit et murmura :

— Il est temps de te reposer...

Il sentit d'abord le souffle polaire exhalé par la jeune femme, puis il lui sembla que sa poitrine était saisie par le gel. Il essaya de se débattre, mais l'étreinte était prodigieuse. Son cœur se pétrifia en une concrétion de glace brute qui irradia un froid mortel dans tout son corps, son sang se cristallisa puis se figea et son esprit explosa en mille paillettes de givre.

Son cerveau agonisant lui renvoya une dernière fois l'image du visage de Lena. Il fut heureux d'emporter cette dernière vision avec lui.

Le Diable s'avança et contempla la scène vidée de ses personnages.

— Une porte se referme.

Il tendit un bras et ouvrit la main en direction de la peinture. Les couleurs s'estompèrent, les contours se brouillèrent et la surface du tableau devint aussi noire qu'une nuit privée de lune.

Rebecca – Wittemer End, Pays-Bas, J-2

Rebecca se résolut à raccrocher. Le prénom d'Otto resta un instant affiché devant ses yeux puis disparut. Elle fixa avec désespoir l'écran d'accueil de son téléphone portable. Il n'était pas venu la chercher et ça, c'était incompréhensible. Même si son cœur la suppliait de garder un espoir, fût-il infime, elle avait la conviction qu'il s'était passé quelque chose. Elle releva la tête. Le wagon était quasiment vide. Une étudiante était plongée dans ses notes de cours un peu plus loin sur sa gauche, une tête coiffée de deux énormes écouteurs se balançait au rythme de la musique au fond de la rame. Elle regarda la nuit défiler à travers la fenêtre du train. Le ciel était constellé d'étoiles et la lune légèrement rosée sous l'effet d'un fin dépôt translucide qui maculait le verre juste devant ses yeux. Elle se pencha en avant, modifia légèrement son angle de vue. Non, ce n'était pas cette tache qui lui donnait cette étrange teinte, l'astre était réellement rouge.

Peter n'était pas du genre à s'énerver. En de rares occasions, il s'emportait contre son PC et mettait une grande baffe à son écran quand le processeur n'arrivait plus à suivre et polluait le défilement des images de secousses épileptiques, mais il avait le don de rester calme en toutes occasions. Sa taille et sa corpulence étaient des moyens de persuasion – ou de dissuasion, selon les circonstances – suffisants. Mais là, c'était quand même fort de café. Aucune nouvelle depuis maintenant plus d'une semaine. Comment était-ce, là-bas à Vegas ? Quel temps faisait-il ? Avait-elle retrouvé à sa copine ? Était-elle même bien arrivée ? C'était le silence radio complet. Non, il ne s'énervait pas facilement, mais il savait manifester son mauvais caractère de bien d'autres façons. Il avait longtemps mis un point d'honneur à ne pas l'appeler, se convainquant à certains moments que ce n'était pas à lui de le faire, s'énervant à d'autres que si elle avait mieux à faire que de lui donner de ses nouvelles, lui aussi avait mieux à faire que de se ronger les sangs. Mais l'inquiétude avait finalement eu raison de son entêtement.

Il raccrocha. La messagerie, une nouvelle fois. Peut-être un peu énervé, oui. Mais surtout inquiet. Elle n'était pas du genre à oublier ses promesses. Il baissa la tête vers les deux chats dont la tête était plongée dans la gamelle qu'il venait de remplir de croquettes.

— Et alors, la patronne, vous ne sauriez pas où elle est, vous ?

Il observa un moment les félins qui dévoraient leurs croquettes comme s'ils n'avaient pas mangé depuis deux jours. Le bruit de leur mastication le fit grimacer – des craquements écœurants comme si de petits os étaient en train de se faire broyer à féroces coups de dents.

— Ouais, évidemment, fit-il d'un air dépité. Si les chats servaient à quelque chose, ça se saurait.

Il quitta l'appartement et s'engouffra dans sa voiture. La température s'obstinait à rester bloquée plusieurs degrés en dessous de zéro depuis trois jours et même lui, qui disposait naturellement d'une protection thermique relativement efficace, commençait à trouver ce début d'hiver particulièrement rigoureux. Il enfonça la clé dans le contact et démarra le moteur. Au moment où il posait le pied sur la pédale d'accélérateur, il vit la voiture de Rebecca passer à fond de train devant la sienne et traverser le carrefour alors que le feu tricolore était sur le point de passer au rouge. Il n'avait pas eu le temps de voir son visage, mais il n'avait aucun doute, c'était bien sa voiture. Il ne l'avait jamais vue conduire de façon aussi sportive. Et elle n'était même pas passée à l'appartement. Quelque chose clochait. Mais au moins elle était en vie et en un seul morceau. Il enfonça la pédale d'accélérateur et se lança à sa poursuite.

Apercevant le manoir, Rebecca guida sa voiture sur le bord de la chaussée et coupa le contact avant d'avoir complètement immobilisé le véhicule. Celui-ci ralentit en silence sur quelques mètres puis s'arrêta doucement près de la grille d'entrée du parc. La nuit était claire, la route brillait sous la clarté de la lune, mais pas de cette clarté diaphane et froide à laquelle elle était habituée. Non, le goudron semblait irradier une étrange lumière, légèrement rosée.

Elle fit le tour de la voiture puis s'immobilisa devant la grille, oreille tendue, espérant un signe – n'importe lequel – qui l'aurait définitivement rassurée sur la condition d'Otto. Réalisant que ce signe n'arriverait jamais, elle appuya sur le bouton de l'interphone. Une fois. Deux fois. Puis une troisième et dernière fois avant d'actionner le loquet. La grille était fermée à clé. Elle s'écarta et leva les yeux. L'arête du mur d'enceinte était hérissée de tessons de bouteilles. Elle évalua la hauteur du mur. Il n'était pas bien haut – deux mètres, tout au plus.

Elle retourna à sa voiture et revint avec deux grosses couvertures de laine qu'elle plia soigneusement en deux bandes larges d'un mètre et épaisses de plusieurs centimètres. Elle en prit une à deux mains, la fit tomber le long de son dos et la balança par-dessus sa tête, puis répéta l'opération avec la deuxième couverture. Une fois le matelas de laine bien en place sur les tessons, elle recula de quelques mètres et s'élança. Elle parvint à caler ses aisselles sur l'épaisseur de la laine, se hissa à la force des bras, puis passa les jambes et se laissa retomber sur l'herbe rase. Elle s'immobilisa et attendit un instant, à l'écoute de l'obscurité. Aucun signe de vie des chiens non plus. *Mon Dieu, faites qu'ils soient à l'intérieur et toujours en vie...*

Elle se mit en route vers la grosse bâtisse, marchant d'un pas rapide le long de l'allée gravillonnée. Le mauvais pressentiment qui lui vrillait les entrailles depuis son départ de Chine grandissait à mesure qu'elle approchait du manoir. Cette détestable sensation, comme si son estomac s'était changé en une grosse boule de nausée pure, finit par faire remonter ce goût immonde qui lui était subitement et sans explication rationnelle venu à la bouche lorsqu'elle était arrivée chez elle il y avait vingt-trois ans de cela.

Sa grand-mère venait de mourir dans d'atroces souffrances, elle ne le savait pas encore, elle était à des millions de kilomètres de l'imaginer – elle pensait encore à l'école, à ses discussions futiles avec ses camarades de classe, à ses devoirs qu'il lui faudrait faire en arrivant –, mais avant les gyrophares, avant d'apercevoir tout ce monde devant la maison, avant même l'inquiétude et la peur, il y avait eu cette saveur métallique dans sa bouche, celle du sang versé par sa grand-mère. Sur le moment, elle n'y avait pas prêté plus d'attention que ça, elle s'en était étonnée, mais l'avait vite oubliée. Ce n'était que bien après qu'elle s'en était souvenue et qu'elle avait compris que c'était un message qui lui avait été envoyé.

Et aujourd'hui, c'était exactement la même chose.

Faites que ce ne soit pas ça...

Il y avait de la lumière au rez-de-chaussée. Elle monta les marches du perron. La porte d'entrée était fermée. Elle tourna le bouton et poussa. Fermée, mais pas verrouillée. C'était peut-être dans les habitudes d'Otto, mais cela ne la rassura pas. Elle fit un pas et se figea, aux aguets. Les lumières étaient allumées dans le vestibule et au-delà dans la bibliothèque, mais le manoir était silencieux. Elle referma la porte et s'avança. Arrivée dans la bibliothèque, elle aperçut d'abord les chiens, assis sur leur séant, qui se levèrent à son approche et gémirent. Puis elle vit Otto, allongé par terre, sur le côté. Elle se précipita, fit le tour du corps et s'agenouilla.

— Otto ? Otto ? Vous m'entendez ?

Elle approcha son visage du sien. Pas un souffle. Elle lui prit la main – elle était glacée.

— Otto, c'est Rebecca.

Elle appuya deux doigts à la base de son poignet, mais elle savait que c'était peine perdue. Elle le savait depuis le départ... Elle posa une main sur sa joue, essaya de se convaincre que ce n'était pas possible, que ce ne pouvait pas être lui. Non, ce ne pouvait pas être lui, elle n'avait devant les yeux qu'un simple leurre de pigments et d'huile, comme toutes ces créatures qui s'étaient enfuies de ce tableau maudit.

— Otto, je vous en prie..., souffla-t-elle alors que les larmes lui montaient aux yeux.

Sa peau était si froide...

Elle devait se rendre à l'évidence. Elle déglutit avec peine, serra les dents et leva les yeux en direction du tableau. Elle ressentit un choc à la vue du rectangle noir. Au même moment, les chiens détalèrent vers le vestibule. Elle se retourna aussitôt et fit le tour de la bibliothèque du regard. Elle était seule. Qu'avaient-ils vu ? Qu'avaient-ils senti ? Elle se remit debout, fit quelques pas dans la pièce. Le vent s'était levé, il avait trouvé un chemin jusqu'ici et son sifflement sinistre était le seul son qui régnât dans tout le manoir. Elle décida de suivre la trace des chiens qui s'étaient élancés dans le salon.

La lumière y était également allumée, mais la pièce était vide. Elle poursuivit son inspection dans la cuisine. Un courant d'air froid la fit frissonner sur le seuil. Elle actionna l'interrupteur et une rangée de spots illumina les carreaux d'un immense plan de travail placé au centre de la pièce et sur lequel des ustensiles de cuisine étaient soigneusement disposés. Des placards en chêne surplombaient un second plan de travail contre le mur du fond. Toute la pièce témoignait du même soin maniaque : les surfaces étaient reluisantes, les rares objets qui n'avaient pas été rangés étaient alignés au cordeau sur les plans de travail, les fruits et les légumes soigneusement disposés dans une corbeille de verre. L'inox rutilant d'un grand évier faisait miroiter la lumière des spots. Elle traversa cet univers de propreté et poussa une porte entrebâillée sur sa droite.

Le garage. La Jaguar était à sa place.

Elle regagna la cuisine, puis le salon. Son regard se posa sur la sacoche d'Otto, abandonnée sur un bureau. Près du sac, il y avait un stylo et un papier plié en deux. Elle jeta un œil. Des notes. Des commentaires et des observations qu'il avait rédigés à la suite de son séjour à l'abbaye et dont la majeure partie lui avait déjà été rapportée lors de leur dernière conversation téléphonique : Julius, un résumé de sa vie, son exil à Saint-Antonin-Beaulieu, la lettre qu'il y avait écrite, la malédiction. Otto mentionnait également l'existence d'un dessin dans un carnet appartenant à un certain « Frère Siméon » et il avait inscrit une question au bas de la feuille : « Reproduire le tableau ? » Qu'avait-il voulu dire par là ? Elle repensa au tableau, duquel avait disparu toute trace de l'œuvre de Bosch, puis l'image du corps d'Otto étendu sur le sol de la bibliothèque lui revint à l'esprit. Ses épaules s'affaissèrent et la douleur se réveilla. Elle ne pouvait pas le laisser ainsi. Elle retraversa la cuisine et prit le chemin de la bibliothèque.

Toutes ces pièces vides et silencieuses la mettaient mal à l'aise. Le manoir était si vaste… Elle tourna la tête vers la cage d'escalier. Et se figea. Il lui semblait avoir vu une tache blanche en haut des marches. Elle s'approcha, monta quelques marches, tendit le cou vers le premier étage plongé dans l'obscurité. Elle n'était pas sûre de vouloir monter. Plus haut, le plancher craqua. Son cœur marqua un temps d'arrêt. Elle essaya de retrouver son calme et de rassembler ses esprits. Il y avait forcément des bestioles dans cette immense maison.

Une sacrée bestiole, alors.

Elle retourna à la cuisine, repéra un long couteau à viande sur le plan de travail. Cela ferait l'affaire. De retour en bas des marches, elle donna un peu de lumière et examina une nouvelle fois la cage d'escalier. Son cœur battait la chamade. Elle commença son ascension, aussi discrètement que possible. À mi-chemin, elle entendit un nouveau craquement à l'étage. Pas de doute, elle n'était pas seule. Elle prit son courage à deux mains et s'engagea dans le couloir qui donnait sur les chambres, couteau en avant. Elle se rappela sa rencontre avec la créature. Quelle chambre était-ce, déjà ? Elle tourna la tête. La deuxième, sur la gauche. Machinalement, elle se dirigea dans cette direction.

Elle ne pouvait pas imaginer que son cœur pût battre encore plus vite sous le coup d'une nouvelle émotion – un craquement, une porte qui claque ou s'ouvre –, non, cette fois-ci, il s'arrêterait net. Elle entrouvrit la bouche, aspira de grandes bouffées d'air, essaya d'exhaler son angoisse aussi calmement que possible. Rien n'y faisait. Elle était terrorisée. Elle abaissa la poignée, poussa la porte et s'empressa d'actionner l'interrupteur. La pièce était vide. Elle referma la porte. Elle n'était pas enthousiasmée par l'idée d'inspecter les autres pièces.

Elle perçut alors une agréable senteur dans l'air, un doux effluve semblable au parfum du jasmin. Deux bras l'enserrèrent par-derrière. Une main glacée plaqua la main qui tenait le couteau contre son ventre tandis qu'une autre se posait sur sa poitrine. De sa main libre, Rebecca tenta de repousser le visage de son agresseur, mais l'étau se resserrait déjà. Elle essayait désespérément de dégager cette main de porcelaine qui lui écrasait la poitrine. Ce froid… Elle ne sentait plus le haut de son corps et sa conscience était en train de basculer.

Il y eut un énorme choc dans son dos et elle fut libérée de la mortelle étreinte.

Peter pointa le chandelier en fer forgé en direction de la forme recroquevillée à terre.

— Tu bouges pas le petit doigt.

Le visage de la jeune femme se tourna lentement vers lui. Des larmes coulaient le long de ses joues pâles. Ses belles boucles blondes formaient un voile implorant devant ses yeux tristes.

— Pourquoi, Peter ?…, fit-elle d'une voix suppliante.

Puis elle tendit une main dans sa direction. Il hésita. Jamais il n'avait vu pareille beauté, un ange descendu du ciel, tout de blanc vêtu. Son arme lui glissa des mains. Rebecca, à terre, les mains sur le cœur, observait la scène, impuissante.

— Peter, non…, dit-elle dans un souffle.

— Je t'en prie, Peter, insista la jeune femme, aide-moi à me relever.

Il prit sa main dans la sienne, la releva doucement et l'approcha de lui. Puis il croisa son regard – émeraude, translucide. Fascinant. Elle sourit. Un sourire mauvais, calculateur. Dépourvu de toute humanité. Il posa ses mains sur les hanches de la jeune femme, la souleva de terre sans le moindre effort et, après une courte hésitation, la balança par-dessus la rambarde de l'escalier. Il n'y eut aucun cri, aucun choc. La silhouette s'était évaporée dans les airs avant même d'avoir touché le sol.

— Ben merde, dit Peter.

Il se retourna et s'agenouilla auprès de Rebecca qui reprenait doucement ses esprits.

— Ça va ?

— Oui, ça va.

— J'appelle les flics.

Elle lui saisit le bras.

— Et qu'est-ce que tu vas leur dire ?

— Il y a un type mort en bas, fit-il remarquer.

— Je suis au courant, oui. Aide-moi à me relever.

Ils redescendirent au rez-de-chaussée, Rebecca encore faible se reposant sur Peter qui la soutenait par la taille, et rejoignirent la bibliothèque où reposait le corps sans vie d'Otto. Il lui vint subitement à l'esprit qu'elle n'entendrait plus jamais le son de sa voix. Sa volonté vacilla. Elle avait senti en lui une personne admirable, un homme juste, simple et généreux, qu'elle aurait aimé connaître en d'autres circonstances et dont, elle en était sûre, elle se serait fait un ami sincère. Elle avait passé si peu de temps avec lui...

Ils le lui avaient enlevé, tout comme sa grand-mère.

— Rebecca...

Elle tourna la tête. Peter l'observait, dans l'attente d'une décision.

— On ne peut pas le laisser ainsi, dit-elle soudain.

— C'est bien pour ça qu'il me semble judicieux d'appeler les flics.

Il fit le tour de l'immense pièce du regard.

— T'es sûre qu'il n'y a pas d'autres... de ces machins dans le coin ? demanda-t-il avec anxiété.

Rebecca ignora sa question, posa une main sur la tête d'Otto comme en un dernier geste d'adieu, puis se leva et se dirigea vers le téléphone. Elle enfouit ses mains dans les manches de son pull, s'empara du combiné et composa le numéro de la police à travers la laine. Une voix s'éleva à l'autre bout du fil après presque une minute d'attente.

— Le manoir d'Otto Van Helsing, Wittemer End. Il y a eu un accident. Dépêchez-vous, je vous en supplie.

Et elle raccrocha. Peter la regardait, médusé.

— On file en vitesse, lui dit-elle.

Peter s'abstint de tout commentaire et la reprit par la taille. Parvenu dans le vestibule, il s'immobilisa subitement.

— Le couteau, dit-il.

— Et le chandelier, ajouta Rebecca.

— Attends-moi ici, je n'en ai pas pour longtemps.

— Essuie-les soigneusement. Le couteau était sur le support dans la cuisine, il y a un logement vide.

Peter disparut dans le salon. Il revint deux minutes plus tard, l'air soucieux.

— Ils vont forcément retrouver ta trace. Tu as dû laisser tes empreintes un peu partout dans la baraque.

— Je saurai leur expliquer que c'était un de mes clients. J'ai forcément laissé des traces. Tu as une autre solution ? De toute façon, je te garantis que d'ici peu, les flics auront d'autres chats à fouetter.

Ils quittèrent le manoir, Rebecca toujours soutenue par Peter. Un froid mortel s'étendait depuis son épaule jusqu'à sa poitrine.

— Tu peux conduire ? lui demanda-t-il.

— Je pense, oui.

— Tu penses ou tu en es sûre ?

— Je n'ai pas trop le choix.

— On peut revenir avec ma voiture.

— Et laisser la mienne ici avec tous les flics qui vont débarquer ?

— Ouais, t'as raison…

Peter observa Rebecca à la dérobée. Elle était encore plus pâle que d'habitude. Il pria pour qu'elle ne tombât pas dans les pommes en conduisant.

— Il va quand même falloir que tu me donnes quelques explications, dit-il, quand ils furent à quelques mètres seulement du portail d'entrée.

— Ça risque d'être long.

— Ça prendra le temps que ça prendra, répondit-il sèchement. Il me semble que, jusque-là, tu ne m'as pas dit grand-chose de tes petites sorties.

Ils s'arrêtèrent au pied du mur. Rebecca releva la tête, la baissa presque aussitôt en poussant un long soupir.

— Merde…

— Quoi ?

— J'avais oublié que la grille était fermée.

Elle leva un sourcil et interrogea le géant du regard.

— Ben oui, je suis aussi passé par là, figure-toi. Et si moi, j'y suis arrivé, alors même dans ton état, toi aussi tu y arriveras.

Elle esquissa un sourire, à peine un mouvement de lèvres, mais cela suffit pour mettre du baume au cœur de Peter. Tandis qu'il la soulevait de terre et la hissait à bout de bras, juste au-dessus de leurs têtes un nuage glissait devant la lune et se teintait de sang.

*

Malcolm errait dans East End, une bouteille de bourbon à la main. Il n'en restait plus que quelques gouttes, il était temps de récupérer un peu de monnaie pour se réapprovisionner. Il se trouvait dans une ruelle sombre que peinait à éclaircir la lune suspendue au-dessus de sa tête. Les immeubles crasseux étaient plongés dans le noir. La journée n'avait pas été très bonne. Il s'était d'abord pris la tête avec ce clodo qui lui avait piqué sa place à la sortie de l'église – c'était son territoire, putain, et les vieilles bigotes étaient sacrément généreuses – puis il s'était fait refouler *manu militari* par ces connards de flics du centre commercial. Et pour finir en beauté, ce putain de clébard qui lui avait pissé dessus. Ouais, une belle grosse journée de merde. Il shoota dans une poubelle, dont la course produisit un bruit d'enfer qui se répercuta d'un bout à l'autre de la ruelle. Il but une nouvelle gorgée, s'arrêta et plissa les yeux.

Merde, c'était bien un bourricot qui s'approchait de lui. Peut-être bien même un canasson. Il avait une sale gueule. Et cette couleur… Malgré l'obscurité, il lui semblait bien que le cheval était… rouge ? Il y avait une fille avec une longue robe noire sur l'animal.

— Putain, c'est une sacrée épée que t'as là, ma poulette. C'est Halloween ?

L'ivrogne ricana de sa propre plaisanterie. La cavalière immobilisa sa monture à quelques pas de lui et abaissa sa capuche. Malcolm dessoûla instantanément.

— Ce sera bien mieux qu'Halloween, Malcolm.

Le cheval souffla bruyamment. Malcolm, livide, se blottit contre le mur pour laisser passer l'immense animal et le regarda s'éloigner sans oser bouger le petit doigt.

Rebecca et Peter – Kelsingstraat, Pays-Bas, J-2

Peter déclencha les hostilités dès qu'ils eurent franchi le seuil de la porte.

— J'étais mort de trouille, Rebecca !

— Oui, je sais, c'est ma faute.

— Ah, ben je vais pas te dire le contraire, il ne manquerait plus que ce soit la mienne. Pas un mot depuis que t'es partie, t'imagines les films que je me suis faits ?

— N'exagère pas, j'étais en pays civilisé, quand même !

— Ah, ben ouais, c'est exactement ce que tu m'as sorti en partant pour me dire que tu pourrais m'appeler de là-bas ! Je l'attends encore, ton coup de fil !

— Peter, je m'excuse, vraiment. Je suis désolée, je regrette, que veux-tu que je te dise d'autre ? Qu'est-ce que tu veux que je fasse pour me faire pardonner ?

Rebecca, encore sous le coup de la disparition d'Otto, se laissa tomber sur une chaise et se prit la tête à deux mains. Peter, peu habitué à la voir s'effondrer ainsi, ne dit plus un mot. Il s'assit à son tour et se passa une main dans les cheveux.

— Je m'inquiétais vraiment, insista-t-il d'une voix apaisée.

— Je sais, oui…

Il y eut un long silence.

— C'était quoi, ça ?

Elle releva la tête. Ses yeux étaient rouges.

— Quoi ?

— Ce que j'ai vu au manoir…, précisa-t-il.

Elle ferma les yeux. Une larme dégringola de son visage.

— Hey ? Ça va ? s'inquiéta Peter qui pouvait compter les fois où il avait vu pleurer sa meilleure amie sur les doigts d'une seule main.

Elle opina doucement de la tête. Il posa une main sur la sienne.

— T'es pas toute seule, OK ?

Elle sourit. Il lui rendit son sourire.

— Tu nous sers quelque chose de chaud ? Je boirais bien de ton thé à l'amande pendant que tu me racontes ton histoire.

— Ça risque de prendre un moment.

— Ça, tu me l'as déjà dit, fit-il remarquer. Je pense qu'on a un peu de temps.

Elle secoua la tête.

— Non, je crois qu'on n'en a pas tant que ça.

— Alors, tu me fais la version courte.

Il fallut une bonne heure à Rebecca pour résumer les événements des derniers jours, une heure durant laquelle Peter écouta attentivement ses patientes explications. Elle reprit tout en détail, depuis le début, depuis le premier coup de fil d'Otto. Lorsqu'elle eut achevé son récit, ils restèrent un long moment silencieux, le temps pour elle de retrouver un semblant de calme et pour lui de digérer l'incroyable rapport qui venait de lui être fait.

— Ben merde, dit-il finalement, si je ne te connaissais pas, je te ferais enfermer direct.

— Tu oublies ce que tu as vu au manoir.

— Ah, ça non, il y a peu de chance que je l'oublie un jour.

— Comment se fait-il que tu étais là-bas, d'ailleurs ?

— Eh bien, vois-tu, je venais juste de nourrir tes fauves quand je t'ai aperçue qui filait à tombeau ouvert au volant de ton petit bolide. Je me suis dit que tu avais l'air bien pressée d'aller je ne sais où et je t'ai suivie.

— Je crois que je te dois une fière chandelle. Merci, Peter.

Il se contenta d'émettre un bref grognement.

— Résumons, donc... Il y a cette malédiction sur le tableau, à l'origine de l'apparition des créatures. D'après ce que j'ai compris, elles étaient censées servir les intérêts de... ce type au long manteau noir que tu as vu au labo...

— Oui.

— Bon, oublions pour l'instant qui il est..., déclarat-il d'une voix mal assurée. Donc ces créatures étaient sous les ordres de ce grand chef, mais certaines d'entre elles se sont... rebellées ?

— Disons ça comme ça, oui.

— Parce qu'elles n'étaient pas d'accord avec lui. Et pour contrecarrer ses plans, elles t'ont mise sur le coup, toi, à cause de ton don.

Il leva ses deux index en l'air.

— On a donc deux clans qui s'affrontent et toi...

Il ramena ses deux doigts l'un près de l'autre.

— Tu es en plein milieu.

— Si tu veux.

— C'est pas si je veux, c'est exactement ce qui se passe. Et ça, c'est pas cool du tout. S'il y a une assiette qui vole, c'est toi qui la prends en pleine poire.

— Je pense que d'ici peu, je ne serai pas la seule à voir les assiettes voler.

— Mais tu prendras les premiers coups.

— Peter, ça ne changera rien, je t'assure.

Il soupira, s'enfonça dans son siège et secoua la tête.

— L'apocalypse ? Merde, c'est insensé, Rebecca.

— Et ce qui est arrivé au manoir, c'est sensé ? Normal ?

— Non, OK, mais ça...

— Je n'ai pas envie d'attendre les bras croisés que mes hypothèses se révèlent justes.

— Qu'est-ce que tu proposes ?

— Il n'y a pas trente-six solutions. Il faut arrêter le processus, si possible avant le 21 décembre.

— Et tu comptes t'y prendre comment ? la questionna-t-il avec un soupçon de condescendance dans la voix.

— Saint-Antonin est la seule piste dont je dispose, donc je vais là-bas.

— Mais pour faire quoi, bon sang ?

— Je n'en sais rien ! s'énerva-t-elle. Jeter un coup d'œil à cette expo pour commencer, qu'est-ce que j'en sais, moi ?

Peter plaqua une main sur le milieu de son front.

— Je ne peux pas croire qu'on soit en train de parler de ça.

— Tu crois ce que tu veux, mais moi, j'ai la conviction qu'il va se passer quelque chose de terrible dans deux jours, quelque part à la surface de cette planète, et que si l'on ne fait rien, ce quelque chose aura des conséquences inimaginables dans le monde entier. Je vais à Saint-Antonin et je t'oblige pas à venir avec moi.

Elle se leva, porta une main à sa poitrine et chancela.

— Wow, fit Peter en tendant les bras. Ça va ?

— Ça va... Un simple élancement. C'est déjà terminé.

— Tu ne peux pas rester assise deux minutes ? la fustigea-t-il.

— Non, chaque minute compte, répliqua-t-elle sèchement en s'éloignant.

— Où vas-tu ?

— Je monte à l'étage. Il faut que j'organise mon voyage.

— Maintenant ? Mais tu as vu l'heure qu'il est ?

— Si tu n'as pas encore compris que le temps pressait, lui lança-t-elle alors qu'elle avait déjà presque atteint le palier.

— Fais chier...

Il se leva, remonta son pantalon et se dirigea d'un pas lourd vers l'escalier.

Sur Internet, elle retrouva le site officiel de la ville. La rubrique « Venir à Saint-Antonin » lui permit de compléter les informations déjà en sa possession. Saint-Antonin-Beaulieu était située à une heure et demie de route de Toulouse, dans le sud-ouest de la France. Après quelques minutes de recherche, elle avait son itinéraire en tête : l'avion depuis Amsterdam jusqu'à Toulouse, puis la location d'une voiture sur place.

— Il y a un vol direct demain matin à huit heures cinquante. Il y a encore pas mal de place.

Peter frappa des mains.

— Génial ! Moi qui ai toujours rêvé de visiter le sud-ouest de la France.

Elle l'interrogea du regard.

— Quoi ? demanda-t-il d'une voix innocente. Tu croyais vraiment que j'allais te laisser y aller toute seule ?

— J'ai mon mot à dire ?

— Non.

Elle sourit.

— Je n'aime pas qu'on me force la main, mais ça me fait super plaisir que tu m'accompagnes.

— À partir de maintenant, plus question de faire ce que tu veux, petite sœur. Je ne te quitte plus d'une semelle.

Peter tassa son immense carcasse dans le canapé. Rebecca lui lança une couverture, bien qu'elle sût qu'il ne l'utiliserait pas. Zao promenait déjà sa queue sous le nez du squatteur, qui souffla à la tête du matou.

— Je t'aurai prévenu, Peter. Tu aurais été vraiment mieux dans un lit.

— Non, grogna-t-il.

Elle secoua la tête et lui lança un oreiller en plein visage. Le chat sauta à terre et adressa un regard contrarié à sa maîtresse.

— Comme tu voudras. Bonne nuit.

Elle s'éloigna en direction de la porte.

— Tu crois qu'ils se sont déplacés ? demanda soudain Peter.

Rebecca s'arrêta net.

— Qui ça ?

— Les flics.

Elle ne sut que répondre. La question ne cessait de la tourmenter depuis leur départ de Wittemer End. Elle avait le sentiment d'avoir abandonné Otto. Comment pouvait-il en être autrement ? Elle avait laissé son cadavre étendu sur le sol de la bibliothèque, seul au beau milieu de ce manoir vide et sinistre qui était devenu son tombeau. Elle revint sur ses pas et s'assit près du canapé.

— Je ne sais pas, murmura-t-elle. J'essaie de me convaincre qu'ils n'auront pas pris mon coup de fil pour une plaisanterie.

Elle posa un regard fatigué sur son ami.

— Qu'aurais-je dû faire ?

— Je n'en sais rien, répondit Peter avec une moue dubitative. À ta place, je n'aurais pas su quoi faire non plus. Je suppose que c'était la meilleure décision à prendre.

Il fit une courte pause avant de reprendre :

— J'espère qu'ils ne remonteront pas trop vite jusqu'à toi.

— Pas d'ici le 21, en tout cas.

— Je me demande ce qu'ils vont conclure quant aux circonstances de son décès.

Elle le fixa comme s'il avait mis au jour une question qu'elle n'avait jamais songé à se poser. Elle réfléchit un instant puis baissa les yeux. À quoi bon trouver toutes les réponses ? Une ombre passa sur son visage.

— Si j'avais su que ça se terminerait ainsi.

— Mais… Les cartes ? Tu n'as rien vu ? demanda-t-il.

Elle redressa la tête et le fusilla du regard.

— Les cartes n'ont rien voulu me montrer, s'emporta-t-elle, c'est différent.

Elle se leva et tourna les talons.

— Hé, doucement, c'était une vraie question…

Elle s'immobilisa sur le seuil de la porte, laissa échapper un soupir.

— Il y a des choses que les cartes gardent pour elles et je ne peux rien y faire, expliqua-t-elle d'une voix apaisée.

Elle s'apprêtait à prendre congé quand la voix de Peter s'éleva à nouveau dans son dos :

— C'est une vengeance ?

La question la frappa de plein fouet.

— C'est à cause de ce que ce type t'a dit au labo ? insista-t-il. C'est pour ça que tu veux aller là-bas ? Pour… te venger ?

Ils s'observèrent pendant une poignée de secondes.

— Tu crois vraiment que c'est le genre d'homme de qui on peut se venger ? lui demanda-t-elle sur un ton soigneusement choisi pour lui faire réaliser la stupidité de sa question.

Peter ne se démonta pas.

— Tu ne réponds pas à ma question.

Ils se jaugèrent une nouvelle fois du regard.

— Je vais d'abord tout faire pour que la malédiction ne se concrétise jamais, commença-t-elle.

Ses yeux se perdirent un instant dans le vague puis se reposèrent sur Peter. Jamais il n'avait vu autant de haine dans son regard.

— Eh oui, en effet, ajouta-t-elle d'une voix mauvaise, si je recroise le chemin de ce démon, je lui ferai payer le prix de ses actes.

Elle ouvrit grands les yeux et inspira bruyamment pour reprendre son souffle. Elle manquait d'air et elle était en sueur. Elle tourna la tête en direction du réveil. Trois heures du matin. Son cerveau avait bouillonné pendant une bonne heure, peut-être même plus, après qu'elle avait éteint la lumière. Elle s'était tournée, retournée, sans parvenir à s'endormir. Elle appréhendait les nuits blanches par-dessus tout. Elle avait cependant fini par trouver le sommeil.

Mais pour se réveiller après une courte période de repos avec cette sensation de vertige. Elle ne se sentait pas bien, mais ce n'était pas une simple nausée – elle était troublée, angoissée, sans vraiment savoir pourquoi. Elle se rendit à la salle de bains, prit le lavabo à deux mains, baissa la tête et essaya de se calmer. Elle entrouvrit la bouche, respira profondément, lentement. Que s'était-il passé ? Elle s'était réveillée subitement, sans raison apparente. Elle ne se souvenait pas d'avoir rêvé. Elle porta la main à sa poitrine et grimaça. La douleur revenait. Elle releva la tête et vit le visage de la jeune femme du manoir dans le miroir. Elle recula, horrifiée, et se retourna.

Personne.

Elle regarda de nouveau dans le miroir, où ne subsistait que le reflet de son propre visage. Mais c'était elle. Elle en était sûre, c'était cette femme qui était apparue dans la glace. Elle se recroquevilla sur elle-même. Elle était gelée. Cette horrible chose avait disparu dans les escaliers. Que s'était-il réellement passé à ce moment-là ?

Elle éteignit la lumière de la salle de bains, risqua un dernier regard dans le miroir et regagna son lit en priant très fort pour que le sommeil revînt.

*

Samie regardait ses plans d'un air affligé. Il avait longtemps espéré que le mystérieux mal épargnerait ses cultures et considérait maintenant le désastre avec consternation. Il chassa une mouche du revers de la main et extirpa un mouchoir de sa poche pour éponger son front humide.

La chaleur était écrasante.

Il se retourna vers sa mule et lui caressa le flanc d'un geste affectueux, mais résigné. Lorsqu'il releva la tête, il repéra une forme sombre à l'horizon. Il fixa le point noir et suivit son approche en silence.

C'était un cavalier drapé dans un pardessus sombre, monté sur une superbe bête dont Samie ne se souvenait pas avoir vu l'égal. Il s'inquiéta de cette incroyable apparition, il n'avait jamais rien vu de tel, surtout par ici. Le cavalier fit halte devant la mule. À présent qu'il l'avait devant les yeux, Samie ne trouvait plus le cheval si magnifique. Il avait quelque chose de… bizarre. Ces étranges reflets mouvants qui glissaient sur le lustre de sa robe noire le mettaient mal à l'aise. L'étranger leva la tête comme pour embrasser du regard la petite parcelle cultivée à présent corrompue. Son visage demeurait invisible. Samie suivit son regard et commenta la scène d'une voix neutre.

— Tout est perdu. Si ça continue, il n'y aura plus rien à manger.

Il y eut un long silence, puis le cavalier tourna la tête.

— Quelle importance ?

Samie vit enfin le visage de son visiteur. Sous le choc, son mouchoir lui échappa des mains et se posa sans un bruit sur la terre sèche. Il cessa immédiatement de penser à ses récoltes.

Rebecca et Peter – Saint-Antonin, France, J-1

Ils avaient quitté Toulouse depuis maintenant une demi-heure. L'autoroute filait droit à travers une succession de champs chauffés par un soleil timide que tourmentaient de gros nuages portés par un fort vent de sud-est. Peter était au volant. Tout en conduisant, il surveillait sa passagère du coin de l'œil.

— Ça va ?

— Juste un peu fatiguée, répondit Rebecca. Ne t'inquiète pas.

— Tu es toute blanche.

Elle abaissa le pare-soleil et examina son reflet dans le petit miroir. Effectivement, elle avait une mine de déterrée.

— Je couve peut-être quelque chose, admit-elle.

— Le moment serait malvenu.

— Je ne choisis pas d'être malade, figure-toi.

Elle se pencha en avant et tourna le bouton du chauffage.

— Tu vas nous faire crever de chaud, grogna Peter.

— J'ai froid, répondit-elle d'un ton abrupt tout en s'enfonçant dans son siège.

Il l'observa encore un moment. Sa mine renfrognée finit par décourager son inquiétude et il reporta toute son attention sur la route. Quelques kilomètres passèrent sans qu'un mot fût échangé. Il était contraint de donner de sporadiques coups de volant pour dompter la voiture que de violentes rafales écartaient régulièrement du droit chemin.

— C'est pour ta grand-mère que tu fais tout ça ? demanda-t-il au bout d'un moment.

Rebecca s'arracha à ses pensées pour observer attentivement le visage de son ami, semblant y chercher un quelconque signe de reproche. N'y trouvant rien qui y ressemblât de près ou de loin, elle reposa les yeux sur la route sans ouvrir la bouche.

— Je t'admire, poursuivit Peter. J'admire ta détermination. Et ton courage. Vraiment.

Rebecca, prise de court par cette subite confidence et surtout par le ton sur lequel elle avait été faite, tourna la tête pour cacher son trouble. Son regard se perdit en direction de l'horizon.

— Tout ce que tu as fait, tout ce chemin parcouru, peu de gens en auraient fait autant, et je ne suis pas de ceux-là.

— Je ne peux pas accepter le fait qu'elle soit morte sans raison, dit-elle enfin. Je sais à présent que ce n'était pas simplement l'acte d'un malade mental, mais l'œuvre d'un esprit bien plus dangereux encore. Ça ne la ramènera pas, bien sûr, mais…

Elle chercha ses mots durant quelques secondes.

— Il n'y a rien de pire que l'injustice de la mort. Un cancer qui ronge le corps d'un gamin de cinq ans, un voyage en avion qui se termine contre une montagne ou un fou qui te plonge sans raison un couteau dans le ventre. À présent, j'ai un début de réponse, un semblant d'explication. Elle n'est ni juste ni acceptable, mais c'en est une. Imagine que tu sois constamment entouré d'ombres, ou plutôt de silhouettes diffuses comme sur ces photos en flou cinétique, des formes indistinctes qui se dérobent à ton regard, mais qui sont là en permanence, à t'observer, à t'épier. Aujourd'hui, c'est comme si toutes ces formes s'étaient volatilisées dans l'air, sauf une, distincte, accessible… J'ai enfin un visage à mettre sur la mort de ma grand-mère, je sais dans quelle direction porter mon regard, d'où viendra le danger et vers où concentrer toutes mes forces.

— Si tout ce que tu dis est vrai, j'ai bien peur que tu n'aies pas assez de toutes tes forces.

— « Si ce que je dis est vrai »… Tu t'es fait disciple de saint Thomas ?

— Mets-toi une seconde à ma place. Tu accepterais sans un mot ce que j'aurais à te dire ? Tu avoueras que tout ça est difficile à croire.

— Oui, c'est sûr. À vrai dire, j'essaie encore de me convaincre que je me trompe. En attendant, il n'est pas question de rester les bras croisés à rien faire. On va jusqu'au bout. Si on a crié inutilement au loup, tant mieux. Dans le cas contraire, on aura fait tout ce qu'on aura pu.

— Content de t'entendre dire « on », fit Peter avec un sourire.

— Ben tu es là, non ?

Son sourire s'élargit.

— Ouais, à tes côtés pour sauver l'humanité, rien que ça.

La voiture fit une nouvelle embardée.

— Putain de vent, grommela Peter. C'est quoi le programme, alors ?

— On passe au musée dans lequel se tient l'exposition. Il y est question de Bosch, ça ne peut pas être un hasard. J'espère qu'on y trouvera quelque chose.

— Je vais me faire l'avocat du diable – c'est de circonstance, j'imagine –, mais supposons que l'on n'y trouve rien ?

— Alors on ira faire un petit tour en ville en priant très fort pour qu'une solution se présente à nous parce que vu le temps que nous avons devant nous, il ne nous reste pas beaucoup d'options.

— Bon… C'est toi la patronne. Au moins, on aura fait un peu de tourisme avant que le ciel ne nous tombe sur la gueule.

Ils parcoururent les derniers kilomètres sur une route étroite coincée entre de hauts à-pics calcaires et une rivière qui s'écoulait paisiblement en contrebas. À la sortie d'un ultime virage, ils aperçurent le village, précédé d'un vieux pont aux trois arches solidement ancrées dans la rivière. On comprenait facilement pourquoi Saint-Antonin-Beaulieu était une destination touristique : le site était magnifique.

Les vieux édifices étaient harmonieusement assemblés au pied des contreforts rocheux, comme les blocs d'un jeu de construction patiemment ordonnés par la main d'un géant épris d'architecture. Les tons clairs des bâtiments formaient un joli diadème pastel dans cet écrin de pierre, d'eau et de verdure. Dominant cet échiquier de teintes tendres et chatoyantes, la pièce maîtresse : un château trapu usé par le temps, mais dont les remparts et les tours se dressaient encore avec force.

Le regard de Rebecca s'attarda sur cette vision majestueuse tandis que la voiture traversait la rivière. Ils s'engagèrent entre les bâtisses du vieux centre rangées en haie d'honneur en avant de l'église, puissante icône spirituelle rivalisant avec la suprématie brute de la forteresse militaire. Avec ses deux hautes tours et son immense porte gothique surmontée d'un jugement dernier récemment restauré, elle en imposait. La place de l'église avait été prise d'assaut par les étalages et les toiles bigarrées d'un marché. Pris au piège entre les véhicules anarchiquement stationnés et les badauds insouciants qui semblaient ne plus distinguer le trottoir de la route, Peter roulait au pas.

— Où va-t-on ? demanda-t-il.

— Essaie de trouver une place dans le coin, j'aimerais manger un morceau – mieux vaut prendre des forces tant qu'on le peut.

— Ah ça, c'est une sacrée bonne idée. J'ai rien mangé dans l'avion.

— Et le sandwich ?

— Un sandwich ? Un amuse-gueule, tu veux dire.

— Et le p'tit déj' de l'aéroport ?

— Y avait rien à bouffer. Je mange à chaque petit déjeuner trois fois ce que j'ai pris ce matin. C'est uniquement pour épargner ton porte-monnaie que j'ai fait *light*.

— *Light*… Si on a la chance de revenir chez nous, je prendrai le temps de t'expliquer la signification de ce mot.

Ils abandonnèrent la voiture dans une rue étroite à l'écart de l'agitation du centre puis reprirent la direction de la place de l'église autour de laquelle Rebecca avait repéré quelques restaurants. Ils retrouvèrent le tumulte du marché deux cents mètres plus bas. De leur ton haut perché, les commerçants haranguaient la foule, les habitués leur répondaient avec verve et des discussions animées s'engageaient. Ils se frayèrent un chemin au travers de cette foule joviale, oubliant momentanément leurs funestes préoccupations. Si ce n'avait été ces ombres menaçantes qui se mouvaient au fond de son esprit, Rebecca aurait presque pris plaisir à cette balade. La grosse voix de Peter la ramena à la réalité.

— Tiens, regarde, il y en a un qui m'a l'air pas mal.

Il s'éloigna en direction de sa proie. Elle lui emboîta aveuglément le pas. Si elle avait quelque talent à entrevoir l'avenir, son meilleur ami avait celui de détecter les bons restaurants simplement à leur devanture. Il vérifiait systématiquement les menus affichés à l'entrée, mais il se trompait rarement et ne rebroussait pratiquement jamais chemin.

En fait de restaurant, il s'agissait plus d'un simple bistrot sans véritable cachet, mais à la lecture des menus, Rebecca se dit que cette fois encore Peter avait eu le nez creux. Petite salle, peu de couverts donc peu d'attente en perspective, et la cuisine, rien que du local, s'annonçait savoureuse et revigorante.

On mangeait tôt par ici ou alors les prix pratiqués étaient un peu trop élevés pour la clientèle locale : il n'y avait que quatre clients – deux habitués accoudés au comptoir qui discutaient très sérieusement de politique, un vieux couple attablé dans un coin qui échangeait de brèves paroles entre deux consciencieuses bouchées de magret. Les quelques tables que comptait la salle étaient par ailleurs suffisamment espacées pour préserver un semblant d'intimité. Juste ce dont elle avait besoin. Une serveuse les invita à s'asseoir et leur remit à chacun un menu. Ils firent leur choix dans la minute qui suivit, l'employée revint carnet en main l'instant d'après. Elle nota en deux coups de crayon la commande que Rebecca passa en français et leur reprit les menus avec un large sourire. Sympathique et professionnelle.

— Après quinze ans, tu arrives encore à me surprendre, fit Peter après que la serveuse se fut éloignée. Tu parles français ?

— Un peu, oui. J'ai toujours été douée pour les langues – une histoire de prédisposition génétique, à ce qu'il paraît. Si tu pratiques de temps en temps, ça ne s'oublie pas.

— Ah, mais moi aussi, je pratique. Pas le français bien sûr, mais je me débrouille pas trop mal en anglais. « *Summoning* », « *skirmish* », « *berserk* », « *massively multiplayers online role playing game* » – c'est pas la classe, celui-là ? Les jeux vidéo, ça n'apprend pas seulement à presser bêtement des boutons.

— Et tu arrives souvent à placer ces mots dans une conversation ?

— Bah… quand j'ai dit à mon ex-boss que s'il ne dégageait pas rapidement de mon bureau, j'allais devenir « *berserk* » et lui coller mon « *pad* » dans le…, enfin, tu vois où je veux dire, il m'a parfaitement compris.

Ce qui explique que j'ai dû changer de boulot juste après, d'ailleurs.

Rebecca rit de bon cœur.

— Ton franc-parler te perdra.

Elle leva la tête et observa la télé du restaurant en silence. Peter retrouva brusquement son sérieux.

— Dans la voiture, tu m'as parlé de cette lettre d'Otto, commença-t-il.

— Ce n'était pas une lettre, répondit Rebecca en quittant un instant le journal télévisé des yeux, juste quelques notes rédigées à son retour de l'abbaye de Yoanneft. Ce sont les derniers mots qu'il a écrits qui m'intriguent – « Reproduire le tableau ? » Je ne vois pas où il voulait en venir.

— Il suggérait peut-être de copier le tableau ? D'en refaire un à l'identique, quoi.

— J'y ai pensé. Reproduire le tableau, comme pour faire revenir les personnages et conjurer le sort. Mais s'il s'agit bien de ça, on est mal barré. Je ne vois personne capable de faire ça, et d'ici demain, encore.

— Ne me regarde pas comme ça, fit Peter, c'est à peine si je sais dessiner une baraque avec une porte et deux fenêtres. Si le dessin doit être exactement le même, les candidats à la contrefaçon ne vont pas se bousculer.

Il émit un petit rire ironique.

— Seul Bosch saurait peindre du Bosch, conclut-il.

— Que c'est joliment dit...

Peter perçut l'ironie.

— Quoi ? Je ne suis pas qu'un gros ours qui grogne à longueur de journée, j'ai aussi mes moments de poésie.

— Un poète... Tu m'en diras tant...

Elle frissonna et se replia sur elle-même pour essayer de ramener un peu de chaleur dans son corps.

— Ça va ?

— Oui, juste un peu froid, c'est tout.

— Froid ? Je crève de chaud, moi.

Elle haussa les épaules.

— On ne dispose pas de la même isolation…

— C'est pas gentil, ça.

— Je plaisantais.

— Non, mais sérieusement, tu veux qu'on se rapproche d'un radiateur ?

— Non, ça va aller.

Elle fit la grimace et porta l'une de ses mains à son front. Ces maux de tête qui s'étaient subitement déclarés la veille semblaient reprendre de plus belle.

— Mal à la tête aussi ?

Elle confirma en silence.

— Tu veux quelque chose ? s'inquiéta Peter. On peut s'arrêter à une pharmacie.

— On verra ça tout à l'heure, objecta-t-elle en tranquillisant son ami d'un geste de la main. D'abord, mangeons.

Elle contempla la télévision, l'air absent. Quelques mots parvinrent jusqu'à elle et elle tendit l'oreille. Peter nota son soudain intérêt pour le journal télévisé.

— Qu'est-ce que ça raconte ?

— Attends…

Elle se concentra un moment sur le reportage.

— Ils parlent de scientifiques morts subitement et de façon inexpliquée à Moscou. Une espèce de virus, apparemment, pas encore clairement identifié. Ils participaient tous à un congrès.

— Et alors ?

— Deux secondes…

Une photo apparut à l'écran. Rebecca était à présent pleinement concentrée.

— La première victime est un scientifique chinois arrivé de Shanghai la veille, expliqua-t-elle.

Elle continuait de regarder les images défiler à l'écran, mais son cerveau fonctionnait désormais à plein régime. Elle devint subitement blême et tourna brusquement la tête vers Peter.

— Le laboratoire, Peter ! cria-t-elle presque.

— Wow, doucement, la calma-t-il en baissant la tête. On n'est pas seuls.

— Pourquoi était-il là-bas, d'après toi ?

— Qui, « il » ?

— Le type au manteau noir.

— J'en sais rien, moi. C'est sûrement lui qui a fait péter le bâtiment.

— Possible, mais il était surtout là-bas parce que ce labo avait de l'importance pour lui. Le labo, ou ce qu'il contenait.

— Que veux-tu dire ? demanda Peter, de plus en plus intrigué.

— Je ne sais pas quelle sorte d'activités menait ce laboratoire, mais imaginons un instant qu'il s'agissait de recherche biologique. Imaginons aussi qu'un virus mortel se soit échappé de ses entrailles au moment de l'explosion, un virus hautement pathogène qui soit capable de décimer des millions et des millions de personnes. *Ce* virus, Peter, conclut-elle en indiquant l'écran.

— C'est un peu tiré par les cheveux…

— Pourquoi ces créatures m'auraient-elles amenée jusqu'à ce laboratoire, selon toi ? Réfléchis… Pourquoi un laboratoire ? Et que faisait-il, lui, là-bas ?

Elle baissa lentement les yeux et fit fonctionner les rouages de sa mémoire.

— « Quelque chose de divin est sur le point de se produire. » C'est ce qu'il m'a dit là-bas. Et ce regard… Tu aurais dû voir ses yeux quand il a plongé son regard dans les flammes.

Elle fixa intensément son ami.

— Ce n'est pas une coïncidence, Peter. Je crois que tout n'a pas brûlé dans cet incendie.

Le repas aussitôt achevé, Rebecca demanda à la serveuse la direction du musée et après avoir laissé un généreux pourboire, fila comme une fusée par la porte du restaurant. Peter avait horreur de se presser, à plus forte raison après un bon repas. Jurant entre ses dents, il s'efforça de rester dans le sillage de Rebecca. Après cinq minutes de marche, ils tombèrent sur un long bâtiment pris entre deux imposantes maisons séculaires. Peter était en nage et ahanait comme un molosse que son maître aurait promené pendant une heure en pleine canicule.

— On est arrivés ? parvint-il à articuler entre deux profondes expirations.

— Je crois, oui.

De larges ouvertures en arcs-boutants s'ouvraient sur toute la hauteur du rez-de-chaussée de l'édifice. Au premier étage, des arcades vitrées s'alignaient en une galerie qui courait d'un bout de la façade à l'autre, avec juste au-dessus un arrangement d'arcatures aveugles, comme le triforium de ce qui, aux yeux de Rebecca, ressemblait fort à un édifice religieux, bien qu'il n'y eût aucune trace de clocher. La longue bannière sur laquelle était inscrite PARADISO E INFERNO et les quelques pièces de collections visibles au travers des baies du rez-de-chaussée ne laissaient aucun doute sur l'identité du curieux édifice. L'entrée se faisait par l'une des hautes arches donnant sur la rue. Rebecca se tourna vers Peter, souriante malgré ses traits tirés par la douleur.

— Ça va aller ?

Il la regarda d'un œil noir.

— Ne me fais plus jamais ça, tu sais que j'ai horreur de courir. Merde, je suis en train de digérer...

— J'avoue, ce n'était pas très sport. Ou un peu trop, en fait.

— Hilarant...

— On entre ?

Il lui adressa un geste résigné de la main. Elle passa sous l'arche, suivie de près par Peter.

Le musée de Saint-Antonin rassemblait les œuvres acquises par un très riche notable de la ville ayant fait fortune dans le pastel au quinzième siècle grâce à un ingénieux procédé qui lui avait permis d'obtenir d'extraordinaires rendements à l'hectare. Le pastel avait été mis à mal par l'indigo, mais les descendants avaient hérité du sens des affaires de leur aïeul. S'appuyant sur le réseau patiemment bâti à travers toute l'Europe tout au long des longues années de négoce de la famille, ils avaient opéré une habile reconversion dans le commerce du tissu. Le rez-de-chaussée exposait de façon permanente le fabuleux patrimoine de ce riche amateur d'art et de ses descendants : tableaux, sculptures, mobilier ramené des quatre coins du globe… L'exposition temporaire « Paradiso e inferno » occupait l'étage. Rebecca et Peter gravirent un escalier en pierre pour se retrouver dans une vaste salle décorée d'un magnifique plafond à caissons. De fins écrans à motifs obturaient les ouvertures qu'ils avaient aperçues depuis la rue, converties par cet habile procédé en de surprenants vitraux de tissu qui tamisaient le jour. Les peintures exposées dans cette faible clarté étaient savamment mises en valeur par la lumière de petits spots. La salle donnait ainsi l'impression de n'être éclairée que par la seule luminosité semblant émaner des tableaux représentant des scènes du paradis tandis que les scènes de l'enfer avaient été volontairement laissées dans un angoissant clair-obscur. La mise en scène était particulièrement bien étudiée.

Il n'y avait pas foule, les conditions étaient idéales pour voir les tableaux de près. De nombreux artistes étaient inconnus de Rebecca. Certaines scènes représentant l'enfer faisaient froid dans le dos, exposant des entremêlements d'êtres nus dont le visage était défiguré par la terreur, des paysages ravagés par les flammes, des monstres affreux suppliciant les vivants. Rebecca était presque mal à l'aise devant certaines peintures. À côté de ces œuvres méconnues, des tableaux de maîtres : La *Dulle Griet* de Bruegel, une gigantesque huile sur toile de Jacob Jordaens, *Le Paradis* de Lucas Cranach. Et plusieurs tableaux de Jérôme Bosch dont les plus imposants, *La Tentation de saint Antoine* et *Le Jardin des délices,* attirèrent immédiatement son regard. Les voir de ses propres yeux, pouvoir presque toucher du doigt ces œuvres incroyables vieilles de cinq cents ans, cela avait quelque chose d'irréel… Rebecca était comme hypnotisée. Elle en oublia le temps qui s'écoulait inexorablement, les démons, Las Vegas, la Chine, le virus, Otto… Elle en oublia aussi la douleur dans sa poitrine et à l'intérieur de son crâne…

— Whouah ! Regarde ça, s'écria Peter qui examinait des détails de *La Tentation de saint Antoine* reproduits sur un pupitre devant le tableau. Il y a un trou dans la cape et on voit ses côtes à travers. Et ça dégouline de sang ! C'est dégueulasse !

— C'est un faux prêtre qui dit une messe de sabbat, expliqua machinalement Rebecca qui savait exactement quelle scène son ami évoquait. Il est corrompu, pourri de l'intérieur.

Peter s'approcha et la regarda avec admiration.

— Tu m'impressionnes, tu le connais par cœur ou quoi ?

— Presque.

Le colosse échevelé prit une mine réjouie et se mit à ricaner.

— Dans l'autre, y a un type qui monte une échelle avec une flèche dans le cul.

Rebecca prit d'abord un air affligé, mais le visage goguenard de son ami eut raison de son sérieux.

— Tu me fatigues…, lui dit-elle en se retenant de rire. Le personnage illustre un dicton néerlandais : « Souvent les gens se taillent une verge pour se la mettre dans le cul. » S'il va en enfer, il ne doit s'en prendre qu'à lui-même, tu vois ?

— D'accord, mais ça n'empêche qu'il a une flèche dans le cul.

Elle plaça discrètement une main sur sa bouche pour retenir un accès d'hilarité et, encore une fois surprise par la capacité de Peter à la faire rire en toutes circonstances, se dirigea vers *Le Jardin des délices* en essayant de retrouver un semblant de sérieux. La douleur, comme contrariée par cette petite plaisanterie qui l'avait un instant éclipsée, revint en force. Elle se concentra sur le triptyque. Peter, lui aussi, semblait fasciné, à moins qu'il ne fût encore qu'en plein inventaire des étranges pratiques des personnages du tableau.

Soudain, il se tourna vers Rebecca, l'air surexcité.

— Et si c'était ça ? fit-il en pointant le tableau du doigt, si cette peinture devait à son tour prendre vie ? C'est peut-être ça, ta malédiction ?

Elle observa le triptyque, muette.

— Que faudrait-il faire, alors ? Le brûler ? Et ça n'explique pas ces dernières notes d'Otto. Et pourquoi ce tableau-ci, justement ?

— Pourquoi ? Mais ça me semble évident : c'est un Bosch.

Elle quitta le triptyque des yeux et balaya la salle d'exposition du regard.

— Mais pourquoi pas ceux-là, alors ?

Elle se dirigea vers le fond de la salle. Peter lui emboîta le pas. Il y avait deux autres œuvres de Bosch un peu plus loin, *L'Enfer et le Déluge*, peuplées des créatures fantastiques caractéristiques du cerveau torturé de l'artiste.

— Ils pourraient très bien faire l'affaire, non ? suggéra-t-elle.

Tandis que Peter sondait le tableau, elle fit quelques pas de côté et s'immobilisa, abasourdie.

— Que se passe-t-il ?

— C'est le tableau, Peter. Le tableau d'Otto…

Elle s'était arrêtée devant un dessin à la plume attribué à Jérôme Bosch. La ressemblance était frappante.

— C'est une esquisse de son tableau, c'est exactement la même scène. Bosch a dû reproduire le tableau à partir de ce dessin.

Elle lut l'inscription de la plaque qui identifiait l'œuvre : il n'y avait pas de précision sur sa provenance, juste la mention « Collection privée ».

— Comment cela se fait-il que je n'aie trouvé aucune trace de ce dessin ?

Elle chancela subitement après avoir prononcé ces mots. Peter eut l'heureux réflexe de lui saisir le bras.

— Ça ne va pas ?

— Non. Je suis gelée et j'ai une migraine pas possible. Et j'ai mal sur tout le côté.

Elle porta la main à son sein gauche.

— Viens, commanda Peter.

Il sortit de la salle et assit Rebecca dans un siège dans une petite pièce annexe.

— Bon sang, tu es blanche comme un linge. Tu devrais voir un toubib.

— Qu'est-ce que tu racontes ? Ce n'est vraiment pas le moment. C'est juste un mauvais quart d'heure à passer.

Il secoua la tête.

— Tiens, prends ma veste, au moins. On crève de chaud, ici.

Rebecca le dévisagea, interloquée.

— Tu crèves de chaud ?

— Oui, c'est bien ça le problème, répondit-il en l'enveloppant dans sa veste. Ils chauffent la salle comme des brutes et tu te gèles. Ce n'est pas normal, Rebecca.

Et cette douleur à la poitrine, j'espère que tu ne nous fais pas une crise cardiaque.

— Arrête de dire n'importe quoi, ce n'est pas ce genre de douleur. Ça va passer, OK ?

Il l'observa attentivement pendant quelques secondes.

— Qu'est-ce qu'il y a ? lui demanda-t-elle sur un ton vif.

— Oh, du calme.

Elle soupira.

— Excuse-moi, je suis un peu à cran. Ça va déjà mieux, je t'assure. Me poser un moment m'a fait du bien.

Elle se releva. Peter l'observa de nouveau à la dérobée. Il essaya de se convaincre que le blond de ses cheveux n'avait pas subitement pâli... Rebecca revint près du dessin. Et si c'était ça ? *Reproduire le tableau.* C'était bien ce qu'Otto avait écrit. Ramener les personnages dans le tableau, revenir en arrière en quelque sorte. Et le processus en marche serait peut-être arrêté. Qu'avait dit Peter au restaurant ?

Seul Bosch saurait peindre du Bosch.

Elle se tourna vers son ami.

— Il faut se débrouiller pour rester ici ce soir, dit-elle brusquement.

— Tu veux dire, au musée ?

— Oui. Il faut trouver un moyen de passer la nuit ici.

Il regarda avec insistance en direction de l'entrée de la salle en faisant les gros yeux. Elle suivit discrètement son regard. Un gardien assis sur une chaise était en train d'examiner avec intérêt l'extrémité de ses doigts.

— Il y en a un dans chaque salle, lui fit-il remarquer.

— Il faudra compter sur un moment d'inattention.

Peter ne put réprimer un hoquet de surprise.

— Ben tiens ! Et qu'est-ce que tu fais des caméras ?

— Je n'en ai pas vu en bas.

Il réfléchit un instant.

— Tu ne veux pas vraiment faire ça ? demanda-t-il d'une voix inquiète.

Elle l'observa sans répondre.

— Oh, merde..., souffla-t-il. Tu te rends compte de ce qu'on risque ?

— Pas grand-chose à côté de ce qui nous attend si on ne fait rien.

— Si tes suppositions sont justes.

— Si mes suppositions sont justes.

Il soupira.

— Tu n'es pas obligé de faire ça, Peter. Je ne t'en voudrai pas, c'est mon idée, c'est à moi de l'assumer. Seule.

— La nana de l'accueil nous a repérés, objecta-t-il sans plus de considération pour ses paroles. Elle nous a vus entrer, elle s'étonnera de ne pas nous voir sortir.

— Alors il nous faut espérer qu'elle n'ait pas bonne mémoire. C'est un risque, je te l'accorde, mais tu crois qu'ils accepteront de nous enfermer toute une nuit avec leurs œuvres si on le leur demande gentiment ?

Peter fit la moue.

— OK, admettons qu'on reste ici cette nuit et qu'il se passe vraiment quelque chose. Tu comptes faire quoi ? Acheter un bidon d'essence et une boîte d'allumettes et foutre le feu au dessin ?

Il lut de l'impatience et un soupçon d'animosité dans le regard de son amie.

— Non, ce que je veux dire, ajouta-t-il aussitôt sur un ton qu'il espérait diplomate, c'est que… Si un tas de créatures, de… spectres ou je ne sais quoi, débarque ici cette nuit, que feras-tu ?

— Ce dont je suis à peu près sûre, c'est que ce n'est pas en attendant demain huit heures au chaud sous les couvertures que l'on pourra faire quoi que ce soit contre ce qui est en train de se passer. Je ne vois pour l'instant qu'une seule porte de sortie. Si tu as des propositions à faire, je suis tout ouïe. Si ce n'est pas le cas, j'aimerais juste que tu me fasses confiance.

— Dis-moi quand même ce à quoi tu penses.

— Otto a parlé de reproduire le tableau, lui rappela Rebecca.

— C'est ce que tu comptes faire ?

— Pas moi, non. S'il s'agit de le reproduire à partir du dessin original, il n'y a qu'une seule personne qui en soit capable, comme tu l'as si bien fait remarquer : celle-là même qui a peint le tableau.

— Et que l'on peut considérer comme morte, donc.

— Exact. Mais ce n'est pas… rédhibitoire.

— Qu'est-ce que tu racontes ?

La surprise et l'incrédulité lui avaient fait élever la voix.

— Moins fort, bon sang ! le réprimanda-t-elle.

Elle baissa d'un ton.

— Un mort peut être provisoirement… ramené à la vie.

Un début de sourire se dessina sur le visage de Peter.

— J'ose espérer que tu n'es pas en train de me dire qu'il serait possible de faire… apparaître un type mort depuis cinq cents ans et de lui faire faire des trucs dans ce monde-ci ?

— En théorie, oui, c'est possible.

Il la dévisagea un long moment, espérant trouver sur son visage un signe qui la trahît, qui lui fît comprendre qu'elle était en train de se payer sa tête. Il n'y trouva rien de tel, son amie n'avait peut-être même jamais été aussi sérieuse.

— Tu es capable de faire un truc pareil ? finit-il par lui demander.

— Ma… grand-mère savait le faire. Et je pense que c'est pour ça que ces créatures sont venues me chercher. C'est exactement ce qu'elles attendent de moi.

— Mais… toi…, hésita-t-il, tu sais faire ça ? Tu l'as déjà fait ?

— Elle m'a enseigné, mais je n'ai jamais… pratiqué.

— Et tu l'as déjà vue faire ?

Elle secoua la tête. Peter réfléchit encore quelques secondes.

— Tu te ferais la main ce soir, en quelque sorte ?

— En quelque sorte.

— Ben, y a intérêt à pas se planter, alors, conclut-il le plus sérieusement du monde.

— Tu veux le faire à ma place, peut-être ? s'emporta-t-elle en oubliant momentanément sa consigne de discrétion.

— Doucement, la calma-t-il avec un geste de la main en regardant en direction du gardien.

— Je te l'ai déjà dit, si tu as d'autres solutions, c'est le moment. Et ne me parle pas des flics, de l'armée, ou de je ne sais quoi encore. En supposant que tu parviennes, je ne sais comment, à les convaincre, je te le dis tout de suite, ils ne seront pas plus efficaces que nous.

Peter fixa Rebecca quelques secondes puis lui tourna le dos et se dirigea vers les escaliers.

— Où vas-tu ? lui demanda-t-elle après l'avoir rattrapé.

— Il me semble qu'il faut trouver une planque, non ?

Ils redescendirent au rez-de-chaussée et parcoururent les salles d'exposition. Ils achevèrent leur inspection dans la grande salle d'entrée et firent mine de s'intéresser à un meuble en marqueterie du dix-neuvième siècle pour faire un *debriefing* peu enthousiaste.

— Aucune caméra, résuma Rebecca, les objets exposés ici n'en valent vraisemblablement pas la peine. Mais les pièces sont trop petites pour échapper à la vigilance des gardiens.

— Mis à part celle-ci, objecta Peter.

— Et tu vois une planque sûre quelque part ? lui demanda-t-elle d'un ton dépité.

Il regarda autour de lui.

— Ouais…, admit-il, ça risque d'être compliqué.

Il se frotta le menton durant quelques secondes, puis un sourire se dessina lentement sur son visage.

— Tu veux faire un tour à la boutique ? proposa-t-il.

Rebecca suivit son regard. Le musée abritait une boutique de souvenirs : des livres, des cartes, des reproductions, quelques bibelots.

— Tu crois que c'est le moment d'acheter un bouquin ?

— Ce ne sont pas les bouquins qui m'intéressent, mais ce sur quoi ils sont posés.

Elle jeta un œil. Des tables, couvertes de livres posés sur un épais tissu en brocart vert qui descendait jusqu'au sol.

— Là-dessous ? fit-elle, sceptique.

— Tu crois qu'ils penseront à vérifier là-dessous ?

Elle réfléchit. La boutique était située dans un recoin de la grande salle, un peu à l'écart des objets exposés, et à distance des allées et venues du gardien. Elle était en libre accès depuis la salle d'exposition, donc pas de porte susceptible d'être verrouillée. Pas de vendeuse non plus, un écriteau posé près des livres précisait que le règlement se faisait à l'entrée du musée. Cela semblait être l'endroit idéal et presque trop beau pour être vrai. C'était de toute façon la seule option.

— On tente le coup, dit-elle finalement.

Elle consulta sa montre. Un peu plus de quinze heures.

— Il est trop tôt pour se planquer. Il faudrait sortir et trouver un prétexte pour revenir ce soir, avant la fermeture. Suis-moi.

Elle rejoignit l'entrée du musée et se présenta à l'accueil.

— Excusez-moi, madame, l'exposition est superbe et nous aimerions bien revenir ce soir après avoir fait une autre visite près d'ici, c'est possible avec les mêmes billets ?

— Pas de problème, répondit l'hôtesse, je vous remets simplement une contremarque. Mais je pense que je me souviendrai de vous, ajouta-t-elle avec un sourire. Le musée ferme ses portes à dix-huit heures.

— Merci.

Ils quittèrent la bâtisse et reprirent le chemin de l'église. Rebecca retranscrit à Peter sa conversation avec l'hôtesse.

— Qu'est-ce que ça veut dire ça, qu'elle se souviendra de nous ? demanda-t-il d'une voix suspicieuse.

— Je n'en sais rien. Tu lui as peut-être tapé dans l'œil. Bon, nous avons quelques heures devant nous. Que proposes-tu ?

— Un petit café ? suggéra Peter. Tu ne nous as même pas laissé le temps d'en prendre un au resto.

— OK, mais il vaut mieux reprendre la voiture et s'éloigner un peu, au cas où. On va essayer de trouver un café un peu plus loin, hors de la ville.

Ils s'arrêtèrent à quelques kilomètres de là, dans un petit village qu'on aurait cru laissé à l'abandon. Les rues étaient désertes, les commerces inexistants. Ils y trouvèrent tout de même un bistrot à l'écart d'une petite place sur laquelle Peter put garer la voiture. Il faisait étonnamment doux pour un mois de décembre malgré le léger vent qui venait de se lever, comme les premières caresses trompeuses des plus fortes rafales qui les avaient secoués sur l'autoroute, mais n'étaient pas encore parvenues jusqu'ici.

— On s'installe à la terrasse ? proposa Peter.

— Je préfère être au chaud, si tu veux bien.

Ils passèrent commande d'un café et d'un thé. Le bistrot faisait aussi office de débit de tabac et de marchand de journaux. Peter se leva et revint un instant après avec une revue informatique.

Rebecca posa les coudes sur la table et se massa lentement les tempes. Peter leva les yeux de son magazine.

— Ça ne va pas mieux ? s'inquiéta-t-il.

— Si, je n'ai plus mal au crâne. J'ai encore mal à la poitrine, mais la douleur s'est calmée. J'ai un petit coup de barre, c'est tout.

Et c'était en partie vrai : les élancements qui lui avaient vrillé la tête pendant le repas et au musée avaient subitement disparu. C'était cette douleur à la poitrine qui l'inquiétait. Pas vraiment une douleur, d'ailleurs, plutôt un poids, ou l'étrange sensation qu'une main s'était refermée sur son cœur.

— On devait s'arrêter à une pharmacie...

— Ça va, Peter. Ça va...

Le patron se présenta avec leur commande. Elle paya les boissons et le magazine.

— Vous venez de loin ? leur demanda le commerçant en cherchant la monnaie.

— Des Pays-Bas. Nous sommes dans la région pour quelques jours, répondit-elle.

— Vous parlez vraiment bien le français.

— Merci.

— Vous avez déjà visité un peu le coin ?

— Nous venons de Saint-Antonin.

— Ah... Vous êtes venus voir les aurores boréales ?

L'homme avait posé sa question avec une pointe d'amusement dans la voix.

— Les aurores boréales ?

— Enfin... On ne sait pas si ce sont des aurores boréales, mais cela fait plusieurs jours de suite que les habitants de Saint-Antonin observent des espèces de halos lumineux juste au-dessus de leurs têtes. Moi, je ne les ai jamais vues, ces lumières, mais mon oncle habite là-bas. Il dit que la dernière fois qu'il a vu ça, c'était juste avant la guerre de 39-45.

Rebecca dévisagea Peter qui, en attente d'une traduction, haussa les sourcils.

— Oui, c'est étrange, en effet.

Ce fut tout ce qu'elle trouva à dire.

— On ne parle que de ça, aux infos, poursuivit le patron. C'est tout juste s'ils évoquent ce qui se passe en Afrique.

— Ce qui se passe en Afrique ? répéta Rebecca.

— C'est une vraie catastrophe, là-bas. Les récoltes sont décimées par une maladie inconnue. Et elle ne perd pas son temps… Plusieurs régions sont menacées par la famine et les gouvernements ont demandé l'aide internationale. Avec ce virus qu'ils ont découvert en Russie, il y a de quoi se faire du souci.

— Ce virus, ils ne savent toujours pas ce que c'est ?

— Non, mais il se propage à une vitesse infernale. Il y a déjà une vingtaine de morts rien qu'en Russie, trois autres personnes sont décédées après avoir présenté les mêmes symptômes aux États-Unis et il y aurait déjà plusieurs cas en Europe. Ça commence à être la panique. Et j'avoue qu'à moi aussi, ça me fait peur.

Rebecca, pensive, examinait son thé avec attention.

— Mon oncle est persuadé que ces halos sont un mauvais présage. Il a toujours été un peu maboul, mais avec ce que j'entends à la radio, je dois avouer qu'il commence à me faire peur, avec ces conneries…

L'homme parti, Rebecca traduisit l'essentiel des informations à Peter.

— Une coïncidence ? risqua Peter.

Elle secoua la tête.

— Je ne crois pas, non. Famine, maladie, ces aurores boréales comme un mauvais présage…

— Ta fameuse apocalypse, proposa-t-il sur le ton de la plaisanterie.

— Tu n'es peut-être pas loin de la vérité.

— Tu commences à me foutre la pétoche, là.

— C'est donc que mes suppositions commencent à faire leur chemin dans ton cerveau.

Sitôt de retour à la voiture, Peter abaissa son siège et se tourna de côté.

— Si tu veux bien, je vais faire un petit somme, annonça-t-il.

— Je vais faire un tour à l'église, dit en retour Rebecca en posant une main sur la poignée de la porte.

Il se redressa.

— Tu vas te confesser ?

— Très drôle. Je dis au curé que tu passes après moi ?

— Moi ? Je suis innocent comme l'agneau qui vient de naître.

— Ben tiens.

— Sérieusement, tu veux que je t'accompagne ? lui demanda-t-il alors qu'elle sortait de la voiture.

Elle secoua la tête.

— Ça ira. Je suis une femme, mais mon sens de l'orientation est suffisamment développé pour que je puisse retrouver la voiture toute seule comme une grande.

Elle désigna l'église du doigt.

— C'est à vingt mètres à peine.

— Je ne disais pas ça pour ça, c'était juste pour...

— Ça ira, Peter, merci.

Elle frissonna en pénétrant dans la petite église. L'air y était bien plus frais qu'à l'extérieur. La nef était vide. Elle remonta l'un des bas-côtés jusqu'à une chapelle veillée par de grands cierges blancs. Elle inséra une pièce dans l'urne toute proche et embrasa un cierge à l'une des flammes qui se dressaient sans vaciller en direction de la voûte. *Est-ce que je crois en quelque chose ?* se demandait-elle souvent. Il fut une période où elle assistait à la messe tous les dimanches aux côtés de sa grand-mère – elle n'avait jamais considéré ça comme une corvée, simplement comme un devoir dont elle s'acquittait sans réelle difficulté –, mais en grandissant, elle avait fait ses propres choix et en quelque sorte « assoupli » sa discipline religieuse. Elle avait pris ses distances. La mort brutale de sa grand-mère y était peut-être pour quelque chose, elle avait pour le moins sérieusement ébranlé ses convictions. Elle croyait en quelque chose, oui, mais elle se demandait souvent si ce « quelque chose » avait encore toute sa tête. Elle fixa la mince bougie sur un socle encore inoccupé, joignit les mains et leva la tête en direction de la vierge de plâtre qui souriait énigmatiquement depuis son alcôve au creux de la chapelle.

— Donnez-moi juste la force d'accomplir cette mission.

Elle fit un signe de croix et rebroussa chemin dans le bas-côté. Au moment où elle repoussait la lourde porte d'entrée, un rire léger s'éleva dans la nef. Rebecca se figea, la main posée sur le cuir qui recouvrait la porte. Elle était incapable de bouger. Elle tendit l'oreille, essayant de se convaincre que la fatigue lui avait joué un mauvais tour. Ses tympans ne captaient que le rythme des battements de son cœur qui s'était subitement affolé. Elle appliqua une nouvelle pression sur la porte puis entendit à nouveau cet affreux rire. Cette fois-ci, elle se retourna. Cela semblait provenir du bas-côté gauche. Elle s'avança prudemment entre les chaises, à distance de l'étroit passage. Quand elle ne fut qu'à quelques pas du chœur, elle aperçut un homme à terre, le dos appuyé contre l'une des colonnes qui soutenaient la voûte d'une chapelle plongée dans l'obscurité. Il la suivit des yeux en souriant tout le temps qu'elle se rapprocha.

— Bonjour, Rebecca, fit-il une fois qu'elle se fut arrêtée.

L'homme était enveloppé d'une longue tunique bleu-vert satinée dont ne dépassaient qu'un visage émacié, des pieds et des mains parcourus de veines bleuâtres. Il était livide, à l'exception de profonds cernes prune sous ses yeux mi-clos. Il paraissait âgé, mais Rebecca ne le pensait pas si vieux que ça. Il était simplement à l'article de la mort. Il émettait un pénible râle à chaque inspiration et ses bras étaient pitoyablement étendus le long de ses jambes.

Mais il persistait à sourire, indifférent à son propre délabrement.

— Qui êtes-vous ? demanda-t-elle avec froideur.

— Je suis… la voix de la discorde… J'ai sonné la révolte et tenté vainement de mener mes troupes à la victoire.

— Une révolte ?

— C'est moi qui t'ai mise sur sa piste, c'est moi qui ai pensé à toi. Il ne faut surtout pas qu'il réussisse. Il ne faut pas que cette malédiction s'abatte sur le monde.

— La malédiction de Julius, n'est-ce pas ?

404

L'homme ne répondit pas. Il tenta d'adopter une position plus confortable, émit un râle de dépit et s'immobilisa de nouveau.

— Le tableau est maudit. Julius a enclenché la minuterie et c'est *Lui* qui va se charger de faire exploser la bombe.

— Lui ?

— Je crois que tu sais parfaitement de qui je veux parler.

Elle garda le silence. Il l'observait avec intensité. Cette misérable créature souffrait, c'était évident, mais elle ne lui inspirait aucune pitié.

— Cette malédiction… De quoi s'agit-il ? Que va-t-il se passer ?

Le sourire du moribond s'agrandit en un rictus démoniaque.

— Le chaos ! Le chaos sur Terre !

Il prit une profonde inspiration qui lui tira une horrible grimace.

— Il est hors de question qu'il réussisse ! cria-t-il. C'est pour ça que tu es là, c'est grâce à moi et à ceux qui m'ont été fidèles jusqu'à la fin que tu es arrivée jusqu'ici. Jusqu'à lui. Tu dois vaincre la malédiction.

— Pourquoi ne doit-il pas réussir ? Pourquoi tant d'acharnement à contrecarrer ses plans ? Vous n'avez rien d'un bon samaritain…

L'homme laissa échapper un rire bref.

— Crois-moi, mieux vaut moi que lui.

— Vous êtes mourant…

— Il y en aura d'autres après moi.

— Meilleurs que lui ? Meilleurs que vous ?

Elle secoua la tête.

— Je n'y crois pas.

— Tu sais qui il est. S'il est venu jusqu'ici, ce n'est pas pour le bien de l'humanité.

— Alors que vous, oui ?

— Il déteste l'Homme, Rebecca, et sa patience est à bout. Lorsqu'il aura accompli son œuvre, il ne restera plus un souffle de vie à la surface de la Terre. Mais quelqu'un peut encore l'arrêter.

Il parvint à lever un bras et pointa un doigt osseux dans sa direction.

— Toi.

— Vous n'avez pas répondu à ma question. Qu'avez-vous à gagner à ce qu'il échoue ? Qui me dit que le remède ne sera pas pire que le mal ? Pourquoi vous ferais-je confiance, à vous plutôt qu'à lui ?

La créature émit une série de petits rires qui se répercutèrent de façon sinistre à travers la nef.

— Vraiment ? Tu serais capable de placer toute ta confiance en celui qui a décimé toute ta famille ?

Elle fronça les sourcils. L'homme capta l'incompréhension dans son regard et un léger sourire se dessina sur son visage.

— Tu es au courant, n'est-ce pas ?

Elle hésita un instant.

— Oui, il a tué ma grand-mère.

— Oui…

Il semblait attendre la suite. Rebecca se sentit soudain mal à l'aise. Ils se défièrent du regard pendant quelques secondes.

— Tu ne sais donc pas tout…

L'atmosphère de l'église se rafraîchit insensiblement.

— Que voulez-vous dire ?

— Il a bien failli te tuer… Que s'est-il passé là-bas, à Shanghai ? Il a posé sa main sur ta tête. Son pouvoir est immense. Il manipule les êtres, la matière, il peut commander à la moindre particule de vie. Qu'as-tu éprouvé alors ? Tu as senti le sang affluer, sa pression marteler les parois de ton crâne. Tu as senti ce liquide grouillant s'épaissir, se figer…

L'homme s'arrêta un instant, comme pour ménager le suspense. Il semblait respirer de plus en plus difficilement.

— Il a façonné cette masse de sang mortelle et l'a transportée vers ton cerveau. C'est une mort comme une autre, mais il affectionne son invisible brutalité. Une embolie cérébrale… Tu es en train de mourir, Rebecca.

Il s'interrompit de nouveau, mais involontairement cette fois-ci. Il devait reprendre son souffle.

— Mais tu es plus forte que ta mère.

Alors, elle comprit. Elle sentit ses jambes se dérober sous elle et appuya l'une de ses mains contre le mur.

— Pensais-tu vraiment que le don de ta grand-mère avait sauté une génération ? reprit l'homme péniblement. Le don que tu possèdes te vient de ta grand-mère… et de ta mère. Elle a été la première à voir clair dans son jeu. Crois-tu qu'il allait courir le risque ?

Rebecca tourna la tête vers son tourmenteur dont le front était à présent couvert de grosses gouttes de sueur.

— Il a scellé ton destin l'année de tes deux ans, Rebecca.

Elle se jeta sur lui et saisit les pans de sa tunique pour amener son visage à elle. Le tissu bleu glissa doucement du haut de sa tête, révélant un crâne chauve et tavelé.

— Espèce de…

— Nous ne sommes pour rien dans ce qui est arrivé à ta mère et à ta grand-mère ! se défendit l'homme dans un fiévreux sursaut d'énergie. Tu diriges ta colère contre la mauvaise cible.

Elle l'observait d'un air féroce et serrait les dents pour ne pas offrir une seule larme à la vue de cette pitoyable créature.

— Maintenant, Rebecca, lui dit celle-ci avec défi, tu as juste ce qu'il faut de haine pour trouver la force de l'arrêter.

— Oui… Je le renverrai d'où il vient. Il vous y rejoindra, vous et tous ceux de votre espèce.

— Alors ne perds pas ton temps avec moi.

— Dites-moi ce que je dois faire, lui cracha-t-elle au visage en appliquant au haut de son corps une secousse brutale qui lui coupa le souffle. Le tableau d'Otto est la clé, n'est-ce pas ? Refaire ce qui a été défait, c'est bien ça ? Dites-moi !

Elle le secoua une nouvelle fois.

— Dites-moi ! lui cria-t-elle en pleine face.

— Le peintre…, souffla-t-il.

Il n'acheva pas sa phrase. Il rejeta la tête en arrière, ouvrit grande la bouche et inspira une dernière fois bruyamment. L'homme et les vêtements qui l'enveloppaient s'effondrèrent en un amas de cendres. Rebecca ouvrit lentement la main et observa les fines particules s'écouler entre ses doigts. Elle poussa un cri rageur et abattit son poing au milieu de la poussière.

Lorsque Peter émergea de sa sieste, il trouva Rebecca assise côté passager, le regard fixé au-delà du pare-brise. L'expression de son visage l'inquiéta et il tourna la tête à la recherche de l'objet de son trouble. En face d'eux, les maisons anciennes du centre du village, bien moins entretenues que celles de Saint-Antonin, et au-delà, la route qui les avait menés jusqu'ici et qui repartait tout droit en direction de la campagne. Les lieux étaient aussi déserts que lorsqu'ils avaient garé leur voiture. Rien ni personne qui pût expliquer un tel trouble.

— Ça ne va pas ?

Elle mit plusieurs secondes à redescendre sur terre.

— Si, tout va bien.

Il posa les yeux sur le tableau de bord.

— Merde ! Il est déjà seize heures trente, il faudrait peut-être y aller ! Tu aurais dû me réveiller.

— Tu dormais comme un bébé.

— Tu n'as pas dormi, toi ?

— Non.

— Mais tu es là depuis combien de temps ?

— Un certain temps.

Il démarra et fit faire marche arrière à la voiture.

— C'était comment, à l'église ? voulut-il savoir.

— Instructif. Dès que tu vois un supermarché ou une épicerie, tu t'arrêtes, s'il te plaît.

Apocalypse

Apocalypse 1, Saint-Antonin, musée

Il était un peu plus de dix-sept heures lorsqu'ils repassèrent les portes du musée. L'hôtesse les reconnut aussitôt et les accueillit avec un grand sourire. Rebecca repensa à ce que Peter lui avait dit quelques heures plus tôt : la jeune femme se souviendrait d'eux à coup sûr, elle leur avait bien fait comprendre qu'ils ne passaient pas inaperçus et elle s'étonnerait de ne pas les voir ressortir. Cette pensée la tourmenta tout le temps de la visite, mais elle se garda de partager son angoisse avec Peter. Ils n'avaient de toute façon plus le temps d'échafauder un nouveau plan. Quand ils eurent fait le tour de la dernière salle d'exposition du rez-de-chaussée, son cœur battait à tout rompre. Il était dix-huit heures moins dix et la nuit était déjà tombée. À l'exception du gardien, il n'y avait plus un seul visiteur dans la grande salle.

— Elle va forcément comprendre que nous ne sommes pas ressortis, fit brusquement Peter en considérant l'hôtesse.

Rebecca le dévisagea. Sa remarque assassine venait de muer son angoisse en certitude d'échec. Elle tourna la tête. Un dernier visiteur réglait un achat à l'accueil.

Une idée lui vint à l'esprit. Elle fouilla fébrilement dans son sac, en sortit son portefeuille et le vida presque entièrement de son contenu en une poignée de secondes.

— Qu'est-ce que tu fais ? l'interrogea Peter.

Rebecca attendit que l'homme quittât le musée et patienta encore quelques instants avant de courir vers l'hôtesse.

— Je crois que le monsieur qui vient de sortir a oublié son portefeuille dans la boutique, lui dit-elle d'une voix affolée en lui tendant l'objet en question. Je suis désolée, mais je ne peux pas courir, je sors d'une opération du genou.

L'hôtesse hésita un instant, se tourna vers la rue, mais l'homme n'était déjà plus à portée de vue. Elle se saisit du portefeuille et se précipita au-dehors. Rebecca la vit s'éloigner en courant. Elle revint vers Peter qu'elle prit par le bras et entraîna vers la boutique, tout en observant le gardien du coin de l'œil.

— Elle nous croira partis durant son absence, dit-elle alors qu'ils approchaient des présentoirs.

Elle attendit que le gardien leur tournât le dos pour pousser son ami à l'intérieur de la boutique.

— Dépêche-toi ! lui lança-t-elle en glissant sous une table.

Peter plongea à son tour comme il put sous l'un des présentoirs, à quelques mètres de Rebecca.

— Installe-toi confortablement et ne bouge plus ! lui ordonna-t-elle.

— Confortablement ? Plus facile à…

— Chut !

Elle entendit un dernier juron, un bref bruissement, puis plus rien. Elle adopta à son tour la position la moins inconfortable qu'elle pût trouver et essaya de n'en plus bouger. L'hôtesse fut de retour moins d'une minute après.

— Ils sont partis ? l'entendit-elle demander.

— Qui ça ? fit le gardien.

— Le couple qui était là.

— La grande blonde et le gros ?

La question arracha un sourire à Rebecca. Peter devait être aux anges…

— Oui.

— Je n'en sais rien. Peut-être en haut ?

Un silence, puis de nouveau la voix de l'hôtesse.

— Qu'est-ce que j'en fais ?

— De quoi ?

— Du portefeuille, celui que la fille a trouvé. Il n'était pas au type qui est parti.

— Aux objets trouvés ?

Un nouveau silence.

— C'est bizarre. Aucun papier. Il est vide.

Rebecca serra les dents. Elle pria pour que la fille ne fût pas du genre à se poser trop de questions. Les secondes passèrent, puis une minute, et une autre encore. Il n'y avait plus un bruit, sauf un occasionnel raclement de gorge du gardien. À six heures précises, l'hôtesse salua le vigile et quitta les lieux. Des bruits de pas résonnèrent peu de temps après à travers la salle – la dernière ronde, vraisemblablement – puis il y eut du remue-ménage près de l'accueil. Les gardiens s'entretinrent quelques minutes et échangèrent de brèves plaisanteries – l'une d'elles les concernait, elle retint un juron en entendant le qualificatif que l'un des types usa à son encontre –, puis les voix se turent, le mince

413

bandeau de lumière qui s'infiltrait entre le brocart et le sol s'estompa et les portes du musée se refermèrent. Elle entendit encore l'écho de conversations à l'extérieur, le son étouffé des chaussures qui claquaient contre l'asphalte, puis il n'y eut plus aucun bruit.

Les minutes passèrent. Peter fut le premier à bouger. Il ajusta sa position dans un bruit d'enfer qui déchira le silence. Rebecca se mordit la lèvre et l'invectiva intérieurement, mais il se tint tranquille. Elle ferma les yeux et essaya de faire le vide dans sa tête. La tâche était d'autant plus difficile qu'elle sentait l'angoisse monter et que sa migraine ne cessait d'empirer. Elle se mordit les doigts de ne pas avoir accepté la proposition de Peter de passer à la pharmacie. Il n'était de toute façon plus temps de penser à ce qu'elle aurait pu ou dû faire.

Il lui fallait oublier la douleur, se calmer et se concentrer sur la tâche à venir. Elle allait avoir besoin de toute sa lucidité. Et de toutes ses forces.

Elle se remit en tête les enseignements de sa grand-mère. Certains rites étaient excessivement dangereux et, malgré ses longues années d'expérience, même elle évitait d'y avoir recours. Et comme le lui avait si justement dit son adversaire, elle n'avait pas le talent de son aïeule… Elle serra les dents, maudit ce monstre qui lui avait pris sa grand-mère et sa mère avant elle. Sa position commençait à devenir inconfortable. Elle en changea aussi discrètement que possible. Ils étaient convenus de sortir de leur repaire à vingt-trois heures. Cinq heures à attendre…

Peter allait devenir fou. Il n'avait jamais été très patient. Elle ne savait même pas comment il était parvenu à loger sa carcasse sous ces tables. Elle regretta de l'avoir entraîné dans cette histoire. C'était son choix, mais il était ici parce qu'elle y était, elle. Sa petite sœur... Jamais il ne la laisserait tomber. Il l'accompagnerait jusqu'à la fin et la fin était peut-être toute proche. Elle s'en voulait, mais c'était aussi un immense soulagement de l'avoir à cet instant à ses côtés, de sentir sa présence rassurante tout près. Elle tendit l'oreille. Pas le moindre bruit. Il faisait preuve de très bonne volonté.

Elle cala un bras contre son sac qu'elle avait placé sous sa tête et essaya de donner un peu de volume à son oreiller improvisé. Elle ouvrait et fermait les yeux, cherchait le sommeil, sans le trouver. Saloperie de mal de tête... Un peu de repos ne lui aurait pourtant pas fait de mal. Elle ajusta de nouveau sa position, mais elle savait que cela ne ferait pas disparaître la douleur. Ces violents élancements, ce froid... Elle espérait que son état n'allait pas se détériorer. Le souvenir de sa mère se fraya doucement un chemin à travers son esprit, le seul qu'elle conservât d'elle : l'image d'une photo prise avant même qu'elle ne lui eût donné naissance. Des deux années qu'elle avait passées auprès d'elle, il ne lui restait rien ; sa voix lui était inconnue, son parfum aussi, elle ne se rappelait aucune de ses mimiques, aucun geste d'amour qui pût lui mettre du baume au cœur. Juste une photo, un visage à jamais figé dans le temps, un sourire auquel elle s'accrochait comme à une main tendue dans l'obscurité. Elle ne se souvenait pas de la douleur non plus, elle n'avait jamais été aussi terrible que celle qui l'avait transpercée à la mort de sa grand-mère. Le décès de sa mère était un souvenir mélancolique alors que celui de sa grand-mère était une plaie béante.

Jusqu'à aujourd'hui. Jusqu'à cet instant où cette créature lui avait révélé la vérité. Il les avait tuées toutes les deux. Ce monstre faisait partie de son histoire depuis toujours, il était le bourreau de sa famille. Aujourd'hui, c'était elle qui se mettait en chasse. Fini de se faire balader d'un bout à l'autre de la planète et de n'être qu'un pion dans cette partie d'échecs commencée avec sa mère et sa grand-mère. À partir de maintenant, elle prenait les commandes en main. *Juste ce qu'il faut de haine…* Oh oui, une colère noire, étouffante, qu'il lui tardait d'expulser. Une haine sans limites, aveuglante et destructrice, mais elle s'en fichait pas mal – que lui restait-il, de toute façon ? Si elle devait échouer, ce serait avec la rage au ventre et les poings en sang.

Son cerveau était en ébullition, elle ne trouverait pas le sommeil. Elle ferma les yeux et se remémora les étapes du rituel.

Peter cala soigneusement les écouteurs dans ses oreilles. Cette courte sieste dans la voiture avait été la bienvenue. Il avait à présent peu de chance de s'endormir, heureusement car ses ronflements ne seraient pas passés inaperçus dans ce silence. Son lecteur MP3 ne trahirait pas non plus leur présence, il avait eu maintes fois l'occasion de s'assurer de la discrétion de son équipement. Cinq heures à attendre, c'était long, mais c'était bien moins que ce que ce petit gadget pouvait contenir de musique. Il pressa la touche « Play » et les premières notes de *Mama* de Phil Collins s'écoulèrent dans ses oreilles.

Apocalypse 2, Saint-Antonin, musée

Rebecca prit mille précautions pour se mettre sur le côté. Elle ne savait pas si c'était le fait de s'être allongée, mais sa tête la faisait déjà nettement moins souffrir. Elle ouvrit les yeux.

Il y avait une carte à jouer, sous le tissu, à portée de main. Elle étendit le bras, approcha la carte de ses yeux. Une épée était dessinée sur le petit carton, mais elle disparaissait presque complètement derrière la tache rouge qui le maculait. Elle souleva légèrement le brocart, colla sa joue au sol.

Il y en avait d'autres. Par dizaines. Par centaines.

Elle quitta son abri, se releva et suivit la piste que semblaient vouloir tracer les cartes. Il y avait du sang partout. Sur les cartes, sur le parquet, et il y en avait de plus en plus à mesure qu'elle avançait. Elle était comme hypnotisée par les petits rectangles souillés de rouge. Après une vingtaine de mètres, elle leva la tête et aperçut sa grand-mère. Elle se figea, se mit à manquer de souffle. Sarah était debout, la tête baissée sur ses vêtements et ses mains couverts de sang, elle semblait découvrir avec horreur les infâmes souillures. Elle se redressa lentement, vit sa petite-fille. Deux larmes de sang s'échappèrent de ses orbites vides, deux trous béants ouverts vers une pénombre profonde, puis sa bouche s'ouvrit brusquement.

— Réveille-toi !

Apocalypse 3, Saint-Antonin, musée

Rebecca se redressa brutalement. Sa tête s'arrêta par miracle à quelques millimètres de la table. Elle grimaça et porta la main à son sein gauche. La douleur devenait insupportable. Elle serra les dents, maudit cet étau qui lui comprimait le cœur avec l'espoir de le faire disparaître par la seule force de sa pensée.

Elle consulta aussitôt l'heure : vingt-trois heures trente. Elle fut prise de panique. Elle avait dormi plus de quatre heures ! Elle souleva le brocart et quitta son abri. Peter émergea du sien pratiquement au même moment.

— Pas trop tôt…, fit-il d'une voix calme.

— Vingt-trois heures trente ! lui lança-t-elle, les yeux ronds comme des billes. Bon sang, tu aurais dû me réveiller !

— J'ai pas l'heure, figure-toi ! T'as pas l'habitude d'être en retard et je ne pensais pas que tu choisirais justement ce soir pour être à la bourre.

Elle jura et commença à avancer à quatre pattes hors de la boutique. Les arches, sur lesquelles de fins rideaux avaient été abaissés, se découpaient plus claires contre l'obscurité dans laquelle la grande salle d'exposition était plongée. Le tonnerre grondait au loin. La clarté diffuse, nuancée au rythme du passage des premiers nuages de l'orage approchant, créait un angoissant jeu de lumière. Les formes sombres des objets semblaient s'étirer dans ce clair-obscur changeant comme s'ils s'efforçaient de ramener un semblant de vie dans leur corps ankylosé par une longue journée de douloureuse immobilité. Peter essayait lui aussi d'étirer son dos raidi par les longues heures passées sans bouger. Il aperçut Rebecca un peu plus loin, qui tendait le cou vers l'entrée du musée, puis la vit faire prudemment demi-tour.

— Il y a un gardien à l'accueil.

— Quoi ? Mais qu'est-ce qu'il fout ?

— Il lit. Mais quelle gourde ! Il ne m'est même pas venu à l'esprit qu'il resterait à l'intérieur du musée.

— Qu'est-ce qu'on fait ? interrogea Peter.

Sans répondre, Rebecca regagna son poste d'observation et fouilla dans les poches de sa veste. Elle revint près de lui après une courte recherche, avec en main un objet qu'il ne parvenait pas à identifier.

— On improvise, dit-elle en élevant sa main dans les airs.

Il y eut un petit bruit métallique qui coïncida avec un long roulement de tonnerre. À l'accueil, le gardien, absorbé par sa lecture, ne bougea pas d'un millimètre.

— Saloperie d'orage, dit Rebecca.

Il y eut soudain un brusque fracas au fond de la salle. Rebecca bascula précipitamment en arrière et se tourna vers Peter.

— C'était quoi, ça ?

— Les piles de mon baladeur. Mais ne me demande pas sur quoi elles ont atterri.

— Mais t'es malade ou quoi ?

— Ben, on improvise, non ?

— Tu te…

— Chut !

Le gardien avait quitté son poste et s'avançait en direction de la source du bruit. Ils attendirent qu'il eût disparu dans une salle d'exposition attenante pour prendre furtivement la direction des escaliers. À l'étage, ils s'immobilisèrent en haut des marches. Une rangée de spots diffusait juste ce qu'il leur fallait de lumière pour se repérer. Rebecca fit le tour de la grande pièce des yeux. Pas un son, pas une ombre suspecte, rien ne bougeait. Le calme absolu.

— Et maintenant ? demanda Peter.

— Je n'en sais rien. On attend.

— Encore ? Et on attend quoi ?

— Comment tu veux que je le sache ? s'énerva-t-elle. Je n'en sais pas plus que toi.

— Ben, tu es voyante, non ?

Elle le fusilla du regard.

— Tu crois vraiment que c'est le moment pour ce genre de vannes pourries ?

— Excuse-moi, mais on ne peut pas rester plantés là comme des débiles, le gardien va sûrement rappliquer d'une minute à l'autre.

Elle leva les yeux vers les caméras, jeta un nouveau coup d'œil circulaire.

— On va se cacher derrière les rideaux, proposa-t-elle en indiquant les arcades les plus proches. Il n'y a aucune toile de ce côté-ci, nous ne serons pas dans le champ des caméras, et en nous baissant plus bas que le rebord de l'arcade, nous ne serons pas trahis par la lumière extérieure.

Ils rejoignirent leur abri. Elle entendit Peter marmonner au moment où il s'insérait laborieusement dans l'alcôve voisine, puis il y eut un bref flash de lumière, quelques secondes de silence, et un claquement sec suivi d'un long roulement de tonnerre. L'orage ruminait sa colère avant de fondre sur Saint-Antonin. Rebecca consulta sa montre. Vingt-trois heures quarante-cinq. Avec l'angoisse était revenu cet inexplicable malaise qu'elle ressentait depuis la veille. La sensation de froid s'était accentuée et l'insidieuse douleur qui s'était propagée à tout le côté supérieur gauche de son corps était à présent intenable. Elle ferma les yeux, conjurant le mal. Ce n'était pas le moment de flancher.

Le silence du musée était maintenant constamment brisé par les grondements sourds de l'orage qui persistait à rôder autour du village. Le gardien n'avait pas quitté le rez-de-chaussée. Soit il n'avait pas encore trouvé les piles, soit il les avait trouvées, mais ne s'était même pas posé la question de savoir comment elles avaient pu atterrir là. La perspective de se replonger dans son bouquin le préoccupait à l'évidence bien plus que l'idée d'avoir des intrus dans le musée. Elle reposa les yeux sur sa montre, mais n'eut pas le temps de repérer la position exacte des deux aiguilles. Une douleur aiguë lui transperça le cœur et elle s'effondra en avant.

Apocalypse 4, Saint-Antonin, musée

Peter perçut un choc sourd entre deux roulements de tonnerre. Il écarta précautionneusement le tissu et aperçut Rebecca couchée en chien de fusil sur les dalles. Il lâcha un juron puis se précipita hors de sa cachette. À la faveur d'un éclair, il distingua son visage. Il crut ne pas la reconnaître. Cette peau si pâle, ces cheveux qui semblaient avoir pris la couleur de l'argent... Il se rappela la dame blanche du manoir d'Otto. Impossible... Il hésita un instant, mais la souffrance qu'il lut sur le visage de son amie le décida. Il s'agenouilla et posa une main sur son visage.

— Rebecca ? Rebecca, tu m'entends ?

La lumière dans la pièce s'était imperceptiblement modifiée. Peter leva les yeux.

— Rebecca... Le dessin...

Apocalypse 5, Saint-Antonin, musée

Le gardien repassa derrière le comptoir, tournant et retournant la pile entre ses doigts. Ce n'était quand même pas banal. Comment était-elle arrivée là ? Elle n'était tout de même pas tombée du ciel... Son regard tomba sur les écrans de contrôle. Il plissa les yeux, s'approcha. Et déclencha l'alarme.

Peter aplatit les paumes de ses mains sur ses oreilles, mais le fracas de l'alarme ne dura pas. L'insupportable hululement s'interrompit brusquement et laissa la place aux bruyants assauts des rafales de vent. Le dessin suspendu au mur répandait une lueur bleutée dans la salle. Peter écarquilla les yeux. Il ne rêvait pas : la surface du papier ondoyait sous son halo de lumière. Rebecca était parvenue à se mettre à genoux. Ses mains étaient recroquevillées sur sa poitrine. Elle suivit le regard stupéfait de son ami.

— C'était finalement la bonne piste, dit-elle d'une voix essoufflée. Donne-moi un coup de main, s'il te plaît.

Il passa un bras dans son dos et l'aida à se remettre sur pied. Elle lut l'inquiétude sur son visage et l'interrogea du regard.

— Ton visage..., souffla-t-il. On dirait qu'il a changé. C'est cette femme au manoir. Il s'est passé quelque chose là-bas.

Elle ferma brièvement les yeux.

— Elle est en moi, je la sens. Elle me ronge.

— On ne peut pas te laisser comme ça.

— Et qu'est-ce que tu comptes faire ? Tu crois vraiment qu'il existe un remède pour ce genre de choses ?

Ils dressèrent la tête au son d'une série de claquements secs. La pièce semblait craquer de tous les côtés, de la poussière et de fines particules de pierre dégringolaient des murs et du plafond. Puis un ronronnement rauque surgit de nulle part, conclu par un énorme coup de tonnerre qui secoua le bâtiment. De lourdes gouttes commencèrent à frapper les carreaux.

— Nom de Dieu, c'était quoi, ça ? fit Peter d'une voix angoissée.

Jamais il n'avait entendu un tel bruit. Le colosse que rien ne semblait émouvoir n'en menait pas large. Il sentit la main de Rebecca se resserrer autour de son bras.

— Cette fois-ci, ça y est, lui dit-elle en lui adressant un regard intense. On ne peut plus reculer.

— Ah, là, oui, ça paraît compliqué.

— Tu réalises qu'on n'est pas dans la meilleure des situations…

— Ben, c'est difficile de se rendre compte, c'est une situation assez… inédite… Mais en effet, ça ne me semble pas super bien parti.

— Ce que je veux dire, c'est que…

Il l'arrêta d'un geste de la main. Il avait subitement retrouvé tout son sérieux.

— Je sais. Mais comme tu dis, on ne peut plus reculer et je ne suis pas sûr qu'on ait le temps de se faire des adieux.

Elle hocha la tête, puis il l'accompagna sans un mot jusqu'à l'alcôve qui lui avait servi d'abri. Elle sortit de son sac la boîte de sel qu'elle s'était procurée à l'épicerie et referma ses doigts autour du couvercle. Le regard de Peter se posait alternativement sur Rebecca et sur le dessin à la surface duquel se matérialisaient des craquelures sombres qui le gonflaient comme un ballon sur le point d'éclater. Le fracas de l'orage s'ajoutait au tumulte intérieur. Il semblait à Peter que le sol vacillait sous ses pieds.

— Et merde ! hurla Rebecca qui tentait désespérément d'ouvrir le gros cylindre de plastique.

Au moment où son ami lui arrachait la boîte des mains, une violente douleur la prit par surprise et la plia en deux. Peter, pris de panique, posa la boîte à terre et se porta à son secours. Rebecca secoua la tête et l'arrêta d'une main.

— Le sel..., grimaça-t-elle. Amène-moi là-bas et répands le sel en cercle tout autour de moi. Dépêche-toi.

Des bruits de pas résonnèrent dans les escaliers. Le gardien apparut au bout de la pièce au moment où la gravure se déchirait, tout doucement, presque au ralenti. Le papier se désagrégea en minces filaments bleutés qui planèrent un instant dans la pièce avant de se poser délicatement à terre. De longs fils de lumière s'échappèrent du trou qui venait de s'ouvrir dans le mur et s'entortillèrent dans l'air pour former les contours d'une immense silhouette pourvue de cornes qui affleuraient le plafond. Rebecca en oublia sa douleur. Peter était comme paralysé. À l'autre bout de la pièce, les mâchoires du gardien s'affaissèrent. Le démon né de la lumière échappée de la brèche pratiquée dans le mur ouvrit grande la gueule comme pour expulser une terrible colère, mais aucun son ne sortit de sa bouche. Les trois témoins de la scène virent simplement l'air se brouiller autour d'eux, comme il aurait pu le faire sous l'effet d'une chaleur intense, puis un silence de tombe s'abattit sur le musée. L'instant d'après, un formidable rugissement balayait tout sur son chemin. Le gardien échappa à cette formidable vague d'outre-tombe en battant tous les records de vitesse dans les escaliers.

Apocalypse 6, Afrique de l'Ouest, un dispensaire

Le père Jean quitta la pièce où étaient allongées sur des rangées de lits, visage hagard, des dizaines d'êtres humains qui n'avaient même plus la force de souffrir. Il ne suffisait plus que les maladies rongent les corps de ces pauvres malheureux, voilà qu'arrivait la famine. Il regagna son bureau à l'entrée du dispensaire. La pièce était austère, à l'image de son occupant, mais nul besoin de confort ostentatoire quand tous ici n'avaient que le strict minimum pour vivre. Survivre, plutôt. Il cacheta l'enveloppe qu'il s'était promis d'envoyer dès le lendemain à sa sœur qui demeurait à Paris, puis bâilla et se frotta les yeux. À chaque jour suffisait sa peine. Il se dirigea vers la fenêtre ouverte en grand, la main serrée autour de la croix qu'il portait en permanence autour de son cou. Il huma le parfum chaud de la nuit, s'imprégna de son silence, de la douceur qu'elle semblait communiquer à toute chose. En fait, ce n'était jamais vraiment le silence. Il y avait le bruissement des insectes, le hululement des oiseaux nocturnes, le passage furtif des animaux qui s'affairaient dans la pénombre. Une atmosphère feutrée encore plus douce que le silence absolu. Au moment où il s'éloignait de la fenêtre, il entendit un bruit étrange, un martèlement rythmé qui brisait l'harmonie de sons à laquelle il était accoutumé. Les sabots d'un cheval. Il fronça les sourcils. Un cheval, ici ? Plus que surprenant, mais il n'avait quasiment aucun doute quant à la nature de ces claquements secs. Il sonda l'obscurité à la recherche de l'animal. Ses yeux habitués à distinguer dans le noir ne tardèrent pas à repérer la monture et son cavalier. L'aspect de ce dernier mit immédiatement le religieux mal à l'aise. Il plissa les yeux pour tenter de mieux détailler l'étrange vision. Le cavalier leva soudain la tête, comme s'il venait tout juste de capter un son imperceptible pour Jean. Il fit faire un brusque demi-tour à son cheval et tous deux se volatilisèrent littéralement dans l'air.

Au même instant, en deux points du globe distants de plusieurs milliers de kilomètres du dispensaire, deux autres cavaliers répondaient à leur tour au lointain appel échappé de la porte.

Apocalypse 7, Saint-Antonin, musée

Le démon avait disparu. Des volutes de vapeur s'échappaient du trou qui s'était propagé dans le mur et répandaient une brume phosphorescente dans la salle dont la température avait subitement chuté de plusieurs degrés. Il y eut un bruit semblable à celui d'un effondrement, le mur qui avait supporté la gravure parut se rétracter sous l'effet d'une énorme tension puis le trou béant se propagea encore un peu plus. Des silhouettes apparaissaient puis disparaissaient au fond de cette brèche obscure qui semblait battre au rythme d'une étrange pulsation rouge. Un râle rauque emplit la salle, à peine perceptible au-dessus du grondement à présent ininterrompu de l'orage. Peter rouvrit les yeux. Les dernières images enregistrées par son cerveau lui revinrent progressivement à l'esprit.

Il bascula lentement sur le côté en grimaçant. Il avait littéralement été soulevé de terre, ce qu'il considérait comme un petit exploit. Il aperçut Rebecca agenouillée un peu plus loin, les mains posées à plat sur les dalles froides. Il se remit debout et la rejoignit.

— Ça va ? lui demanda-t-il en s'accroupissant auprès d'elle.

— J'ai connu mieux.

Un éclair illumina la pièce, qui fit un instant s'évanouir les formes évanescentes qui peuplaient l'air chargé d'électricité. Le tonnerre claqua presque aussitôt et les spots s'éteignirent. La lumière qu'ils dispensaient n'était de toute façon plus d'aucune utilité.

— Il faut mettre les voiles, ordonna Peter. Ce qui se passe ici est hors de notre portée.

Rebecca releva la tête et referma une main autour de son bras.

— Je crois que tu n'as pas bien saisi, dit-elle dans un sursaut d'énergie.

Elle tendit le bras en direction du trou dans le mur.

— C'est une porte. Elle est grande ouverte sur des dimensions dont tu ne peux même pas soupçonner l'existence. Et d'ici peu, elle sera franchie par des légions de créatures qui vont se répandre dans le village et bien au-delà.

Il leva les yeux et observa les silhouettes indistinctes qui flottaient dans l'air.

— Je crois qu'on a déjà une petite idée de ce qui peut en sortir.

— Ce n'est qu'un début, l'avertit-elle. Si on ne ferme pas cette porte, tu pourras aller à l'autre bout de la terre si ça te chante, tu n'y échapperas pas.

Il secoua doucement la tête.

— C'est pas possible…

Ses yeux étaient remplis de désespoir. Jamais elle ne l'avait vu dans une telle détresse. Elle fut un instant tentée de le rejoindre dans sa désolation, mais elle serra les dents et raffermit sa prise sur son bras.

— Il faut absolument refermer cette porte.

— Mais comment, bordel ?

L'étreinte sur son bras se desserra en même temps que les yeux de son amie roulaient dans leurs orbites. Il posa une main sur son épaule et la soutint au moment où elle vacillait sur le côté.

— Rebecca… Tu es à bout de forces…

— Le cercle…, souffla-t-elle. Le sel…

Il regarda autour de lui. La boîte avait disparu, vraisemblablement balayée par ce formidable souffle vers… *Où ça, bon sang ?* Il tourna la tête vers les escaliers et pria pour qu'elle n'eût pas dégringolé au bas des marches.

— Je ne le vois pas. Je vais chercher. Ça va aller ?

— Oui.

— Tu ne bouges pas d'ici, OK ?

— Aucun risque…

Il se leva et se mit en quête du sel. La lumière surnaturelle dans laquelle baignait la pièce n'était pas suffisante. Il commença à paniquer. Jamais il n'allait retrouver cette saloperie de boîte. Il y eut un éclair accompagné d'un formidable coup de tonnerre. L'espace d'un instant, la salle fut illuminée comme en plein jour. C'était peut-être là sa chance car les éclairs se succédaient presque sans discontinuer. Il tourna un moment, guettant chaque recoin dans lequel le souffle avait pu expédier la boîte. Enfin, à la faveur d'un nouvel éclair, il la vit, dans l'ombre, dans un coin du palier. Il la ramassa d'un geste rageur et rejoignit Rebecca qui était parvenue à se mettre debout. Il s'immobilisa face à elle et regarda la boîte d'un air bête.

— Il faut qu'il soit comment le cercle ? demanda-t-il d'une voix mal assurée.

Elle lui lança un regard dépité.

— En forme de cercle ! cria-t-elle avant d'être submergée par une nouvelle vague de douleur.

— Dépêche-toi ! lui hurla-t-elle au visage.

— OK, fit-il précipitamment en se mettant à l'ouvrage.

Il releva brièvement la tête lorsque Rebecca commença à psalmodier une succession de mots dans une langue qui lui était inconnue, puis continua de déverser le sel sur les dalles. Il était sur le point d'achever le cercle quand de puissantes rafales balayèrent la salle et firent voler les vitres en éclats. Les étoffes s'agitèrent un instant dans la nuit puis le vent les arracha au musée.

Les spectres de brume s'échappèrent par les arches et fondirent sur le village encore endormi.

Apocalypse 8, Saint-Antonin, donjon
Le panorama depuis la terrasse était vraiment magnifique, plus particulièrement à la faveur de cette toile de fond chaotique qui illuminait le village de violents éclats froids. De lourds nuages s'amoncelaient dans les cieux, se gonflant et se déformant à une vitesse surnaturelle. Déjà, des formes se dessinaient, se désagrégeaient pour se reformer aussitôt. Il sourit. La nuit s'annonçait

particulièrement belle. Il entendit un froissement dans son dos.

— Maître, les cavaliers sont là.

Il observa le cortège de créatures qui attendait patiemment dans un silence de mort.

— Vous avez fait un excellent travail, leur dit-il. Rejoignez les autres.

Un immense sourire se dessina sur son visage.

— Et ne ménagez pas votre peine.

Les créatures lui tournèrent le dos et commencèrent à descendre la colline en direction du village. Il regarda s'éloigner la procession de silhouettes difformes puis leva les yeux vers le donjon qui surplombait la terrasse. Le spectacle promettait d'être époustouflant.

L'escalier était raide, les marches étroites, polies par le temps et le passage des hommes. Le vent, comme aspiré par le mince goulot, se précipitait jusqu'au sommet avec un gémissement aigu. L'atmosphère était électrique. Il posa une main sur la pierre, qui lui communiqua une puissante vague de chaleur. Les choses se mettaient lentement, mais sûrement, en place. Il gravit la dernière marche et se dirigea vers les créneaux. Le vent soufflait fort, mais ce n'était encore rien. Il huma l'air et prit un air satisfait. Une rafale arracha un léger son à la cloche qui dominait le donjon. Il observa un moment l'antique pièce de bronze. Le tintement mourut dans le souffle du vent. Il saisit l'étroit bout de corde attaché au battant.

— Sonne, petite cloche, sonne hardiment, les armées de l'Enfer sont aux portes du village.

Le martèlement effréné du battant se répercuta à travers toute la vallée.

Apocalypse 9, Saint-Antonin, musée

L'air s'immobilisa, il n'y eut plus un souffle dans la salle. La tempête, toute proche, semblait être confinée à l'extérieur de ces murs, comme si une barrière invisible s'était substituée aux vitres à présent volatilisées. L'orage était là, éclairant en permanence l'obscurité, déchirant la nuit d'un inconcevable fracas, mais ici, c'était le calme absolu. Peter baissa les yeux. Le cercle de sel avait complètement disparu.

— Oh, merde...

Rebecca fit une pause dans l'étrange litanie que le récent chaos n'était pas parvenu à interrompre.

— Recommence, ordonna-t-elle d'une voix qui n'était plus la sienne.

Peter s'apprêtait à ouvrir la bouche quand il vit l'expression de son visage. Ses lèvres se refermèrent immédiatement et il se remit frénétiquement à sa tâche.

Apocalypse 10, Saint-Antonin, donjon

La dernière vibration se perdit dans un roulement de tonnerre. Il était sur le point de redescendre du donjon quand un mouvement dans le ciel attira son regard. Il plissa les yeux. Des formes tourmentées se contorsionnaient au-dessus du musée. Pour la première fois, une ombre passa sur son visage.

— Ça, ce n'était pas au programme.

L'ombre disparut, aussitôt remplacée par un sourire malsain.

— Rebecca... Je t'avais presque oubliée...

Apocalypse 11, Saint-Antonin, musée

Le passage libéré par la gravure continuait à expulser des ombres bleutées dont l'agitation semblait vouloir ramener la tempête à l'intérieur des murs. Déjà, un souffle froid balayait la surface du sol. Peter, qui observait avec une inquiétude grandissante les cristaux glisser sur les dalles, rajoutait du sel tout le long de l'arc déjà tracé au sol. Des coups répétés retentirent au creux de l'abîme rougeoyant qui consumait le mur. D'abord lointain, le martèlement se rapprocha inexorablement jusqu'à ce qu'un immense cheval verdâtre, monté par un cavalier qui disparaissait sous une longue tunique noire, franchît le passage. Le nouveau venu immobilisa sa monture devant la brèche. Une large capuche maintenait son visage dans l'ombre. Il frappa le sol de l'extrémité de l'immense faux qu'il serrait dans sa main décharnée et tourna la tête vers Rebecca.

— Poursuis ton chemin, fit une voix provenant des escaliers.

Peter se retourna. Rebecca ne prit pas cette peine. Elle n'avait pas oublié ces funestes intonations.

— Je me charge de celle-ci, fit la voix depuis le haut des marches.

Apocalypse 12, Saint-Antonin, Rue Droite

Une colonne d'épais nuages noirs descendit du ciel et s'enroula furieusement sur elle-même. Les nuages se redéployèrent, prirent de la consistance et achevèrent leur métamorphose en une immense créature étique dont les vêtements en lambeaux flottaient dans le vent. Levant la tête, la bête monstrueuse aperçut l'église et fit une grimace de dégoût qui découvrit des dents déchiquetées marquées par le pourrissement.

Apocalypse 13, Saint-Antonin, entrée du musée

L'adjudant-chef Chaumont ne cessait de se demander quel crétin avait bien pu avoir l'idée saugrenue de faire un casse au musée par un temps pareil. Il pénétra dans le bâtiment trempé comme une soupe, flanqué de trois de ses collègues aussi ravis que lui d'avoir été arrachés à la chaleur de la gendarmerie. Les faisceaux de leurs torches balayèrent le hall d'entrée et convergèrent vers la silhouette de l'homme qui avait vraisemblablement donné l'alerte. Chaumont s'approcha et éleva la torche à hauteur du visage du gardien. Il était blanc comme un linge.

— Là-haut…, balbutia-t-il en désignant l'escalier.

Il essaya d'en dire plus, mais la suite de sa phrase mourut dans sa gorge. Il secoua la tête, fit l'effort visible de poursuivre ses explications, mais rien ne sortit. Chaumont remarqua le tremblement de ses mains.

— Qu'est-ce qu'il y a là-haut ? demanda-t-il au gardien.

Un son creux résonna dans l'escalier vers lequel se tournèrent à l'unisson tous les cônes de lumière. Un immense étalon apparut dans la descente. Il sauta les dernières marches et s'immobilisa à quelques mètres seulement des gendarmes. L'adjudant-chef hésitait entre stupeur et effroi. Qu'un cheval empruntât l'escalier du musée n'était déjà pas banal en soi, que sa robe fût de la couleur du bronze verdi par le temps et que son cavalier brandît une longue faux à la lame affûtée comme un rasoir ajoutaient franchement à la singularité de la situation. Il parvint à garder son calme et décida d'opter pour un mauvais tour excentriquement mis en scène par un petit plaisantin.

— Descendez de ce cheval, commanda-t-il d'une voix mal assurée.

Le cheval secoua la tête et renâcla. Plusieurs secondes passèrent.

— Je vous ai demandé de descendre de ce cheval, répéta le gendarme.

Le cavalier rejeta sa capuche en arrière. Les quatre hommes posèrent instinctivement la main sur leur pistolet.

— Oh, merde…, lâcha Chaumont dans un souffle.

S'il s'agissait d'une mise en scène, elle était rudement bien exécutée. Le monstre écarta légèrement sa faux et un coup de feu retentit. Le cours du temps sembla se suspendre un instant puis le cavalier abattit sa faux en avant. Le corps du jeune gendarme dont les nerfs avaient lâché fut cisaillé de la tête à l'entrecuisse. Il n'y eut pas un cri, pas une goutte de sang, juste le son de ses os qui se brisaient en touchant le sol. Le reste de l'escadron se bouscula vers la sortie.

Apocalypse 14, Saint-Antonin, presbytère

Le prêtre referma la porte du presbytère, rabattit la capuche de son manteau sur sa tête et se dirigea vers l'église en luttant contre le vent et la pluie. Il introduisit la clé dans la serrure et ouvrit la lourde porte de bois qu'une rafale manqua de lui arracher des mains. Il referma péniblement le battant sur le vent qui s'engouffrait dans l'église et donna un tour de clé.

— Eh bien, quelle tempête…

Une vive clarté inonda la nef lorsqu'il actionna l'interrupteur. Un énorme coup de tonnerre fit vibrer les vitraux. Les sons de cloche étaient bien plus faibles à présent, mais ils parvenaient encore jusqu'à lui au-dessus du vacarme extérieur. La lourde pièce de bronze ne s'était pas subitement mise à se balancer de sa propre initiative. Le vent même n'aurait pas suffi à déplacer ainsi les deux tonnes de Gabrielle. Il gagna la base du clocher et sonda les ténèbres qui enveloppaient les combles. Il n'y voyait rien, il lui fallait une torche. Il perçut un bruissement dans son dos. Il se retourna et se trouva nez à nez avec une immense créature qui le fixait du haut de ses trois mètres. Sa bouche s'ouvrit sur une double rangée de dents pourries.

Dong.

Le monstre saisit le cou du prêtre d'un fulgurant geste du bras et le souleva de terre. L'étreinte ne lui laissa même pas le temps de hurler.

Apocalypse 15, Saint-Antonin, musée

Un souffle polaire s'enfuit au ras des dalles. Le cercle de sel, auquel il ne manquait que quelques centimètres, fut balayé vers le fond de la salle. L'orage semblait s'acharner contre la façade du musée, furieux de ne pouvoir s'engouffrer par les vitres cassées. De grosses gouttes de pluie s'abattaient sur le sol à quelques mètres de Rebecca et de Peter.

— Te voici donc, Rebecca.

Elle garda les lèvres serrées. Le nouveau venu sourit et hocha doucement la tête.

— Belle démonstration de ta volonté, mais je ne suis pas sûr que cela soit suffisant.

Elle était au bord de l'épuisement, respirait péniblement, mais elle trouva la force d'assurer sa voix pour que chaque mot qu'elle prononça pénétrât profondément dans le cerveau de son adversaire.

— Nous le saurons très vite.

L'homme fit un geste dans sa direction.

— Tu touches à un seul de ses cheveux…, prévint Peter.

Le démon décrit un large demi-cercle du bras qui propulsa Peter contre le mur. Rebecca vit le corps inanimé de son ami chuter lourdement au sol. Elle aurait voulu réagir, se précipiter en avant, sauter sur cette immonde créature venue tout droit de son enfer, mais elle ne trouva pas la force d'esquisser le moindre geste. Elle dut se contenter de lui adresser un regard rempli de haine.

— Vous êtes un lâche, dit-elle. Cette femme chez Otto était l'une de vos créatures, c'est vous qui l'avez envoyée, vous qui lui avez commandé de s'immiscer en moi. C'est beaucoup plus facile comme ça, n'est-ce pas ? Débarrassez-moi d'elle, que nous luttions d'égal à égal.

Il ouvrit grands les bras et Rebecca fut projetée plusieurs mètres en arrière. Elle atterrit sur le dos et eut la sensation que son corps se brisait. Elle poussa un immense cri de douleur, la souffrance lui fit monter les larmes aux yeux. Au moment où elle relevait la tête, son adversaire la saisit par le cou et amena son visage tout contre le sien.

— Tu ne seras jamais mon égal, lui cracha-t-il à la figure. Pas même celui de ta grand-mère.

— Vous m'avez piégée, tout comme vous l'avez piégée, elle… et ma mère aussi. C'est ainsi que vous gagnez vos combats, par la ruse et la lâcheté.

— Mesure bien tes paroles, Rebecca, fit-il en resserrant son étreinte.

Elle grimaça.

— Vous êtes… pitoyable, parvint-elle à dire.

Il la souleva de terre et l'envoya valser près de l'une des arcades ouverte sur la tempête.

— J'ai bien envie de te laisser vivre pour te montrer ce qu'un être aussi pitoyable que moi est capable de faire.

Il rejoignit Rebecca dans son alcôve. Adossée au mur, elle cherchait péniblement son souffle. Ses dernières forces étaient en train de la quitter. Le froid envahissait insidieusement son corps, elle sentait le souffle du vent sur sa peau, comme une caresse perfide cherchant à l'endormir pour toujours. Des gouttes lui frappèrent le visage, l'obligeant à fermer les yeux. Elle se savait vaincue, mais il était hors de question de le lui montrer. Elle lui tiendrait tête, jusqu'au bout. Elle rouvrit les yeux, le vit apparaître dans son champ de vision et s'accroupir lentement auprès d'elle. Il l'agrippa par les cheveux – la douleur fulgura dans son crâne, mais elle ne trouva pas la force de crier –, la souleva à hauteur de l'appui de l'arcade et tourna son visage vers le vide.

— Regarde ! hurla-t-il. Admire mon œuvre !

Malgré la pluie qui lui fouettait le visage, Rebecca distingua trois chevaux montés par des silhouettes encapuchonnées. Une quatrième monture était en train de les rejoindre.

— Tous ces démons qui s'agitent autour de nous ne sont rien en comparaison de ceux-ci. Tout comme moi, ils n'ont aucun égal. Rien ni personne ne les arrêtera. Ils ne laisseront rien sur leur passage, que la terre brûlée et infertile, la ruine et le chaos. Ils ne ressentent rien, ne connaissent pas la pitié, ils sont programmés pour détruire. Mais nul besoin de te les présenter, n'est-ce pas ? Tu sais qui ils sont, tu connais leurs noms. Conquête, Guerre, Famine, et leur Maître à tous, la Mort… Les quatre cavaliers rassemblés sous tes yeux, Rebecca. Admire, c'est un spectacle unique auquel ta grand-mère aurait rêvé d'assister. Ils vont se mettre en chemin et il en sera fini de l'espèce humaine. Le temps est venu pour nous de prendre possession de notre territoire.

Il ramena Rebecca à l'intérieur de la pièce et la força à le regarder.

— Es-tu plus forte que la mort, Rebecca ?

Il la prit par le cou et serra tout doucement. Elle grimaça un sourire.

— Je la regarde en face, souffla-t-elle, et je n'en éprouve aucune peur.

— Eh ! Espèce d'enfoiré !

Le diable se retourna.

Apocalypse 16, Saint-Antonin,
une maison de village

Le vent rabattait la pluie presque à l'horizontale. Dans le ciel, illuminé en continu par la furie de l'orage, de gigantesques nuages noirs roulaient sur eux-mêmes, projetaient de sombres colonnes bouffies vers le sol, se reconstituaient aussitôt. Les rues du village étaient envahies par des lambeaux de brume qui avançaient inexorablement dans la nuit. De monstrueuses formes se matérialisaient maintenant près des maisons les plus reculées. Toutes ces visions n'étaient pas encore parvenues aux yeux de Marceline. Elle ouvrit la porte d'entrée et lâcha un juron. Jamais elle n'avait connu pareille tempête. Les pots tombaient les uns après les autres du rebord des fenêtres. Son caniche devenu complètement hystérique échappa à sa vigilance et se précipita dans le jardin.

— Lucifer !

Elle sortit sous le porche, resserra les pans de sa robe de nuit et alluma la lumière. Les arbustes ployaient douloureusement sous la force du vent.

— Abruti de chien !

Elle enfila un manteau et se résolut à traverser le jardin. Pas question que Lucifer passât la nuit dehors par ce temps. Elle gagna le préau où le petit chien avait ses habitudes. Un éclair illumina la scène. Nulle trace du chien. Le tonnerre claqua et un long roulement fit vibrer la charpente. Juste après, elle entendit un faible gémissement. Elle tourna la tête vers l'ancienne écurie et sonda l'obscurité. Au moment où elle faisait un pas en avant, la silhouette d'un molosse apparut dans l'encadrement de la porte. Lorsque l'animal se rapprocha, elle se rendit compte qu'il ne s'agissait pas exactement d'un chien. Son cœur s'emballa. La créature émit un long grognement rauque. Un petit collier rouge roula doucement vers Marceline et s'immobilisa contre son chausson. Elle jeta un dernier regard vers la bête et battit en retraite en direction du porche.

Il relâcha son étreinte et haussa un sourcil. Un grand tableau représentant un christ en croix s'avançait lentement dans sa direction. Tout ce qu'il voyait de l'homme qui s'abritait derrière la toile était les deux jambes d'un jean délavé et deux mains épaisses qui tenaient fermement le cadre.

— Arrière, démon ! cria Peter.

Rebecca s'était affalée au sol à l'instant où le démon l'avait libérée de son étreinte. Prise d'une soudaine et immense lassitude, elle avait aussitôt fermé les yeux et était bien décidée à ne plus les rouvrir.

Elle n'y arriverait pas. Elle s'était juré de lui faire payer, elle était parvenue à se convaincre que, contrairement à ce qu'il prétendait, elle en avait la force, que rien ne pourrait se mettre en travers de son chemin. Peter avait raison, elle était à ce point aveuglée par sa vengeance qu'elle avait fini par se croire invincible, son corps et son esprit tout entiers tournés vers la destruction de ce monstre au point qu'elle avait perdu de vue l'enjeu colossal de cet affrontement – seule sa propre mesquine petite vengeance comptait. Mais elle n'était pas invincible, et à présent son corps et son esprit étaient brisés. Malgré toute sa détermination, malgré toute la haine que celui qui avait anéanti sa famille lui inspirait, elle ne se sentait plus la force de lui tenir tête.

Loin, très loin, elle entendit la voix de Peter. Elle voulut ouvrir un œil, mais elle était si fatiguée…

Pardonne-moi, Peter, je ne trouve plus la force…

Autour d'elle, c'était le chaos, mais là où elle se trouvait, elle se sentait merveilleusement bien. Il n'y avait ni bruit, ni froid, ni souffrance, il n'y avait plus de questions à se poser, plus de réponses à désespérer de trouver. Dans ce silence, une voix murmura son prénom. Était-elle déjà passée de l'autre côté ? Ou était-elle si près de franchir la porte qu'elle pouvait entendre les voix qui l'invitaient à les rejoindre ? L'appel était apaisant, rempli d'amour... Si c'était ça, la mort, alors elle l'acceptait bien volontiers...

— Rebecca...

Elle rouvrit un œil. Elle vit d'abord les dalles, des gouttes de pluie tombées au sol, d'autres qui s'abattaient encore, sans bruit, presque au ralenti. Puis elle sentit le vent, le froid, son corps parcouru de puissantes ondes de douleur.

Puis elle vit la silhouette penchée sur elle, tel un ange descendu du ciel venu lui tendre une main avant la fin.

— Maman ?

La silhouette sourit – un sourire merveilleux, sorti tout droit de la photo d'une jeune femme assise en tailleur sur une serviette étalée dans l'herbe. C'était exactement le même sourire, le même visage – près de trente ans avaient passé, mais le temps ne lui avait rien enlevé de sa beauté.

— Tu dois te relever, Rebecca, je sais que tu en es capable.

Elle secoua doucement la tête – pensa la secouer en tout cas, car même ce simple mouvement lui demandait un effort prodigieux.

— J'ai mal, maman... Je suis si fatiguée...

— Je sais, mais tu es forte.

— Je crois... que tu te trompes.

— Non, je le sais, je l'ai toujours su. Ta grand-mère le savait aussi.

— Mamie… Elle est partie…

— Non, je suis là, ma chérie.

Un deuxième visage se pencha sur elle. Un visage plein et entier, comme neuf, débarrassé des horribles marques que ses visions s'obstinaient à y graver, débarrassé du sang, de la mort.

— Vous me manquez tellement…

— Tu me manques aussi, Rebecca. On se retrouvera, mais pas maintenant, pas de cette façon. Aujourd'hui, rien ne peut t'arriver. Tu es tout ce que j'ai été, tout ce que ta grand-mère a été avant moi, tu es tout ce que nous avons été et ce que nous n'avons pas réussi à être. Tu es nous, en mieux, en plus forte. Tu es Rebecca Decker et rien ne peut t'arrêter.

Rebecca, les larmes aux yeux, serra très fort les mâchoires et posa une main au sol.

Peter pensait sincèrement que cela pouvait marcher. Cette croix était la seule qu'il avait trouvée. Ces créatures étaient bien censées craindre les symboles religieux, non ? Bon sang, ce machin pesait une tonne. Il s'arrêta, abaissa la toile et risqua un œil au-dessus du cadre. Le visage du type apparut à trente centimètres du sien. Il y eut un bref moment d'hésitation puis Peter souleva le cadre et l'abattit violemment sur la tête du démon, qui déchira la toile juste à hauteur du corps du Christ.

Le démon saisit Peter par le cou et le souleva à quelques centimètres du sol.

— Es-tu suicidaire ? lui demanda-t-il.

— Non… Juste… opportuniste…, gargouilla Peter en regardant par-dessus l'épaule de son adversaire.

Celui-ci se retourna au moment où Rebecca achevait de s'entourer d'un mince cercle de sel.

Apocalypse 18, Saint-Antonin,
à proximité du musée

La Mort observa l'un après l'autre les trois autres cavaliers.

— L'heure est venue. Que les hommes se prosternent et vous implorent. Vous les ferez périr par l'épée, par la maladie et la faim, par toutes les bêtes sauvages de ce monde et de l'autre. Ne montrez aucune pitié. Allez.

Les cavaliers firent faire volte-face à leurs montures et s'élancèrent en direction des quatre coins de la ville pour y accomplir leur œuvre. Le déchaînement des éléments avait vidé les rues, ce fut donc au sein même de leurs refuges qu'ils surprirent hommes, femmes et enfants. En l'espace de quelques minutes, la moitié de la population de Saint-Antonin était passée de vie à trépas. Les chevaux filaient comme le vent, la mort s'abattait à chaque seconde, cruelle, aveugle et implacable. Le carquois de Conquête semblait ne jamais se vider, chaque flèche atteignait sa cible avec une prodigieuse précision. Le carreau s'enfonçait dans les chairs avec un bruit de succion puis le corps tombait en poussière aussitôt dispersée par le vent. Guerre transperçait et fendait les corps comme s'ils avaient été faits de papier. Les plus heureux étaient exécutés sans un bruit dans leur sommeil, les moins chanceux avaient à peine le temps d'apercevoir le visage de leur bourreau et de pousser un ultime cri de pitié. Famine n'avait d'autre arme que son bras qu'il lui suffisait de tendre pour dessécher les corps qui se ratatinaient sur eux-mêmes et ne laissaient que des squelettes dont les os étaient aussi cassants que du vieux bois.

La Mort réveillait toutes ses victimes. Elle tenait à ce que son visage fût le dernier que chacune d'elles eût le loisir de contempler de son vivant. Alors, il lui suffisait d'un seul regard pour les faire basculer dans l'oubli.

Apocalypse 19, Saint-Antonin, musée

Le démon étendit les bras vers Rebecca et un souffle prodigieux balaya la pièce. Quelques grains de sel glissèrent sur les dalles, mais le cercle tint bon. Le cri de rage qui suivit déchiqueta les formes démoniaques qui s'agitaient fiévreusement dans l'air. À l'intérieur du cercle, Rebecca se leva. Son corps n'était que souffrance, ses pensées confuses rendaient ses gestes incertains et elle était en proie à une immense fatigue. Une voix douce obscurcissait sa raison. Cette femme maudite qui la possédait... Impossible de la chasser de son corps. Elle devait absolument lui tenir tête en essayant de s'en remettre aux zones encore saines de son esprit. Elle se força à penser à sa grand-mère, à sa mère, mais leurs visages se faisaient confus et lointains. Alors elle fixa toutes ses pensées sur lui, essaya d'imaginer le plaisir qu'il avait pris à faire mourir les êtres auxquels elle tenait le plus au monde.

Elle se redressa, se campa fermement sur ses jambes et écarta lentement les bras de son corps jusqu'à tenir ses mains à l'horizontale, paumes tournées vers le plafond. Puis elle ferma les yeux, inclina légèrement la tête vers l'arrière et récita les tout premiers mots de la conjuration. Le démon s'avança résolument dans sa direction, mais s'immobilisa à quelques pas du cercle. L'énergie qui s'en dégageait était colossale. Il émit un grognement rauque et serra les poings. Les vapeurs spectrales qui n'avaient pas tardé à se reconstituer virevoltaient rageusement autour du cercle. Il était incapable d'approcher, elle avait dressé un rempart infranchissable autour d'elle, et ce malgré le mal qu'elle portait en elle. L'admiration l'emportait presque sur la colère. N'y avait-il donc rien qui pût la briser ? Il se força à sourire.

— Égrène tes misérables prières, elles ne te sauveront pas, ni toi ni personne d'autre sur cette terre.

Rebecca semblait livrer une terrible lutte intérieure. Les mots franchissaient ses lèvres avec peine.

— Tu ne pourras pas te retrancher éternellement dans ce cercle ! hurla le démon. Aucune force, si puissante soit-elle, ne pourra résister au chaos qui régnera bientôt sur ce monde !

Une grimace déforma le visage de Rebecca qui se cabra brutalement en arrière. Sous l'effet de cette soudaine tension, ses pieds perdirent contact avec le sol et elle resta suspendue dans les airs, flottant à quelques millimètres seulement des dalles d'où s'échappaient de fins filaments de brume qui s'entortillaient autour de ses chevilles. Une silhouette éthérée se détacha du corps de la jeune femme et lutta un moment pour rejoindre l'enveloppe à laquelle elle était arrachée, mais elle dut bientôt abandonner le combat. Un horrible rictus de douleur se dessina sur le visage spectral dont la bouche s'ouvrit en grand pour expulser un cri. Vaincue, l'entité qui avait trouvé refuge dans le corps de Rebecca finit par s'évaporer dans un murmure sinistre qui fit un instant écho entre les murs puis s'enfuit dans la nuit.

Les pieds de Rebecca, qui n'avait jamais cessé son cantique, retouchèrent terre. Le démon fronça les sourcils. Comment était-ce possible ? Personne n'était capable de venir à bout d'une telle possession. Un brouillard bleuté traversa la pièce et enveloppa l'infranchissable sanctuaire de Rebecca. De nouvelles formes se matérialisèrent dans l'air et un combat sembla s'engager autour du cercle incantatoire. Le démon perçut la détresse des créatures qui s'agitaient autour de la jeune femme. Il tourna un regard contrarié vers la brèche creusée dans le mur.

— Non…

Rebecca acheva sa prière d'une voix sépulcrale.

— Viens à nous, Jheronimus, et refais ce qui a été défait.

Un visage apparut d'abord, puis un buste et des mains qui parcouraient avec frénésie la surface d'un tableau. Et Jérôme Bosch fut là. Cinq cents ans après sa mort, il revenait pour exécuter sa dernière commande. Ses traits étaient sévères, son expression reflétait une intense concentration. Il portait une coiffe sombre d'où s'échappaient des mèches noires qui descendaient jusqu'au col d'un tablier de cuir fermé par une rangée de boutons dorés. Les gestes étaient d'une étourdissante rapidité, comme accélérés, mais le dessin se matérialisait avec précision, sans une seule hésitation. La colère du démon décupla. Le rugissement qu'il poussa fit trembler toute la structure du bâtiment, désormais le centre d'un impensable déchaînement de violence. Les contours de l'apparition s'estompèrent un instant, Rebecca vacilla, mais tint bon. Le peintre, insensible au chaos ambiant, poursuivait son œuvre. À un moment, son visage se tourna vers Rebecca, ses lèvres laissèrent échapper une succession de mots qu'elle seule fut en mesure de capter car ils s'imprimèrent directement dans son esprit sans qu'il leur fût nécessaire de traverser l'espace qui les séparait d'elle.

Firma esto, Rebecca, finis propinquus.

Le démon lança un nouvel assaut dans lequel il jeta toute sa puissance et sa rage. Les forces invoquées par Rebecca la protégèrent momentanément de l'attaque, mais la colère du démon finit par la projeter à l'extérieur du cercle.

Au même moment, Jérôme Bosch donnait la dernière touche à son tableau.

Apocalypse 20, Saint-Antonin,
une maison de village

Les yeux de Frédéric étaient grands ouverts. Il admirait Laurence qui parvenait à dormir avec une telle furie au-dehors. Le bip régulier du récepteur ponctuait les coups de tonnerre. Damien lui aussi était profondément endormi. C'était une chance qu'il fût un si gros dormeur. Pour tout dire, c'était une chance d'avoir un tel enfant. Calme, rieur, vif d'esprit, câlin, ce gamin était une perle. Frédéric se tourna sur le côté et laissa échapper un long soupir. Il ne trouverait pas le sommeil tant que l'orage camperait au-dessus de leurs têtes, c'était une certitude. Un éclair illumina les interstices du volet et un cri perçant s'échappa du récepteur.

— J'y vais, dit-il au moment où le tonnerre claquait.

Pour toute réponse, Laurence gémit dans son sommeil.

Il alluma la lumière du couloir et prit la direction de la chambre de Damien, dont il poussa doucement la porte.

— Eh bien, que se passe-t-il mon…

L'effroi le propulsa en arrière. Il cria le nom de son fils. Un monstre hideux était penché sur le lit de Damien qui s'était mis debout et tenait fermement les barreaux de bois, le visage baigné de larmes. L'instinct – ou la folie – prit le dessus. Frédéric pénétra dans la chambre, fit un pas de côté et essaya d'atteindre le lit. La créature tourna la tête, il battit en retraite contre le mur. La bête était courbée, presque pliée en deux, car la hauteur du plafond ne lui permettait pas de se tenir debout. Bon Dieu, elle devait bien faire trois mètres de haut. Son crâne lisse portait une crête qui disparaissait sur le devant de la tête, entre deux énormes yeux rouges en amande. Une espèce de museau se prolongeait en un amas de tentacules qui se tortillaient dans le vide. Deux petites ailes translucides battaient l'air dans son dos.

Laurence apparut sur le seuil de la porte, hurla aussitôt. Le monstre lui répondit par un cri, très grave, une puissante vague de basses qui produisit comme une onde de choc. Puis reportant son attention sur Damien, il passa deux énormes bras couverts de muscles au-dessus du rebord du lit, insensible aux cris déchirants de l'enfant qui tendait les bras vers ses parents en piétinant dans son lit. Au moment où elle refermait sa prise sur le petit garçon, la créature se décomposa en épais lambeaux de fumée qui s'enfuirent par la porte en contournant soigneusement les silhouettes chancelantes des deux adultes.

Apocalypse 21, Saint-Antonin, musée
Un vent prodigieux balayait la pièce. Rebecca, couchée sur le dos, n'avait plus la force de bouger. Le démon se pencha au-dessus d'elle et posa une main à la base de son cou. C'était à peine si elle pouvait distinguer les contours de son visage, mais il lui sembla y lire une grimace forcée. Ou était-ce un sourire ? La main commença à serrer puis le visage du démon commença à se dissiper dans la tourmente.

Le glaive de Guerre s'éleva au-dessus de la jeune fille endormie et s'évapora au sommet de sa course. L'instant d'après, la silhouette du cavalier disparaissait à son tour dans l'obscurité. Au même moment, les chevaux de Conquête et de Famine, qui avaient déjà dépassé les limites de la ville, furent brusquement stoppés dans leur course effrénée. Les bêtes se cabrèrent et poussèrent un hennissement désespéré, puis montures et destriers s'évaporèrent dans la nuit.
La Mort comprit que les choses ne se passaient pas tout à fait comme prévu juste avant d'être rappelée vers les limbes qu'elle pensait avoir une bonne fois pour toutes quittés.

Apocalypse 22, Saint-Antonin, musée
Le visage de Peter apparut dans son champ de vision.
— Il faut se tirer d'ici.

Sa voix était si lointaine… Il la souleva de terre et la prit dans ses bras. Tout autour d'eux, des formes furieuses se livraient à une lutte acharnée. Elle ferma les yeux et perdit conscience.

Il y eut un bruit sourd à travers tout le village et la brume qui avait envahi toutes les rues de la ville se résorba précipitamment vers le musée. Les créatures qui avaient pris vie se désagrégèrent en fragments vaporeux qui rejoignirent les vastes courants de brume. Un vent inouï accompagnait ce mouvement soudain, une profonde aspiration qui semblait vouloir tout emporter sur son passage. Peter ne parvenait plus à avancer. Il se réfugia sous un porche pour échapper au puissant souffle. Au moment où il s'agenouillait pour déposer Rebecca à terre, le musée implosait dans son dos.

Rebecca et Peter – Hôpital de Montauban, France

Rebecca ouvrit les yeux, les referma aussitôt. La lumière était aveuglante. Elle entendit le son d'un volet roulant que l'on manœuvrait et la pénombre se fit.

— C'est mieux comme ça ?

Elle tourna la tête. Peter portait une blouse bleue dont certaines coutures semblaient sur le point de craquer. Il souriait. Elle ne trouva pas la force de lui rendre son sourire, il lui fallait d'abord remettre de l'ordre dans ses idées. Elle jeta un coup d'œil autour d'elle : des murs nus, vert pâle, un chariot près du lit, un mât de perfusion, une table, deux chaises, et une fenêtre derrière laquelle elle devinait la lumière à travers les interstices du volet.

La lumière du jour.

— Rouvre-le, s'il te plaît.

— Tu es sûre ?

Elle hocha la tête. Il s'exécuta. Elle cligna des paupières le temps que ses yeux s'habituent à cette soudaine clarté, puis elle parvint à les ouvrir complètement pour contempler un ciel bleu sans nuages. Elle sourit.

— Il fait un temps splendide, dit Peter en s'asseyant sur le bord du lit. Comment te sens-tu ?

Elle se redressa et appuya son dos contre la tête du lit. Elle resta silencieuse quelques secondes, le regard fixe, semblant s'assurer que tout fonctionnait correctement à l'intérieur de son corps et de son esprit.

— Pas trop mal, répondit-elle finalement, comparé à ce qu'il me semble avoir enduré. Où sommes-nous ?

— À l'hôpital de Montauban, c'est à une cinquantaine de kilomètres de Saint-Antonin.

— Saint-Antonin…, murmura-t-elle.

Des souvenirs douloureux refirent surface, qui posèrent un voile sombre sur son visage.

— Je me rappelle… les spectres, le vent, le froid…

Une lueur s'alluma dans ses yeux, elle se tourna vers Peter.

— Lui…

Elle l'interrogea du regard.

— On nous a trouvés sur le trottoir tout près du musée, inconscients, lui expliqua-t-il.

Il émit un petit rire.

— Ils ont dû nous prendre pour des clodos…

Il lui tendit un journal.

— C'est l'édition d'aujourd'hui.

Son regard se posa d'abord sur les gros titres de la première page puis elle ouvrit de grands yeux en voyant la date.

— 18 décembre…

Il confirma d'un mouvement de tête.

— Mais… Je ne comprends pas…

Elle chercha une explication dans le regard de Peter.

— Je crois que ton petit gri-gri a fonctionné au-delà de toutes nos espérances, dit-il simplement.

Rebecca – Kelsingstraat, Pays-Bas

Trois jours en arrière. Pourquoi trois ? Pourquoi justement aujourd'hui ?

Mais était-ce si important ? Dans une semaine, ce serait Noël et le monde ne saurait jamais que la fête aurait tout aussi bien pu tourner au cauchemar. C'était la seule chose qui comptait. Encore fallait-il s'assurer que tout était rentré dans l'ordre… Et la meilleure façon de le faire était de voir le tableau. Et par la même occasion s'assurer qu'Otto était toujours en vie.

Elle essaya de le joindre à de multiples reprises, mais ce fut peine perdue. Personne ne répondait.

— Rebecca, essaya de la rassurer Peter, crois-tu que nous serions ici si tu avais échoué ?

— J'aimerais au moins entendre la voix d'Otto.

Ils étaient coincés à l'hôpital pour plusieurs jours, le temps d'une série d'examens de contrôle dont ils étaient sûrs qu'elle ne révélerait absolument rien. Chaque jour, Rebecca examinait attentivement les pages du journal à la recherche de la moindre indication de l'échec de leur entreprise. Nulle trace cependant de la mystérieuse maladie portée par les cultures africaines, aucune mention d'un terrible virus venu de Shanghai.

Dans la nuit du 18 au 19 décembre, Rebecca fit un horrible cauchemar qui la réveilla en sursaut, ainsi que son voisin de chambre. Elle s'empara aussitôt de son téléphone portable, composa un numéro et attendit avec anxiété.

— Qu'est-ce que tu fais ? lui demanda Peter dont le visage reflétait une vive inquiétude.

Elle ne répondit pas. Dans son oreille, une voix lui apprit que le numéro de téléphone qu'elle avait composé n'était pas attribué. Elle raccrocha. Une larme coula le long de sa joue et se perdit dans les draps.

— Qu'est-ce qui se passe ?

Elle secoua doucement la tête, posa une main sur son front. Il lui était inutile de chercher un sens à son rêve : le message était clair.

— Il aurait eu trente ans aujourd'hui, dit-elle, la voix nouée par le chagrin.

Le 21 décembre, la une du journal évoquait l'ouverture à venir de la saison de ski. À la rubrique culture, elle trouva un article sur l'exposition « Paradiso e inferno ». Il y avait une photo du musée – en parfait état, sans le moindre signe d'une attaque dévastatrice – et une autre d'un des tableaux exposés : *Le Jardin des délices* de Jérôme Bosch.

Ils rentrèrent aux Pays-Bas le 22 décembre. Le monde continuait de tourner et Otto restait injoignable. Le jour même, ils se rendirent au manoir. Il semblait n'y avoir aucun signe de vie, mais cette fois, Rebecca ne prit pas le risque de passer par-dessus l'enceinte pour vérifier son impression. Ils prirent contact avec Gretel, la femme de ménage d'Otto, qui leur confirma qu'il n'y avait personne au manoir.

— Je m'y suis rendue il y a deux jours. Je n'ai pas trouvé M. Van Helsing et pour tout vous dire, je suis assez inquiète. C'est la première fois que le manoir est vide. Enfin, vide, il y avait les chiens, bien sûr. Ils étaient d'ailleurs bien contents de me voir, ils se sont jetés sur la nourriture.

Gretel refusa de leur ouvrir les portes de la résidence, et ce malgré l'insistance de Rebecca qui lui expliqua ses liens avec Otto.

— Je ne peux faire entrer personne sans l'autorisation de M. Van Helsing. Je suis vraiment désolée.

À force de persuasion, Rebecca finit par obtenir de Gretel qu'ils puissent l'accompagner à l'occasion de son prochain passage au manoir, le surlendemain. Rebecca était sur le point de raccrocher quand elle se rappela le tableau.

— Attendez, Gretel ! cria-t-elle précipitamment. Il y avait un tableau dans la bibliothèque, une peinture à laquelle M. Van Helsing tenait énormément. Il a sûrement dû vous la montrer.

— Le tableau bizarre, avec le paradis, l'enfer et tous ces monstres ?

— Oui, c'est ça !

Il y eut quelques secondes de silence à l'autre bout du fil.

— Oui, tiens, c'est étrange ça…, commença Gretel d'une voix subitement troublée.

Rebecca avait déjà deviné la suite.

— Maintenant que vous en parlez, ce n'est plus le même tableau. Il y en a un autre à la place, enfin, c'est vraiment bizarre... On ne dirait pas un tableau, il est complètement noir.

Le matin de la veille de Noël, Gretel leur ouvrit les portes du manoir. Rebecca entra la première, sans une pensée pour ce qu'elle avait vécu entre ces murs. Elle fut accueillie par les chiens qu'elle trouva d'un calme olympien. Gretel expliqua qu'elle leur avait donné à manger pour plusieurs jours car elle était en congé et n'avait pas prévu de revenir avant Noël. Ils inspectèrent chaque pièce de la bâtisse. Rebecca eut une brève hésitation en arrivant sur le palier du premier étage. Peter lut la peur sur son visage.

— Tout va bien ? s'inquiéta-t-il.

Elle hocha la tête.

— Oui. Juste un mauvais souvenir.

Ils ne trouvèrent rien ni personne. Gretel signala la disparition de son employeur l'après-midi même.

Rebecca fêta Noël dans la grande demeure familiale. Peter était là, avec trois de ses amis dont elle appréciait beaucoup la compagnie. L'un d'eux, Jan, graphiste et ami de Peter depuis plus de vingt ans, paraissait d'ailleurs beaucoup apprécier la sienne en retour. Il semblait perdre tous ses moyens quand il s'adressait à elle et devenait incapable d'aligner deux phrases de suite. Sa timidité amusait beaucoup Rebecca. Une cliente devenue une amie très proche avait aussi répondu à son invitation, elle était accompagnée de son mari et de sa fille. Le papa, un grand gaillard presque aussi imposant que Peter, était lui aussi, prodigieux hasard, un passionné de jeux vidéo. Dix minutes après qu'il était arrivé, il essayait un tout nouveau *FPS*[1] sur l'ordinateur que Peter avait amené avec lui. Rebecca n'était pas peu fière de se rappeler la signification de ces trois lettres. Enfin, il y avait Paul, sa femme Makéda et leurs cinq enfants. Rebecca serra chacun des membres de la vaste famille très fort dans ses bras, en finissant par Paul.

— Je suis vraiment heureuse que vous soyez là, lui dit-elle, les larmes aux yeux.

Le bibliothécaire fut pris de court par cette soudaine vague d'émotion.

— Mais c'est normal, on n'aurait raté ça pour rien au monde. Quand tu m'as posé la question au téléphone, j'étais comme un gamin.

Elle hocha la tête, serra les lèvres pour refouler ses larmes. Paul laissa échapper un chapelet de petits rires rauques.

— Tout va bien, Rebecca ?

Elle opina de la tête.

— Oui, c'est juste que ces derniers jours ont été un peu… compliqués. Mais ça va.

Il y eut un joyeux vacarme aux douze coups de minuit. Peter pressa Rebecca contre lui un peu plus fort que d'habitude.

— Tu vas me broyer, lui dit-elle en riant.

— Je ne crois pas, non. Toi, personne ne peut te broyer.

---

1. *First Person Shooter*, jeu vidéo d'action dans lequel le joueur tire sur ses ennemis en vision subjective (il voit l'action à travers les yeux de son protagoniste).

Il attendit que tous les invités fussent partis pour lui offrir un dernier cadeau.

— En souvenir de Saint-Antonin, lui dit-il en lui remettant le paquet.

Elle déchira le papier et ouvrit le petit carton qui l'avait abrité. Elle en extirpa un personnage en plastique rouge d'une vingtaine de centimètres de haut, un petit diablotin grimaçant de douleur relié à son socle par une longue fourche dont l'extrémité était fichée dans ses fesses.

— Dans son cul ! commenta joyeusement Peter.

Et Rebecca explosa de rire.

Les jours suivants passèrent sans que personne sût ce qu'il était advenu d'Otto. Les recherches se poursuivaient, mais il semblait avoir bel et bien disparu.

Rebecca avait préparé un colossal plat de lasagnes pour Peter. Elle n'en prenait généralement qu'une petite part, le reste allait directement dans l'estomac de son ami et dans des Tupperware qu'il s'empressait de mettre à l'abri dans son frigo, comme un écureuil des noisettes au creux de son arbre. Ce soir-là, elle ne toucha quasiment pas à sa délicieuse préparation. Peter se chargea d'alimenter la conversation pendant toute la durée du repas et fit mine de ne pas remarquer son inhabituel mutisme. Il savait parfaitement ce qui la tourmentait.

— Je ne comprends pas, dit-elle soudainement à la fin du dîner. Où est-il passé ? Quelque chose serait-il allé de travers ?

Il serra sa main dans la sienne, un geste qu'il se permettait quand il sentait son amie réellement désemparée.

— Tu as fait tout ce que tu pouvais.

Il sourit.

— Enfin, quoi, tu as sauvé le monde.

— Pas tout le monde, non, répondit-elle en chassant une larme du revers de la main.

Elle voulut saisir son verre, mais ses doigts glissèrent sur la surface lisse et le récipient bascula, répandant ce qu'il restait d'eau sur la nappe qui absorba aussitôt le liquide en prenant une teinte foncée.

Le temps se figea. Peter avait les yeux rivés sur Rebecca qui regardait la tache sombre sans bouger.

— C'est de l'eau, dit-elle enfin. Juste de l'eau.

Elle releva la tête et croisa le regard de son ami.

— Je ne vois plus rien, Peter. Ma grand-mère, le sang, mes visions, plus rien. C'est fini.

— C'est mieux ainsi, non ?

Elle hésita une poignée de secondes.

— J'imagine, oui.

*

Rebecca prenait son petit déjeuner quand on sonna à la porte. Un livreur l'attendait sur le trottoir, un bouquet de fleurs à la main. Des digitales. Elle songea d'abord à Jan, dont les manœuvres d'approche craintives avaient quelque chose de touchant, mais connaissant sa timidité, l'initiative était un peu surprenante. Elle remonta au premier sans cesser d'examiner le bouquet, étonnée et curieuse. Elle aperçut finalement le petit carton au milieu des fleurs. C'était une lame de tarot. Le « quinze », la carte du Diable.

Note

Cette histoire est née d'une réelle fascination pour Jérôme Bosch et ses stupéfiantes réalisations. La documentation sur le peintre et son œuvre est quasi inépuisable et je me suis inévitablement pris au jeu d'une recherche documentaire passionnante et qui n'a eu de cesse de me réserver des surprises.

Cependant, je ne suis ni historien de l'art ni expert de Jérôme Bosch. *La Porte de Bosch* n'est en aucun cas un roman historique, et l'histoire qui vous a été racontée ici s'est parfois permis quelques « ajustements » de la réalité. Par exemple, la paternité du tableau *Les Sept Péchés capitaux et les quatre dernières étapes humaines*, ici considéré comme de la main de Bosch, est fortement remise en question, par le BRCP (*Bosch Research and Conservation Project*) notamment, qui doute de son authenticité. Mais interrogez Mme Pilar Silva Maroto du musée du Prado à Madrid et vous aurez sûrement un autre son de cloche à ce sujet...

Je prie donc les historiens de l'art et les connaisseurs de Jérôme Bosch qui m'ont fait l'honneur de me lire de me pardonner ces quelques imprécisions ou « subterfuges », qui sont autant de petites astuces auxquelles les auteurs ont très souvent recours…

Pour celles et ceux d'entre vous qui souhaiteraient en savoir plus sur ce peintre prodigieux, je me permets de partager les principales ressources documentaires qui m'ont permis d'écrire cette histoire, cette liste étant bien sûr très loin d'être exhaustive.

Sites Internet :

- Le site, incontournable, du *Bosch Research and Conservation Project* :
http://boschproject.org/#/
- Le site de l'exposition qui s'est tenue au musée du Prado de Madrid à l'occasion des cinq cents ans de la mort du peintre :
http://www.museodelprado.es/actualidad/historico-exposiciones
- Une analyse assez intéressante de trois tableaux de Jérôme Bosch (avec la réserve mentionnée plus haut pour le premier) : *Les Sept Péchés capitaux*, *Le Chariot de foin*, *Le Jardin des délices* :
https://corescholar.libraries.wright.edu/cgi/viewcontent.cgi?article=1014&context=art
- La page du site Aparences sur le peintre :
https://www.aparences.net/periodes/la-renaissance-nordique/jerome-bosch/

Livres et revues :

- Bosing (Walter), *Jérôme Bosch*, Taschen (1987)
- Dangelmaier (Ruth), *Bosch*, éditions Place des Victoires (2018)
- *Delphi Complete Works of Hieronymus Bosch*, Delphi Classics (2017) – version numérique uniquement
- Linfert (Carl), *Bosch*, Ars Mundi (1989)
- Marijnissen (Roger-Henri) et Ruyffelaere (Peter), *L'ABCdaire de Jérôme Bosch*, Flammarion (2001)
- *Regards sur la peinture n° 62, Bosch*, éditions Fabbri (1988)
- Tolnay (Charles de), *Jérôme Bosch*, Robert Laffont (1967)

Documentaires audio et vidéo :

- *Jérôme Bosch, le diable aux ailes d'ange*, INA (2017)
- *Jérôme Bosch touché par le diable*, Arte (2016)
- *Dans l'atelier de Jérôme Bosch*, France Culture (2016) – série de 5 émissions
- *Jérôme Bosch (1450-1516) – une vie, une œuvre –*, France Culture (2003)
- *The mysteries of Hieronymus Bosch*, BBC (1980) – en anglais

Remerciements

L'émotion suscitée par le second roman est-elle la même que celle suscitée par le premier ?

J'ai enfin la réponse à cette question. Non, l'émotion n'est pas exactement la même, mais elle est tout aussi forte. Pour être tout à fait honnête avec vous, il se trouve que ce second roman est en réalité le premier – le premier roman que j'ai écrit, celui avec lequel je me suis découvert cette passion : c'est au chevet de Julius que, tard un soir devant mon écran d'ordinateur, me sont venus les premiers frissons de l'écriture. Pour cette raison, cette histoire tient une place à part dans mon cœur. Alors pour commencer, merci à vous, lectrices et lecteurs qui êtes arrivés jusqu'ici : en passant *La Porte de Bosch*, c'est un peu comme si vous aviez partagé avec moi ces premiers moments inoubliables. Si, si, je vous assure, ça peut prêter à sourire, mais c'est exactement ça : vous étiez à mes côtés ce soir-là, penchés au-dessus de mon épaule, à me souffler d'aller jusqu'au bout.

Ce roman a connu de nombreuses corrections et modifications sur les suggestions avisées d'Ambre

Rouvière et d'Étienne Fournet, des Éditions Prisma. Ambre, merci pour tes premiers conseils scénaristiques, cette histoire n'aurait pas la même puissance sans eux. Étienne, merci pour ton œil chirurgical et sans concession, ce fut un réel plaisir de bosser avec toi.

Merci également à Prisma Media et aux éditions Les Nouveaux Auteurs d'être également à mes côtés pour ce second roman et de continuer à me soutenir.

Merci à Marie, fidèle correctrice et amie sincère, de s'exaspérer de mon perpétuel manque de confiance. Désolé de te dire ça, Marie : ça n'est pas près de changer.

Merci à Lingtao dont je me suis inspiré pour l'un de mes personnages. Tu n'étais pas dans la première version de cette histoire, j'espère que tu ne m'en voudras pas d'être dans celle-ci.

Thanks to Sean Connery who inspired me for another one of my characters. Dear Sir Connery, I swear to go to the Prado Museum and back by foot if you read these lines.

Merci à Umberto Eco dont je m'inspire jour après jour. La littérature ne serait pas ce qu'elle est sans *Le Nom de la rose*.

Depuis le 6 juillet 2017, date de publication de mon premier roman, j'ai rencontré une multitude de personnes formidables qui m'ont aidé, soutenu, encouragé, remercié. Dans ce premier roman, j'ai eu l'idée saugrenue d'écrire que si j'avais de nouveau l'occasion d'écrire des remerciements, je me rappellerais (essaierais de me rappeler plus exactement) les prénoms de chacune et chacun d'entre vous qui êtes à mes côtés depuis le début. Aussi saugrenue soit-elle, c'est une promesse, qui mérite donc d'être tenue.

Alors un grand merci à...

Tous ces libraires formidables qui ont un cœur gros comme ça en plus d'avoir une réelle passion pour les livres : Magali et Vladimir Moscovici (Plumarum !), Dominique Mourlane, Marion Laffitte, Aline Marelli, Stéphanie Hérisson Delattre.

Tou(te)s les auteur(e)s avec qui j'ai partagé d'inoubliables séances de dédicaces ou/et de chouettes moments de rigolades : Thierry Benoît, Antoine Léger (Plumarum !), Loïc Marlas, Karen Ann Pegg, Yves Carchon, Line Ulian, Stéphane Furlan, Ian Manook (énormes bises à Françoise), Danielle Thiéry, Philippe Ward, Philippe Jaenada, Bob Garcia, Claire Favan, Olivier Norek, Jacques Saussey, Nicolas Lebel, Matthieu Biasotto (bises à Émilie, je me souviens d'une vague histoire d'Ouija toujours pas réglée...), Céline Theeuws, Denis Albot, Nicole et Georges-Patrick Gleize, Marie Guillon, les sœurs jumelles diaboliques Véronique Loywyck et Dominique Van Cotthem, Amandine Mollo, Stéphane Bourgoin, Maria Poblette, Frédéric Ploquin, Pierre Léoutre, Djalla-Maria Longa, Gisèle Gonneau, Françoise Deixonne.

Mes lectrices, lecteurs, ami(e)s, potes, responsables logistiques, commerciaux, de communication, petits plaisantins divers et variés, j'ai nommé :

Le gang des stylos : Fabienne Variol, Patrice Coché, Sandrine Breul, Cathy Guernier, Frédérique Marie, Misscap Fréhel, Valerique Viageres, Marina Giacalone, Sylvie Straub, Laurence Roignant R,

Le gang du V&B : Lolo, Benji, Greg, Julien, PG et Aiouba, Camilo (tu as une certaine histoire d'hôtel colombien à me raconter…),

L'autre gang du V&B : Vincent, Jonathan, Philippe, Christelle, Cindy, Jean-Mi, Didier et Didier, Julien, Fabien,

Le gang des Renardières : Herr Doktor, Hélène, Laurent-Emmanuel, Coryse (je te présente ici mes excuses pour les défaillances de ma mémoire de poisson rouge de ces dix dernières années…), Dominique, Marie-Marguerite, Norinda (toi aussi, tu as une histoire à me raconter…), Yonnel, Martin, Nadgi, Cécile,

Ainsi que, dans le désordre le plus complet (apocalyptique, dirait Peter) :

Mes cousines préférées Clémence et Natou, Brigitte et Castor Jovial, Adeline Galy, Adeline « Linou Hisback », Anne Dousdebes, Vanessa et Martin, Houssein Abbouchi, Jérémy Breton, Jean-Luc Petit, Mandy et Michel Géblé, Viviane Segond, Roselyne et Patrice Cariven, Sylvain et Christine Cami, Corinne Vidal, Patricia et Christian Bordet, Anne et Daniel Heintz, Michèle et René Birac, Evelyne et René Garcia, Chantal et Kamel Kheirat, Jeannine Palomar, Christiane et Jean-Claude Mora, Michèle et Michel Marbehan, Annie et Guy Lozano, Danielle et Gilles Martin, Suzanne et Jean-Michel Vernhes, Thierry Plett, Bruno Leclerc, Elie Lopez, Paulo et Jean-Philippe Vilar, Samira et Philippe Sforza, Éveline et Aimé Clavé, Maïté et Dominique Pampouly, Marie-Pierre et Arnaud Ansart, Marina Bachet, François Thery, Béatrice et André Billard, Marie-Noël Hureau et toute sa famille, Sylvie Jourdain, Julie Stoumen et sa maman, Gilles Rey, Nelly Chadanel, Do Mamido,

Isabelle Barbé, Cécile Clarinval, Béatrice Leboeuf, Roselyne Vayer, Béatrice Bonhommet, Marie Voillot, Hervé Menendez, Valérie Thomas, Ève Borkowski, Jérôme Cazaux, Nath Havana, Yanne Mesoké, Arlette Gloaguen, Delphine Meneau, Dominique Ceuppers, Patricia Biron, Corinne Van Damme, Alexandra Kraif, Romi Nah, Florence Flx, Nadine Lambert-Charrier, Pacou Bernard, Charlène, son chapeau de paille et Vince, Anny Rey, Hugues Dietlin-Spiry, Bérangère Jandard, Hervé et Stéphane Ignacimouttou, Lygane Moutonpolis, Sandrine Beaumont, Françoise Defrance, Magali Dcrs, Aline Thomas, Séverine Beugnon Roche, Karine Lerin, Patricia Lagrande, Nath Alivre, Marie Zielinski, Nathalie Bayle, Ririne Mouster, Mimie Vivan, Louise Canal, Carole Cascade, Marquise MynieVatouan, Frédérique Perny (et le fan-club du cabinet de radio-logie !), Delphine Roi, Laurie Dagnelie (à bientôt en Belgique !), Amélia Legrand, Corinne Lalaité, Cécile Amise, Clémentine Coudert, Manon Gouzy, Paule Legrand, Martine Béron, Nath Nanou Pierre, Estelle Treiber, Sandrine Braconnier, Claire Puchol, Claudine Gallay, la Patronne du Bdl, Catherine Zim, Nathalie Touamine, Cécile Berthault, Axel, Arnaud Huvelin, Gine Hongens-Gredoire, Patou Nette, Aude-Hélène Georget, Manoue Manoue, Sandra Amani, Josiane Legrand, Corinne Mathieu-Dekokere, Sandrine Roux...

Et j'en oublie, forcément.

Merci à ma première lectrice, ma maman, qui sup-porte mon mauvais caractère depuis quarante-cinq ans, à mon premier lecteur, mon papa, qui se donne tant de mal pour que je me fasse une petite place au soleil, et à mon frangin qui a eu le courage de lire ce manuscrit deux fois (j'espère que tu as bien visualisé Peter).

Merci, Annick, tu as à présent une bonne idée des petits désagréments qu'impose la vie aux côtés d'un écrivain. Cela peut théoriquement durer encore quarante ans. Partante ?...

Juliette, Renée, Jean-Claude et Charles, je pense très fort à vous, j'espère que vous êtes tous très fiers de moi de là où vous êtes. Papy, je m'endors chaque soir auprès de ta machine à écrire, elle veille sur moi toutes les nuits. C'est avec elle que tu as écrit ton premier et unique roman et c'est sur ses touches que se sont posées mes doigts après les tiens. Je crois qu'à travers ces touches, il est passé en moi un peu de toi.

Et pour finir, je fais d'énormes bisous à mes deux petits artistes. Si jamais il vous prenait l'idée stupide d'essayer de réaliser vos rêves, eh bien... Croyez-y dur comme fer.

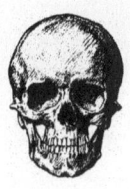

*« Heureux celui qui lit et ceux qui entendent
les paroles de la prophétie »
(Apocalypse de saint Jean, 1-3)*

Saint-Antonin-Beaulieu, 21 décembre 1500

Qu'il est difficile de se dire que Dieu vous a abandonné...

Longtemps, j'ai cru en l'infaillibilité de ton amour et de ton jugement. Mon engagement ne connaissait pas de limites, je me suis consacré tout entier à toi, avec confiance, sincérité et désintéressement. Tu étais notre seul salut, notre rédempteur, notre guide. J'étais persuadé que les hommes feraient le bien en suivant ton chemin, en dispensant tes enseignements, en transmettant ton message de paix et de miséricorde qui abolit les différences, souffle la flamme des guerres et invite au pardon. J'ai jeté toutes mes forces dans ce combat, je m'y suis investi corps et âme, sans jamais vaciller, sans jamais poser de question car tu guidais mes pas et je savais la cause juste. À maintes reprises, tu m'as mis à l'épreuve et forcé à mettre un genou à terre, mais je me suis toujours relevé.

Jusqu'au jour où j'ai commencé à douter. Ce jour-là, j'ai ouvert les yeux et vu l'injustice.

Ta parole a été pervertie. Ceux que tu as choisis pour parler en ton nom ont préféré se parer de beaux atours pour susciter le respect et se faire obéir, plutôt que de répandre dans le cœur des hommes l'amour du Christ dont j'étais persuadé que lui seul avait le pouvoir d'écarter le Malin. Ceux-là préfèrent la crainte à la bienveillance, la menace à l'espoir, la punition au pardon… Ils sont prêts à tout pour se maintenir à leur place et demeurer puissants, ils ne connaissent que la fourberie, le mensonge et la colère, et c'est en ton nom qu'ils accomplissent leurs perfides desseins. Ces potentats sont tes messagers, ils sont ta voix, ils parlent en ton nom et dressent ton étendard haut dans les cieux, plus haut que les flèches des églises qu'ils désertent pour se cloîtrer dans des palais qui rivalisent avec ceux de souverains. Depuis leurs tanières de princes, ils s'enrichissent, s'engraissent et promettent mille châtiments à celles et ceux qui seraient tentés par le péché alors qu'eux-mêmes se vautrent dans ces vices qu'ils condamnent. Seigneur, c'est sous tes propres yeux qu'ils commettent leurs méfaits ! Ils déclenchent les guerres au nom de la paix, ils divisent les hommes au lieu de les rapprocher et la seule lumière qu'ils leur montrent est celle des flammes du bûcher. Tout cela en ton nom ! Est-ce donc là le droit chemin, est-ce donc cette voie que tu indiques aux hommes ? Comment alors leur faire comprendre le Bien et le Mal ? Leur faire distinguer ce qui est juste de ce qui est arbitraire ? Ceux qu'ils doivent prendre en exemple ont le cœur sec et froid, ils sont égoïstes, mauvais, incapables de compassion.

Ils se réclament de toi, c'est ton message qu'ils portent.

Evrard est le pire de tous. Comment as-tu pu, Seigneur ? Quelle mystérieuse volonté t'a poussé à faire de ce démon l'un de tes apôtres ? Il est l'incarnation de tout ce contre quoi je me suis élevé en ton nom, de tout ce que tu nous demandes de combattre. Où est le Bien ? Où est le Mal ? Je ne le sais plus et si je ne le sais plus, comment veux-tu que les plus fragiles d'entre nous le sachent ? Mais il n'y a peut-être plus ni Bien ni Mal, il n'y a peut-être plus de Dieu, j'écris ces lignes dans le vide, il n'y a en réalité personne pour nous montrer la voie, nous sommes notre propre Dieu, c'est à nous qu'il appartient de faire triompher la lumière qui est en nous et de chasser les démons qui n'ont de cesse de l'obscurcir. Mais peu y parviennent, nombreux sont ceux qui ont succombé à leurs démons, et dont l'âme est corrompue, incapable de guérison. Comme Evrard, comme tous ceux de son espèce qui te représentent. Ce n'est pas moi qui ai failli, c'est toi qui as failli aux hommes en laissant toute cette engeance nous conduire sur le mauvais chemin. Tu gardes auprès de toi les malfaisants et tu les laisses punir les justes.

Je ne te demande pas d'explication, je ne cherche pas le pardon, je n'ai ni regret ni souffrance, je veux simplement que tu comprennes ma colère et ce geste supposé me condamner aux flammes de l'enfer.

Mais je ne serai pas le seul à être précipité dans le brasier. Mes péchés ne sont pas plus coupables que ceux d'Evrard, de ses sbires et de tous ceux que tu laisses si injustement asservir les hommes. Eux aussi devront répondre de leurs actes. Ainsi que me l'a dit un jour un ami peintre dont les tableaux illustrent de façon si saisissante les conséquences d'une vie de dépravation,

475

l'enfer ne choisit pas ses âmes, il les laisse venir à lui ;
misérables, nobles, prélats et souverains, tous récoltent
également les fruits de leurs méfaits. L'un des tableaux
de cet ami très cher orne le mur qui me fait face à l'instant même où je t'écris ces lignes. On y voit le paradis,
et le chemin qui serpente à travers ses paisibles étendues
est celui-là même qui mène jusqu'aux enfers : aucune
frontière, ni juge ni gardien, chacun est libre de s'avancer ; il suffit d'un pas, mais une fois passé le seuil, nul
n'échappe au châtiment. Dans ce tableau, ce sont des
créatures mutantes qui exécutent la sentence dans les
plaines méphitiques des enfers. Des monstres hybrides,
mi-homme mi-bête, hideux et féroces, qui brûlent,
rôtissent, écrasent, percent, écartèlent, disloquent. C'est
là tout ce que je souhaite avant la mort : que de semblables démons surgissent et se précipitent sur vous,
menteurs, voleurs, égoïstes, orgueilleux, lâches, jaloux,
perfides et dépravés. Que les portes s'ouvrent, béantes,
et que toutes les bêtes des enfers s'abattent sur vous
telles les sauterelles de l'Apocalypse ; elles vous frap-
peront, vous qui n'avez pas le sceau de Dieu sur votre
front, elles vous tourmenteront éternellement, et vous
chercherez la mort, mais ne la trouverez pas car vous
serez damnés jusqu'à la fin des temps.

Si je dois brûler en enfer, vous brûlerez avec moi.

Si je dois être maudit, vous serez maudits avec moi.

Je le profère et je l'écris, je l'appelle, l'invoque de
toutes mes forces.

Telle est ma volonté, telle est ma prophétie.

Vous serez tous maudits.

Composition et mise en pages
Nord Compo à Villeneuve-d'Ascq

Imprimé en France par **CPI**
en septembre 2021
N° d'impression : 2060438

Pocket – 92 avenue de France, 75013 PARIS

Suite du premier tirage : septembre 2021
S31806/02